十二魔

[美] 贾斯汀 · 柯罗宁 著

SHI'ERMO

李静宜 译

绿色印刷 保护环境 爱护健康

亲爱的读者朋友：

本书已入选“北京市绿色印刷工程——优秀出版物绿色印刷示范项目”。它采用绿色印刷标准印制，在封底印有“绿色印刷产品”标志。

按照国家环境标准（HJ2503-2011）《环境标志产品技术要求 印刷 第一部分：平版印刷》，本书选用环保型纸张、油墨、胶水等原辅材料，生产过程注重节能减排，印刷产品符合人体健康要求。

选择绿色印刷图书，畅享环保健康阅读！

北京市绿色印刷工程

桂图登字：20-2011-001

图书在版编目（CIP）数据

十二魔／（美）贾斯汀·柯罗宁著；李静宜译．—南宁：接力出版社，2017.6
（末日之旅系列）
书名原文：The Twelve
ISBN 978-7-5448-4670-7

Ⅰ.①十… Ⅱ.①贾… ②李… Ⅲ.①长篇小说－美国－现代 Ⅳ.① I712.45

中国版本图书馆 CIP 数据核字（2016）第 317570 号

责任编辑：张慧芳 文字编辑：刘盛楠 美术编辑：严 冬 装帧设计：严 冬
责任校对：高 雅 责任监印：刘 冬 版权联络：王燕超
社长：黄 俭 总编辑：白 冰
出版发行：接力出版社 社址：广西南宁市园湖南路 9 号 邮编：530022
电话：010-65546561（发行部） 传真：010-65545210（发行部）
http：//www.jielibj.com E-mail：jieli@jielibook.com
经销：新华书店 印制：北京明月印务有限责任公司
开本：880 毫米 ×1260 毫米 1/32 印张：10.75 字数：330 千字
版次：2017 年 6 月第 1 版 印次：2017 年 6 月第 1 次印刷
印数：00 001—12 000 册 定价：39.80 元

目　录

没有光，但也看不见黑暗，
只照见哀痛。
——弥尔顿《失乐园》

看见他人哀叹，
我能不随之悲伤吗？
看见他人的哀恸，
我能不寻求仁慈的抚慰吗？
——威廉·布莱克《他人的伤痛》

第一卷　幽灵

记得我，在我离去之后。
踏进静寂之地，
我永远离去。

——克里斯廷娜·洛瑟提《记得》

疫后九十七年，夏季
第一殖民地倾覆后五年

1

修女孤儿院
得克萨斯，柯厄维尔

在晚餐与晚祷之后，如果是沐浴之夜则是在沐浴之后，以及最后的讨价还价（“拜托，修女，我们不能晚一点睡吗？拜托，再多讲一个故事！”）也结束之后，所有的孩子都已沉沉入睡。万籁俱寂之际，艾美静静地看着他们。修女们早已习惯了艾美在深夜漫游，虽然孤儿院也没有什么规定说不准这样做。艾美像个幽灵似的，从这个静寂的房间到那个静寂的房间，在一排排床铺间来回走动。孩子们躺在床上，沉睡的身体在歇息着。这里最大的孩子十三岁，已经接近成人了，最小的还只是小婴儿。每个人都各有身世，通常也都是些悲惨的故事。其中有许多孩子都是因为父母缴不起税而被送到孤儿院的弃儿，其他的则是拥有更加悲惨的遭遇的受害者：母亲死于难产，或母亲属于未婚生子而不堪忍受耻辱，父亲消失在城市的阴暗底层或在墙外被掳。孩子们的身世背景各有不同，但命运却大致相同。女孩立誓加入教会，日复一日地祈祷、冥思，照顾孩童。男孩则成为远征队队员，立下虽与女孩不同但严苛程度却毫不逊色的誓约。

然而在梦中，他们依然还是孩童，艾美想。艾美的童年是她心中最遥远的回忆，那仿佛是很长一段历史的缩影。但当艾美看着这些沉睡的孩子，看着愉快的梦境在他们熟睡的眼前飞掠而过，她觉得自己现在比任何时候都更接近童年——在那个童年里，她自己还是个小孩，对眼前的一切、对自己人生太过漫长的旅程还一无所知。她已经活了太久，太多的岁月让她再也分不清楚这年和那年。所以或许这就是她深夜里漫游的原因：为了回忆。

艾美总是把凯勒柏的床位当成自己闲逛的最后一站，因为这个小家伙通常会在睡前等着她。凯勒柏宝宝，虽然他已经不再是个小婴儿，而是个五岁的小男生，并且他和所有的孩子一样结实强壮、精力充沛，对世界充满了好奇，会发表时而幽默时而惊人的言论。凯勒柏从他妈妈身上遗传了高高的颧骨以及橄榄色的皮肤；从他爸爸身上则遗传了不屈不挠的眼神和黑色的粗发，也就是殖民地里大家所熟知的“乔克森家族头发”。他融合了父母的外形，像是用双方家族碎片拼成的一张图。在凯勒柏的眼睛里，艾美看见了他们。凯勒柏是默萨蜜，凯勒柏是西奥，但也是凯勒柏自己。

“说说他们的事给我听。”

每天晚上都有这场仪式。这个孩子仿佛不重温那段不属于他的回忆就无法入睡。艾美一如往常地坐在床沿，凯勒柏瘦小的身躯在毯子底下恍若无形。在他们周围有二十个熟睡的孩子，一片静寂。

“好吧，”她说，“我想想，你妈妈很漂亮。”

“她是个战士。”

“没错。”艾美微笑着回答，“漂亮的战士。长长的黑发绾成战士的发髻。”

“所以她会拉弓。”

“答对了。但最重要的是，她择善固守。你知道择善固守是什么意思吗？我告诉过你的。”

“顽固？”

“没错，只不过是好的方面。如果我叫你先洗手再吃饭，可是你不肯，那就不对了，这就是不好的顽固。我指的是，你妈妈总是做她相信是正确的事。”

“所以她才生下我。”他认真地说，“因为……为世界带来光是对的。”

“很好，你记住了。要永远记得你是明亮的光，凯勒柏。”

孩子的脸上浮现出温暖的喜悦：“说说西奥，我爸爸的事吧。”

“你爸爸？”

“拜托啦。”

艾美笑了起来：“好啦，你爸爸。第一，他非常勇敢，是个非常勇敢的人，而且他很爱你妈妈。”

“可是他很悲伤。”

“没错，他很悲伤。但就是因为这样，他才很勇敢，你知道的，因为他做了最勇敢的事，你知道是什么吗？”

“拥有希望。”

“对，在看似没有希望的时候拥有希望。你一定要永远记住这一点。”她俯身亲吻他的额头，那里带着孩子特有的、温热的湿润，“好啦，时间很晚了，该睡觉了。明天又是新的一天。”

“他们……他们爱我吗？”

艾美大吃一惊。她吃惊并不是因为问题本身，因为凯勒柏以前也问过这个问题很多次。她吃惊是因为凯勒柏提问时那种不确定的语气。

“当然，凯勒柏，我告诉过你好多遍了。他们非常爱你，他们现在也还在爱着你。”

“因为他们在天堂。”

“没错。”

“那是我们大家可以永远在一起的地方，是灵魂会去的地方。”他有点迟疑地移开目光，“他们都说你很老了。”

这突如其来的一句话吓了艾美一大跳：“这是谁说的？”

“我不知道。”他微微耸肩，“大家都这么说。其他的修女，我听到她们说的话。”

这是凯勒柏以前从未问过的问题。就艾美所知，只有佩格修女知道关于她的所有事。

“关于这件事，”她强自镇定地说，“就我所知，我比你老。老得足以告诉你，睡觉的时间到了。”

“我有时候会看见他们。”

她仔细打量着他的脸：“凯勒柏，你什么时候会看见他们？”

小男孩并不看着她："晚上，我睡觉的时候。"

"你是说你做梦的时候？"

小男孩没回答这个问题。

艾美隔着毯子摸摸他的手臂："没关系，凯勒柏。等你准备好的时候再告诉我。"

"不一样的，那和梦不一样。"他的目光转回到她脸上，"我也看见了你，艾美。"

"我？"

"虽然你看起来不一样，和你现在不一样。"

她等着他继续说，但他没有说下去。到底是哪里不一样呢？

"我很想他们。"

她点点头，沉默了一会儿，然后说道："我知道你想念他们。你会再见到他们的。现在你还有我，还有彼得叔叔，他很快就会回家来的。"

"他和那个……远征队。"男孩的眼睛里亮起光芒，"等我长大，也要像彼得叔叔一样当个军人。"

艾美再次亲吻他的额头，然后起身离开："只要你想做，就一定做得到，快睡吧。"

"艾美？"

"什么事？"

"有人像这样爱过你吗？"

艾美再次被吓了一跳。她站在男孩的床边，回忆如潮水般涌来。她想起一个春天的夜晚，旋转的木马，糖粉的味道；她想起一座湖，一幢林中小屋，和那只大手握住她的手的感觉。艾美的喉头一紧，泪水瞬间涌出。

"我相信他们爱我，我希望他们爱我。"

"彼得叔叔呢？"

她皱起眉头，心里一惊："你为什么会这样问？"

"我不知道。"男孩耸耸肩，"他看你的时候，总是微笑。"

"嗯。"她尽量不露出异样——没有异样吗？"我想他之所以微笑，是因为他很高兴看到你。好了，睡吧。你保证哟？”

他用眼神微微抗议：“我保证。”

屋外，灯光闪烁。这里的灯光不像殖民地的那样会让整个夜晚大放光明，因为这个城市太大了，无法进行全面照明。但光线却因此像是流连不去的暮色，在星光点点的天幕下闪亮。艾美偷偷溜出院子在阴影里前进。她走到墙脚架好梯子，并不掩藏爬梯子的动作就径自爬了上去。来到墙顶上后艾美碰上了哨兵，一个强壮的中年男子，双手端着一把来复枪。

“你以为你是在干吗？”

但他只来得及说完这句话就倒下了。艾美让他睡着之后就把他挪到墙边，把来复枪横放在他腿上，让他背靠着墙。等他醒来，他只会对艾美有像做梦一般碎片式的记忆。一个女孩？一个修女，穿着教会的粗布灰袍？说不定他还没醒来就会被其他哨兵发现，然后因为值勤时偷睡而被带走。之后被关个几天，但顶多就是这样，反正也不会有人相信他的话。

艾美来到空无一人的守卫平台。巡逻队每十分钟经过一次，所以她的时间并不多。耀眼的灯光照亮了墙边的野地，艾美闭上眼睛放空心灵，让思绪越过野地向外蔓延。

到我这里来吧。

到我这里来，到我这里来，到我这里来。

他们来了，从黑暗中闪现。先是一个，然后又一个，再一个，他们蹲伏在阴影的边缘，形成半明半暗的光影。艾美在心中听见了那些声音，始终是那些带着疑问的声音。

我是谁？

艾美不作答，她等待着。

我是谁？我是谁？我是谁？

艾美听见了许多人的声音，可唯独没有他的声音。华格斯特，那个曾经爱过她的人。你在哪里？她的心孤寂得疼痛。夜复一夜，随着她身体的变化，她已经开始渐渐地感觉不到他的存在。你为什么留下我孤独一人？可是哪里都没有华格斯特的踪迹，他不在风中，不在天空中，不在地球缓缓转动的声音里。原本是他的那个人已经不见了。

我是谁？我是谁？我是谁？我是谁？我是谁？我是谁？

她等了再等，直到再也不能继续在守卫平台待下去。时间流逝，墙道上响起了脚步声，并且声音越来越近——哨兵来了。

你是我，她在意念中告诉他们，**你是我。你们走吧。**

他们四散离开，再次消失在黑暗之中。

2

新墨西哥，罗斯威尔南方一百二十二公里处

温暖的九月天晚间，艾莉希亚·唐纳迪欧少尉在闻到空气中的血腥味之后醒了过来。艾莉希亚，伟大的尼尔斯·科菲的养女，作为得州共和国陆军第二远征军的侦察狙击手，她已经接受了洗礼和宣誓。

她二十七岁，肩膀和臀部的肌肉很结实，一头红发贴着头皮剪得短短的。那双原本是蓝色的眼眸，如今也闪着橘色的光芒，宛如两团炭火一般。她轻装出行，不带任何多余的东西。脚上的凉鞋是由剪下的帆布与一条条强化橡胶编织而成，牛仔布长裤的膝盖和臀部位置都已被磨得单薄，棉衫被剪掉了双袖，便于加快行动速度。她的上身交叉横背着两条皮肩带，上面有六把入鞘的钢刀，这是她的标志；她的背上背着一条强韧的麻绳，绑着她的十字弓；还有一把半自动勃朗宁手枪，0.45 口径，弹匣装有九发子弹，这把不到最后关头绝不使用的武器，挂在她的大腿上。

“八加一”，大家都这么形容勃朗宁手枪。八颗子弹喂病鬼，一颗子弹留给自己。“八加一”，然后就结束了。

这个小镇名叫卡尔斯贝。岁月宛如强风肆虐，夷平了这里的一切。但还是有些建筑残留了下来，空荡荡的房舍骨架和锈蚀的棚屋是留存下来的残破证据，见证岁月的流逝。艾莉希亚整个白天都在加油站的阴影里歇息，然后在黄昏时醒来狩猎。她用自己的十字弓猎到一只野兔，然后剥了兔皮在火堆上烤着吃。

艾莉希亚遇事向来从容不迫。

她是个很有原则的人，行事自有一套规矩。她不杀睡着的病鬼，

除非迫不得已，否则绝不用枪。对于这项任务来说，枪声太响会制造麻烦，完全不值得用。她都用刀解决他们，或者用弓。迅速，干净，她心中一点迟疑和悔恨都没有，却总是充满了悲悯的祝福。她会在心中默念：我送你们回家去，我的兄弟姐妹们，我让你们从生存的监牢里得到解脱。之后，她会从刀鞘里拔出刀来，先用刀柄轻触额头，接着碰触胸口、头、心脏，超度那些怪物，同时她也希望在那天来临之时，她还能留有勇气让自己也得到超度。

艾莉希亚等到夜色降临之后，熄灭火堆动身出发。

好几天以来，她一直找寻长满低地灌木的宽阔平原前进。南方与西方矗立着山峦的阴影，那些阴影仿佛是从谷地上耸起的肩膀。

你们今晚在哪里？她想，**你们躲在哪里？我的血亲兄弟姐妹们？**

艾莉希亚是拥有三个人生的女人，两个前生，一个来世。在第一个人生里，她只是个小女孩。那个世界里充满人影和闪耀的灯光，时间从她身旁流逝，什么都没告诉她。她八岁的那个晚上，上校带她到殖民地的墙外，留她在那里过夜，她身上一无所有，甚至连把刀都没有。她坐在树下哭了一整夜，等朝阳照到她时她已经和之前完全不同，变了一个人。她不再是原来的那个小女孩了。“你明白了吗？”上校问她。她坐在泥地上，而上校则跪在她的面前。上校没有安慰她，而是一本正经地看着她，像个军人那样。“你现在懂了吗？”她懂了，她是懂了。她的人生，她微不足道的存在，她明白了自己一点价值都没有。她放弃了自己的人生，她在那天就这样在心里立誓了。

但那已经是很久以前的事了。她原本是个小女孩，然后变成了女人，再然后呢？第三个艾莉希亚是新生之物，不是病鬼也不是人，而是两者兼具。她是个混种，是个综合体，是个与众不同的东西。她像个隐形者在病鬼之中行走，是他们中的一员却又不是，更像是他们那些病鬼中的幽灵。她的血液里流淌着病毒，但还有另一种物质加以中和。那是从艾美，那个不知来历的女孩那里得来的，是科罗拉多实验室那十二瓶药物中的一瓶，其余的都被艾美亲手毁弃，丢进火焰里了。艾美的血救了她一命，但换个角度来说，却也没能救得了她。只是让她，艾莉希亚·唐纳迪欧少尉，远征军侦察狙击手，变成了这个世界上独一无二的生物。

有时候，艾莉希亚也说不上来自己到底是什么。

这时一间棚屋突然出现在艾莉希亚眼前。棚屋千疮百孔，残破倾颓，一半被埋在沙里，只有斜斜的铁板屋顶还露在外面。

她……感觉到有点动静。

这感觉很怪，以前从没有过。这个能力不是病毒造成的，而是艾美给她的。相对于艾美的阴柔，艾莉希亚是阳刚的，因为她拥有病鬼的力量与速度，但她无法像艾美那样读取病鬼的心，与病鬼的思想紧紧相连的网与她没有任何关系。

然而，她真的和这些病鬼之间没有任何感应吗？她没感觉到那些声音吗？没感觉到他们的思想吗？艾莉希亚的脑袋一阵刺痛，她的耳朵听到一些隐约的话语。

我是谁？我是谁？我是谁？我是谁？我是谁？我是谁？……

有三个病鬼，都是女的，应该说以前都是女的。不仅如此，艾莉希亚还察觉到——怎么可能呢？——每一个病鬼都保存着属于她们自己的记忆。比如一只关上窗户的手和窗外的雨声；一只色彩艳丽的鸟儿在笼里鸣唱；从门口望进昏暗的房间里，一男一女和两个小孩睡在床上。艾莉希亚的脑中出现了这些记忆影像，仿佛她亲眼所见一般。那画面、声音、味道与情绪，那纯粹的存在感，宛如三团小小的火焰在她心中燃烧。有那么一会儿，她完全被迷住了，对这些来自失落世界的回忆心生无言的敬畏。那个古昔的世界。

但还不只如此。围绕这些记忆的是无尽的黑暗，广阔且无情的黑暗。这让艾莉希亚打了个寒战，冷到骨子里。艾莉希亚很想知道自己刚刚感受到的是什么，她马上就知道了：是那个叫马丁内兹的人的梦。得克萨斯州埃尔帕索的胡立欧·马丁内兹，那十二个之中的第十个，因为谋杀治安官被判死刑，这也是艾莉希亚最想找到的那一个病鬼。

在马丁内兹的梦里，他永远在强暴一个名叫露意丝的女人，并且同时用一条电线勒着她的脖子。露意丝这个名字就绣在这个女人的上衣口袋上。

棚屋的门松松垮垮地挂在生锈的铁链上，棚屋内的空间很小。艾莉希亚比较喜欢大一点的地方，尤其是在有三个病鬼的情况下。她把十字弓举在身前，小心翼翼地前进，悄悄地踏进棚屋。

有两个病鬼倒挂在屋梁上，第三个则蜷缩在墙角啃着一大块肉，同时发出吸吮的声音。他们刚吃掉了一只羚羊，地上还散落着吃剩的残骸，一团团的兽毛、骨头和兽皮。病鬼们在饱餐一顿之后显得有点恍惚，并没注意到她进来了。

“晚安啊，各位小姐。”

艾莉希亚举弓射中了倒挂在屋梁上的一个病鬼。先是砰的一声，接着是一声尖叫与突然响起的吱吱声，那个病鬼跌落在地上。其他两个随后跳了起来。倒挂在屋梁上的另一个病鬼松开手，膝盖抵在胸前翻滚了几圈，双脚着地后掉头就跑。艾莉希亚丢下弓，拔出一把刀，迅速干掉了原本窝在墙角，这会儿站起来正面对着她的那个病鬼。

干掉了两个，还有一个要解决。

原本应该易如反掌，但情势却突然逆转。艾莉希亚拔出另一把刀，还未做出动作，剩下的那个病鬼就突然转身伸手用力一挥，艾莉希亚手里的刀被打得脱手飞出，飞旋着消失在黑暗里。那个病鬼还没来得及再次挥手出击，艾莉希亚就倒地翻滚开去，等她再次拿着刀站起来时，病鬼已经逃走了。

可恶。

她拿起丢在地上的弓，重新搭好一支箭追到屋外。那家伙死到哪里去了？艾莉希亚快走两步，跳上棚屋的屋顶，她迅速观察四周。什么都没有，一点动静都没有。

病鬼突然出现在她背后，这是个陷阱！艾莉希亚陡然醒悟。这家伙一定是躲了起来，身体平躺在屋顶的另一边。此刻，两件事同时发生。艾莉希亚转过身，正在本能地举弓瞄准，同时一阵木材断裂与金属解体的声音响起，屋顶塌了。

她面朝下倒在棚屋的地板上，病鬼压在她身上，弓不见了。艾莉希亚这时应该再抽出一把刀的，但她的双手正在忙着处理僵局。她试着将病鬼推离她的身体。左——右——左，那家伙的脸在不停地晃动，嘴巴一开一合想要靠近艾莉希亚的脖子。这样能撑多久？艾莉希亚突然想到躺在床上的孩子就是这个病鬼的记忆，她是那个站在门口看着熟睡子女的母亲。艾莉希亚想了想，然后说："想想那两个孩子吧！"

病鬼突然僵住了，脸上浮现出悲伤的表情。就在这不到一秒钟的时间里，她们俩仿佛在黑暗中互相凝望彼此。**玛丽，**艾莉希亚想，**你叫玛丽。**她伸手拔刀。**我送你回家，玛丽，我的姐妹，**艾莉希亚想，**我让你从生存的监牢里得到解脱。**她用力往病鬼身上一捅，手上的刀完全进入了那柔软的致命部位。

艾莉希亚把尸体推开，其他两个病鬼还躺在原来的地方。她从尸体身上收回自己的刀与箭，擦干净放回身上，然后跪在最后一具尸体的旁边。通常完事之后，艾莉希亚会感觉到空虚，但此时她却意外地发现自己的双手在颤抖。她是怎么知道的？她刚才清清楚楚地知道，这个女病鬼的名字叫玛丽。

她拔出刀，轻触头部与胸口。**谢谢你，玛丽，在我完成工作之前没杀了我，希望你和儿女重聚。**

玛丽睁着眼睛，却没看着任何东西。艾莉希亚用指尖合上她的眼。不能就这样把她留在这里，艾莉希亚抱起尸体走到屋外。一弯月亮刚刚升起，月光照亮了大地，赶走了黑暗。但是，艾莉希亚想，玛丽需要的并不是月光，这一百年的夜空对她来说已经足够了。她把玛丽的尸体带到空旷的地方，放在那里等待黎明的到来，阳光会照耀着她，让她化为风中的灰烬。

艾莉希亚继续上路，她开始往山上爬。

又过了一天一夜。她穿过山里的羊肠小道，沿着干涸的溪涧往上爬。在这里，她更强烈地感觉到病鬼的存在——她正在接近某些东西。**玛丽，**她想，**你到底想告诉我什么呢？**

爬到山顶上时，天刚破晓，地平线远远地延伸开来。在她下方，在狂风呼啸的黑暗之中，谷地豁然开朗，万物俱寂，只有星辰为伴。

这时她看见了一个黑洞。蝙蝠拍着翅膀飞过洞口的上空。

这是地狱之门。

你就在下面，对不对？艾莉希亚一边想着一边露出微笑，**你这个浑蛋，我找到你了。**

第二卷　密友

此刻已是夜黑风高之时，
教堂墓园张开大口，
地狱吐出毒气，
污染世界。

——莎士比亚《哈姆雷特》

零年，春季

3

丹佛警察局，案件编号：193874，第六区

丽拉·碧翠丝·凯亚询问笔录

询问人：瑞塔·丘诺警探

时间：五月三日，上午四点十七分

丘诺：请记录下来，被询问人充分了解自身权利，拒绝请律师陪同。询问由第六区丹佛警察局的瑞塔·丘诺警探进行。时间是上午四点十七分。凯亚医生，能不能请你说出你的全名？

凯亚：丽拉·碧翠丝·凯亚。

丘诺：你是丹佛综合医院的整形外科医生，对不对？

凯亚：对。

丘诺：你知道你为什么会被请到这里来吗？

凯亚：医院里出了事，你想问我一些问题。这里是哪里？我不知道。

丘诺：我们在警察局里，凯亚医生。

凯亚：我有麻烦了吗？

丘诺：我们谈过了，记得吗？我们正努力想搞清楚昨天晚上急诊室发生的事。我知道你的心情很不好，我只想请教几个问题。

凯亚：我身上有血，为什么我身上会有血？

丘诺：你记得急诊室里发生了什么事吗，凯亚医生？

凯亚：我好累，我为什么会这么累？

丘诺：需要弄点东西给你吗？你想来杯咖啡吗？

凯亚：我不能喝咖啡，我怀孕了。

丘诺：那么水呢？来杯水好吗？

凯亚：好吧。

（暂停）

丘诺：我们从头开始。你昨天晚上在急诊室值班，对不对？

凯亚：不是，我在楼上值班。

丘诺：可是你中途下楼到急诊室了。

凯亚：是的。

丘诺：几点的时候？

凯亚：我不确定，大概凌晨一点吧。他们呼叫我。

丘诺：他们为什么呼叫你？

凯亚：我是值班的整形外科医生，有个患者的手断了。

丘诺：这个患者就是雷陶诺先生？

凯亚：我想是吧。

丘诺：关于他的情况，他们还告诉了你什么？

凯亚：你指的是在我下楼之前？

丘诺：是的。

凯亚：他身上有些伤口，动物咬的伤口。

丘诺：像狗咬的？

凯亚：我以为是，但他们没说。

丘诺：还有呢？

凯亚：他发高烧，并且呕吐。

丘诺：他们只告诉你这些？

凯亚：是的。

丘诺：到了急诊室之后，你看见了什么？

凯亚：他在第三床。除了他之外，只有两个患者。星期天通常很安静。

丘诺：那时是几点？

凯亚：一点十五分……一点半。

丘诺：你为雷陶诺先生做了检查？

凯亚：没有。

丘诺：我换个说法。你检查了这位患者的情况？

（停顿）

丘诺：凯亚医生？

凯亚：对不起，你刚才问我什么？

丘诺：你昨天晚上在急诊室，是不是检查了雷陶诺先生？

凯亚：是的，马克也在场。

丘诺：你说的是马克·辛恩医生？

凯亚：他是主治医生，你和他谈过了吗？

丘诺：辛恩医生死了，他是其中一个受害者。

凯亚：……（听不清楚）

丘诺：你可以大声一点吗？

凯亚：我只是……对不起，你想知道什么？

丘诺：关于雷陶诺先生，你还有什么可以告诉我们的？他的情况怎么样？

凯亚：情况？

丘诺：他是清醒的吗？

凯亚：他是清醒的。

丘诺：你还观察到什么？

凯亚：他很困惑，很激动，他的脸色看起来怪怪的。

丘诺：什么意思？

（停顿）

凯亚：我得去上厕所。

丘诺：我们先处理完这几个问题。我知道你累了，我保证，我会尽快让你离开的。

凯亚：你有孩子吗，丘诺警探？

丘诺：不好意思，你说什么？

凯亚：你有小孩吗？我只是好奇。

丘诺：有，我有两个儿子。

凯亚：他们几岁了？如果你不介意我问的话。

丘诺：一个五岁，一个七岁。我只要再问你几个问题就好，你觉得你撑得下去吗？

凯亚：我敢说你一定想生个女儿，对不对？相信我，拥有一个自己的女儿，那感觉真的很不一样。

丘诺：我们还是让话题回到雷陶诺先生身上，可以吗？你说他很激动，可以再说得更详细一点吗？

凯亚：详细？

丘诺：是的，他做了什么？

凯亚：他发出很可笑的声音。

丘诺：可以形容一下吗？

凯亚：他喉咙里发出像鸡叫的声音，他在呻吟，看起来好像很痛苦。

丘诺：你有没有给他吃止痛药？

凯亚：他们给他吃了曲马多[①]。我想是曲马多。

丘诺：除了辛恩医生之外，还有谁在？

（停顿）

丘诺：凯亚医生，你检查雷陶诺先生的时候，还有谁在场？

凯亚：有一个护士。她想让他冷静下来，他心情很不好。

丘诺：还有其他人吗？

凯亚：我不记得了。还有个护理员？不，有两个。

丘诺：然后呢？

凯亚：他开始抽搐。

丘诺：你的意思是，那个患者开始抽搐？

凯亚：是的。

丘诺：那么你当时是怎么做的？

凯亚：我的先生呢？

丘诺：他就在外面。他和你一起来的，你不记得了吗？

凯亚：布莱德在这里？

丘诺：对不起，谁是布莱德？

凯亚：是我先生，布莱德·华格斯特。他在联邦调查局工作，说不定你也认识他？

---

① 曲马多（Tramadol），是一种化学合成的中度至强度的“非麻醉品类止痛剂”。（本书脚注若未特别说明，均为译者注。）

丘诺：凯亚医生，你把我搞糊涂了。和你一起来的那个人叫戴维·贤特，他不是你先生吗？

（停顿）

丘诺：凯亚医生？你明白我在问什么吗？

凯亚：戴维当然是我的先生，你怎么会问这么奇怪的问题？这些血是哪里来的？我出意外了吗？

丘诺：不是，凯亚医生。你原本在医院里，这就是我们正在谈的事。三个小时之前，急诊室里有九个人遇害，我们想搞清楚发生了什么事。

（停顿）

凯亚：它看着我。它为什么只看着我？

丘诺：什么东西看着你，凯亚医生？

凯亚：它好恐怖。

丘诺：什么东西好恐怖？

凯亚：它先杀了护士，好多血，像海一样。

丘诺：你说的是雷陶诺先生吗？他杀了护士？我需要你讲清楚一点。

凯亚：我好渴，我可以再喝点水吗？

丘诺：再等一下，雷陶诺先生是怎么杀死那个护士的？

凯亚：发生得好快，每个人的动作怎么都那么快？

丘诺：请你集中精神，凯亚医生。雷陶诺先生用什么东西杀死了护士？是什么武器？

凯亚：武器？我不记得有武器。

丘诺：那他是怎么做到的？

（停顿）

丘诺：凯亚医生。

凯亚：我动弹不得。它就只是……看着我。

丘诺：有东西看着你？是房里的其他人吗？

凯亚：他用他的嘴巴做到的，他就是那么做的。

丘诺：你是说，雷陶诺先生咬了那个护士？

（停顿）

凯亚：我怀孕了，你知道的。我就快要生宝宝了。

丘诺：我看得出来，凯亚医生，我知道这样压力很大。

凯亚：我必须休息，我想回家。

丘诺：我们会尽快让你离开这里。只是请你说清楚一点，你说雷陶诺先生咬了护士？

凯亚：那个护士她还好吗？

丘诺：她的脖子被弄断了，凯亚医生。我们找到你的时候，你抱着她的尸体，你不记得了吗？

凯亚：……（听不清楚）

丘诺：请说大声一点。

凯亚：我不知道你想干吗，你为什么问我这些问题？

丘诺：因为你在现场，你是唯一的目击者。你昨天晚上看见九个人死掉，他们被撕成了碎片，凯亚医生。

凯亚：……（听不清楚）

丘诺：凯亚医生？

凯亚：那些眼睛，好像能看进地狱里似的，好像能让人跌进永恒的黑暗。你相信有地狱吗，警探？

丘诺：谁的眼睛？

凯亚：那不是人，那种东西不可能是人。

丘诺：你指的还是雷陶诺先生吗？

凯亚：我没办法想这些事，我必须替宝宝着想。

丘诺：你看见什么了？告诉我，你看见什么了？

凯亚：我想回家，我不想再谈这件事了，别逼我。

丘诺：那些人是怎么被杀的？凯亚医生？

（停顿）

丘诺：凯亚医生，你还好吗？

（停顿）

丘诺：凯亚医生？

（停顿）

丘诺：凯亚医生？

4

柏纳德·齐特里吉，世人皆知的“丹佛最后一人”，在电力已尽的这天早上意识到是该离开的时候了。

他觉得能撑这么久很不可思议。在没有人操作的情况下，市区的电力系统是无法运作的，而且根据齐特里吉在十九楼看到的情况显示，丹佛市早就连一个活人都没有了。

这倒不是说他是孤身一人。

他消磨掉清晨的几个小时。这是六月一个晴朗灿烂的早晨，温度约二十三摄氏度，而嗜血的怪物有可能在暮色来临之时蠢蠢欲动。齐特里吉在这幢顶楼豪宅的阳台上晒太阳。自危机发生的第二个星期起，他就住进了这个豪宅。这个地方很大，简直像个空中宫殿，光是厨房的面积就和齐特里吉的公寓一样大。屋主的品位偏向简朴：光滑的皮椅看起来比坐起来舒服，晶亮的地板是闪烁生辉的凝灰石，还有小块的长毛地毯，以及看起来像浮在半空中的玻璃桌。破门而入竟出乎意料的简单。齐特里吉拿定主意的时候，半个城市的人已经遇难、逃亡或者失踪了，也早就看不见警察的人影了。他一开始打算把自己锁在樱桃溪的一幢大房子里，但是基于后来所见的一切，他觉得找个高一点的地方待着会比较好。

齐特里吉勉强算是认识这幢顶楼豪宅的屋主，屋主名叫华伦·菲罗，是店里的常客。运气不错的是，在情势全面失控的前一天，华伦到店里来为他阿拉斯加的狩猎之行采买物品。他很年轻，对于有这么多身家财产的人来说，他是太年轻了一点。他很可能是在华尔街赚的钱，要不然就是做高科技企业创投事业的。那天，华伦还是像往常一样愉快地东聊西扯，齐特里吉则帮他把他买好的东西搬到车上。华伦的车是辆法拉利，这么有钱的人当然会有辆绝好的车。站在车旁时齐特里吉心想：干吗不再去弄块显摆的车牌写上“痞子”算了？这个想法必定明明白白地写在了齐特里吉的脸上，因为他心里才刚浮现这个念头，华伦就窘得脸都红了。他没穿平常穿的西装，只穿上了牛仔裤与胸前印着“史隆管理学院”[①] 字样的T恤衫。很明显，他是故意想让齐特里吉看看他的车，可是一旦他这么做了他便马上醒悟到自己有多蠢，竟然对着这个一年很可能赚不到五万（正确数字是四万六）块钱的“户外世界”店经理炫耀他的名车。齐特里吉任由自己在心里默默地嘲弄了华伦一番：这小子不懂的事可多着呢。他迟迟不打破沉默，刻意延长这种尴尬。“我知道，我知道，”华伦坦白说，“这有点太过分了。我从前告诉自己，绝对不要像其他人那样开法拉利。可是老实说，你真该体会一下这车开起来的感觉。”

齐特里吉从送货单上找到了华伦的地址。华伦八成还安安全全地在阿拉斯加逍遥。齐特里吉要把东西搬进去简直易如反掌，他只要在大楼的管理办公室里找到那把正确的钥匙，然后插进电梯面板的钥匙孔，坐电梯到十八楼，再进到顶楼豪宅里就行了。他放下他携带的行李：一个装衣服的拉杆箱、三箱武器、一个手动收音机、夜视望远镜、照明弹、急救箱、几罐漂白水、一个用来封死电梯门的电焊机、一箱书，以及能够撑上几个月的粮食和水。他所在的这个阳台位于大楼西侧，和整个墙面等长，从这里可以望见一百八十度的景观，俯瞰二十五号州际公路与丹佛高于海平面一英里的平原[②]。他在阳台的两端都装上了带有移动探头的摄像机，一部对准街道，一部对准大街对面的那幢大楼。他认为这样可以拍到不错的镜头，但是这值回票价的镜头里录下的全是货真价实的杀戮情景。他选来执行处决任务的是一把雷明顿700P步枪，0.338口径，旋转后拉式枪栓，这把枪兼具准确度与杀伤力，可以瞄准三百米外的目标。他在枪上装了数字红外线瞄准镜。利用这副瞄准镜，他可以锁定目标，其余的事就用架在阳台边上

① SLOAN SCHOOL，是麻省理工学院的五大院校之一。

② 丹佛别名“哩高城”（Mile High City），因为高于海平面一英里。

的步枪来完成。

第一个晚上，一丝风也没有，只有四分之一的月亮照耀着大地。齐特里吉干掉了七个病鬼：有五个是在大街上，有一个在对面大楼的屋顶，还有一个在一楼那家银行的窗户里。最后这个让他名扬天下。这个东西，或吸血鬼，不管叫什么——官方说法是“受感染者”——在齐特里吉的子弹射穿他胸前的致命部位时，他正盯着镜头看。视频上传到 YouTube 视频网站之后不到几个小时，就传遍了全世界。到了早上，所有重要的新闻媒体都播出了这段视频。这个人是谁？每个人都想知道。这个独自据守在丹佛高楼上执行疯狂射杀任务的无畏男人是谁？

于是这个称号就此诞生了：丹佛最后一人。

打从一开始，他就认定自己迟早会被干掉，会被中央情报局、国家安全局或是国土安全部的人干掉。因为他做的事掀起了不小的风波。对他有利的是，那些人想干掉他也得到丹佛来才行。事实上齐特里吉的 IP 地址是经由一连串错综复杂的匿名服务器运作生成的，然后每夜更新指令，根本无法追踪。这些服务器大部分都位于海外，比如俄罗斯、印度尼西亚、以色列、苏丹，这些都是想斩草除根的联邦机构不容易触及的地方。他的影音博客在视频上传的首日就有两百万的点击量，并且有超过三百个镜像站点，而且数量还在持续增加。不到一个星期，他就成为红遍全球的人物。推特、脸书——他连一根手指都不必动，一段段视频和一幅幅图片就被传上天际。他的某个粉丝网站有超过两百万人订阅，在易趣拍卖网上，印着“我是丹佛最后一人”的 T 恤衫卖得像煎饼一样红火。

他父亲以前老是说：儿子啊，人生最重要的就是有贡献。谁能想到，齐特里吉的贡献竟然是在病毒最前线录制并上传网络视频。

然而世界还是在持续运转。太阳照常升起，阳光依旧灿烂。在西方，山峦对人们的离去，只是耸了耸嶙峋崎岖的山肩。有段时间，周围有很浓的烟，整个街区都被烧成了白地。但这一切都已经过去了，只留下能够一目了然的荒凉。夜里，一个个黑暗的区域嵌满城市，但是除此之外，还是有灯光扫去阴霾——闪烁的街灯，加油站与便利店闪亮的霓虹灯，以及等候主人归来的门灯。齐特里吉在阳台戒备的时候，十八层高楼底下的那盏红绿灯，还是在尽责地由绿转黄再转红，然后又亮起绿灯。

他并不孤独，孤独早就离他而去了，很久很久以前就不见了。他三十四岁，体重比他自己的理想体重重一些，因为腿的关系他很难减掉体重——但他的身体依然很强健。他以前结过婚，很多年前结过。那段婚姻在他的回忆里，是二十个月温暖甜蜜、幸福美满的生活，以及紧接着同样二十个月咆哮嘶吼、互相叫骂的生活，直到最后两个人的关系像巨石沉没般沉闷无声。他最庆幸的是这段婚姻没有留下孩子。他对丹佛并没有什么特别的情感牵绊或个人偏好，退伍之后这里就是他落脚的地方。大家都说获颁勋章的退伍军人找工作不容易，这的确也是事实。可是齐特里吉并不着急，他花了大半年的时间阅读。刚开始是读普通的东西，比如警探小说、惊悚小说，最后开始读一些更有内容的书，比如《我弥留之际》[①]《丧钟为谁而鸣》[②]《顽童流浪记》[③]《了不起的盖茨比》[④]。他花了一整个月的时间读麦尔维尔的作品，并沉浸在《白鲸》[⑤]的世界里。这些书大都是他觉得自己该读的书，或是他在求学时期错过的书，可是大部分的书他都是真心喜欢的。坐在静寂的小公寓里，让自己沉浸在其他人的人生与时代的故事里，读书的感觉就仿佛口渴多年之后酣饮甘泉。他甚至在社区大学里注册了几门课，他白天在“户外世界”工作，夜里和用餐时间就读书写笔记。书页的字里行间有某种力量，让他对很多事情的感觉可以变得好一些，这些书就宛如一艘救生艇，让他可以在黑暗记忆再次铺天盖地袭来之前获得拯救。在心情比较好的日子里，他甚至认为自己可以就这样一

---

① 《我弥留之际》是美国作家威廉·福克纳于 1930 年发表的长篇小说。

② 《丧钟为谁而鸣》是美国作家海明威于 1940 年发表的长篇小说。

③ 《顽童流浪记》是美国作家马克·吐温于 1876 年发表的长篇小说。

④ 《了不起的盖茨比》是美国作家弗·司各特·菲茨杰拉德于 1925 年发表的中篇小说。

⑤ 《白鲸》是 19 世纪美国最重要的小说家之一赫尔曼·梅尔维尔于 1851 年发表的一篇海洋题材的小说，小说描写了亚哈船长为了追逐并杀死白鲸（实为白色抹香鲸）莫比·迪克，最终与白鲸同归于尽的故事。

直继续下去。虽然微不足道，但却是可以过得下去的人生。

紧接着，世界末日就毫无征兆地来临了。

电力即将用尽的这个早晨，齐特里吉上传了前一夜录下的视频之后，就坐在阳台上读狄更斯的《双城记》：英国律师西德尼·卡顿正在表白自己对露西·马奈特至死不渝的爱，但露西却是无可救药的理想主义者查尔斯·达尔奈的未婚妻。齐特里吉心中闪过一个念头：要是可以来一碗冰激凌，这个上午就十全十美了。华伦家的这间大厨房足以满足一家五星级餐厅的需求，却几乎可以说是空无存粮，这倒也不奇怪，况且齐特里吉很久以前就把堆在大冰箱里的那些装着腐坏餐点的外卖餐盒给扔了。可是这家伙显然无法抗拒“班杰利”牌的巧克力布朗尼冰激凌，因为冰箱里堆满了这种东西。没有香蕉巧克力脆皮口味，没有酒酿樱桃口味，没有焦糖巧克力口味，甚至没有最普通的经典香草口味，就只有巧克力布朗尼这一种口味。齐特里吉想到以后会有很长时间吃不到冰激凌，就很希望口味能多一点，不过，在粮食和水之外还能有其他东西可以吃，其实也没什么好抱怨的了。他把书摆在椅子扶手上，起身穿过玻璃拉门走进屋里。

一走进厨房，他就察觉到不对劲了，只是这感觉并不明显，并没有特别指向哪个东西。直到他打开冰激凌盒子，把汤匙插进已经融化了的、变得软绵绵的巧克力布朗尼里，他才恍然大悟。

他按下电灯开关，没有动静。他走过整幢屋子，到处按开关，全都没有动静。

在客厅正中央，齐特里吉停下脚步，深吸一口气。好吧，他想，好吧，这是早就预料到的事。要说意外，也只是意外电力竟能撑这么久。他看了一眼手表，现在是上午九点三十二分。日落时间大约是下午八点多。他还有十个半小时的时间来准备滚蛋。

他匆匆地收拾了一些装备：高蛋白能量棒，瓶装水，干净的袜子和内衣，一个急救箱，一件保暖外套，一把牙刷，一个刮胡刀。有那么一会儿，他想带着《双城记》一起走，可是这似乎太不切实际了，于是他只能略带遗憾地把书摆到一旁。他在卧房里穿上T恤衫和裤子，外加一件狩猎背心，再穿上高筒登山靴。他思索了好几分钟，考虑要带哪些武器，最后决定带一把猎刀，两把格洛克手枪，以及一把枪柄可折叠的波兰改造AK步枪——不管射程远近，这把枪的用处都不大，但是如果是近身接触，它就很管用，所以他预期会派得上用场。他把两把格洛克手枪牢牢地绑在枪带上，然后交叉挂在身上。他在背心口袋里装满子弹匣，折起AK的枪柄，扛起背包回到阳台上。

这时他才注意到街上的红绿灯变化：绿——黄——红——绿——黄——红。这有可能是意外，但是他觉得这很值得怀疑。

他们找到他了。

他把绳子绑在屋顶的排水管上，然后绑上垂降带，扣紧，健全的那条腿先跨过栏杆，然后才是那条瘸腿。高度对他来说不成问题，但他还是没往下看。他站在阳台外侧的边上，面对着顶楼豪宅的窗户，然后他听见直升机远远飞近的声音。

“丹佛最后一人”，广播完毕。

他用力往后一蹬，身体腾空离开阳台，开始往下降。一层，两层，三层，绳索平顺地从他手里滑过，他降落在四层楼之下的公寓阳台上。左膝一阵熟悉的刺痛袭来，他咬紧牙关把痛楚逼走。直升机飞得越来越近，螺旋桨震耳欲聋的声音传过大楼。他解开垂降带，拿出一把格洛克手枪，开了一枪，把阳台的玻璃门射得粉碎。

四楼的这间公寓里有股臭味，很像密封了整个冬天的船舱。公寓里有厚重的家具和镶金边的镜子，还有壁炉上一张以马为主题的油画。不知从哪里飘来东西腐坏的恶臭味。他穿过静悄悄的房间到达门口，停下脚步，把探照灯装到AK步枪上，然后走出玄关朝楼梯走去。

法拉利的车钥匙在他口袋里。那辆车就停在大楼的地下车库里，距此十六层楼。齐特里吉用肩膀顶开楼梯门，用枪上的灯飞快地上下扫了一圈，没有异常情况。他从背心口袋里掏出一颗照明弹，然后用牙齿旋开塑料顶盖，按下启动钮。啵的一声，照明弹迸溅出火花。齐特里吉拿远一些，瞄准，丢出。底下有没有东西，他马上就会知道。他的目光紧随着照明弹下坠时拖着的长条烟雾轨迹往下看，在底下的某个地方，照明弹撞上了栏杆失去踪影。齐特里吉数到十，什么动静都没有，完全没有异常。

丢了三颗照明弹之后，他已走到底层。通往车库的厚重铁门上有一小块强化玻璃。地板上满是垃圾：易拉罐，糖果包装纸，食品罐头。一床乱糟糟的铺盖，以及一堆发霉的衣物，显示曾经有人躲在这里吃睡，像他一样。

齐特里吉来到大楼的那天，曾经侦察过停车场。法拉利停在靠近西南角的地方，大约有六十米远。他当初或许应该把车移到比较靠近门口的地方，但是他花了三天的时间才找到华伦的车钥匙——谁会把车钥匙放在卧房的抽屉里呢——而那时，他已经把自己锁在顶楼上了。

钥匙上有四个按钮：两个是开关门的，一个是警报器，还有一个，他希望是用来遥控启动车子的。他先按下这个钮。

车库深处传来尖锐的哔的一声，接着就响起了法拉利低沉的引擎声。又一个失误，法拉利是面向墙停放的，他早该想到这个错误会减慢他逃脱的速度。如果车头朝外，车头灯还能让他清楚地看见车库里的情况。而现在，透过车库门上那块小小的玻璃，他只能看见远远的地方有灯光闪烁，车库其余的区域都被笼罩在黑暗之中。那些被感染的家伙喜欢倒挂在某些东西上：天花板的梁架和管线，任何表面有触感的东西，即便是最细微的纹理都可以。所以病鬼来袭时，都是从头顶上方出现。

到了该拿定主意的时候了。是再丢几颗照明弹看看结果如何？还是悄悄溜过暗处寻找掩护？还是推开门拔腿就跑？

齐特里吉用力把门一推，拔腿就跑。

离法拉利还有一半距离的时候，第一个病鬼跳到了他的后面。齐特里吉没有时间转身开枪，只能继续往前跑。膝盖的旧伤霎时像火焰烧灼一般，锥心刺骨的剧痛直透到骨子里。他隐隐地感觉到有东西苏醒了，这车库就要活起来了。他拉开法拉利的车门，把 AK 步枪和背包丢进前座，然后上车，关门。这辆车的底盘很低，让他觉得好像坐在地上似的。仪表板上满是神秘的仪表和开关，像宇宙飞船那样闪闪发光。但是少了一个东西，排挡杆在哪里？

哐当一声，有个东西遮住了齐特里吉的视线。那个病鬼跳到了引擎盖上，像只爬行动物那样蜷起身体。在时间仿佛冻结的这一瞬间，这个病鬼冷冷地打量着他，像捕食者端详猎物那样。这个病鬼全身赤裸，手腕上却戴了一块手表，那块手表厚得像个冰块，是一块闪闪发亮的劳力士手表。难道是华伦？齐特里吉心想，自己帮他搬东西上车的那天，华伦就戴了一块这样的手表。**华伦，老兄，是你吗？如果是的话，我得请教你一下，这东西到底要怎么开啊？**

这时，他的指尖摸到方向盘侧下方有两根操纵杆，是换挡拨片。他早该想到了，右边加挡、左边减挡，就像摩托车一样。倒车挡应该是仪表板上的某个按钮。

标着 R 的那一个，天才！就是这个按钮。

他按下按钮，踩下油门，速度太快了。车轮嘎吱一声，法拉利迅速向后冲，撞上了水泥柱。齐特里吉先是整个人向后躺倒在座位上，接着又向前一冲，撞在侧面车窗厚厚的玻璃上，发出砰的一声。他的脑袋里好像有根旋转的叉子那样叮当响，他的眼前有无数的银光在跳跃闪烁。从引擎盖上滚落的那个病鬼已经从地上站了起来，不必怀疑，那家伙一定会想办法撞穿挡风玻璃来抓他。

病鬼的胸口出现两个红点。

如小鸟一般敏捷的速度，那病鬼的目光从齐特里吉的身上转开，飞快地跳到冲进车库的士兵身上。齐特里吉转动方向盘，抓住右边的拨片启动变速器，同时踩下油门，开始加速。车子向前猛冲，速度突然加快，就在他整个人倒进座椅里的这一瞬间，他听见了自动武器开火的声音。他还以为车子又失控了，但车子却马上直直地往前开，车库两旁的墙面飞快后退。那些士兵只为他争取到了一点点时间。齐特里吉飞快地瞟了一眼后视镜，在后车灯的光线里他看见一个士兵被炸成碎片。却看不见另一个士兵的身影，如果要他猜，他会说那家伙肯定也死了，也变成了血肉模糊的碎片。

齐特里吉没再回头看。

通往地面的车道口在两层楼的上面，也就是位于车库的另一端。齐特里吉开车驶过第一个转角的时候，又有两个病鬼从天花板上跳下来落在他的前方。一个被他的车轮碾过，另一个跳到快速行驶的法拉利车顶上，像跨栏选手那样不停地跳着。齐特里吉对此不由得惊叹，甚至有些佩服。他念书的时候学过，人无法用手抓住苍蝇，是因为苍蝇的时间和人的时间不一样。在苍蝇的大脑里，一秒钟是一个小时，一个小时就是一年。这理论同样适用于受感染的病鬼，他们像是一群身在时间之外的生物。

到处都是病鬼，他们从各个藏身之处跑了出来。他们被饥饿逼得发狂，纷纷像要自杀似的扑到车上来。齐特里吉撞上他们，那些丑恶扭曲的脸庞先是贴在挡风玻璃上，然后被甩开，摔落，消失。齐特里吉刹车转弯，车子甩尾驶过光滑的水泥地，减速的力道让车顶那个病鬼滚到引擎盖上。这是个女人，身上穿着的似乎是新娘的婚纱。她四肢摊开趴在挡风玻璃上，手指抠进玻璃底边的缝隙里，非常用力地张大嘴，露出一圈鲜血斑斑的尖利牙齿，脖子上挂着一个小小的金坠子。**对于你的婚礼，我表示非常遗憾。**齐特里吉一边想，一边举起枪，架在方向盘上稳住，然后他透过挡风玻璃开了一枪。

他快速地驶过最后一个拐角，这时前面出现了一道金色的天光指引方向。齐特里吉以很快的速度冲上车道，还不断加速。出口被一道铁门封住了，但这道门似乎不怎么牢靠，什么都挡不住。齐特里吉瞄准方向，用力踩下油门，往前冲去。

在猛力地撞击过后，法拉利腾空飞起，飞冲到阳光里。在震得骨头都要碎了的轰然巨响声中，车子落到了柏油路面上，底盘火光四溅。终于自由了！但齐特里吉又面临另一个问题：没有东西阻挡他，他眼看着就要撞进街对面那家银行的大厅里了。车子颠簸着冲过街心护栏时，齐特里吉踩下刹车猛地往左转，准备好要迎接撞击，结果没有这个必要。随着冒烟的轮胎吱吱作响，法拉利停住了。等齐特里吉回过神来，他发现自己已经驶上了大街，驶进了春日早晨的阳光里。

他不得不承认华伦的话是对的。华伦那天是怎么说的？**你真该体会一下这辆车开起来的感觉。**

说得真是一点都没错。齐特里吉这辈子还没开过像这样的家伙呢。

5

这个名叫劳伦斯·葛瑞的人，曾是毕维尔男子矫治机构的犯人，也是得州公共安全部记录在案的性犯罪者、挪亚计划与特殊武器部的雇员，也是“血源”葛瑞、“掀开黑夜之人”以及一个名为“零号”的病鬼的密友。曾经有很长一段时间，葛瑞完全不知道自己身在何方。他什么人都不是，他什么地方都不在。他是一个被毁踪灭迹的人，没有过去也没有现在。葛瑞的意识浮游在无边无际的汪洋里。一片广袤无垠的空间里只有黑暗，有个声音在不停地念着他的名字：**葛瑞，葛瑞**。他们仿佛一起待在那里，却又好像不在那里，那个声音在他独自漂流之际呼唤着他。葛瑞在黑暗中漂流，在永恒的汪洋中漂流，对他而言更重要的是，他在漂流时看见的那些星星。

其实也不仅仅是那些星星。现在还有了光：一道柔和的金光在他脸上闪烁。一道道阴影掠过，像纸风车转动时产生的跳跃光影，而且这些光还会发出声音，像动脉，像心跳，配合着转动的节奏发出有规律的声音。葛瑞望着这不可思议的光芒，他的意识里悄悄浮现了一个念头，他所看见的就是上帝。那束光是高居天堂的上帝，掠过水面拂过世界的脸庞，轻轻地触摸和祝福他的子民。这个想法在葛瑞的意识里如花般怒放，甜蜜的感觉充满了葛瑞的胸膛。如此喜悦！那种理解与宽恕的温暖！这光是上帝，而上帝是爱，葛瑞只需要踏进去，踏进这光里，去感觉这永恒的爱。这时声音响起：

时间到了，葛瑞。

到我这里来吧。

他感觉到自己的身体飘了起来。他渐渐地向上飘浮，天空张开双臂在迎接他，带他进入到那束光里。那束光耀眼无比，吞噬了一切，强烈得简直让人难以忍受，就像他的尖叫声一样。

葛瑞，浮上天空；葛瑞，重生再起。

睁开眼睛，葛瑞。

他听话照做，睁开眼睛让视线慢慢清晰。有一个暗色的东西很讨厌地在他的脸孔上方转动。

是个吊扇。

他眨眨眼，眨掉眼前的黑影。一种像是潮湿的灰尘的苦苦的味道粘在他的口腔内侧。他躺着的这个房间，充满着连锁汽车旅馆的气氛：破损的床罩，便宜的发泡枕，身下塌陷的床垫，头顶上像爆米花一样的天花板，以及钻进鼻孔里那一再循环、过度使用的空气的味道。他脑袋空空的，身体也没什么力气，就连要动一下头，仿佛都要耗费超乎他能力所及的力气。透过窗帘射进来的黄光照亮了这个房间，在他脸孔上方的风扇转啊转的，老旧的轴承发出规律的嘎嘎声。这画面让他觉得很刺眼，就像鼻子闻到嗅盐的感觉一样，但他却还是无法移开视线。

“很好，你醒了。”

一个温和的小个子男人坐在另一张床的床沿上看着他，这个男人的身体紧紧地裹在连体工作服里，活像根香肠。这男人是挪亚计划的非军职雇员，也就是清洁工。他和葛瑞一样，工作内容是清理大小便，备份磁盘，没日没夜地监视那些像荧光棒的实验生物，然后慢慢地疯掉；军方为挪亚计划找非军职雇员时，性犯罪者是首选，因为这一类罪犯被鄙视也被遗忘，是没有世人在乎的一类人，他们的肉体因为服用激素而变得柔弱，他们的心灵与精神都像流浪狗一样被阉割了。

“我以为吊扇有用呢。老实告诉你，那东西我连看一眼都不行。”

葛瑞想回答，但是没办法回答。他觉得自己的舌头像被烤过一样，仿佛抽了十亿根香烟。他的眼前又是一片水蒙蒙的，可恶的头疼得像要裂开似的。他已经好多年没喝酒了，一次顶多喝一瓶啤酒。因为吃了那些药，你会整天都昏昏欲睡的，对任何事情都没有兴趣。但葛瑞还是记得宿醉的感觉是怎么一回事，就和他现在的感觉一模一样，这感觉仿佛是天底下最严重的宿醉。

“怎么回事，葛瑞？舌头被猫吃了？”那人笑了起来，他觉得自己讲的笑话很有趣。“真好笑啊，你知道吗？在这种情况下，我竟然想来点生猫肉。”他转头看着葛瑞，“别一脸惊吓的样子嘛。你会明白我的意思。要花个几天的工夫，然后效果就出来了，非常强的效果。”

葛瑞想起这个人的名字了：伊格纳西奥。葛瑞记忆中的那个伊格纳西奥年纪比较大，比较苍老，额头肥厚多皱纹，毛孔粗大得仿佛可以停下一辆汽车，而下巴长得活像巴塞特猎犬，两侧垂着赘肉。而眼前的这个伊格纳西奥年轻健康，是真的很年轻的样子，他的脸颊红润，皮肤光滑，眼睛闪亮如星，连头发看起来都变年轻了。但是他绝对就是葛瑞认识的那个人，从他身上的刺青就看得出来，那个监狱式的、有点模糊的蓝色刺青——一条帽蛇，从工作服敞开的领口爬上他的脖子。

“这是哪里？”

“你知道吗？你这个人可真逗，我们在红屋顶。”

“在哪里？”

他哼了一声：“在该死的红屋顶啦，葛瑞。不然，你以为是在哪里，难道他们会送我们去住丽池饭店吗？”

他们？他们是谁？伊格纳西奥说的“送”又是什么意思？为什么要送？这时葛瑞突然注意到伊格纳西奥手里抓了个东西。是一把手枪。

“老伊，你手里拿着那个东西干吗？”

伊格纳西奥懒洋洋地举起枪，那是把枪身很长的 0.45 口径手枪。他皱起眉头。“显然是啥也没干。”他偏着头朝门口的方向点了一下，“原本那边还有其他人在，可是现在他们都走了。”

“什么人？”

“少来了，葛瑞。你认识那些人的。瘦巴巴的那个乔治，还有那个艾迪什么的，以及留马尾发型的那个裘德。”他的目光越过葛瑞，望向窗帘，“老实告诉你，我从来就不喜欢裘德。我听说过他干的事，我不是爱说人是非，可是那家伙真的是个不折不扣的变态。”

伊格纳西奥说的是其他的清洁工。他们全都在这里干吗？他又在这里干吗？那把枪可不是个好兆头，可是葛瑞一点都想不起来自己为什么会在这个地方。他记得的最后一件事是自己在营区的食堂里吃晚饭，汤汁浓稠的红酒炖牛肉，配上焗烤马铃薯和青豆，再加上一瓶能把这些东西送下肚的樱桃味可口可乐。这是他最喜欢的餐点搭配，他向来都很期待吃红酒炖牛肉。虽然这时他一想到那浓腻的味道，胃里就会涌起恶心的感觉，胆汁会冲上喉咙。他花了好一会儿工夫，才有办法继续正常呼吸。

伊格纳西奥满不在乎地拿枪朝门口一挥："你想看的话就自己去看看吧。可是我很肯定，他们都走了。"

葛瑞吞了吞口水："去了哪里？"

"看情形，到他们该去的地方去。"

葛瑞一头雾水，甚至连要问什么问题都不知道。虽然他很确定不管问什么，答案都不会是他喜欢听的。或许此刻他最好是安安静静地躺着。他希望自己没做什么可怕的事，希望一切还像以前一样，依旧是那些属于旧葛瑞的日子。

"好吧，"伊格纳西奥清清嗓子说，"既然你已经醒了，我想我现在最好开始上路了，眼前还有好长一段路要走呢。"他站起来，交出手上的枪，"拿去吧。"

葛瑞有点迟疑："我要这把枪干吗？"

"以防万一，你知道的，万一你想杀了自己。"

葛瑞吓呆了，不知道该如何回答。他最不想要的东西就是枪。要是有人发现他身上带枪，肯定会把他送回牢里的。看他没伸手接武器，伊格纳西奥就自己把枪放在床头柜上。

"反正你自己想想吧。只要别像我这样拖拖拉拉的就好，拖得越久就越难，你看看我现在的困境。"

伊格纳西奥走向门口，又回头看了屋里最后一眼。

"葛瑞，我现在告诉你一些事。"他深吸一口气，鼓起脸颊，长呼出来，"好玩的是，我真的不知道我到底做了什么，竟然会落到这个下场。我没这么坏，真的不是这么坏。有一半的事我都不是故意做的，只是因为我天生就这样。"他看着葛瑞，眼睛里有泪水，"精神医师向来都是这么说的。伊格纳西奥，你天生就是这个样子。”

葛瑞想不出来要说什么。他有时候脑袋会一片空白，这会儿八成也进入了那个状态。伊格纳西奥脸上的表情让他想起以前在毕维尔认识的几个狱友，那些家伙因为在牢里待得太久，所以变得像老电影里面的僵尸一样：一无所有，只能沉溺于往事，即使放眼向前，也只能看见无限延伸的虚无。

“算了，真见鬼。”伊格纳西奥吸吸鼻子，用手背抹了抹，“抱怨这些没用啦，自己做的事就要自己承担。想想我说的话，好吗？后会有期啦，葛瑞。”耀眼的亮光从敞开的房门照进来，他走了。

这是怎么回事？葛瑞一动不动地躺在床上，躺了好长一段时间，直到天旋地转，仿佛他是一个在冰上旋转的光滑轮胎。他有点搞不清楚自己是醒了还是没醒。他重新思索着这一个个发生的事实，想让心思有个可以聚焦的重点。他躺在床上，而这张床是在名叫“红屋顶”的汽车旅馆里。如果他没走得太远的话，这间汽车旅馆大概是在科罗拉多的某个地方。窗户射进来的光线让他知道现在是上午。而他显然没有受伤，只是在过去的差不多二十四个小时里，他一直不省人事。

他不得不离开之前那个地方。

他用手肘撑起身体。这房间里有汗水和香烟的臭味。他的工作服污渍斑斑，膝部已经磨损，脚上也没穿鞋。他动动脚趾，关节活动自如，一切似乎都很正常。

不过他自己想了想，他难道没觉得自己比以前感觉更好了吗？不只是变得更好，而是好得太多了。头痛和头晕都没有了，视线也变得更清晰了，四肢感觉更结实更强壮，全身充满了无穷的清新活力。虽然他嘴里还是有臭味——得先想办法找把牙刷——但是除此之外，他觉得好极了。

他双脚踏地，环顾四周。这个房间很小，只够塞得下两张罩着橘褐色交织的床罩的床和一张放着电视的小桌子。葛瑞拿起遥控器按下开关，电视屏幕却是蓝屏状态，同时发出很像电话拨号的声音。他开始转台，那些电视台，CNN、战争频道、公共频道全都只有一片蓝色。算了，早就预料到了，他得把这些情况告诉旅馆经理。虽然他记起来自己并没有付房钱，而他的钱包早在好几个月之前抵达营区的时候就已经被没收了。

营区，这两个字宛如巨石坠进葛瑞的胃里。姑且不论其他事情的真实性，自己现在肯定是有麻烦了。葛瑞记得那两个不告而别的清洁工杰克和山姆，记得理察兹对他们俩的事发了多大的火。说得含蓄些，理察兹那家伙绝对不是你想惹恼的人，只要被他瞟上一眼，葛瑞的肠子就会打结。

说不定这就是清洁工们逃跑的原因，说不定他们怕的就是理察兹。

他突然觉得很渴，渴得快要抓狂了，仿佛已经好多天没喝水似的。在浴室里，他把头伸到水龙头底下，拼命灌水，让水流得满脸都是。慢一点，葛瑞，他心想，再这么灌水，你会吐的。

来不及了，水像汹涌的波涛灌进胃里，等他回过神来，他已经跪在地上，抓着毛巾架，往外吐肚子里的水。

好吧，真是蠢。他不能怪别人，只能怪自己。他又跪了好一会儿，等待恶心的感觉退去。他一定是因为什么原因才会这么紧张，因为他的耳朵现在嗡嗡作响，是那种隐隐约约近乎在耳下的嗡鸣，宛如有个微小的引擎在头颅深处转动。

他奋力站了起来，端详着镜子里的自己。

葛瑞的第一个念头是，一定是有人在和他开玩笑，这是一个精心设计的、不好笑也很不可思议的玩笑。用窗子偷偷代替镜子，然后安排另一个人站在窗后，安排另一个很年轻也很好看的人站在窗后。他有股强烈的冲动想要伸手触摸这个影像，所以他真的伸手向前了。镜里的人同步模仿他的一举一动。搞什么鬼？葛瑞想。镜里的那张脸皮肤光洁，很有魅力，他的双眼清澈明亮，闪闪发光。葛瑞这辈子从没有这么好看过。

吸引他目光的不只是这张脸，还有他脖子上的痕迹。他往前靠，微微扬起头。两道像小珠子般的对称凹痕排成圆形，圆形的上端靠近他的下巴，下端则贴近锁骨。这个伤口的颜色带点粉红色，仿佛才刚愈合。这到底是怎么弄的？小时候，他曾经被狗咬过，那个伤口就和现在这个看起来差不多。那是一条从收容所领来的老杂种狗，但葛瑞很喜欢这条狗，因为它是属于自己的，直到这条狗咬了他的手。这条狗毫无理由地咬了他，葛瑞当时只不过是想给它一个小面包吃。葛瑞的爸爸接着就把它拖到院子里，然后是两声枪响，葛瑞记得清清楚楚。第一枪带来了凌厉的惨叫声，第二枪则让它永远地沉寂了。那条狗的名字叫巴斯特，葛瑞好多年没有记起过它了。

但是脖子上的这个东西是什么时候弄的？这个伤口有种似曾相识的感觉，仿佛这段回忆始终被收在了心中某个错误的抽屉里。

葛瑞，你不知道吗？

葛瑞从镜子前转身。

“伊格纳西奥？”

四周一片沉默。他回到卧房里打开衣柜，还跪下来看了看床底下，什么人都没有。

葛瑞，葛瑞。

“伊格纳西奥，你在哪里？别吓我了。”

你不记得了吗，葛瑞？

他觉得自己非常不对劲，他听见的不是伊格纳西奥的声音，因为这个声音在他的脑袋里。他视线所及的一切东西的表面，似乎都有着跳动的生命力。他揉揉眼睛，结果却更糟，他好像不只是看见了那些东西，他还同时能摸到、闻到、尝到，仿佛脑袋里的线路搭错了。

你还记不记得……垂死的感觉？

就在这时，他全都记起来了。记忆仿佛一支箭射穿了他的胸膛。那蓝色的隔离房墙壁，缓缓开启的门；零号在他上方，伸展着庞大可怕的身躯；零号的下巴贴在他脖子处的感觉，还有那穿皮刺肉的牙齿咬合，尖利的一整排牙咬在另一排上；零号离开了，留下他一个人；警报器震天轰响，枪炮声，垂死之人的嘶喊声；他跌进地狱里，见到了到处是血的地狱；血溅在墙壁和地板上，宛如屠宰场；黏稠的动脉血从捂住喉咙伤口的手指间迸出来；他发出的嗞嗞的呼吸声；他在地板上滑行了好久，眼前天旋地转，黑暗渐渐包围了他。接着，一切就结束了。

噢，天哪。

到我这里来，葛瑞。到我这里来。

他冲出房间，阳光刺痛了他的眼。太疯狂了，他疯了。他像只庞大笨拙的动物，跑过停车场。他看不见，也没有方向，只能用双手紧紧地捂着耳朵。停车场上有几辆车随意停放着，好几辆车的车门都敞开着。但是处在狂暴状态的葛瑞却没能注意到这个现实，甚至也没能注意到其他恐怖的细节。比如旅馆粉碎的前窗；高速公路上没有汽车驶过；街面的加油站空荡荡的，窗上有一抹血红，有具尸体靠在加油机上，仿佛在打盹儿；诡异的麦当劳，屋里的椅子、桌子、番茄酱包、开心乐园餐玩具，以及各种肤色、不同年龄的顾客都被猛力地抛出窗外。还有鸟，一大群黑色的鸟如乌云般盘旋，乌鸦、渡鸦、秃鹰，这些食腐鸟懒洋洋地在头顶上盘旋。这一切仿佛恐怖大战后的场景，沐浴在无情的夏日阳光里。

你看见了吗，葛瑞？

“别说了！闭嘴！”

他被脚下某个软软的东西绊到了，他感觉脚边有某种软软的东西害得他摔倒，害得他四肢着地在柏油路面上往前滑行。

看看我们所创造的世界。

他紧紧地闭上眼睛，用力喘气。他不必看也知道，那软软的东西是尸体。**拜托**，他不确定自己是在对谁说话，甚至也不知道自己在说什么。是对他自己说话，还是对他脑袋里的声音说话。他一向不太相信上帝，但现在他却一心想相信上帝。**不管我做了什么，我都很抱歉。对不起，对不起。**

等他终于睁开眼睛，所有的希望都破灭了。这是一具女人的尸体。她脸上的皮肉干瘪，所以很难看出她有多大。她身穿运动裤以及一件领口镶着粉红蕾丝的T恤衫。葛瑞猜她原本大概是在床上，然后跑出来看看外面是怎么回事。她趴在路面上，肩背扭曲。苍蝇在她身上嗡嗡叫，在她嘴巴和眼睛里飞进飞出。她一条手臂摊在路面上，手掌朝上；另一条手臂折起来压在胸部下面，指尖摸着脖子上的伤口。不是刀伤，也不是切伤，不是那种干净整齐的伤口。她的喉咙被咬了，被咬得肉烂见骨。

这不是唯一的尸体。葛瑞的视野变宽广了，在他左边几米外，一辆雪佛兰小货车敞开驾驶座的门停在那里。一个身穿西装裤与背心的胖男人死在车里。

旅馆门口附近有更多的尸体。严格来说，并不算是尸体，说是布满人体零件的区域或许更为贴切。一名女警从警车上下来的时候被杀死，她的背靠在保险杠上，枪还在手里。一个穿着亮紫色运动服的男人被倒吊起来，躯干高挂在枫树的树枝上，活像一只风筝。

这时，葛瑞知道自己的精神已经开始接近恍惚的状态了。他的眼睛看着像这样的东西，不可能还有其他任何感觉。

不管最后动手的人是谁，那人都已经不在了。一辆本田雅阁和一辆克莱斯勒乡野休旅车在出口附近正面相撞，车头像手风琴的风箱那样凹陷进去。本田车的驾驶员从挡风玻璃处被抛了出来，但车子除了车头之外，其余的部分似乎完整无缺。而克莱斯勒休旅车却像是被洗劫过一样，车门像个飞盘一样掉落在停车场的另一头。敞开的车门旁边，一堆乱七八糟的东西散落在路面上，手提箱、玩具、一大袋纸尿布，还包括一具俯卧的女尸。离女尸伸长的手臂不远的地方，有个歪倒在地的婴儿摇篮，不过摇篮是空的。那婴儿呢？葛瑞想，接着他明白了。

葛瑞选择了小货车。开不开奔驰其实都是无所谓的事了，但他觉得眼下开小货车比较合理。在此刻那段显然已经无足轻重的人生里，他自己曾经拥有一辆雪佛兰货车，开小货车的感觉很熟悉。他把那个没了头的驾驶员抬下来放在路面上，这实在很恐怖，但也没办法把头还给这个可怜的家伙。把没头的他留在这里似乎很不应该，可是放眼望去哪里也找不到他的头，而且葛瑞对这个场景也已经看够了。他四下寻找适合他的鞋——十三码加宽①，不管零号对他做了什么，都没让他的脚变小——最后在开奔驰的那个家伙的脚上，葛瑞找到了一双软皮便鞋。这双意大利小羊皮做的鞋，柔软得像奶油似的，脚趾部位有

① 原文为 13EEE，意为 13 码加宽 3E，美国鞋码 13 码相当于中国鞋码的 47.5 号。

点紧，但幸好像这样的皮鞋是有弹性的。他坐上小货车，发动引擎。油箱里的油还有四分之三，葛瑞盘算，这应该够他前往丹佛的大半路程。

开车之前，葛瑞突然有个念头闪过，于是他把车停好，回到旅馆房间里。他拿起手枪回到车上，把枪放进置物箱里。就这样，只有一把枪为伴，他发动小货车，上路了。

6

妈妈在卧房里。妈妈在卧房里，一动也不动。妈妈在卧房里，那里不准进去。妈妈死了，一定是这样的。

我走了以后，记得要吃饭，因为你有时候会忘记。每隔一天就要洗澡。牛奶在冰箱里。幸运符[①]早餐麦片在柜子里。冰箱里的汉堡包和炖菜吃的时候需要加热。用微波炉热一个小时，弄好之后记得要关掉微波炉。要当乖孩子，丹尼。我永远爱你。我只是没办法再一直害怕下去。爱你。妈妈。

她把字条留在餐桌上，用胡椒粉瓶和盐罐压住。丹尼喜欢盐，讨厌胡椒粉，因为胡椒会害得他打喷嚏。妈妈已经走了十天了，丹尼之所以知道，是因为他每天早上都在日历上做记号。妈妈留下的纸条还摆在桌上，他不知道该拿它怎么办。这个家里闻起来有股可怕的味道，像是浣熊或臭鼬在这里出没了好多天一样的味道。

因为没有电，所以牛奶也变质了，牛奶喝在嘴里的味道很怪。他试过用水龙头里的水去泡幸运符麦片，但是泡起来和以前不一样。没有什么东西和以前是一样的，所有的东西都变得不一样了，因为妈妈在卧室里一动不动。夜里，他坐在自己漆黑的房间里关紧房门。他知道妈妈把蜡烛收在了哪里，就在水槽下面的柜子里，也就是妈妈摆放那瓶她紧张时就会喝的伏特加的地方。可是他不知道火柴在哪里，火柴属于列在清单上的东西。其实也不能算是什么真的清单，就是列了

① 幸运符（Lucky Charms），是美国一个著名的麦片品牌。

他不能做的事或不准碰的东西。例如烤面包机，因为他会不停地把按钮按回去使得吐司被烤焦；妈妈床头柜里的手枪，因为那不是玩具，一不小心就会射到自己。因为坐上他驾驶的巴士的女生觉得不高兴，所以之后他就不能再驾驶第十二号校车了，这真的是太惨了。对丹尼·察伊斯来说，这就是天底下最惨的事了。

没电，就表示没法看电视，所以他就不能看托马斯[①]了。托马斯小火车是适合小小孩看的，妈妈说过他几百万遍了，但是治疗师弗朗西斯说，只要丹尼也做其他的事，看托马斯就没有关系。他最爱的是詹姆士[②]，丹尼喜欢它红色的车身、红色的车头，以及它讲话的声音，那声音听着好舒服好安心，让人觉得喉头痒痒的。人的面孔对丹尼来说很难懂，但是托马斯火车的表情总是很形象，也很容易理解，而且它们对彼此做的事情很好玩，它们老喜欢恶作剧、互相捉弄。詹姆士是个自大的火车头，它偷偷地转换轨道害得培西[③]撞进煤堆里，或是把巧克力倒在正在拉特快列车的高登[④]身上。巴士上的小孩有时候会取笑丹尼，说他是托马斯小火车里的胖总管托芬海先生[⑤]，然后他们会改编动画片的歌曲换上些不太好听的歌词唱出来，但是丹尼大多数时候都会跟着一起哼。不过，其中有个小孩，他姓“善良”[⑥]，名叫比利，但人可一点都不善良。虽然比利在念六年级，但丹尼觉得他很可能被留级了好几次。因为比利的身形体格完全像个大人。每天早晨上车时，他手里都没抱什么书，穿过两排座位之间的走道时，他会和其

---

① 托马斯是美国儿童电视系列剧《托马斯和朋友》中的主角，它是一台小火车，是拥有蓝色身体的1号小火车。

② 詹姆士是有着鲜红色车厢和铜黄色圆顶的5号小火车，它总是认为自己是台很耀眼的火车。

③ 培西是小型的绿色的6号小火车，它是火车团队中的年轻成员，是托马斯最好的朋友。

④ 高登是蓝色身体的4号快速火车，它是火车团队中的资深成员，同时也是跑得最快的火车。

⑤ 胖总管托芬海先生负责确保所有火车都准时到站并发挥应有的作用，他严格要求所有员工和火车头，态度温和而坚定。

⑥ 小孩的名字原文为Billy Nice，英文nice有善良的意思。

他男生击掌打招呼，而且浑身散发着香烟的味道。

嗨，胖总管，多多岛[①]今天怎么样啊？总管夫人真的要到你的车厢来吗？

哈哈哈，比利大笑。丹尼从来不回嘴，因为回嘴只会让情况变得更糟；他从没对普维斯先生透露任何事情，因为他知道那个人会怎么说。**该死，丹尼，你干吗让那些小浑蛋这样对你？即使天知道你是个怪胎，可你也总得捍卫自己啊。你是这艘船的船长，你要是容许他们叛变，下一回就完了。**

丹尼喜欢负责调度工作的普维斯先生。普维斯先生一直是丹尼的朋友，也是丹尼妈妈的朋友。妈妈在食堂工作，所以他们两人才会认识。而普维斯先生不时到家里来帮忙修东西，比如厨余粉碎机发生故障或是门廊上的木板松动了，即使他也有自己的老婆普维斯太太，也有他自己的家庭。普维斯先生是个秃头的大个子，老喜欢透过牙缝吹口哨，也喜欢把裤子提得高高的。有时候，他在夜里过来，在丹尼上床之后的时间里来。丹尼会听见客厅里的电视声，以及他和丹尼妈妈的笑声与谈话声。丹尼很喜欢那样的夜晚，这让他心里觉得很愉快，和“按按乐”游戏带给他的感觉一样。要是有人问起，妈妈总是说丹尼的爸爸“不在相片里”，这倒是千真万确。家里有妈妈的照片、丹尼的照片、母子的合照，但是他从没在照片里见过爸爸的身影，丹尼甚至不知道爸爸的名字。

让丹尼去开巴士是普维斯先生的主意。他在维修厂的停车场里教丹尼开车，陪他考取 B 级驾照，帮他填好申请表。起初丹尼妈妈有点拿不定主意，因为她需要丹尼帮忙做家务，他一直都是个有用的火车头。此外还有社会福利的问题，也就是政府补助的钱。但是丹尼知道真正的原因，是因为他的情况和别人不同，他很特别。妈妈用很谨慎的语气说，人一旦有了工作就必须“适应”。因为工作时会有很多事情发生，形形色色的事情。就像在食堂里工作，有时候供应的是热

① 多多岛是《托马斯和朋友》里的地方，被蔚蓝的大海所包围，岛上有绿油油的田地和金色的沙滩，还有小河、溪流。这里有风车和一座煤矿，以及迎接游客到岛上观光的码头。岛上还有很多很多的火车路线。

狗，有时候是千层面，还有的时候是鸡排。菜单写的是一回事，结果端出来的又是另一回事，你不可能永远都能事先知道。这不是会让他很失望吗？

可是开巴士并不是在食堂工作。巴士就是巴士，按时刻表运行，准确无误。丹尼一坐在方向盘的前面，就感觉非常快乐，他这一辈子从来没有这样的感觉。开巴士啊！一辆黄色的巴士，座位井然有序，六个车挡与倒挡，眼前的一切都如此美好，如此整齐。虽然这不是一辆火车，但是已经很接近了。每天早上把车开出维修厂时，他都想象自己是高登、亨利[①]或培西，甚至是托马斯本人！

他总是很准时。从维修厂到终点站，车程四十二分钟，十九个站，二十九名乘客，不多不少刚刚好。**罗伯特、雪莉、布黎特妮、梅贝思、乔伊、达拉／丹尼斯（双胞胎）、佩德罗、达敏、乔丹、查理、奥利佛（奥仔）、莎夏、比利、茉莉、莱尔、狄克（猪头）、理察、莉萨、麦肯纳、安娜、马修、查理、爱蜜莉、强强、凯拉、西恩、提摩西，还有丹尼自己**。有时会有家长在街角陪他们等车，比如穿着家居外套的妈妈，或是打领带穿西装外套的爸爸，也有的爸爸手里端着装咖啡的马克杯。**今天还好吗，丹尼？**他们有时会挂着问候的微笑问他。**你知道，我们会盯着你的。**

当个有用的火车头，妈妈总是这么说，而丹尼也确实是。

可是孩子们都不见了，不只是孩子们，其他所有人都不见了。妈妈和普维斯先生不见了，说不定全世界的人也都不见了。夜晚黑漆漆、静悄悄的，到处都没有灯。有一阵子，还有很多噪声，比如人的嘶喊声和警笛的尖鸣声，以及军用卡车在街头巷尾疾驰的声音。他听见枪响。砰！枪的声音，砰！砰！砰！砰！他们在射什么东西啊？丹尼很想知道，但是妈妈不肯说。她叫他待在屋里：“别看电视，别靠近窗户。”丹尼就这样没法开巴士，也没法接孩子们，学校似乎也不上课了。

没有了巴士，他不知道自己该怎么办。他觉得自己的脑袋一团

---

① 亨利是又快又长的绿色身体的3号小火车，它总是紧张兮兮并且多愁善感。

乱，他真希望普维斯先生能来和妈妈一起看电视，那样总是可以让妈妈的心情变得好一些，可是普维斯先生始终没来。一片静寂，这世界变得一片静寂。外面有怪兽，丹尼搞懂了。比如，住在街对面的那个妇人金太太。金太太教小提琴，小孩到她家里去上课，夏天的时候只要打开窗户，丹尼总可以听见他们拉琴的声音，《小星星》和《玛丽有只小小羊》，还有他不知道名字的其他乐曲。然而，现在已经没有小提琴的声音了，只剩下金太太吊在她家门廊的栏杆上。

有天晚上丹尼听见妈妈在卧房里哭。她偶尔会这样哭，自己一个人躲起来哭，很正常，丹尼一点都不用担心，但这次却感觉有点不一样。他躺在床上听了好久，心想竟然有事情能让她难过得哭成这样。有什么事能难过到哭成这样？这到底是种什么感觉呢？但这个想法就像搁在架子上的东西，他就算伸手想够也够不着。后来他在漆黑中醒来，感觉到有东西在摸他的头发，他睁开眼睛看见妈妈坐在床边。丹尼不喜欢别人摸他，这会让他觉得有点紧张，可是妈妈摸他就没关系，因为他很习惯了。“怎么了，妈妈？怎么回事？”丹尼问。但妈妈只说：“别说话，别说话，丹尼。”她膝上放了个东西，裹在毛巾里。“我爱你，丹尼。你知道我有多爱你吗？”“我也爱你，妈妈。”他说。只要有人说我爱你，像这样回答就没错。在妈妈的抚摸之下，丹尼再次入睡。到了早上，妈妈卧房的门关着，再也没有打开。丹尼知道了，他看都不必看就知道了。

他还是决定去开巴士。

因为说不定自己不是唯一还活着的人，因为开巴士会给他一种快乐的感觉，因为他不知道自己还能怎么办，因为妈妈在卧房里不出来，牛奶也已经变质了，而且又已经过了这么多天，他不知道该做什么。

他在前一天晚上把衣服拿出来，像妈妈以前为他做的那样，一条卡其色的裤子、一件白色的衬衫、一双褐色的系带鞋，然后准备午餐。家里已经没有太多东西可以吃了，只有花生酱和一些全麦饼干，以及一袋摆了很久的棉花糖，可是他还留了一罐汽水。他把这些东西全放进背包里，和小刀与幸运铜板摆在一起，然后从衣柜里拿出帽子，这是妈妈在火车城替他买的蓝条纹火车帽。火车城是个游乐园，让孩子们可以搭乘火车玩耍，就像托马斯那样。丹尼从很小的时候就去过那个游乐园，那是天底下他最爱的地方，可是那些火车对丹尼来说有点太挤，放不下他的长腿长手，所以他喜欢看着火车跑啊跑，然后烟囱里冒出一团团的烟来。除了去火车城之外，妈妈不让他戴帽子到外面去，因为她说别人会取笑他，可是丹尼觉得现在戴上应该也没关系。

他在天亮时出发。巴士的钥匙就在他的口袋里，紧紧地贴着大腿。维修厂距家里四公里多一点，不算远也不算近。还没走过一条街的距离，他就看到第一批尸体了。有些在他们自己的车里，有些则躺在草坪上，或者靠在垃圾桶上，甚至挂在树上。尸体皮肤都像金太太的那样变成了蓝灰色，衣服紧紧地绷在因夏日高温而膨胀的肢体皮肤上。这景象真的是太惨了，很惨很惨，但是也很有意思。如果时间多一点，丹尼一定会停下来仔细看。路上还有很多垃圾，纸屑、塑料杯和在风中翻飞的垃圾袋，丹尼很不喜欢这样，不应该乱丢垃圾。

等走到维修厂的时候，太阳已经暖暖地照在他肩上了。维修厂里有很多巴士，但不是所有的巴士都在。一排排停放的车子之间有些空位，仿佛缺了牙的嘴巴一样。但是丹尼的车，第十二号，还在原来的位置等他。世界上有很多不同种类的巴士，穿梭巴士、包租巴士、市区公交车和长途巴士，每一种巴士丹尼都认识。这是他喜欢做的事：为了了解某一种东西去学会相关的一切。他的巴士是红鸟450[①]。这款车符合最精密的引擎标准，有最耐久的车体，配备有专利的“简易辅助系统”，这种先进的系统可以显示驾驶信息，为司机与维修技工提供系统的丰富的信息。此外还有一体成型的专利“红鸟舒适”底盘，让红鸟450成为今日业界兼具安全、质量与耐用价值的首选。

丹尼上了车，把钥匙插进发动器，随着大车引擎的响起，他的

① 原文为Redbird450。

腹部也涌上了一股暖流。他看看手表：六点五十二分。等长针指到十二，他就给车挂挡，开出停车场。

起初的感觉很奇怪，尤其是当他开车经过一条条空无一人的街道时。但等他开到第一站梅菲尔德家，也就是罗伯特与雪莉上车的地方时，他已经融入了早晨的节奏里。要想象今天是个普通的日子并不难。他停下巴士，嗯，罗伯特和雪莉有时候会晚到，他按下喇叭，他们就会从门里冲出来，然后他们的妈妈会在后面喊着要乖要听话，好好地过一天，然后和他们挥手道别。他们家是幢小屋，不比丹尼和妈妈住的那间屋子大多少，但是比较漂亮，外面漆上了南瓜色，宽阔的门廊上还有一架秋千。春天的时候，栏杆上总是挂着一篮篮的花。这时篮子还在，但花都凋萎了，草坪也该修剪了。丹尼伸长了脖子，透过挡风玻璃看那幢房子。二楼有扇窗户好像整个被人从窗框拆掉了。百叶窗还挂在原本的位置上，像舌头那样往外吐着。他又按了按喇叭，等了一分钟。还是没有人出来。

七点零八分，还有其他站要停。他把车从街角开出，绕过一辆侧翻在地的丰田油电混合车。路上还有其他的东西：一辆翻倒的警车被压得扁扁的，一辆救护车和一只死猫。许多房子的门上喷着X，还有数字和字母。等丹尼抵达第二站，一个名为“橡树堡”的联排屋小区时，他已足足晚了十二分钟。这里该上车的是**布黎特妮、梅贝思、乔伊和达拉/丹尼斯**。他按了一声长长的喇叭，然后又按了一下。但是这样做一点用都没有，丹尼还是得继续往前走。橡树堡小区如今只剩下一堆冒烟的废墟，整个小区已经被烧成平地。

随后他抵达了更多站，但到处都一样。他把巴士往西开到樱桃溪，这里的房子比较大，和马路之间隔着宽阔的草皮斜坡。枝繁叶茂的大树在街道上映出微微摇曳的阴影。这里笼罩着宁静的感觉，有着更为平和的气氛。房子一如往昔，而且丹尼没看见任何尸体，可是还是不见小孩的踪影。

到这个时候，巴士上本来应该有二十五个孩子的，这种寂静让人很不安。巴士向来一路吵闹声不断，每多停一站，多一个孩子上车后，喧闹声就多一点，很像电影里的配乐那样，越来越大声，直到最后一个场景。最后一个场景就是减速带，是林德纳大道上的减速带。**撞上去啊，丹尼**！他们会大叫，**撞上去**！虽然不该这么做，但他还是会稍微加点油门，让他们从座位里往前冲，在这一瞬间，他会觉得自己是他们中的一员。丹尼向来不是像他们这样的孩子，不是像这些单纯只是去上学的孩子，但是在巴士冲向减速带的时候，他就和他们一样。

丹尼想着这些事，怀念起那些孩子，就连比利·善良的蠢玩笑和哈哈哈的笑声，丹尼都很想念。就在这时，他看见前面有个男孩，那是提摩西。无论在哪里，丹尼都认得出他来，因为他的头发，他后脑勺上那两绺翘起来的头发，活像昆虫的触角。提摩西差不多算是巴士上年龄最小的孩子，才念二年级或三年级，而且个子也很小。他家的管家是一个穿工作服的褐色皮肤的胖女人，她会陪他一起等车，但通常都是提摩西的姐姐陪着他。他姐姐大概念中学吧，丹尼猜。她是个看上去很有趣的女生，不是那种好笑的有趣，而是奇怪的有趣。有一绺绺被染成粉红色的头发混在她的头发里面，就像丹尼吃太快胃不舒服的时候妈妈给他吃的那种胃药的颜色；她的眼线画得粗粗的，让她看起来活像恐怖片里的画像，还是眼睛会动的那种画像。她的两只耳朵各打了十来个耳洞，而且大部分时候她都戴着狗项圈[①]。狗项圈！把自己当条狗！奇怪的是，丹尼觉得除了这些诡异的东西之外，她其实是很漂亮的女孩。他不认识她这个年纪的女生，或是其他任何年纪的女生，但丹尼喜欢她陪弟弟等巴士的样子，拉着他的手，车一来就放开，免得车上其他的孩子看见。

这时丹尼把巴士开到车道尽头，拉起操作杆打开车门。“嗨！”他说，因为他只想得出这句话：“嗨，早安。”

似乎轮到他们答话了，但他们一句话都没说。丹尼的眼神飞快地瞟过他们的脸，却看不透他们的表情。托马斯里的那些火车头都没有像他们这样的表情。托马斯的火车头要么高兴，要么伤心，要么生气，但是他们的表情却不一样，很像电缆出问题时黑漆漆的电视屏

---

① 这里提到的狗项圈结合前文的耳洞、眼线与挑染的粉色头发，均指的是美国青少年群体较为推崇的一种哥特式风格打扮。

幕。女孩的眼睛红肿，头发看起来乱七八糟。提摩西流着鼻涕，不停地用手背擦着鼻子。两人的衣服都皱巴巴脏兮兮的。

“我们听到你按喇叭。”那女孩说，她的声音沙哑，好像已经好一阵子没讲话了，“我们躲在地窖里，两天前就没东西吃了。”

丹尼耸耸肩：“我吃了幸运符麦片，但只能配水。那样很不好吃。”

“还有其他人留下来吗？”女孩问。

“留在哪里？”

“活下来。”

丹尼不知道该怎么回答，这问题似乎太难回答了。或许没有其他人活下来了，因为丹尼看见了好多尸体。可是他并不想这么说，他不想当着提摩西的面说。

他瞥了那男生一眼，提摩西到现在都没说半句话，只是紧张地用手背搓着鼻子。“嘿，提摩西，你过敏了吗？我有时候也会过敏。”

“我们爸妈在特柳赖德[①]，”男孩说，他盯着自己的运动鞋，“康苏拉本来在陪我们，可是她走了。”

丹尼不知道康苏拉是谁。别人不回答你的问题，反而回答了你想都没想过的问题，这实在很伤脑筋。

“好吧。”丹尼说。

“她在后院里。”

“要是她走了，怎么还会在后院里？”

小男生的眼睛睁得大大的：“因为她死了。”

有好几秒钟的时间，没人说半句话。丹尼觉得很奇怪，他们为什么不上车，或许应该开口请他们上车。

“大家都应该到里高球场去的。”那女孩说，“我们在收音机上听到的。”

“里高球场有什么？”

“军队。他们说那里很安全。”

就丹尼这一路所见的情景，他估计军队的人八成也都死了，但至

---

① 特柳赖德（Telluride），科罗拉多州的一个城市。

少里高球场是他们可以去的地方。他之前并没有真的想过这件事：他要到哪里去？

“我是艾普丽。”女孩说。

她看起来就像艾普丽。说来奇怪，有些人的名字就是这样，人如其名。

“我是丹尼。”他说。

“我知道，”艾普丽说，“拜托，丹尼，快点带我们离开这个鬼地方。”

7

这颜色不对，丽拉断定。不，这颜色完全不对。

这颜色叫“奶油黄”。在店里的样册上，这颜色是一种比较柔和的淡黄色。但是现在丽拉手里拿着粉刷滚筒后退一步观看她的粉刷成果时，老实说，她真是搞得一团糟，为什么戴维不能来做这些事？现在这个颜色看起来比较像……嗯，像什么？柠檬黄。像颗通了电的柠檬。这颜色刷在厨房说不定还可以，刷在明亮、阳光充足、窗户开向庭院的厨房可以，但是在婴儿房不行。我的天哪，她想，漆上这种颜色，婴儿恐怕都不肯闭上眼睛睡觉。

太沮丧了，她的努力全白费了。在她把梯子从地下室搬到楼上，在地上铺好抹布，跪在地上把护壁板贴起来之后，却发现她必须再跑一趟超市，必须全部重来一遍。她本来打算在午餐前把房间漆好，留下足够的时间让油漆晾干，好贴上碧翠丝·波特① 童书场景图案的墙贴。戴维觉得那个墙贴很蠢。“太感情用事了。”他是这么说的。可是丽拉不管，她从小就喜欢彼得兔的故事，她总是爬到爸爸膝上或窝在床上听彼得兔逃出麦奎格先生花园的故事，一遍又一遍，几百几千遍。他们在韦尔斯利的那幢房子，院子边以树篱为界，有好几年的时间她始终都耐着性子在树篱里找寻一只穿蓝色外套的小兔子。

可是现在彼得兔得再等等了。她浑身乏力，必须站起来，油漆味让她头晕。空调好像有点问题，虽然因为怀孕的缘故，她老是觉得太热。她很希望戴维能快点回来。医院里非常忙乱，他打过一次电话给她，让她知道他会晚归，但之后就再也没有消息了。

---

① 碧翠丝·波特（Beatrix Potter），英国童书作家与插画家，以“彼得兔”闻名于世。

她下楼走到厨房，厨房里一片混乱，水槽里堆着盘子，灶台很脏，地板上黏腻腻的。丽拉站在门口觉得很困惑，她不明白自己怎么会放任事情恶化至此，也不明白尤兰达到底是怎么回事。她有多久没来了？星期二和星期五是管家固定来家里的日子，今天是星期几？丽拉想，光看厨房的样子，别人一定会以为尤兰达好几个星期没来了。好吧，这女人英文不太好，而且有时会做奇怪的事，例如把茶匙和汤匙搞混，惹得戴维发牢骚，或连看都不看就把账单直接丢进垃圾桶里，诸如此类，让人很气恼的事，但尤兰达不会旷工，连一天都不会。有个冬天的早晨，尤兰达来上班时咳得好严重，严重到连丽拉在楼上都听得见。她还从这女人手中抢走拖把说："拜托，尤兰达，让我帮你吧，我是医生。"（当然是支气管炎啊。丽拉仅仅是在厨房里听到尤兰达肺部的声音，然后就亲自开了青霉素的处方笺，因为她知道这女人很可能根本没有家庭医师，更别提医疗保险了。）所以，好吧，她有时会丢掉邮件，搞混餐具，把袜子放进内衣抽屉里，但她是个勤奋工作的人，干起活来不知疲倦的。对他们来说，她是个乐观、守时，可以让他们信赖的好帮手，可如今她好久没来，却连一通电话都没有。

这就说到了另一个问题。电话似乎坏了，而且没有邮件、没有报纸。可是戴维叫丽拉无论如何都不能离开屋子，所以丽拉也没出去查看，说不定报纸还躺在车道上。

她从碗柜里拿出一个玻璃杯，拧开水龙头。水龙头底下发出咕噜咕噜的声音，是空气的声音，然后……没了。这时她想起来了，已经有好一阵子没水了。现在最要紧的事就是去找水电工，可是那也得电话能用才行，而这时戴维偏偏又不在。菜篮子里搞得天翻地覆[①]，是不是就是指这样的情况呢？这是丽拉的爸爸最喜欢说的话，"菜篮子里搞得天翻地覆"。这词句用得可奇怪了，丽拉想。到底什么是菜篮子？菜篮子和普通的篮子又有什么不同？有很多像这样的词句，就连最简单的词都可能会突然间看起来很陌生，仿佛你从来没见过似的。

① 原文为 hell in a handbasket，是美国俚语。

尿布、误入歧途、水电工、结婚。

那真的是她的主意吗？嫁给戴维？我要嫁给戴维，她不记得自己这样想过。在踏上结婚这条路之前，大家都应该是这么想的吧。好奇怪哟，你的人生前一刻是这样，下一刻却变成那样，而你竟然不记得自己做了什么才让这一切发生。说真的，她并不会说自己爱戴维。她喜欢他，她欣赏他（哪个人会不欣赏戴维·贤特？他是丹佛综合医院心脏科主任，科罗拉多电流生理学中心创办人。哪个人会不欣赏这个坚持跑马拉松、有丹佛掘金篮球队与歌剧院季票，并且每天把病人从生死线上抢救回来的人？）。

但是这些感觉可以累积成爱吗？如果不能，难道你应该为了怀上这个男人的孩子而嫁给他吗？怀孕本不是丽拉意料中的事，只是自然而然发生了。难道嫁给他就只为了人格高尚的戴维宣称自己打算“做对的事”？这就是对的事吗？为什么戴维有时候似乎一点都不像戴维，而像是某个模仿戴维，以戴维为模型，看起来像戴维真人大小的东西？丽拉把她订婚的消息告诉爸爸时，她看见爸爸脸上的表情——他知道。他坐在书房的书桌后面，周围都是他所爱的书，他正在给一艘模型船的船桅上胶。“嗯，”他清清喉咙，停下来盖上胶水瓶的盖子，“我知道，在这种情况之下，你会想这么做的。他是个好人，如果你愿意的话，可以在这里办婚礼。”

于是就这么办了，他们飞抵波士顿时，正好有一场早春的暴风雪即将来袭。一切都在忙乱之间匆匆地搞定了，只有几位亲戚朋友在最后一刻赶到，尴尬地挤在客厅里见证他们交换结婚誓言（只花了大约两分钟），然后就匆匆告退了，就连外请的婚礼侍者也都提早离去。让大家觉得尴尬的原因不是因为丽拉怀孕了。而是，她知道，是因为某人缺席了。

某人总是缺席。

可是别管了，别管戴维，别管他们俩那糟糕透顶的婚礼（老实说，简直有点像是守灵夜），别管那一大堆剩下的鲑鱼和白雪，以及其他的一切。最重要的是宝宝，以及照顾好她自己。这世界愿意被搞得天翻地覆，那就随它去吧，宝宝才是最重要的。是个女儿，丽拉照过超声波了，小小的手，小小的脚，小小的心脏，小小的肺，漂浮在她体内温暖的羊水里。**宝宝喜欢打嗝儿，打嗝儿**！这个小宝宝。**打嗝儿**！**打嗝儿**！这个词真是奇妙。宝宝吸进吐出羊水，让横膈膜收缩，导致喉头声门关闭，横膈膜同时产生震动，或者称为“呃逆”[①]，这个词源于拉丁文[②]，指的是“抽噎时屏住呼吸的动作”。丽拉在医学院学到这个时，心想：原来是这样。她当时马上就打起嗝儿来，一大半的同学都是这样。丽拉知道，澳大利亚有个男的连续打嗝儿打了十七年之久。她在《今日秀》节目上看过这个人以及关于他打嗝儿的事。

今天。今天是星期几？她走到玄关，慢慢地明白过来，仿佛她的心已经悄悄飘了起来，正在越过窗台偷偷地往外看。她拉开窗帘看着外面。没有，没有报纸。没有《丹佛邮报》，没有《纽约时报》，也没有那些她看都不看就直接丢进垃圾桶的小区新闻。透过玻璃，她听得见树上传来的夏日虫鸣。外面通常可以看见一两辆车缓缓驶过，邮差一路吹着口哨穿过街区，或保姆推着娃娃车在街道上走着，但今天什么都没有。“我把情况搞得更清楚一点之后就会回来。你留在屋里，锁好门窗。不管外面发生了什么情况，都不要出去。”丽拉记得戴维这样对她说。她记得她站在窗边，看着他那辆新型的丰田氢动力车静悄悄地滑出车道。天哪，连他开的车子都道德高尚，教皇八成也开这种车吧。

可是现在，外面的路上是不是有条狗？丽拉把脸贴在玻璃上往外看，她看见强森家的狗独自走在马路中央。住在隔壁的强森夫妇是一对空巢老夫妻，女儿已嫁人，儿子离家上大学。麻省理工？加州理工？反正是这类的名校。他们搬到这里那天，强森太太（“叫我珊蒂！”）是第一个上门的邻居，带了一个大蛋糕以及热情的招呼。不值班的日子，丽拉几乎每天傍晚都看见她，有时还有她丈夫杰夫陪在身边，他们出门遛那条名叫洛斯可的狗。这只老是咧着嘴的黄金猎犬十分温顺，只要有人走近，它就四脚朝天地躺在路上（“请原谅我家

---

① 原文是 singultus。

② 原文是 singult。

这条不知死活的狗。”杰夫说）。洛斯可在外面走着，可是有点不对劲，它看起来和以前不一样。肋骨像木琴的琴键一样一根根凸了出来（这时丽拉心中突然浮现出她小学打钟琴的回忆，想起了《两只老虎》的旋律）。洛斯可走在路上，一副困惑、漫无目标的样子，嘴里还叼着不知道是什么的东西。某种……软绵绵的东西。强森夫妇知道它跑出来了吗？她是不是该打电话问他们一下？可是电话打不通了，而她又答应戴维不出门。一定会有人注意到它，说：咦，那是洛斯可，它一定是跑出来了。

该死的戴维，她心想。他只顾忙着自己的事，这么不体贴，天知道他出去干什么，把她一个人丢在家里，没水没电不通电话，而且婴儿房的油漆颜色还错得离谱。和她想要的颜色一点都不像！她怀孕才二十四周，但她知道时光是如何飞逝的。前一分钟，离预产期还有好几个月，下一分钟，就在三更半夜提着小行李袋冲出门去，心慌意乱地开车直奔医院，然后仰卧在灯光下，吸气，吐气，阵痛袭来，痛不欲生，你只能忍耐，直到宝宝出生。在迷迷糊糊的痛楚之间，你会感觉到有人握着你的手，一睁开眼，丽拉看见布莱德·华格斯特在她身边看着她，他脸上的表情无法形容，是心疼惊恐、着急无助的表情，然后丽拉听见他的声音说：**用力，丽拉，就快好了，再用力一次就好了！**于是丽拉做到了，她从自己的身体内部找到力量，再一次用力，把宝宝生了出来。在随后的静寂之中，就在布莱德把这个神奇的礼物抱过来之时，欢喜的泪水淌过他的脸颊，你可以感觉到自己人生最深刻最永恒的正确之举，你知道自己之所以选择这个男人，是因为你就只是单纯地想和他在一起。还有你们的宝宝，伊娃，这个温暖崭新的小生命是你们两人合力创造的，就是这样：你们两个人，创造了一个生命。

布莱德？她想到的为什么是布莱德？是戴维才对。戴维才是她的丈夫，不是布莱德。教皇戴维和他的教皇座驾，历史上是不是有过名叫戴维的教皇？大概有吧。

好吧，丽拉想，游荡的洛斯可已经离开她的视野了，真是够了。她已经受够了困在这幢发臭的房子里。戴维爱怎么做就怎么做吧，她想不出任何理由坐在这里无所事事来浪费这么美丽的六月天。她那辆旧沃尔沃就停在车道上。她的皮包哪里去了？她的钱包？她的钥匙？都在这里，在大门旁边的小桌子上，就在她之前摆放的地方。

丽拉上楼到卧房去。天哪，厕所的卫生惨状她连想都不愿想。她在镜子里看看自己的脸。这个嘛，看起来不太好，看到的人一定会以为她晕船了，她头发乱得像鸡窝，眼睛凹陷，目光迷离，皮肤没有血色，好像已经好几个星期没晒太阳的样子。她不是那种必须精心打扮一个小时才肯出门的女人，但尽管如此，她现在的模样也还是不太像样。她实在是应该洗个澡了，但是不用说，这当然是不可能的事。水槽有好几个装水的罐子，她拿水洗了洗脸，用毛巾把脸搓到泛红。然后用梳子梳头发，在脸颊上扑点腮红，在睫毛上刷刷睫毛膏，涂点口红。在这个大热天里，丽拉身上只穿了T恤衫和内裤。屋里散发着烧剩的蜡烛、堆积如山的脏衣服和脏床单的臭味，她从卧房的柜子里找出戴维的一件长款衬衫。下半身该穿什么是个大问题，因为怀孕隆起的腹部导致她以前的裤子几乎都穿不下了。她只能穿上一条只要不扣第一颗扣子就可以勉强穿上的牛仔裤，然后穿上凉鞋。

丽拉再次照了照镜子，现在看起来还不错，绝对比之前改善了不少。反正她也没打算到什么特别的地方去。不过是想在外面逛逛之后，找个地方吃午饭。在家里闷了这么久的时间，丽拉绝对应该享受一下。找个舒服的、可以坐在户外吃饭的地方，来杯冰茶，吃份沙拉，这感觉很棒，但更棒的是，在春日的午后闲坐户外。

阿米思咖啡馆绝对是能满足她需要的地方，那里有很棒的阳台，有繁花飘香的藤蔓，还有那位手艺了得的主厨。这位主厨有一次到他们的桌边打招呼聊天，他是个曾经在巴黎蓝带厨艺学校深造的主厨。他是叫皮埃尔？还是弗朗索瓦？他会用酱汁做出最不可思议的东西，可以让最简单的餐点散发出最浓郁的香气，他做的红酒炖鸡魅力不可抵挡。但是阿米思咖啡馆最出名的是甜点，特别是巧克力慕斯，丽拉这辈子没吃过味道这么香浓的东西。她和布莱德总是在餐后点一份甜点两个人分着吃，用勺子喂到对方嘴里，宛如一对热恋到昏头的青少年，眼中只有彼此，其余的世界几乎都不存在。如此美满幸福的岁月，热恋的岁月，人生所有的光明愿景都展现在他们面前，仿佛一本翻开的书。那天他把订婚戒指藏在慕斯的椰子奶油花里、害她差点一口吞下去时，他们笑得多开心啊。还有那天晚上，丽拉让布莱德冒着倾盆大雨出门。“什么都好，”她对他说，“奇巧巧克力、杏仁牛奶巧克力或最普通的原味好时巧克力都可以。”一个小时之后丽拉醒来，看见布莱德站在卧室门口，浑身湿得像只落汤鸡，脸上挂着大大的微笑，手里捧着一个巨大的纸盒，里面装着弗朗索瓦还是皮埃尔做的著名的巧克力慕斯，那分量足够喂饱一支军队，布莱德就是这样的男人。他绕到还有灯亮着的后门，敲门敲到有人来接下他那张被雨水浸透了的五十美元，还有什么比这更甜蜜更贴心的事。“天哪，丽拉，”看着她挖起一大口巧克力慕斯放进嘴里，布莱德说，“照你这样吃，这孩子生下来身上大概有一半是巧克力。”

又开始了。是戴维，戴维·贤特才是她现在的先生。丽拉一定要搞清楚这一点。她和戴维从来没有一起分过一份巧克力慕斯，也没有一起去过阿米思咖啡馆或一起做任何和这类事情扯上边的事。这个男人身上没有半点浪漫细胞。她怎么会让这样的男人向她求婚的？就好像丽拉只是戴维必做清单上的另一个项目？成为有名的医生，打钩。让丽拉·凯亚怀孕，打钩。做高尚的事，打钩。戴维根本连丽拉是个怎样的人都不知道。

她走下楼梯。屋外的阳光泼洒一地，像金色的气体充满玄关。走到门口时，她全身涌起一股纯粹的兴奋。解放的感觉真好！被关了这么多天，终于可以出门走走了！她可以想象戴维知道了会怎么说。**看在老天的分儿上，丽拉，我告诉过你外面不安全。你得替宝宝着想。**但她就是替宝宝着想啊，宝宝才是她这么做的原因。这是戴维所不能理解的。戴维，忙着拯救世界的戴维，没空给宝宝整理婴儿房的戴维。开着用芦笋、精灵粉、有益健康的思想，还是什么其他东西当动力的车子的戴维。留她一个人在家的戴维，留她一个人！更糟糕的是，这也真的是天底下最糟糕的事，是他竟然不喜欢彼得兔。她怎么会和一个不喜欢彼得兔的男人生小孩？不喜欢彼得兔能说明他是个什么样的男人，能说明他会是什么样的父亲。不，她想怎么做就怎么做，不关戴维的事，丽拉想。从玄关桌上拿起皮包和钥匙，打开门。她要出门，这不关他的事，她要给婴儿房漆上黄绿色、朱红色或芋头紫，这都不关他的事。去他的戴维，戴维管好他自己就好。

丽拉·凯亚要自己去买油漆。

8

对副主任办公室来说，今天还真是糟糕的一天。今天，五月三十一日——顺便一提，是阵亡将士纪念日——是个像世界末日一样的日子。

科罗拉多州完蛋了，科罗拉多州基本上已经没救了。丹佛、格里利[①]、柯林斯堡[②]、博尔德[③]、大章克申[④]、杜兰戈[⑤]，还有这些城市之间的上千座小镇。科罗拉多州最新的航拍图看上去像个战场：汽车在高速公路上撞毁，建筑被焚烧，横尸遍野。白天，万物俱寂，只有鸟儿还在活动，一大群鸟盘旋着，宛如听从秃鹰中央指挥部下达的命令一样。

有没有人能告诉他，这到底是谁的主意，是谁要把整个科罗拉多州毁掉？

病毒在扩散，向四面八方蔓延，十二个病鬼就仿佛一只长有十二根指头的手。等国土安全部下令封锁重要的通道时，病毒早就已经像脱缰的野马，倾巢而出了。就在今天早上，疾控中心已经证实内布拉斯加州的卡尼、新墨西哥州的法明顿、南达科他州的斯特吉斯和怀俄明州的拉勒米都有病例，而这还只是他们能够知道的信息。犹他州和堪萨斯州目前还安然无事，但出现病例也只是迟早的事情，说不定再过几个小时就会风云突变。此刻在弗吉尼亚州北部是下午五点三十

① 格里利（Greeley），美国科罗拉多州城市。

② 柯林斯堡（Fort Collins），科罗拉多州第五大城市。

③ 博尔德（Boulder），科罗拉多州城市，在丹佛西北方。

④ 大章克申（Grand Junction），科罗拉多州城市。

⑤ 杜兰戈（Durango），科罗拉多州城市。

分，离日落还有三个小时，西部则还有五个小时。

他们总是在夜间行动。

对参谋总长的简报进行得不太顺利，尽管吉尔德也没期待会顺利。首先，是特殊武器部的整个“大问题”。提到特殊武器部，军方高层向来就觉得不怎么自在，他们也搞不清楚这个部门究竟是用来干什么的，或者为什么要独立于军方指挥系统之外，而且，预算竟然还是从农业部拨过去的（答案是因为农业部没有人在意农业）。反正军方向来只注重阶级，只有位高权重的人说了算，就这些高阶军官的了解，特殊武器部不隶属于任何单位，是由十来个机构和私人承包商所组成的。运作的方式就像“赌徒三张牌”把戏一样，女王牌在不停地移动，却永远不在你以为的那个位置上。至于这个缩写为DSW的特殊武器部有什么真正的功能，唉，关于这个吉尔德听过各式各样的绰号，“避开严重军事冲突的娱乐”（Distraction from Serious Warfare），“极右派蠢蛋部”（Department of Silly Wingnuts），“诡异得要死”（Deep-Shit Weirdness），以及他自己最爱的“特价鞋仓库”（Discount Shoe Warehouse），所以他已经开始用“仓库”来称呼这个单位了。

此时，荷拉斯·吉尔德副主任（现在还有主任这种东西存在吗）坐在参谋联席会议的众将军面前（这些将军身上的一大堆星星和杠杠都可以组成一个团的女童军了），对科罗拉多州的情势提出正式的评估（对不起，我们创造了吸血鬼。当时看起来是个好主意）。他报告完之后，整整三十秒钟的沉默，大家都等着看谁会第一个发言。

我想你的意思应该是这样的吧。主席说。他双手交叠摆在桌上，身体前倾。吉尔德觉得有一滴汗珠正在从腋窝沿着身体往下滑。**你们决定重新激活某种古老病毒，把十二个死刑犯变成以血为生、坚不可摧的怪物，然后你们不想告诉任何人？**

嗯，并不算是“决定”啦。吉尔德并不是一开始就在特殊武器部工作。他是因为管理阶层发生变动才被调进来的，但是那时已经有太多的钱和人力被投入到这个老鼠洞里了，所以就算他想终止这项计划也已经无能为力。控制挪亚计划的指挥系统太过混乱，就连吉尔德也不知道到底是谁在指挥。很有可能是国家安全局，虽然他越来越觉得拍板的可能是更高层的单位，甚至可能是白宫。可是坐在诸位参谋总长的面前，他知道这个区别一点都不重要。吉尔德耗费了三十年的光阴在保密得没有人为任何事情负责的单位工作。这些主意似乎是自然生成的。**我们做了什么？不，我们没有做什么。**于是，那东西就被喂进了碎纸机。这就是特殊武器部的下场，说不定连吉尔德自己也会是这样的下场。

但同时，还有指责。会议很快就变成了指责比赛，吉尔德接受一个又一个人的语言攻击。被赶出会议室时，他觉得松了一口气，他知道情势已经非他所能控制了。自此以后，军方会以他们应付所有问题的一贯态度来应付这个问题：射杀视野所及的每一个人。

事后想想，吉尔德应该用更圆滑的手段来处理目前的情势。但是疾控中心的视频说得很清楚。只要有四个病鬼逃脱在外，经过三个星期，病毒就会让芝加哥、圣路易斯、盐湖城沦陷。六个星期，东西两岸就都完蛋了。

吸血鬼，天哪，他到底在想什么啊？

大家都在想什么啊？

可是，毋庸置疑，黎尔肯定已经掌握了重大的信息。伟大的乔纳斯·黎尔，就连吉尔德都知道这人的影响力。这位智商不可估量的哈佛生化学家，开创了古病毒学领域，致力于搜寻和激活古老的有机体，然后为现代所用。在他的专业圈子里，大家都公认黎尔有朝一日将摘下诺贝尔的桂冠。好吧，或许用死刑犯不是个聪明之举。他们有点太好高骛远了，而且黎尔的预想也的确有点不切实际。可是你不得不承认，这个点子确实有实现的可能性。譬如，不死，永远不死。吉尔德最近发现他把这件事当成性命攸关的事。

他唯一的希望是那个女孩。

艾美。第十三号实验对象，从田纳西州孟菲斯一所修道院抓来的女孩，因为她被妈妈遗弃在了那里。签发那个命令，吉尔德心里并不太好受。一个小女孩，天哪，一定有人会注意到的，而事实上也是如此，在华格斯特带她进来的同时，从俄克拉何马州的高速公路巡逻队，到美国联邦执行局，所有人都在全国各地寻找她的下落。而理察兹，那个疯子，到处留下尸体。修道院的修女们在睡梦中被射杀、两个小镇的警察、咖啡馆里的六个人，他们犯下的致命错误只是与华格斯特和那个小女孩同一时间进餐馆吃早餐。

但是要找小女孩是黎尔本人的直接要求，吉尔德无法拒绝。每一个死囚所感染的病毒都有些变异，但是效果都一样。生病、昏迷、变形，接着就看到他们倒挂在天花板上，把兔子生吞活剥。可是艾美注射的变种病毒不同，这些病毒并不是来自范宁，那个在黎尔他们秘密前往玻利维亚的行动中被感染的哥伦比亚的生化学家。艾美的病毒来自那群引发这一切事端的观光客身上，就是那群参加名为“最后心愿”的生态旅游，去丛林中游玩的癌症晚期病人。他们在一个月之内相继死去：中风、心脏病、动脉瘤，然后身体突然爆掉。但是在死前这段时间，他们的健康情况有明显的改善，有个男人甚至长回满头的头发，而且死的时候，身上都没有了癌细胞。想看穿黎尔的心思简直是痴人说梦，但是他的确开始相信这个病毒的变种就是答案，而重点就是要让第一个测试对象活下去。为此，他选择了艾美，一个年幼健康的女孩。

确实奏效了。吉尔德知道病毒奏效了，因为艾美还活着。

吉尔德的办公室位于费尔法克斯县一幢楼层不高、乏善可陈的联邦建筑的三楼。特殊武器部和很多机构共享办公空间，包括技术评估办公室，国土安全部特别能源行动小组，国家海洋和大气局，外加一间托婴中心。这里往外可以俯瞰六十六号州际公路。今天是阵亡将士纪念日连续假期过后的星期一，但路上几乎没什么车。很多人已经离城了。吉尔德想象许多已经开始逃离的人能去的地方。去纽约州的岳母家，去在山里有间小屋的朋友家。空中交通停运，所以大家最远也只能到这些地方，而且到头来也不会有什么不同。你不可能永远逃过大自然的威力，至少荷拉斯·吉尔德是这么听说的。

那女孩已经离开科罗拉多州了。事发后几个小时，他们就在怀俄明州南部接收到了她的信号。这表示她在车上，而且不是独自一人，因为肯定有人开车带着她。之后，她就消失无踪了。她身上的生化监控器传输范围很小，并且信号太过微弱，无法用卫星追踪，必须距手机信号塔几公里之内才接收得到，并且不是乡下一般民用手机的信号塔，而是可以和联邦追踪网络连接的那种信号塔。所以在怀俄明州南部，只要不上主要的公路，就可以轻易地避开追踪。此时此刻，她可能在任何地方。不管和她在一起的人是谁，都一定是个很聪明的人。

敲门声打断了他的思绪，吉尔德从窗前转过身来，看见部门里的技术主管尼尔森站在门口。该死的，又怎么了？

“我有好消息，也有坏消息。”尼尔森说。

一如往常，尼尔森身穿黑色T恤衫和牛仔裤，脏兮兮的脚上穿着夹趾拖鞋。这个能说会道的罗得斯学者拥有麻省理工的双博士学位——生化与先进信息系统——不用多言，他是这幢建筑里最聪明的家伙，而他自己也知道这一点。尼尔森还带有年轻人的那种脾性，认为这个世界充满一大堆惹人恼怒的问题，而且全是不如他聪明也不如他酷的人搞出来的。尽管如此，他们的关系却很亲近。尼尔森习惯把吉尔德当成年迈体衰的父辈，值得尊敬却不太有价值。这实在让人火大，因为这个评价来自一个四天才梳一次头的家伙，不过吉尔德不得不承认，他的看法并不是完全没有道理。他才二十八岁，而吉尔德已经五十七岁了。尼尔森的一举一动都让吉尔德觉得自己老了。

“有她的信号了？”

“没。”尼尔森搔搔稀疏的胡子，“我们没收到任何讯号。”

吉尔德揉揉因缺乏睡眠而刺痛的眼睛。他需要回家洗个澡，换套干净的西装。他已经两天没离开办公室了，只在沙发上稍微合了几次眼，吃自动贩卖机里的垃圾食物过日子。而且，他的手指也有问题——麻痹、刺痛。

“你说有好消息？”

“那就看你怎么想啦。从言论自由的观点来看，八成不算什么大的好消息，但是看来有人干掉丹佛的那个疯子了。我猜是国家安全局干的，再不然就是黎尔的那些小宠物终于撂倒他了。不管是怎么回事，反正那个活宝是永远下线了。”

“丹佛最后一人”，吉尔德和其他人一样看过他上传的视频。你不得不佩服这家伙的胆量，关于他的身份有种种揣测，但大家都一致认为他一定当过军人，比如特种部队或是海豹部队。

“那坏消息呢？”

“疾控中心的新数据发过来了。看来最初的推算方式没有正确推断出那些怪物有多爱吃。如果他们当初问过我，我就会告诉他们。要么是他们不知道，要么就是某个暑期实习生在做白日梦，想着上次和女朋友上床的事，把小数点搞错了。”

和尼尔森讲话，有时候很像是在应付五岁的小孩。五岁的天才，但还是只有五岁。“拜托，你就直说吧。”

尼尔森耸耸肩：“就目前看起来，依据最新的估算，我们的时间似乎更紧迫了。大约三十九天。”

“你是说东西两岸？”

“嗯，也不是。”

“那是什么？”

“是整个北美洲大陆。”

吉尔德眼前一黑，他非坐下来不可。

“中央指挥部已经有反应动作了。”尼尔森继续说，“我猜，他们会想烧掉这些地方。从人口集中的地区先开始，接着是被抛下的那些人。”

“我的天哪。”

尼尔森皱起眉头。“整体来说，这代价不算高。如果我是，嗯，比如俄罗斯总统，就会知道该怎么做。我才不会让情势一发不可收拾。”

这家伙说得没错，吉尔德知道。他发现自己的右手开始颤抖。他用左手握住右手，想控制住抽搐，同时也让动作看起来自然。

“你还好吗，老大？”

他的右脚也开始晃动了。他突然想大笑，无法克制冲动。他拼命压抑喉咙里涌上的胆汁的味道。

“找到那个女孩！”

尼尔森离开之后，吉尔德又在办公室里坐了几分钟，想让自己镇静下来。颤抖已经停止了，但是想大笑的冲动还有。这症状用委婉一点的说法，就是“情绪失控”。最后他投降了，发出一阵愉快的笑声。

天哪，他简直像着魔了，他希望外面没有人听见他的笑声。

他离开办公楼，从车库开出自己的车子，开回他位于阿灵顿的那幢联排住宅。他本想梳洗一下，但突然之间，连这件事也变得像是工作。他给自己倒了一杯威士忌，瘫坐在电视前面的沙发上。所有的电视台，包括气象频道，都马上为这个危机写下了引人瞩目的标题（例如“全国陷入危机”之类的），每个主播看起来都愁容满面，睡眠不足，特别是那些在某地高速公路旁播报的记者：背景是一大片的玉米田，一排排的汽车缓缓驶过，每一辆汽车都不明所以地猛按喇叭。全国都像被计算机病毒攻击了似的。他看了看手表：八点零五分。再有不到一个小时的时间，中部地区的天就黑了。

他拖着不听话的身体从沙发里起身，爬上楼梯。楼梯曾经是未来最值得担忧的一个问题。要是他以后不能再爬楼梯了怎么办？但是现在已经无所谓了。在主卧房的浴室里，他打开洗澡水龙头，脱到只剩一条内裤，站在镜子前面等水变热。有意思的是，他看起来并没有特别不健康，瘦了一点点，或许。有段时间，他认为自己身手矫健——他在鲍登学院参加过横越美国的长跑——但是那段岁月已经过去了。他的职业，附带有保密要求的职业，让他不可能结婚，但直到四十多岁，他都应付得很不错……这个嘛，他就算不是众所瞩目的焦点，最起码也一直都不缺女伴。他有好几段谨慎小心的恋情，每个人都心知肚明，他也为自己应付这些恋情的圆滑手腕而自豪，但是有一天，这一切就突然结束了。以前或许会再转回来的目光径自掠过他，以前是精心设计来当敲门砖的搭讪对话，现在却显得词不达意。变成这样不可避免，吉尔德想，但的确让人不好受。他端详镜中的自己，估量一番。过去看起来粗犷的国字脸，下巴已经开始出现赘肉；稀疏的头发贴在脑门上，头发向后梳想盖住底下苍白的头皮，却不是很成功；眼睛下方的眼袋，松垮的啤酒肚，瘦得好像撑不住整个人似的两条腿。不太好看，但是他早就接受事实了，迈进中年晚期，身体状况不可避免地退化。

看着他，你绝对不会知道他快要死了。

他冲了澡，换上干净的西装。他的衣柜里向来没什么别的东西，低调的双排扣西装，通常是深蓝色，有时会有灰色细条纹，夏天偶尔出现卡其色府绸，配上粉蓝或硬挺的白色衬衫，而领带则是不显眼的中性色——像瑞士一样与世无争——是他的自我意识不可或缺的一部分。少了这样的领带，他就觉得自己仿佛赤身裸体。他小心注意平衡，下楼到客厅，电视依然尽责地播放着一连串的坏消息。虽然没有胃口，但他还是用微波炉热了一份冷冻千层面，他站在微波炉前面等着秒数嘀嗒倒数，然后在餐桌前坐下，尽可能地多吃，但是地西泮[1]让所有的东西尝起来都没什么味道，还略有金属味，而喉部紧绷的感觉也没有舒缓，仿佛穿了领围小两号的衬衫似的。医生建议他喝奶昔，或吃通心粉之类软绵绵的东西，但是要靠婴儿食品过日子，他无法面对。要是走到了那一步，一切都会开始走下坡路的。

他把没吃完的千层面倒掉，再次看表。嗯，不管美国中部将会发生什么事，都已经开始了。如果尼尔森需要他，就会打电话来。

他离开家门，开车往麦克莱恩市去。眼前是件令人高兴不起来的任务，但除了吉尔德，没有别人能做。疗养院和马路隔了一片如茵的绿色草坪，车道旁竖着招牌：雪铎岱尔疗养中心。吉尔德在登记柜台出示驾照给护士看，然后沿着弥漫药味的走廊往里走，两旁是一幅幅复制的图画，画的不是翠绿草原，就是夏日夕阳。这地方静悄悄的，即便是在这个时间也还是太安静了。通常都会有工作人员走动，还能享受与人为伴乐趣的病人也会待在休息室里。可是今天晚上，这里静得像坟墓。

他走到父亲房间，轻轻敲门，没等应答就打开门。

“爸，是我。”

他父亲在轮椅上坐在窗边张开嘴，脸上的肌肉松垮得像松饼面糊。一丝左摇右晃的唾液从嘴角垂下来，落到围在脖子上的纸围兜上。有人替他穿上了沾有污渍的运动服，套上了有魔术贴的矫正鞋。看来他一点都不认得走进房里的吉尔德。

“你还好吗，爸？”

---

① 地西泮（diazepam），抗痉挛药物，可用于舒缓焦虑、肌肉痉挛与癫痫。

父亲浑身散发着刺鼻的尿味。阿尔茨海默病[1]恶化到某种程度，患者便不认得任何人，但身体的机能还在继续运作。多恐怖啊，吉尔德想，遗世闭锁的心灵。只是他父亲的沉默和无动于衷，并不是新鲜事。这一辈子他始终冷漠得像冷血的爬行动物。吉尔德知道这是因为父亲的成长环境所致。吉尔德的祖父是小镇奶农，每周上三次教堂。即便如此他还是无法谅解父亲，因为整个童年，他都渴望父亲的关爱，渴求这个无法关注别人的男人的关爱。他所求于父亲的只是些小事，是他被生到这世界上来再自然不过的小事：把他当儿子看。在秋日的午后一起玩球，在观众席上的一句赞美，对他的生活表现出一丝兴趣。吉尔德每一方面都表现得很好：成绩优异，在球场和田径场尽力表现，拿全额奖学金进大学，快速蜕变成有为的成年人。然而他父亲对这一切还是视而不见。事实上，吉尔德想不起来父亲曾经在任何场合说爱他，或慈爱地轻抚他的脸。这人就是不在乎他的儿子。

最难熬的是吉尔德的母亲所承受的痛苦，她天生是个喜爱社交的人，但孤寂却逼得她沉迷于酒精，最后要了她的命。后来，吉尔德开始相信妈妈在其他的地方寻求慰藉，相信她有外遇，而且很可能不止一次。父亲搬进雪铎岱尔疗养中心之后，吉尔德就清空了位于奥尔巴尼的家。屋子里乱成一团，每个抽屉、每个柜子都塞满了东西。他在妈妈的梳妆台里发现一个蒂芙尼[2]的盒子。掀开盒盖，他看见一条手链——钻石手链。手链的价值大概相当于担任工程师的父亲一年所得的酬劳。这不是爸爸负担得起的东西，而且盒子藏在抽屉的深处，压在发霉的手套与丝巾底下。吉尔德知道自己看见的是什么：来自情人的礼物。会是谁？他妈妈曾经在律师事务所当秘书。会是事务所里的某位律师吗？无意中邂逅的某个人？年少时的旧情复燃？得知妈妈曾经拥有足以照亮孤寂生活的快乐，让他觉得很高兴。但是，这个发现却也让他在接下来的好几个星期里心情消沉。妈妈是他童年最温暖的

① 又称老年性痴呆，是一种常见的慢性进行性精神功能衰退性疾病。

② 蒂芙尼（Tiffany），美国珠宝品牌。

记忆，可是她的生活，她真实的生活，却始终是他不得而知的秘密。

每次来探望父亲，这些回忆就会浮现于脑海；等离去时，他通常不是太过沮丧，就是压抑着满腔怒气，几乎无法保持思绪清晰。虽然他已经五十七岁了，他却还是渴望爸爸至少能稍微认出自己。

房里只有一把椅子，摆在他父亲的面前，他坐了下来。老家伙的头歪在肩膀上，呈现出怪异的角度。吉尔德从床头柜上拿起一条布巾，擦掉父亲下巴上的口水。餐盘上摆着一盒已经打开的香草布丁，还有一把单薄的金属汤匙。

“你还好吗？他们对你好不好？”

沉默。但是吉尔德听得见爸爸的声音在他的脑海里回荡，想逃都逃不了。

你开什么玩笑？看看我吧，真该死。我连像样的屎都拉不出来。每个人都把我当小孩一样对我讲话。你以为我是谁啊，小子？

“我知道你没吃甜点。想吃点布丁吗？吃一点看看？”

该死的布丁！这里就只给我吃这个。早餐吃布丁，午餐吃布丁，晚餐吃布丁。这东西恶心得像鼻涕！

吉尔德在父亲上下两排牙齿之间塞进了一汤匙的布丁，老头出于某种自动反射动作，把布丁吞了下去。

看看我吧。你以为这是野餐啊？坐在我自己拉的屎尿里，耍自己玩？

“不知道你有没有听见最近的新闻，”吉尔德说，又舀了一汤匙的布丁送进爸爸嘴里，“有件事情我想你应该要知道。”

什么？有屁快放，别再吵我了。

但是吉尔德要说什么呢？说我快死了？说每个人都快死了，虽然他们自己还不知道？但是说这些能有什么用呢？他突然一阵惊慌。等所有的人，医生、护士和工作人员都走了之后，他父亲会怎么样？这几个星期以来发生的一切，让吉尔德心里老是想着这个问题。因为这个城市正在撤空，要不了多久，在几个星期，甚至几天之内，所有的人就都会逃命去了。吉尔德还记得新奥尔良在飓风过后的情景。先是“卡特里娜”，接着有“凡妮莎”，两场飓风之后都有年老的病患被抛下，躺在自己的排泄物里慢慢地因饥饿与缺氧而死。

你听见我说的了吗，小子？光坐在那里，一脸面无表情。你十万火急来这里，是想告诉我什么？

吉尔德走出房间，在空无一人的走廊上，他停下来喘口气。那声音不是真的，他知道。可是，有时他真的觉得父亲的心灵已经离开那具躯壳，住进他的身体里面。

他回到接待柜台，那位年轻的西班牙裔女护士拿着铅笔在玩字谜。

“我父亲需要换尿布。”

她没抬头。“他们每一个人都需要换尿布。”察觉到吉尔德没走开，她抬起了头，她有一双黑眼睛和深深的皱纹，“我会找人去做。”

“麻烦你了。”

走到门边，他停下脚步。那护士又开始玩起了字谜。

“去找人吧，该死。”

“我说过我会去找的。”

吉尔德有股遏制不住的强烈冲动想保护父亲，他恨不得拿她的铅笔戳进她的喉咙。“要是你自己不想动手，就拿起该死的电话去给我找人吧。”

她生气地拿起电话，拨了号码。“我是前台的莫娜。126 房的吉尔德需要换尿布。没错，他儿子在这里。好吧，我会告诉他。”她挂掉电话，“高兴了吧？”

这问题实在很荒谬，让他不知该怎么回答。

吉尔德不会像他父亲那样死去，或者说情况刚好恰恰相反。ALS：肌萎缩侧索硬化症，但大家比较熟悉的名称是卢伽雷氏病，也就是渐冻人。最先受影响的是大的运动关节，肌肉抽搐，逐渐失去功能，接着丧失讲话与吞咽能力。至于为何会同时又哭又笑，则是谁都搞不清楚的谜。最后吉尔德会死于呼吸衰竭，身体静止不动，完全无法移动或讲话。但最惨的是，他的思考与逻辑推理能力并不会有任何衰退。他父亲是心智先衰竭，但吉尔德与他相反，他会在有清楚意识的状态下经历肉体的衰竭。活死人，身边半个人都没有，只有一个脸色阴郁的护士为伴。

很显然，在确诊之后，他经历了一段因为震惊而无所适从的时期。这是他对那段时间自己行为的解释，解释他怎么会和莎娜干出那样的蠢事，尽管莎娜根本不是她的真名。整整两年的时间，吉尔德每个月的第二个星期二都会到她老板提供的那间公寓去找她。她有暗色的皮肤，纤细的身材，以及一双难以捉摸的亚裔眼眸，她的年龄小得足以当他的女儿，但这并不是她吸引吉尔德的原因，如果可以的话他还希望她的年龄可以大一点。起初他是通过公司找上她的，后来经过一段时间的观察之后，他们准许他自己打电话给她。第一次，他紧张得像个大学生。他已经好一阵子没和女人在一起了，很担心自己会不会表现得不好。但事后想想，这担心还真是没什么道理。那个女孩很快就让他放松了下来，之后就完全掌控了事情进行的节奏。每次的程序都一样，吉尔德按屋外的门铃，铃声响起，他踏上公寓的楼梯，她在敞开的门口等着，脸上挂着欢迎的微笑，身上穿着一袭黑色的小礼服，衬着引人遐思的蕾丝。接着，像下午碰面的情人那样交换几句打趣的话，吉尔德再默默把装着现金的信封摆在五斗柜上，然后就办正事。每回总是吉尔德先脱掉衣服，再看着她宽衣解带，任那件小礼服宛如幕帘般滑落在地，然后她再风情万种地从礼服上踏过来。她在床上展现的热情不像是刻意假装的，也不像是完全出于职业化，在那美妙的时光里，吉尔德的心灵感受到了从未有过的宁静，这是他此生有过的其他经验都难以企及的。在他要爆发的那一瞬间，她会一次又一次地喊他的名字，嗓音里弥漫的温暖和满足具有十足的说服力，仿佛她是在发自真心地喊他，而吉尔德就在她的呼唤与情意之间沉浮，宛如冲浪人在宁静的海岸上滑行。

“你为什么不多来看我几次？”事后她会问他，“你喜欢我做的吗？你没有其他人吧？我想当你唯一的女人，吉尔德。”“我很快乐，”他会轻抚着她如丝绒般的头发说，“和你在一起，是我最快乐的事。”

他对她一无所知，至少，他所知道的没有一件是真的。然而，在确诊患病之后的那几个星期里，他心灵唯一的寄托就是荒谬地相信自己与她相爱。此刻回想起来真令他羞愧，潜在的心理因素昭然若揭：

他不想孤独地死去。但是当时，他却一心一意地相信这爱情是真的。他爱得如痴如狂，无可救药，而莎娜不也应该和他有着同样的感觉吗？她说想要当他唯一的女人，是不是就是这个意思？因为他们对彼此做的事说的话，都不可能是虚假的；他俩之间的情事，只有在真心相爱的两人之间才可能发生。

就这样吉尔德越陷越深，到后来他竟陷入了满脑子都只有莎娜的境地。他决定要送她东西：一件爱的信物。某种价值昂贵，足以表达他感情的东西。珠宝，一定要珠宝才行。而且不是从店里买来的珠宝，而是更有个人意义的东西：他母亲的钻石手链。这个决定开始让他蠢蠢欲动，他立即用银色的包装纸包好那个蒂芙尼的珠宝盒，开车到莎娜的公寓。那天并不是星期二，可是没关系。因为他内心的感觉并不是可以预先规划的。他按下门铃，然后等待着，过了好几分钟。这很奇怪，莎娜向来一听到铃声就应门的。他再按了一次。这一次对讲机发出轻微的静电声，接着他听见她的声音："喂？"

"我是荷拉斯。"

莎娜一阵沉默。"登记本上没有你的名字。对不对？说不定是我搞错了。你打过电话吗？"

"我有东西要给你。"

对讲机仿佛坏了似的，接着："等一下。"

过了几分钟，吉尔德听见了下楼的脚步声。或许是门铃坏了，莎娜自己下楼来开的门。但是转过墙角的那人不是莎娜，是个男的。那人看上去大约六十岁，秃头，圆胖，有张俄罗斯黑帮那种讨人厌的脸，身上的细条纹西装皱巴巴的，领带松松垮垮。这是什么情况其实很明显，但是处在情绪激动状态的吉尔德却不肯正视。这个男人走出门来，经过时匆匆瞥了吉尔德一眼。

"祝你好运啊。"他眨眨眼说。

吉尔德快步走上楼梯，敲了三次门，兴奋而焦急地等待着，门终于开了。莎娜没穿她的小礼服，只穿了一件腰间系带的丝袍，头发没梳整，妆容也花了。说不定他吵醒了她的午睡。

"荷拉斯，你来干吗？"

“对不起，”他突然喘不过气来，“我知道应该先打电话的。”

“老实说吧，这时间真的不太好。”

“我只要一分钟。拜托，让我进去吧。”

她怀疑地看了他一会儿，态度缓和了。“嗯，好吧。可是要快一点。”

她让开，让他走进屋里。这间公寓今天感觉有点怪怪的，但是吉尔德说不上来是哪里怪。似乎有点脏，空气很混浊。

“哦，这是什么？”她看着那个银色包装的盒子，“荷拉斯，你不该这么做的。”

吉尔德把盒子递给她：“这是送给你的。”

她眼中浮现一抹温暖的光芒，拆开包装，拿出那条手链。

“你好有心哟，这手链真美。”

“这是家传的珠宝，原本是我妈妈的。”

“这让这份礼物更加特别了。”她轻轻吻了一下他的脸颊，“你给我一分钟整理一下，我马上就回来陪你，宝贝。”

爱的狂涛吞噬了他，他忍不住要伸手揽她入怀，把嘴唇贴在她唇上：“我要你，我和你，真正的爱。”

她瞟了手表一眼：“嗯，好啊，如果你想要的话。可是我只有不到一个小时的时间。”

吉尔德开始脱衣服，狂乱地扯下皮带，甩掉皮鞋，但是有点不对劲。他意识到她的迟疑。

“你是不是忘了什么？”她问。

钱，她要的是钱。在眼前这样的时刻，她怎么还能想着钱呢？他很想告诉她，他俩之间的一切不是用金钱所能衡量的，话就在嘴边，但他却只能说：“我身上没带钱。”

她皱起眉头：“亲爱的，规矩不是这样的。你知道的啊！”

但是，此时此刻的吉尔德意乱情迷，根本搞不清楚是怎么回事。他就这样站在她面前，身上只有内裤，裤子脱在脚踝处。

“你还好吗？你看起来不太好。”

“我爱你。”他说。

她轻轻一笑：“好贴心。”

“我说，我爱你。”

“好吧，我可以这么做，没问题。把钱摆在柜子上，你要我说什么我都可以说。”

“我身上没钱，我送了你那条手链。”

霎时，她眼里的暖意，甚至友情，全都不见了。“荷拉斯，这是现金交易啊，你知道的，而且我不喜欢你现在讲话的态度。”

“拜托，让我们相爱吧。”吉尔德的脉搏在快速跳动，“如果你愿意，就把手链卖掉，值很多钱的。”

“宝贝，我可不这么想。”她掩不住鄙夷的神情，把那条手链还给他，“我实在不想拆穿你，可是这是玻璃的。我不知道是谁卖给你的，可是你应该去把钱要回来。来吧，乖，你知道该怎么做的。”

他得让她知道他心里的感觉。他绝望地伸手想拉她，但双脚还卡在裤管里。莎娜惊叫一声，等吉尔德回过神来，发现自己整个人趴倒在地。他扬起脸，看见一把手枪对准他的头。

“滚出去。”

“拜托。”他呻吟着，声音因涕泪而变得低沉，“你说过你想当我唯一的女人。”

“我说过的话可多了，带着你那条该死的假手链滚吧！”

他沮丧地站起来，这一辈子从没受到过像这样的羞辱。然而他心中所感受到的仍然是爱，无可救药、抑郁伤感的爱，吞噬了他整个人。

“我快死了。”

“我们每个人都快死了，宝贝。”她用手枪指着门，“趁我还没轰掉你之前，乖乖听话，快滚吧。”

他知道自己再也无法面对她了。他怎么会这么蠢呢？他开车回家，驶进车库，熄掉引擎，用遥控器关上车库门。他在车里足足坐了三十分钟，没有力气站起来。他快死了，他大出洋相，他永远都不能再见莎娜了。因为对她来说，他根本一文不值。

这时他才明白自己为什么还坐在车里。他唯一需要做的是重新发动引擎。这会像陷入沉睡一样，永远不必再想到莎娜，永远不必再去思考挪亚计划，不必思考自己禁锢在日渐衰败的躯壳里的生活，不必到疗养中心去探访父亲，永远不必再想到这一切。所有的担心忧虑都将远离，就这样离他而去。在自己也无法解释的冲动之下，他取下手表，从后裤袋掏出皮夹，摆在仪表板上，就像准备上床睡觉时那样。依照一般的惯例，他或许该留张字条，但是他要说什么呢？他那张纸条要写给谁呢？

他试着转动钥匙，试了三次。连着三次，他都没能下定决心。最后他开始觉得自己很蠢，坐在车里一而再，再而三地羞辱自己。他什么也不能做，只能重新戴上手表，把皮夹放回口袋，回到屋里。

吉尔德从麦克莱恩开车回家的途中，手机响了，是尼尔森打来的。

“他们开始行动了。”

“什么地方？”

“到处都是。犹他州，怀俄明州，内布拉斯加州，还有一大群消失在堪萨斯州西部。”他顿了一下，“所以我才打电话给你。”

吉尔德直接开车回办公室，尼尔森在大厅等他。“天黑之前我们收到了信号，是丹佛西方一个叫银羽的镇子的信号塔收到的。我花了些功夫，想办法向国土安全部讨了点人情，要他们重新设定无人机的航程，看看能不能弄到一张照片。”

他让吉尔德看了他终端机上的照片，粗糙的黑白画面。不是那个女孩，而是一个男的。他站在一辆停在高速公路旁的小货车旁边，看起来好像是在撒尿的样子。

“这到底是谁啊？是那些医生中的一个？”

“是理察兹的那帮人。”

吉尔德很不解。“你在讲什么啊？”

有那么一会儿，尼尔森显得有点尴尬。“对不起，我还以为你知情。他们让性犯罪者假释，理察兹的小计划。为了安全，所有第六级非军职员工都是全国登录中心登记在案的性犯罪者。”

“你在开我玩笑？”

“我没跟你开玩笑。”尼尔森敲敲屏幕上的那个影像，“有没有看到这个家伙？挪亚计划唯一的幸存者，他是个该死的恋童癖。”

9

第二天早晨，葛瑞很晚才启程上路。

时间已近中午，太阳高挂天空。在莱德维尔附近的六号汽车旅馆辗转一夜之后，葛瑞在韦尔附近开上了七十号州际公路，然后再下坡开往丹佛。往东直到戈尔登城，州际公路大多数都是畅通无阻的，但是一开进市郊的外环道路，进入有许多大型购物中心与住宅区的地方，情况就开始变了。高速公路被废弃的车辆塞堵，断成一截一截的，迫使他不得不转向其他道路。高速公路两旁宽广的停车场，是一派静止的混乱景象，商店橱窗玻璃粉碎，商品散落在路面。这里的静寂也不太一样，不只是没有声音，而是有着某种更深沉更不祥的氛围。许多尸体都没有头，就像红屋顶旅馆那个被吊死的人一样。葛瑞猜想，说不定零号和其他那几个病鬼喜欢取人首级。

他竭尽可能让目光聚焦在路况上，把大屠杀的景象强逼到视野边缘。他在红屋顶所感受到的那种蠢蠢欲动的怪异活力并未消退，他的脑袋嗡嗡响，像根绷紧的弦。他已经一天半没睡觉了，但是并不累，也不饿，这可一点都不像他。葛瑞向来都是狼吞虎咽的，但不知为什么，现在想到食物却一点吸引力都没有。在莱德维尔的时候，他从六号汽车旅馆大厅的自动贩卖机弄到一根雀巢巧克力棒，他觉得应该在胃里填点东西，但是他根本闻不得那个该死的东西，光是那股臭味就让他的肠胃翻搅。他真的闻到了那东西里防腐剂的味道，一股呛鼻的化学臭味，很像工业用的地板清洁剂。

等市中心近在眼前时，葛瑞知道自己必须放弃州际公路了。他根本没办法绕过那些车子，而且越往前走情况越糟。他把车开进一家超市的停车场，拿出地图来看。目前最好的选择是绕过市中心往南走，其实他也只是揣测这样做会比较好，因为他对丹佛这个城市根本一无所知。

他先往南再转向东，穿过城郊行驶。到处的情景都一样，半个活人都没有。他真希望自己至少能有个收音机为伴，但是频道转来转去，都只有他已经听了一天半的静电声。有一阵子，他猛按车子喇叭，他觉得如果还有人活着，可以把他们叫出来，但最后他还是放弃了。没有半个人活着，没有半个人听得见，丹佛宛如鬼城。

引擎熄火的时候，葛瑞早已经陷入了绝望至极的状态，他隔了好几秒钟才注意到自己在发呆。这种静寂令他十分不安，他很有可能永远见不到任何活着的人了。整个世界，不只是丹佛，已经完全没有人迹了。这时他突然发现，原来是引擎熄火了。有几秒钟的时间，小货车还在继续往前走，但是方向盘锁死了，葛瑞唯一能做的，就是坐等车子的滑行停止。

天哪，他想，这还真是我倒霉。他把伊格纳西奥的枪塞进工作服的口袋，爬出车子掀开引擎盖。葛瑞以前开过很多烂车，他一看就知道这是风扇皮带坏了。最好的做法是放弃这辆货车，另外找一辆有钥匙的车子。此刻他在一条宽阔的大马路上，周围有许多连锁大卖场：百思买[①]、塔吉特[②]、家得宝[③]。太阳灿烂地照耀着这里，每一家卖场的停车场上都停放着许多车辆。但是他没有心情去观察车内，因为他知道自己会看见什么。他以前换过很多次风扇皮带，他需要的就只是一条皮带和几件基本的工具：一把螺丝刀和几个用来调整皮带紧轮的扳手。说不定家得宝有汽车零部件，去看看也无妨。

他越过公路，走向卖场门口。入口旁边装丙烷储存罐的笼子被撬开了，所有的罐子都被拿走了，但除此之外，店面看起来没什么损伤。连在一起的割草机安然无恙地排列在门口，沾上黄色花粉的阳台家具也还好好地被展示着。此外，唯一看起来有点问题的是，靠在墙上的一块大正方形三合板，上面用油漆写着：没有发电机了。

---

① 百思买（Best Buy），美国一家连锁商店。

② 塔吉特（Target），美国第二大零售百货集团。

③ 家得宝（Home Depot），美国家庭装饰、建材零售商。

葛瑞从口袋里掏出枪，用枪口把门推开走进店里。没电了，但是店里的一切还算井然有序。许多架子上的货品都已被搬空，但地板上都还干干净净的，没什么残骸碎屑。他把枪举在身前，小心翼翼地沿着店的正面走，眼睛瞟着走道，寻找“汽车零件”的标志。

走过大半个走道之后，葛瑞停下了脚步。在他的左前方，隐隐有沙沙声，接着是几乎低不可闻的喃喃低语。葛瑞往前走了两步，偷偷望向转角处。

是个女人，她站在油漆颜色展示架前面，身穿牛仔裤和男式衬衫，淡棕色的头发别在耳后，用架在头顶上的太阳眼镜拢住，而且，她怀孕了。不是那种马上就要生的程度，可是肚子已经大得看得出来了。葛瑞看着她的时候，她正在从一个小开口里抽出一小块色卡，先用这个角度瞧瞧，再换个角度看看，很不以为然地皱起眉头，然后把色卡塞回去。

这女人的出现如此出人意料，所以葛瑞只能诧异地看着她。她在这里干吗？整整三十秒钟，那女人完全没注意到他的存在，一心一意专注在她那神秘难解的任务里。葛瑞不想吓着她，于是把枪摆在货架上，小心翼翼地往前走。他该说什么呢？他向来就不善于打破僵局。说真的，他甚至连和人讲话都有困难，他停下来，清清喉咙。

那女人转头看他。“噢，总算有人来了。”她说，“我已经在这里站了二十分钟了。”

“太太，你在做什么？”

她从展示架前转身。“这里到底是不是油漆区啊？”她手里拿了好几张色卡，像玩扑克牌那样扇形展开，“嗯，我考虑要用‘花园大门’，可是又担心颜色会太暗。”

葛瑞一句话都说不出来。她希望他帮忙挑油漆颜色？

“八成没有人问过你的意见，我知道。”她轻松愉快地说。这语气有点太过轻松愉快了，葛瑞想。“只要装进罐子里，收走我的钱就行了，我想大家都是对你这么说的。可是我很重视了解自己工作的人的意见。所以，你觉得呢？从你的专业观点来看，如何？”

葛瑞现在站在离她不远的地方，她脸色苍白，轮廓纤美，眼角微微有几条鱼尾纹。“我想你搞错了，我不是这里的工作人员。”

她眯起眼睛看他。“你不是吗？”

“太太，没有人在这里工作。”

她脸上浮现困惑的神情，但是那神情稍纵即逝，她立刻换上恼火的表情。“噢，这不用你来告诉我。”她没把他的话当一回事。“在这里想找人帮个忙，简直比拔牙还难。”她继续说，“就像我说的，我得搞清楚婴儿房用哪个颜色最好。”她露出腼腆的微笑，“我想这也不是秘密，我怀孕了。”

葛瑞以前认识不少脑筋有问题的人，可是论疯狂程度，谁也比不上眼前这个女人。“太太，你不该待在这里的，这里不安全。”

她又愣了一会儿才开口回答，仿佛她正在理解他说的话，突然念头一转，她就重新诠释了他话里的意思。

“说真的，你简直和戴维一模一样。老实告诉你吧，我已经受够这些话了。”她重重地叹了一口气，“那么，就选‘花园大门’吧。也请给我两加仑[①]的蛋壳亮光漆。如果不麻烦的话请你快一点，我有点赶时间。”

葛瑞简直不知所措。“你要我卖油漆给你？”

“没错，你到底是不是店经理啊？”

经理？什么时候情况变成这样了？他开始明白，这女人并不是在假装。

“太太，你不知道这里出了什么事吗？”

她从架子上拿出两罐油漆，交给他。“我会告诉你出了什么事。我要买油漆，然后你就帮我调好。噢，我好像还不知道你叫什么名字。”

葛瑞吞吞口水，这女人让他产生了无能为力的感觉，仿佛被一匹狂奔的野马拖着跑。“我是葛瑞，”他说，“劳伦斯·葛瑞。”

她把罐子递给他，强迫他接下。天哪，她是真的把他当这里的员工了，再这样耗下去，他永远别想弄到风扇皮带了。“这样啊，葛瑞

① 美制 1 加仑等于 3.785 升。

先生，我要两加仑‘花园大门’，麻烦你了。”

“噢，我不知道要怎么弄。”

“你当然知道啦。”她指着柜台，“就只要放进那个东西里就成了。”

“太太，我不行。”

“什么意思，你不行？”

“因为，第一，现在没电了。”

这句话似乎有了不错的效果，这女人歪着头看看天花板。

“噢，我想我注意到了。”她轻描淡写地说，“这里是有点暗。”

“这也是我一直想告诉你的。”

“这样啊，那你干吗不直说？”她有点恼，“这下好了，照你这么说，没有‘花园大门’，什么颜色都没有了。我得告诉你，这实在很让我失望。我真的很想在今天把婴儿房搞定。”

“太太，我想……”

“其实呢，戴维早该把这件事搞定的，可是他没有，他得出去拯救世界，把我一个人丢在家里，像个犯人似的。还有，尤兰达到底死到哪里去了？请原谅我出言不逊。你知道，我替她做了那么多事，总是希望她能多替我想想，就算打个电话来也好。”

戴维，尤兰达，这些人是谁？葛瑞一头雾水，这实在太诡异了，不过有件事很确定：这个可怜的女人无依无靠。除非葛瑞想办法把她弄出这里，否则她活不久了。

“说不定你可以漆成白色。”他提议说，“我相信我们有很多白漆。”

她怀疑地看着他。“我为什么要漆白色？”

“大家都说白色配什么都好看，不是吗？”老天爷，听听他现在讲的话，和电视上那些娘娘腔简直一模一样，“你可以用任何颜色来配白色。或许在房间里添点别的色彩，窗帘或其他小东西。”

她迟疑着。“我不知道。白色好像有点单调，而且我本来想要在今天就把房间粉刷好的。”

“没错，”葛瑞努力堆起微笑，“这就是我的意思啊。你可以先漆白色，看看效果怎么样，然后就会知道接下来该怎么弄。我是这么建议的。”

“白色配什么都好看，你说得没错。”

“你说要粉刷的是婴儿房，对不对？所以或许粉刷好之后可以贴上花边壁纸，让房间感觉活泼一点。你知道的，贴点兔兔啊什么的。”

“你说兔兔？”

葛瑞吞吞口水。他怎么会说出这句话的？兔子向来是那些荧光棒最爱的食物，他亲眼看过零号吞下兔子。“没错。”他勉强挤出话来，“大家都喜欢兔兔。”

他看得出来这个主意很吸引她，这又引出了另一个问题。假设这女人愿意离开，那么接下来呢？他不太可能丢下她一个人。他也很纳闷她到底怀孕几个月。五个月？六个月？他对判断这种事很不在行。

“好吧，我想你说得有道理。”那女人点了点她那线条优美的下巴，“看来我们的想法一致，葛瑞先生。”

“叫我劳伦斯吧。”他说。

她微笑着伸出手：“我叫丽拉。”

直到坐进那女人的沃尔沃车里，葛瑞才发现就在他拎着油漆罐摆放到后车厢的这段时间里，丽拉已经成功地让他答应帮忙粉刷婴儿房了。葛瑞甚至不太记得自己是怎么答应的了，好像就这样自然而然地发生了，而且她真的在收银台留下了一沓钞票，还写了一张字条说她会再回来。

等他回过神来，他们已经上路了，那女人开着车穿过被遗弃的城市，经过被毁弃的车辆、浮肿的尸体、翻倒的军用卡车，以及公寓小区还冒着烟的瓦砾废墟。

“说真的，”她开车绕过一辆被烧毁的联邦快递送货卡车，连看都没看一眼，“我还以为总会有谁打电话叫拖车来，不会让车子一直挡在路中央呢。”她也聊着她的婴儿房（关于兔兔的事，葛瑞可真是瞎猫碰到了死耗子，猜对了），然后不停地挖苦那个叫戴维的人，葛瑞终于搞清楚了戴维是她老公。葛瑞猜她老公应该是到某个地方去了，把她一个人留在家里。根据他之前所见，他觉得这个人很可能已经死了。这女人说不定原本就疯了，但是葛瑞认为并非如此。她碰上了很惨的事，惨到不能再惨的事。这个症状有个名词的，他记得貌似叫创伤后什么的。这女人基本上知道真相，但也不知道真相，而她那处在极度惊恐状态的心不让她自己知道真相，尽管葛瑞迟早会告诉她事实。

他们回到了她家，一幢耸立在街上的都铎式砖砌建筑映入了葛瑞的眼帘。从这女人对他说话的态度，他早就猜到她肯定出身富裕，但这幢建筑还是有点出乎他的预料。葛瑞从沃尔沃车的后车厢拿出她买的东西踏上台阶，除了油漆之外，她还选了一组滚筒、一个油漆盘，以及一组刷子。在大门口，丽拉摸索着寻找她的钥匙。

“这门不好开，老是有点卡住似的。”

她用肩膀顶开门，一阵闷不通风的气息迎面扑来。葛瑞跟着她走进玄关。他原本以为屋里会像古堡一样，有厚重的布帘、豪华的家具，以及垂荡的水晶吊灯，可是恰恰相反，屋里的陈设与其说像是住宅，不如说是比较像办公室。左边是一道拱门通向餐厅，那里有张长长的玻璃桌和几张看起来不太舒服的椅子。右边是起居室，里面空荡荡的，只有一组矮沙发和一架庞大的黑色钢琴。有那么一会儿，葛瑞就只是抱着油漆罐呆呆地站在那里，想办法理清自己的思绪。他也闻到了某种味道，从屋子里面散发的腐烂垃圾的味道。

沉默的时间越来越长，葛瑞拼命想找点话说。“你会吗？”

“会什么？”丽拉把钥匙和钱包放回门边的小桌子上。

葛瑞指着那架钢琴，她转头看了看，表情似乎微微有些吃惊。

“不会。”她皱眉回答，“那是戴维的主意。有点装腔作势的意味，要是你想知道我的感想的话。”

她带他爬上楼梯，越往上走空气越闷。葛瑞跟着她走到铺有地毯的走廊尽头。

“我们到了。”她宣布。

比起整幢屋子的宏伟格局，这个房间显得狭小且不合比例，但却很温馨。墙角架着梯子，铺满地板的塑料布用胶带固定在护壁板上，油漆盘上有个滚筒，因为热而变硬。葛瑞往里走了一点。这房间原本的色调是淡奶黄色，但是有人，葛瑞猜是丽拉，在墙面上刷了好几块乱七八糟的黄色，毫无图案与条理可言。他恐怕得漆上三层油漆才盖得住那些痕迹。

丽拉双手叉腰，站在房门口。“我想事实大概很明显，”她皱起眉头说，“我不是个油漆匠，肯定不像你这么专业。”

又来了，葛瑞想。但是既然决定要陪她玩到底，他就没有理由否定她觉得他对粉刷很在行的想法。

“在开始之前，你需要来点什么吗？”

“我想不用。”葛瑞勉强回答。

她伸手掩住哈欠。突如其来的疲惫似乎让她撑不住了，她像个慢慢泄气的气球。“那我不打扰你了，我要去躺一下。”

她说完就离开了。葛瑞听见走廊那头的门砰的一声被关上。这真是天底下最该死的事，葛瑞想。在一个有钱的太太家里粉刷婴儿房，这绝对是他在红屋顶旅馆醒来时想都没想到的事。他竖起耳朵听她在屋里有没有发出什么声响，但什么都没听见。最有意思的或许是葛瑞其实并不在乎，至少他并不是真的在乎这女人会有什么其他意图。这女人也许有点疯疯癫癫，但她并没有什么恶意，而且他也没对她掩饰自己的身份，因为她根本就没问过。被人信任的感觉很好，虽然他向来都没有资格获得别人的信任。

他从玄关搬来工具，开始工作。他以前没干过太多油漆活儿，可是这也不是什么深奥的科学工程，所以他很快就沉浸在粉刷的节奏里，心里满是愉悦的空白。他几乎忘了在红屋顶旅馆醒来的事，忘了零号、理察兹、营区和其他的一切。过了一个小时又一个小时，他正沿着天花板修边的时候，丽拉出现在门口，端着一个放着三明治与一杯水的拖盘。她换上了一件高腰的牛仔布洋装，虽然宽松，但让她的肚子显得更大。

“希望你喜欢吃鲔鱼。”

他爬下梯子，接过拖盘。面包上长了一层毛茸茸的绿色霉菌，有股腐臭蛋黄酱的味道，葛瑞的胃里开始翻搅。

“也许等会儿吧。”他结结巴巴地说，“我想先上第二层漆。”

丽拉没多说什么，往后退了一步环顾房间。“我不得不说，这房间看起来真的不一样了，好多了，不知道之前为什么没想到要用白色。”她的目光再次回到葛瑞身上，“希望你不要以为我得寸进尺，劳伦斯，我也不想假设任何事情，但是，你是不是正好需要找个地方过夜？”

这问题让他措手不及，他没想这么远。他根本什么都没想，但是这女人的幻想状态仿佛会传染似的。可是显然她是希望他留下来，在独自过了这么多天之后，她绝对不会放他走的——最重要的就是把他留下。况且，他还能到哪里去呢？

“很好，那就说定了。”她紧张地笑起来，“我得说自己松了一口气。我觉得好有罪恶感，把你拖来蹚这浑水，甚至没问你是不是有其他的工作要忙。而且，你真的帮了好大的忙。”

“没问题，”葛瑞说，“我是说，我很乐意留下来。”

“别这么说。”两人的对话似乎结束了，但是丽拉走到门边又转过身，有点厌恶地皱起眉头，“真的很不好意思，我知道那个三明治估计不太好吃，我一直想去买菜，我会帮你弄顿像样的晚餐。”

葛瑞忙了一整个下午，直到窗外太阳西沉他才刷完第三层漆。他不得不说，这房间看起来真的还不错。他把刷子和滚筒摆在油漆盘上，走下楼梯，沿着中央走廊回到厨房。和屋里的其他地方一样，这里的装潢呈现出极简的现代风格，白色的橱柜，黑色的花岗石台面，闪亮的铬钢厨具，但是装潢的效果却被堆得到处都是、散发出腐败食物气味的垃圾袋给破坏了。丽拉站在炉子前面——瓦斯显然还能用——在烛光下搅拌汤锅。餐桌上摆了瓷器、餐巾、银刀叉，甚至还铺了桌布。

“希望你喜欢番茄。”丽拉微笑着对他说。

丽拉带他到厨房后面一间有洗涤槽的小房间里。没有水可以洗刷子，所以葛瑞把刷子摆在水槽里，尽量用抹布把手擦干净。想到番茄汤就让他反胃，可是他会想办法让她相信自己喜欢番茄汤的，因为他根本也没法拒绝。回到厨房时，丽拉正把滚烫的汤装进两个汤碗里，然后和一碟乐之饼干一起端上桌。

“来大吃一顿吧！”

第一口就让他差点噎着，这连食物都算不上。他压抑所有的本能反应，想办法吞了下去。看来丽拉并没有发现他的痛苦，径自掰开饼干加进汤里，用汤匙舀起放进口中。葛瑞纯粹靠着意志力又吃了一汤匙，再一汤匙。他可以感觉到汤沉到自己的胃底，沉甸甸的一团。就在努力想吃第四口的时候，他的肚子突然像被虎头钳紧紧钳住一样。

“抱歉。”

他努力放慢脚步走回杂物间，在最后一刻及时赶到洗涤槽前。以往他吐的时候都会大声作呕，但是这次不同，汤汁仿佛毫不费劲地就从他体内流了出来。他到底是怎么回事啊？他抹抹嘴巴，花了一会儿工夫让自己镇静下来，然后回到餐桌前，丽拉关心地看着他。

“这汤还好吧？”她无力地问。

他再也无法看碗里的东西。他也怀疑她闻到了他呼吸里的呕吐物味。“没事。”他勉强挤出话说，“我想我只是……不太饿。”

这回答显然让她满意了。她盯着他看了好一会儿，然后说：“希望你不介意我这么问，劳伦斯。你在找工作吗？”

“你的意思是，更多粉刷的工作？”

“噢，当然是啦，可是也还有其他的工作。我有种感觉，请原谅我草率地下结论，我觉得你或许有一点……无所事事。这没关系，请不要误会我的意思，大家总是会碰上问题的。”她在餐桌对面眯起眼睛，“可是你不在家得宝工作，对吧？”

葛瑞点点头。

“我就知道！说真的，我还被你骗了好一阵子呢。不管这些啦，你粉刷得很棒！做得真好！绝对证明了我的看法，你明白我的意思。我想帮你重新站起来。你帮了我好大的忙，我想回报你。天晓得我家有多少工作需要做，要竖好篱笆，当然空调也是问题，还有院子，你已经看见那院子……”

葛瑞知道要是他此时不制止她，他就永远不可能把她带离这里。“太太……”

“拜托，”她举起一只手，露出温馨的笑容，“叫我丽拉。”

“好吧，丽拉。”葛瑞深吸一口气，“你有没有注意到情况……有点奇怪？”

丽拉困惑地皱眉。“我不知道你指的是什么。”

最好慢慢来，葛瑞想。“比方说，电力。”

“噢，电啊。”她很不以为然地挥挥手，“你已经告诉过我了，在店里的时候。”

“可是，一直到现在还停电，不是很奇怪吗？你不觉得他们早就该修好了吗？”

她脸上隐隐浮现不安的神情。“我一点头绪都没有。老实说，我不知道你要告诉我什么。”

“还有戴维，你说他一直没打电话回来，已经多久了？”

“这个嘛，他是个大忙人，很忙很忙的。”

“我想这不是他没打电话的原因。”

她的语气不带一丝情绪。“你不这么想。”

“是的。”

丽拉怀疑地眯起眼睛。“劳伦斯，你有事情瞒着我吗？因为如果你是戴维的朋友，我希望你坦白地告诉我。”

葛瑞觉得自己简直是白费工夫。“不，他不是我的朋友。我只是说……”没有办法了，他只能实话实说，“你有没有注意到，外面半个人都没有？”

丽拉盯着他，双臂交叉放在隆起的肚皮上。她的眼神里有掩不住的怒火，她突然起身，从餐桌上抓起自己的碗，拿到洗涤槽。

“丽拉……”

她出神地摇摇头，没看他。“我不准你说这种话。”

她砰的一声把碗丢进水槽，拧开水龙头。她用力地把开关转来转去，却徒劳无功。“该死，没水了，该死的为什么没水了？”

葛瑞站起来，她转身面对他，愤怒地紧握拳头。

“你不明白吗？我不能再失去她了！我不能！”

她说的“她”指的是宝宝吗？她说“再”是什么意思？

“我们不能待在这里。”他小心翼翼地又往前一步，仿佛在接近一头谨慎恐惧的野兽，“这里不安全。”

丽拉的双颊开始淌下愤怒的泪水。“你为什么非要这么做不可？为什么？”

她冲向他，举起双拳，宛如抡起锤子一般。葛瑞往后闪，她开始拼命捶他的胸口，仿佛要敲破一扇门似的，但是她的攻击动作杂乱无章，只是因为纯粹的惊慌，是她在发泄情绪。等她退开之后，葛瑞的身体恢复平衡，然后像拳击手扭抱对手那样，把她拉近拥住她的上半身，将她的双手压在身体两侧。这纯粹是反射动作，除此之外，他也不知道还能怎么办。“别说这种话，”丽拉在他的怀里挣扎，哀求，“这不是真的，不是真的……”接着，她开始啜泣，身子一软，瘫倒在他身上。

大概整整有一分钟的时间，他们就维持这样的姿势，怪异地抱在一起。葛瑞这辈子从没这么吃惊过，他并不是诧异自己激烈的反应，因为这早在他的预料之中，他诧异的是竟然有个女人躺在他怀里。她真的好瘦！和自己是多么的不同啊！葛瑞已经有多久没有抱过女人，没有抱过任何人了？或者说是多久没有和其他人有过肢体接触了？他感觉得到丽拉鼓起的肚皮抵着他，硬硬的。是个宝宝，葛瑞想。这辈子头一次，他的脑袋完完整整意识到了怀孕这件事。在这世界疯狂的混乱与屠杀之中，这个可怜的女人就要生孩子了。

葛瑞放开手，往后退，丽拉低头看着地板。他在油漆架旁遇到的那个愉快的、发号施令的女人已经不见了，取而代之的是个脆弱、难过，几乎可以说是孩子气的女人。

“我可以问你一件事吗，劳伦斯？”她声音好小。

葛瑞点点头。

“你以前在干吗？”

有那么一会儿，他不了解她问的是什么，接着才会意，她指的是工作。“我做清洁工作，”他耸耸肩，“我是说，我是个清洁工。”

丽拉面无表情地思索着他的回答。“哦，我想你真的把我难倒了。”她很沮丧地说，她用手背搓搓鼻子，“老实告诉你，我觉得我自己什么都不是。”

又一阵沉默，丽拉瞪着地板，葛瑞很好奇她接下来要说什么。无论说的是什么，都关乎他们的生死存亡。

“我以前失去过一个孩子，你知道吗？”丽拉说，“一个女儿。”

葛瑞等她继续说。

“她的心脏，你知道，”她说，一手贴在胸口，“她的心脏有问题。”

葛瑞静静地站着，觉得很奇怪，仿佛自己老早就知道她的事似的。或者，就算不知道这件事，也知道会是哪一类的事。就像是在看画，近看完全看不懂，退开一步之后却突然明白了画里是什么。

“她叫什么名字？”葛瑞问。

丽拉抬起满是泪痕的脸。有那么一会儿，她就只是看着他，斜着眼打量他。葛瑞不知道自己是不是做错了，问这个问题是不是错了，但这个问题就这样突然从嘴巴里跳了出来。

“谢谢你，劳伦斯。从来没有人问过我这个问题，我都说不上来有多久了。”

“其他人为什么不问？”

“我不知道。”她的肩膀微微一耸，“我猜他们觉得会倒霉什么的。”

“我不怕。”

一阵短暂的沉默。葛瑞不知道自己这辈子除了这一次之外还替谁这么难受过。

“伊娃。”丽拉说，“我女儿叫伊娃。”

他们陪着这个名字站在一起。屋外，在丽拉家的窗外，夜色开始降临。葛瑞发现外面开始下雨了，夏雨轻轻地敲打着窗子。

“我和你想的不太一样。”葛瑞老实说。

“不一样？”

他想对她说什么？真相，当然是，或说是某种版本的真相，但是，经过这一天半的时间之后，真相似乎像是失去了缆绳的小船，漂泊不定。他甚至不知道该从何讲起。

“没关系。”丽拉说，“你什么都不必讲。不论你以前是什么样的人，现在都没有什么差别了。”

“或许吧，我以前……有点麻烦。”

“所以你和我们其他人一样，不是吗？是一个有秘密的人。”她移开目光，“仔细想想，说真的，这才是最惨的事。不管你怎么努力，也永远没有人真正了解你是什么样的人。你就只是一个孤孤单单待在家里胡思乱想的人，其他的什么都不是。”

葛瑞点点头，还能说什么呢？

“答应我，你不会离开我。”丽拉说，“无论发生什么事，都不要走。”

“好。”

“你会照顾我，我们会彼此照顾。”

“我答应。”

对话似乎到此为止。丽拉疲惫地呼了一口气，松松肩膀。“嗯，我想我最好去睡觉。我想你会希望明天一大早就出发，要是我猜得没错的话。”

“我想最好早点走。”

她的眼睛不舍地环顾屋内，扫过闪闪发亮的厨具，到处堆积的垃圾袋和堆成山的脏碗碟。“真是太可惜了，我本来很想搞定婴儿房的。可是我想那得等到以后了。”她再次看着他的脸，“我只有一个要求，别让我想到这件事。”

葛瑞明白她的要求是什么。**别让我想起这个世界**。“如果你希望这样的话。”

“我们只是要……”她思索着该怎么说，“只是要开车到乡下去。这听起来如何？你觉得你可以替我做到这一点吗？”

葛瑞点点头。他觉得这个要求实在很怪异，甚至有点蠢，可是只要能让她离开这里，要他穿小丑装都没问题。

“很好，在事情解决之前就这么办吧。”

他等着她再继续往下说，或者离开厨房，但是她没说话也没走开。丽拉的神情开始变了，露出非常专注的表情，仿佛读着只有自己才看得见的蝇头小字。接着，她突然睁大眼睛，似乎要开始大笑了。

“噢，天哪，看看我搞成什么样子了！我简直不敢相信！”她双手摸摸脸颊和头发，“我看起来一定很可怕。我看起来是不是很可怕？”

“我觉得你看起来很好。”葛瑞勉强说。

“你来我家做客，然后又停水了。布莱德一定会抓狂的。”

这是个他没听她提过的名字。“谁是布莱德？”

丽拉皱起眉头。“我老公啊，不然还有谁？”

“我以为你老公是戴维。”

她茫然地瞪了他一眼：“噢，是啊，我指的是戴维。”

“可是你说……”

丽拉不让他继续说下去：“我说的话可多了，劳伦斯。这一点你一定要了解，你八成觉得我只是个疯女人，而你想的其实也没错。”

“我没这么想。”葛瑞说。

她那张线条优美的脸庞浮现讽刺的微笑。“这个嘛，我们都知道你只是不方便明说，因为你是个好人。我很感激。”她再次环顾室内，微微点头，“嗯，今天可真是受够了，你不觉得吗？恐怕没有像样的客房可以让你休息，不过我已经帮你在沙发铺好床了。要是你不介意的话，我想等明天再洗碗，今晚就好好休息。”

葛瑞完全不知道该怎么解释眼前的情况。丽拉原本似乎已经脱离了否认现实的恍惚状态，但这时却又陷了进去。不是陷了进去，他想，而是她自己主动踏了进去。她以自己的意志，强迫自己踏进这个状态。他目瞪口呆地看着她走到门口，又回过头来面对他。

“我很高兴有你在这里，劳伦斯。”她露出茫然的微笑说，“我们会成为好朋友的，你和我，我知道会的。”

说完她就离开了，葛瑞听着她慢慢穿过走廊走上楼梯的声音。他清理掉餐桌上的碗盘，他原本很想把碗碟洗好，让她明天下楼就看见一间干干净净的厨房，可是他无能为力，只能把碗碟和水槽里的脏碗碟堆在一起。

他从餐桌上拿起一根蜡烛，走到起居室，可是一躺到沙发上，他就知道自己根本不可能睡。他的脑袋还维持在戒备状态，无法放松，而且刚才的那碗汤现在还让他觉得有点恶心。他回想在厨房的那一幕情景，以及他抱住她的那一刻。其实算不上是拥抱，他只是想让丽拉停止打他。但是在某个时间点上，却又变得有点像是拥抱了。那感觉很好，比“好”还要更好。其实，那感觉和性爱无关，和他回忆中的性爱不同。葛瑞已经有好多年没有过任何近似性爱的感觉了，抗雄性激素的药物就是有这个作用。最重要的是，这女人怀孕了，天哪。不过仔细想想，这或许是整件事情如此美好的原因所在。怀孕的女人不会无缘无故地拥抱别人。抱着丽拉，葛瑞觉得自己仿佛踏进了一个圈圈，在这个圈圈里的不只是他和她两个人，而是三个人，因为还有个宝宝。或许丽拉疯了，也或许没有，这种事轮不到葛瑞来下判断。而且他看不出来这有什么差别。丽拉选择了他来帮助自己，而他也的确愿意伸出援手。

葛瑞就快要睡着的时候，突然有动物的叫声打破静寂。他从沙发上猛然坐起，强迫自己清醒，声音是从外面传来的，他立即冲到窗边。

这时他才想起伊格纳西奥给他的枪。他一直心不在焉，居然把枪忘在家得宝超市了。他怎么会这么蠢啊？

他把脸贴在玻璃上往外看。马路中央仿佛躺着一条狗，看起来一动也不动。葛瑞等了一会儿，屏住呼吸，这时一条白影掠过树梢，一闪而逝。

葛瑞知道自己这一夜再也无法合眼了，可是无所谓。楼上有丽拉在沉睡，梦着已经不再存在的世界；而在屋子的四面墙之外，有残暴的恶魔横行，葛瑞自己也曾是那恶魔的一部分。他再次回想厨房里的那一幕，以及丽拉的身影：站在洗涤槽旁边，绝望的泪水淌下双颊，因愤怒而紧握的拳头。“我不能再失去她了，我不能。”

他会站在窗边戒备直到天明，然后，等破晓就快快离开此地。

丽拉·凯亚在黑暗中辗转沉思。

她听见了屋外的叫声，是条狗，她想，那条狗出事了。某个大意的驾驶员加速驶过了街道？一定是这么回事。大家都应该更注意自己的宠物才是。

别想了，她对自己说，别想了，别想了，别想了。

丽拉很好奇那会是什么感觉，假如身为一条狗。她觉得这或许会有些好处，没有思想的动物，脑袋里什么都没有，只等待有人再拍拍它的头，在街头漫步，感受到食物在肚子里的存在。洛斯可（因为她听见的是洛斯可的声音，可怜的洛斯可）八成不知道自己碰上什么事了。或许在最后关头会稍微知道一点吧。前一分钟它还在街头游荡，找东西吃。丽拉想到今天早上看见它叼在嘴里的那一团软绵绵的东西，然后她迅速跳过这个不愉快的记忆。下一刻，嗯，没有下一刻了，洛斯可失去任何感觉了。

还有这个人，这个劳伦斯·葛瑞。丽拉发现，她对这个人一无所知。他是清洁工，他做清洁工作。他清洁什么？要是戴维知道她让一个全然陌生的人踏进家里，八成会大发雷霆，她可以想象戴维脸上的表情。丽拉想，她有可能错看了这个劳伦斯·葛瑞。可是一转念她又不这么认为，因为她向来很会看人。没错，在厨房的时候，劳伦斯说了一些令她非常不安的话。说灯熄了、人消失了，还有其他的一切（死了，死了，所有人都死了）。他是真的搞得她很沮丧。可是平心而论，他把粉刷婴儿房的工作做得很好，而且光是看着他，她就看得出来他的心在该在的地方。这又是她爸爸很喜欢说的话。这到底是什么意思呢？难道心还会在其他地方不成？“爸爸，我是个医生，”她有一回笑着对她爸爸说，“我可以告诉你一个事实，心永远在它该在的地方。”

丽拉听见自己叹了一口气。费了这么大的功夫，就为了让心里的一切维持井然有序的状态。因为这是必须做的工作，必须以特定的角度来看事情，无论发生什么事，都绝不移开目光。否则这世界就会吞噬你，会像波涛一样淹没你，然后你会置身何处呢？她怀念的不是房子本身，从踏进屋里的那一刻起，她就暗暗痛恨这幢房子，痛恨那太过招摇的广阔空间，那太多的房间和气体似的昏黄光线。一点都不像她和布莱德以前在马里贝尔街住的那个地方，狭小舒适，塞满他俩所爱的东西，洋溢着家的温馨。这幢房子怎么可能像呢？没有生活气息的房子算什么？这幢浮夸的怪物，这间空虚的博物馆，这是戴维的主意，当然是。这是戴维的房子，这不是《圣经》里的东西吗？《圣经》里有好多房子，这样那样的房子。丽拉记得自己还小的时候，窝在沙发上看《查理·布朗的圣诞节》。她喜欢史努比的程度，不下于喜欢彼得兔。她看到老是拖着毯子假装是小男孩，其实却很聪明的莱纳斯走到舞台前方，告诉查理·布朗圣诞节到底是什么。**就在这个地方，有牧羊人夜间露宿草原，轮流看守羊群。主的使者对他们显现，主的荣光照耀他们，他们甚为惧怕。那天使对他们说，不要惧怕，我报给你们大喜的消息，那是关乎万民的。因为今天在戴维的城里，你们的救主降生了，那就是主基督。**[①]

戴维的城，戴维的家。

可是宝宝，丽拉想，她全心全意都只在宝宝身上。她不在乎这幢房子，不在乎屋外的怪声（那些怪物），不在乎戴维回不回家（该死的戴维）或其他的任何事情。所有的医学文献都清清楚楚地、以无可辩驳的论据指出，负面的情绪会对胎儿造成影响。胎儿会想你所想，感你所感，要是你一直心怀恐惧，那胎儿会怎么样呢？那些让人忧心的事，劳伦斯在厨房里说的那些事。虽然那人的确是出于善意，他只是做了自己觉得对她与伊娃（伊娃？）好的事，可是，难道只因为他这么说了，这些事情就必须变成真的吗？那只是一些说法而已，那只是一些观点而已，这倒也不是说她不同意。不过，现在大概是到了应该离开的时候了。附近安静得可怕（可怜的洛斯可）。要是布莱德在，他一定会对她这么说的：丽拉，是该走了。

因为一直以来，丽拉·凯亚觉得肚子里的这个孩子并不是个新的孩子，并不是另一个人。这宝宝不是个新的伊娃，或另一个伊娃，或伊娃的替身。这个宝宝就是伊娃，他们的小女儿回家来了，仿佛是这个世界修正了自己的错误，修正了伊娃夭折这个天大的错误。

她好想把这一切都告诉布莱德。现在就连布莱德的名字都给她带来了强烈的渴望，能够让她热泪盈眶。她本来没打算嫁给戴维的啊！为什么丽拉要嫁给戴维？为什么丽拉要嫁给自命清高、颐指气使、永远都要做好事的戴维？她已经和布莱德结婚了啊？特别是现在，伊娃快要出生的时候，为什么他们三个人不能再成为一家人呢？

丽拉还爱着布莱德·华格斯特。这就是问题所在，这就是丽拉最悲哀、最遗憾的秘密。她对布莱德的爱从未改变，即便是在他们的爱

---

① 引自《圣经·路加福音》第二章。

已经因为小女儿的过世而沉重得让两人无法承受时，她对布莱德的爱也从未消失过。他们之所以分手，是为了遗忘失去伊娃这件事。而待在彼此的身边，他们就不可能遗忘这件事。充满悲哀且无可避免地分手，就像太古之初的大陆崩离一样。直到最后一刻，他们还在奋力抗拒这个事实。布莱德搬走的前一夜，经过双方律师慎重检视过的行李箱摆在马里贝尔街那间屋子的玄关，他们两个人泪流不尽，太多的眼泪早已让他们搞不清楚到底是为何流泪。这种感觉就像每天的天气那样平凡无奇，这本来就是个充满眼泪的世界。布莱德来到他早已搬离的卧房，躺进被子里，整整一个小时，他们又是一对爱侣，静静地挨着彼此，身体仍需索着他们的心早已无力承担的东西，两人没说一句话。隔天早晨，丽拉醒来，她已独自一人。

但现在一切都改变了。伊娃就要出生了！伊娃真的在这里！她要写封信给布莱德，丽拉一定会这么做的。然后布莱德就一定会来照顾她，他就是这样的人，他就是那种天塌下来的时候可以依赖的人，要是他发现她不在这里该怎么办？这个决定让她精神一振。丽拉蹑手蹑脚地走到窗边的书桌前，在抽屉里翻找铅笔和纸。现在，该怎么措辞呢？**我要离开了，我不太清楚我要到哪里去。等我，亲爱的，我爱你。伊娃很快就要出生了。**简明扼要，她很满意地把纸折好，装进信封，在外面写上“布莱德”，然后竖在书桌上，好让自己明天早上可以看得见。

她又躺回床上。那封信在房间的另一头看着她，一个闪着光芒的白色的长方形。丽拉闭上眼睛，双手滑过肚皮的曲线，一种圆满的感觉，然后从肚子里传来轻轻的抽动，一下，一下，再一下，是宝宝在打嗝儿。打嗝儿！这小家伙。丽拉合上眼睛，任由这感觉充满全身。在她的身体里面，在她的心脏下方，一个小生命在等待出世，但不只是这样而已。她，伊娃，就要回家了。

这一天让她受够了。此时她感觉睡意像海浪般袭来，宛如冲浪选手踏浪而驰一样；再过一会儿，这睡意的浪花就会冲倒她，把她拖到水底。在她指尖下的肚子里，伊娃安安静静地待着。我爱你，伊娃，丽拉·凯亚想，然后就这样沉沉睡去。

10

他们抵达里高球场的时候，已经快十点钟了。开进市区之后，丹尼发现自己进入了路障迷阵——那些被弃置的悍马车，架在沙包上的机关枪，甚至还有几辆坦克。有好多次，他不得不倒车寻找另一条通道，因为他发现前进的道路已经被堵死了。最后，在早晨的最后一丝雾气终于散去之时，他在高速公路底下找到了一条畅行无阻的路，让他可以开车驶上坡道抵达体育馆。

停车区搭满了橄榄绿的帐篷，一顶顶排列成棋盘的样子，在早晨的阳光下，这里安静得很怪异。帐篷周围围了一圈的汽车，有轿车、救护车和警车，许多看起来都已经被毁了，窗户碎了，挡泥板被拆下，门被扯掉了。

丹尼把巴士停了下来。

他们一下车，一股浓烈的腐臭味扑面而来。这气味害得丹尼差点吐出来。比丹尼的妈妈发出的臭味还惨，比丹尼早上走到停车场时看见的那些尸体还惨。现在周围的这种味道会钻进身体里面，钻进鼻子、口腔，停留很多天而挥之不去。

“你好！”艾普丽喊着。她的声音在停车场里回荡。“有人在吗？你好！”

丹尼的胃有种很不好的感觉，或许是因为那股腐臭的味道，但也不完全是。他现在全身都有一种很紧绷的感觉。

“你好！”艾普丽把双手拢在嘴边又喊了一次，“有人听到吗？”

“也许我们该离开了。”丹尼提议。

“军队应该在这里的啊。”

“说不定他们已经离开了。”

艾普丽取下背包，打开拉链，拿出一把榔头挥了挥，仿佛在试重量。

“提摩西，你要跟紧我，听懂没？不要走丢了。”

那男孩站在巴士的台阶底下，捏着鼻子。“可是好臭。”他带着鼻音说道。

艾普丽重新背起背包。“整座城都很臭，你只能适应，跟我来。”

丹尼也不想去，可是这女生已经下定了决心。他跟着他们两人，穿过车阵。一边走一边看，丹尼开始理解了自己眼中所见的是什么，围在帐篷周围的车辆是用来做防御的。就像拓荒时期，在印第安人来袭的时候，拓荒者会把马车围成一圈一样。可是这里来袭的不是印第安人，丹尼知道，无论这里发生了什么事，看起来都早就结束了。一定有尸体在他们不知道的地方。他们越往里走，臭味似乎就越浓。但是到目前为止，他们看不见半具尸体的踪影，仿佛所有的人都消失无踪了。

他们踏进第一个帐篷。艾普丽领头，她把榔头举在身前，随时准备挥击。这地方一片凌乱，医用轮床和输液架翻倒在地，绷带、水盆、注射器等碎片散落各处，但还是没有尸体。

他们查看第二个帐篷，然后是第三个，每个帐篷的情况都一样。“大家都到哪里去了？”艾普丽说。

再找就只剩下体育馆了。丹尼不想去，可是艾普丽不准他说不。要是军方叫大家来这里，就绝对是有理由的，她非常坚持这个观点。他们沿着坡道走向体育馆入口。还是艾普丽领头，她一手揽着提摩西，一手抓着榔头。丹尼第一次注意到天上有很多鸟，一大群黑云般的鸟在体育馆的上方盘旋，粗哑的叫声既打破了静寂，同时却又似乎加深了静寂。

这时，他们背后传来一个男人的声音。

“如果是我，我就不会进去。”

齐特里吉开进停车区时，法拉利的引擎熄火了。到了这个节骨眼，这辆车像匹失去半条命的马那样喘息着，引擎盖和底盘都冒着带油气的黑烟。事情再清楚不过了，齐特里吉疾速冲出车库车道时腾空跃起，然后重重摔落在路面上。这一摔已经把车子的油盘给摔坏了，随着油逐渐漏光，发动机也慢慢升温，金属不断膨胀，到最后活塞就塞住了活塞环。

很抱歉啊，华伦，把你的车搞成这样。这辆车能开的时候真的很棒。

在看过体育馆里面的情景之后，齐特里吉需要一点时间来恢复镇定。天哪，真是可怕。他不是没预想过这个景象，但亲眼所见却又是另一回事。他想吐，吐到翻肠搅肚。他的手抖个不停，他觉得自己可能会生病。齐特里吉这辈子见识过一些恐怖的事——尸体像木柱那样一具具堆在坑里；整个村子的人被毒气杀害；一家人躺在他们跳下的地方，展开双手最后一次触摸他们所爱的土地；市场里的男女老幼被某个胸口绑炸弹的疯子炸成碎片，尸首难辨——但是那些画面和体育馆里的景象相比都变得不值一提。

他坐在法拉利的引擎盖上，思索着自己接下来的选择。然后突然听见远处有辆车子驶近。齐特里吉绷紧神经，提高警惕。从声音来判断，应该是辆大型柴油车。装甲运兵车？但接着一幅超现实的画面出现了：一辆黄色校车驶上坡道。

这是怎么回事？齐特里吉想。真是见鬼，该死的校车，这又不是参观世界末日的校外教学课！

齐特里吉看着巴士停下来，出现了三个人：一个头发有一条条粉红色的女生，一个身穿T恤衫和短裤的小男生，以及一个长得很滑稽的男人，齐特里吉猜那个男人是司机。“你好！”女孩大喊，“有人在吗？”交头接耳一会儿之后，他们走进那一大堆车阵，女孩领头走在前面。

也许该出声说话了，齐特里吉想。但是让他们发现他的存在，会招惹来自己从一开始就发誓要避免的责任。其他人不是他计划里的一部分；他的计划就是脱身，轻装旅行，尽可能活得久一点，在最后的结局来临时多撂倒几个病鬼，然后“丹佛最后一人”像璀璨的流星般坠入太空。

这时，齐特里吉突然意识到了即将发生的事。因为这三个人正在径直向体育馆走去。他们当然会想到要去那里看看，齐特里吉自己刚才也是如此。他们还只是孩子，天哪，管他计划不计划的，他绝对不能让他们走进那里。

齐特里吉抓起来复枪，赶上他们。

听见齐特里吉的声音，那司机的反应非常激烈，这害得齐特里吉有一会儿连动都不敢动。那人大吼一声往前跑，脸埋在臂弯里踉踉跄跄地朝他冲来。另外的两个孩子急忙退开，女孩一只手把小男生拽进怀里保护，另一只手对着齐特里吉挥舞着榔头。

“喂，别紧张。”齐特里吉说。他枪口朝天，举起双手。“我是好人。”

齐特里吉发现那女孩的年纪比他原本猜测的大，大约十七岁吧。一绺绺粉红色的头发实在很夸张，而且耳朵上戴的耳钉之多，简直像是钉在脑壳上似的，但是齐特里吉看她打量自己的那副神情，冷静、镇定，没有一丝惊慌，他就知道她不像外表这么简单。所以只要他敢再向前一步，他一点都不怀疑她会拿榔头攻击他，或者至少会试图攻击他。她上身穿着一件紧身T恤衫，下身穿着一条膝盖磨得快破了的牛仔裤，脚穿高帮运动鞋，两条手臂戴满一圈又一圈的真皮银手环，双肩背着背包，颜色是犯罪现场封锁线那样的艳黄色。旁边的小男生显然是她的弟弟，两人的血缘关系不只表现在绝不会认错的容貌上——鼻头圆圆、略微嫌小的鼻子，高耸的颧骨，以及同样水蓝的双眸——也表现在她的反应上。她保护小男生的那种强烈的反应，在齐特里吉看来，简直和妈妈无异。

这群人里的第三个成员，那名司机，就比较难估量了，这人绝对有点不对劲。他穿着卡其色的裤子，上身的白色牛津衬衫自下而上非常板正地扣到第一颗扣子，略带红色的蓬乱金发从那顶很特别的帽子旁边蹿出来，活像用锯齿剪剪出来的。但是他与正常人真正的区别并不在这些问题上，而是在于他抱住自己的模样。

第一个开口说话的是小男生。他额前的那绺头发真是齐特里吉看过的最糟糕的刘海。“那是真的AK步枪吗？”他指着枪问。

“闭嘴，提摩西。”那女孩把小男生搂紧一些，举起榔头准备出击，“你到底是什么人？”

齐特里吉还在举着双手。有那么一会儿，他满脑子只想着那把榔头所能展现的实际威胁。“我叫齐特里吉。没错，”他对小男生说，“这是真的 AK 步枪，可是别以为我会让你碰哟，小伙子。”

小男生满脸兴奋。“好酷哟。”

齐特里吉朝司机的方向扬起下巴。那人低头专注地盯着自己的鞋子。“他还好吗？”

“他不喜欢别人碰他。”那女孩还在担心地打量着齐特里吉，“是军方叫我们到这里来的，我们在收音机里听到的。”

“我想也是，可是，看来他们是放我们鸽子了。嘿，我还不知道你们的名字。”

女孩有点迟疑。“我叫艾普丽。这是我弟弟提摩西。他是丹尼。”

“很高兴见到你，艾普丽。”他露出令人安心的笑容，“那么，如果我现在把手放下来，你觉得可以吗？因为我们都已经互相介绍过了。”

“你的来复枪是哪里来的？”

“从‘户外世界’拿来的，我是那里的店员。”

“你们卖枪？”

“大部分是露营或猎鱼用的枪。”齐特里吉回答说，“可是他们有很优惠的折扣。你现在意下如何？我们现在同一队了，艾普丽。”

“什么队？”

他耸耸肩。“人类队，我想。”

女孩的目光仍在打量他。这个艾普丽非常谨慎，齐特里吉提醒自己，她不只是个青少年，她是个幸存者。无论如何，她都值得被认真对待。过了几秒钟，她不再高举榔头。

“体育馆里有什么？”提摩西问。

“有你绝对不会想看的东西。”齐特里吉再次看着女孩。他觉得她长得就像“艾普丽”[①]。有时候就是这样，还真有意思。“你们是怎么撑

① 原文是 April，意为四月，在美国俚语中也有美丽、聪慧的女孩的意思。

过来的？”

“我们躲在酒窖里。”

“你们爸妈呢？”

“我不知道，他们在特柳赖德。”

天哪，齐特里吉想，特柳赖德正是爆发地，一切灾难发生的源头。

“嗯，明智之举，好办法。”他再次指着丹尼。他站在三米之外，双手插在口袋里，盯着地面看。“你们的朋友呢？”

“是丹尼找到我们的，我们听到他按喇叭。”

“噢，太厉害了，丹尼。你这样做，简直是当代英雄。”

那人飞快地斜瞥了齐特里吉一眼，脸上一点表情都没有。“好吧。”

“为什么我不能看看体育馆里有什么东西？”提摩西又插嘴说。

艾普丽和齐特里吉互看一眼——这可不是好主意。

“别再提体育馆的事了。”艾普丽说，她的注意力又转回到齐特里吉身上，“你看到过其他人吗？”

“有一阵子没见到了，但不表示没有其他人存在。”

“可是你不认为有。”

“我觉得假设我们是唯一还存活的人，或许是最明智的想法。”

齐特里吉看得出来事态会如何发展。一个小时之前，他才开车冲出一幢大楼逃命。而现在，他面对的命运却是照顾两个小孩，以及一个连和他四目相对都不敢的男人，可是情况就是如此。

“那是你的巴士吗，丹尼？”他说。

那人点点头。“我开的是蓝线，十二号。”

找辆小一点的车会比较合适，可是齐特里吉有种感觉，这人绝对不肯离开他的车。“你想载我们离开这里吗？”

女孩的脸色一沉。“你凭什么认为你可以和我们一起走？”

齐特里吉吓了一跳。他没思考过这三个人不想接受他帮助的可能性。

“老实说，既然你这样讲，我想我不该有这个想法。不过，我认为你们必须邀请我一起走。”

“我为什么不能去看？”提摩西一脸委屈。

艾普丽翻了个白眼。“见鬼！提摩西，闭嘴，别再提体育馆，可以吗？”

“你说脏话！我要去告状！”

“你要向谁告状？”

小男生突然快哭了。“别说这种话！”

“听我说，”齐特里吉插嘴说，“现在真的时机不对。据我估算，离天黑还有八个小时。我想天黑之后我们不该还待在这附近。”

就在这时，小男孩逮住机会，一转身跑上坡道。

“该死，”齐特里吉说，“你们两个留在这里。”

他一跛一跛地跑着，但因为腿的关系，他根本没办法追上男孩。等齐特里吉追到小男生时，他已经站在一扇敞开的大门口了，他目瞪口呆地望着里面的竞赛场地。虽然只有几秒的时间，但已经足够了。齐特里吉一把抓住他的衣服揽进怀里。小男生整个人一软，倒在他身上，连叫都没叫一声。天哪，齐特里吉想，他怎么会让这个小男生抢在自己前面跑到这里来呢？

等走到坡道底下时，提摩西已经开始发出半是打嗝儿半是啜泣的声音了。齐特里吉在艾普丽的面前放下他。

“你以为你在干吗啊？”她说，脸上满是愤怒的泪水。

“我……对……对……不起。”小男生结结巴巴地说。

“你不能就这样跑掉，不能。”她扯着他的手臂，死命地把他搂进怀里，“我告诉过你几千遍了，你要跟紧我。”

齐特里吉走到丹尼身边。丹尼还是低头瞪着地面，两手插在口袋里。

“他们家真的只剩姐弟俩了？”他悄声问。

“原本是康苏拉在陪他们。”丹尼说，“可是她走了。”

“康苏拉是谁？”

他无精打采地耸耸肩。“她有时候会陪提摩西一起等校车。”

这个话题没什么好说的了。或许丹尼并没有一直陪在他们身边，但是他救了一对肯定已经父母双亡的无助姐弟，这比齐特里吉做的事还了不起。

“你觉得如何，朋友？”齐特里吉说，“发动你的巴士吧。”

“我们要去哪里？”

“我想去内布拉斯加。”

11

破晓之后过了一个小时，他们出发了。葛瑞把在厨房里找到的、看起来还可以吃的东西都拿走装到沃尔沃车上了。其实也就是几罐剩下的汤罐头，一些发潮的饼干，一盒麦片和几瓶水。他没什么牙刷之类的东西可带，但是丽拉推着两个有轮子的行李箱出现在玄关。

“我自作主张帮你带了一些衣服。”

丽拉的穿着打扮，看起来像是要出门度假的模样，她穿着黑色紧身裤搭长摆衬衫，脖子上系着一条花色鲜艳的真丝围巾。她洗过脸，梳好头发，甚至还戴了耳环，上了一点妆。看见她的样子，让葛瑞意识到自己有多脏。他好几天没梳洗了，他身上的味道八成不太好闻。

“我也许需要梳洗一下。”

她带他到楼梯上方的浴室里。她帮他准备好的换洗衣服整整齐齐地叠放在马桶座上。化妆镜前放了一把还装在盒里的新牙刷，一管高露洁牙膏和一罐水。葛瑞脱下工作服，洗洗脸和胳肢窝，然后看着那面大镜子刷牙。从离开红屋顶之后，他就没照过镜子，但镜子里的影像仍然让他大吃一惊，因为他看起来是如此年轻——皮肤光滑，头发茂密，眼睛散发着宝石般的光芒。他看起来也瘦了些，这倒不奇怪，因为他已经两天没吃东西了，但是他的身材变化之大，不仅在于体重，还有他的体格，都变得令人吃惊。他不只是瘦了，而且整个身体好像被重新“安装”过似的。侧过身，他盯着镜子里的自己，试探性地摸摸肚子。他的肚子向来都是圆滚滚的，但现在他摸得到精壮的肌肉线条。接着，他试着伸展手臂，宛如欣赏自己似的。嗯，看看这个，他想，货真价实的二头肌。真该死。

他穿上丽拉帮他准备的衣服——白色的内裤，牛仔裤，格子运动衫——却诧异地发现竟然非常合身。他又瞥了镜子里的自己最后一眼，然后下楼到起居室，看见丽拉坐在沙发上，翻着《人物》杂志。

“嘿，你来了。”她上上下下打量着他，以一贯的愉快态度微笑着对他说，“你看起来很帅哟。”

他把行李箱推到车上。这个早晨的空气里带着沉甸甸的露水，鸟儿在树梢啼鸣。他们两人仿佛只是要开车到乡间去似的，葛瑞想着，摇了摇头。然而，穿着另一个男人的衣服，站在车道上，这一切简直像是真的。他仿佛踏进了另一个人生——这个人生的主人，很可能就是此刻穿在他变瘦、变结实的身体上的牛仔裤与运动衫的主人。他深吸一口气，扩展胸口。此时空气显得清新洁净，充满香味。青草、嫩绿的树叶，以及潮湿的泥土。前一夜的恐怖似乎都不见了，仿佛白昼的光线已经净化了这个世界。

他关上后车门，仰头看见丽拉站在前门。她锁上门，然后从皮包里拿出一个东西：一个信封。她又从皮包里拿出一卷胶带，把信封贴在门上，然后退后一步看了看。一封信？葛瑞想，写给谁的？戴维？布莱德？八成是这两个之中的一个，但究竟是谁，葛瑞一点头绪都没有。那两个人在丽拉心里似乎有点纠缠不清。

“好了，”她说，“都搞定了。”在车子旁边，她把沃尔沃的车钥匙交给他：“你来开可以吗？”

葛瑞非常乐意。

葛瑞决定最好还是循着主路开，至少到开出城为止。虽然没有明说，但他和丽拉似乎达成了某种协议：避免谈到会让她心神不宁的事，结果这类问题根本没有出现。这位太太一直在埋头看杂志，根本没抬头。他选择了穿过郊区的路线，到太阳高挂之时，他们已经来到一片旷野，地面的颜色就像烤焦的吐司，然后葛瑞又沿着一条乡间的柏油路往东开。城市在他们背后渐渐远去，庞大的落基山脉灰色的轮廓在迷雾中浮现。他们周围的景象有种荒凉的感觉，仿佛一切皆被遗忘——只有一抹薄如轻羽的白云高挂天空，以及平坦的原野和高速公路在沃尔沃旅行车的车轮底下延伸。最后，丽拉放下杂志，终于睡着了。

这种情形不需要多说，当然是怪异至极，但是随着时间的流逝，葛瑞觉得胸臆间的正义感不断膨胀。他这一辈子从未真正在乎过任何人。他在脑海中搜寻，想找出能和这种感觉相提并论的事。他唯一能想得出来的是约瑟夫与玛丽亚，以及《出埃及记》的故事：他脑海浮现的是童年记忆里的版本，因为他已经有好多年没进教堂了。约瑟夫感觉上总是像个老蠢人，照顾怀着别人孩子的女人。但是葛瑞开始明白其中的道理，他明白了人只因为被他人需要就能和他人命运相连的道理。

重点是，葛瑞喜欢女人，他向来如此。至于另一件事，与男孩相关的，则完全不同。那不是他喜欢什么或不喜欢什么的问题，而是他必须做什么的问题，因为他的过去以及别人对他所做的事。这是魏尔德，牢里的那个精神医师解释给他听的。那是一种强迫性的冲动，魏尔德告诉他，那是葛瑞重返受虐时刻，重现场景的方法，他借由这样做来寻求了解。葛瑞骚扰男孩的冲动，其实就和搔痒的冲动差不多。在葛瑞听来，魏尔德说的许多话都是狗屁，但这部分不是，这个说法让他觉得好过多了，至少知道了自己并不是罪无可赦。只是他并未因此摆脱罪恶感，葛瑞对自己的所作所为深恶痛绝。他们把他带走的时候，他真的大松一口气。那个旧的葛瑞，那个发现自己在游乐场周边流连忘返，下午三点钟开车缓缓经过中学门口，夏日午后在小区游泳池的更衣室里徘徊不去的那个人，是他自己永远不想认识的人。

他的心回到了厨房里的那个拥抱。那不是男孩和女孩之间的事，葛瑞知道，可是这也不能说是无关紧要。这让葛瑞想起了钟诺拉，是他在中学时期约会过的那个女生。说起来，她并不算是他的女朋友，他们从没真正有过什么。他俩在同一个乐团待了很短的一段时间，因为当时葛瑞一心想学习吹小号。有时练习结束后，葛瑞会陪她走路回家，两人并没有任何肢体接触，但是那些个漫步的过程，却让他第一次感觉到自己在这世上并不孤单。他很想吻她，却始终鼓不起勇气，最后她终于离他而去了。此时此刻葛瑞竟会想起她，实在是太奇怪了，他已经二十年没想起这个名字了。

正午时分，他们来到堪萨斯州界。丽拉还在睡，葛瑞自己则处于半睡半醒的状态，路上也几乎没怎么注意路况。他设法避开了那些稍微有点规模的城镇，但他没办法一直这样，因为他们马上就会需要汽油。他看见前方有个水塔矗立在平原上。

这个小镇名叫金伍德。这里就只有一条短短的、尘土飞扬的主街，大部分的橱窗都糊着纸，两旁荒凉的住宅横跨几个街区。这座小镇看来是原封不动地被遗弃了，出事的唯一可见证据，只有消防队门口停着的一辆救护车，车后门敞开。然而，葛瑞还是察觉到有些异样，他的感觉神经微微刺痛，仿佛阴影里有人监视着他们的一举一动。他开车驶过整座小镇，最后终于来到位于东端的加油站，一家叫“法兰基”的小加油站。

葛瑞熄灭引擎的时候，丽拉醒了过来。“这是哪里？”

“堪萨斯。”

她打个哈欠，眯起眼睛，透过挡风玻璃看着荒凉的小镇。“我们为什么停车？”

“我们需要加油，我马上就好。”

葛瑞试了试加油机，但是没用，因为没有电。他得想办法吸点油出来，但要这么做，他就得找一根长管子和一个罐子。他走进加油站的办公室。窗边有张破破烂烂的铁桌，桌面上堆着一沓沓的纸；桌子后面有一张老旧的办公椅，微微朝后晃动，给人一种毛骨悚然的错觉，仿佛有人刚刚才离座似的。他穿过通往维修区的门，走进一个凉爽阴暗、弥漫着油味的空间。一辆二十世纪九十年代末期出厂的凯迪拉克赛威车高踞在其中的一个起重架上；第二个车台停了一辆雪佛兰四轮驱动越野车，架在千斤顶上，四个宽大的轮胎满是泥泞。地上有个五加仑容量的汽油罐；而在一张工作台上，葛瑞看见了一条长长的软管。他切下大约两米长的软管，将一端塞进越野车的油箱里，用嘴巴吸了一口，吐掉，开始将汽油吸到罐子里。

罐子就快装满时，他听见头顶上传来沙沙的声响。葛瑞身上的每一根神经都瞬间绷紧，整个人进入戒备状态。

他缓缓地抬起头。

那怪物倒挂在天花板的一根房梁上，缩着膝盖，像是攀爬在架子上的小孩。这个病鬼比起零号来要小，看起来更像是人。四目交接时，葛瑞的心脏陡然停了一下。怪物的喉咙深处传来恐怖的声音。

你不用怕，葛瑞。

该死的！这到底是在搞什么啊？

他快步倒退的时候，双脚绊住，害得他摔倒在了水泥地上。他抓起地上的汽油罐就跑，管子里还在不停地流出汽油。他从维修区冲向办公室，再冲出门。丽拉靠在汽车旁边。

“上车。”他气喘吁吁地说。

“你有没有看到里面有贩卖机？我很想吃根棒棒糖什么的。”

“该死，丽拉，快上车。”葛瑞拉开后车厢门，把汽油罐丢进去，用力关上，“我们得马上离开。”

丽拉叹口气：“好吧，既然你这么说的话。我不知道你干吗这么粗声粗气的。”

他们疾驰而去。一直到离开小镇，葛瑞的脉搏跳动频率才开始慢下来。他停下车用力推开门，跌跌撞撞地下车站在路边。他双手撑膝，大口喘气。天哪，那东西好像是在对他讲话，仿佛是某种他听得懂的外国话，那怪物甚至知道他的名字。怪物怎么会知道他的名字？

他感觉到丽拉的手搭在他的肩膀上：“劳伦斯，你在流血。”

没错。他的手肘有一道伤口，皮肤翻了起来。一定是跌倒的时候弄的，可是他一点感觉都没有。

“让我看看。”

丽拉满脸关切，用指尖轻轻摸着伤口的边缘：“怎么弄的？”

“我猜是摔倒的时候弄的。”

“你应该告诉我的。你的手可以动吗？”

“我想可以，是的。”

“在这里等一下，”丽拉命令说，“别碰。”

她打开后车厢，开始翻找她的行李箱。她在手上抹了一点消毒液，拿出一双医用手套戴上，然后再次抬起他的手臂。

“你以前有过流血不止的情况吗？”她问。

“我想没有。”

“肝炎、艾滋病，或类似的病？”

葛瑞摇摇头。

“你最近一次打破伤风针是什么时候？你记得吗？”

丽拉是怎么了？葛瑞眼前的这人是谁啊？不是那个在超市里困惑失措的女人，也不是那个在厨房里挫败沮丧的女人，这是个全新的人。这是第三个丽拉，干练专业的丽拉。

“我小的时候打过。”

丽拉又花了一会儿工夫检查伤口：“嗯，伤口很干净。我要帮你缝合。”

“你是说像……缝衣服那样？”

“相信我，我做过几百万次了。”

她用酒精擦擦伤口，从盒子里拿出一次性针筒，从一个小药瓶里抽出药来，然后用指尖敲敲注射针。

“只是一点麻药，你不会有任何感觉的，我保证。”

针头一刺，不到几秒钟，葛瑞的痛楚就消失了。丽拉在后车厢铺上一块布，摆出一把镊子，一卷黑线，还有一把小剪刀。

“你想看的话就看，不过大部分人宁可转头不看。”

他感觉到皮肤上一连串轻微的扯动，但就只有这样而已。一会儿之后，他低头看见伤口和翻起的皮肤已经被缝紧的黑线取而代之了。丽拉涂上软膏，然后贴上绷带。

“缝线应该会在几天之后溶解。”她一边脱下手套一边说，“或许会有点痒，但是你不能抓，别管它。”

“你怎么会懂这些啊？”葛瑞问，“你是护士还是什么？”

这个问题显然让她猝不及防。她张开嘴，好像要说什么，但又闭上了嘴。

“丽拉，你还好吗？”

她收起医药盒，把行李放回车上，关上后车厢门。

“我们最好上路了，你觉得呢？”

就这样，替他缝合伤口的那个女人又消失了，她曾经存在的痕迹也已无影无踪。葛瑞想多问她一些问题，但又担心问了之后会有其他后果。他俩之间的协议很清楚，只能谈某些特定的事情。

“你要我开车吗？”丽拉问，“应该轮到我开了。”

这个问题其实不算问题，葛瑞了解，虽然她问得很自然，就像葛瑞有义务拒绝一样自然。“不用，我开就行了。”

他们回到车上，就在葛瑞重新挂挡时，丽拉从地板上捡起了杂志。

“要是你觉得没问题的话，我要继续看杂志了。”

巴士往北走了一百九十公里，然后又沿着七十六号州际公路往东走。这时齐特里吉也开始担心汽油的问题了，刚上路时，巴士的油箱是满的，而现在油量只剩四分之一。

除了稍微绕了几段路之外，从摩根堡开始，他们一直设法留在高速公路上。在巴士的晃动之中，艾普丽和弟弟睡着了，而丹尼一边吹口哨一边开车，齐特里吉听不出来他吹的是什么曲子。丹尼很快乐地转着方向盘，踩着油门和刹车，他的头上戴着帽子，表情和动作都认真严肃，宛如面对大风大浪的船长。

老天爷啊，齐特里吉想，他怎么会沦落到校车上来呢？

“哇……”丹尼说。

齐特里吉坐直了向外看。一长排被弃置的车辆挡在他们前面，一辆接一辆直到天边。有些车子整个儿底朝天，有些车子侧翻一旁。尸体散落各处。

丹尼停下车。艾普丽和提摩西也醒了过来，透过挡风玻璃向外看。

“艾普丽，别让他看。”齐特里吉命令，“你们两个都到后面去。”

“你要我怎么做？”丹尼问。

“在这里等着。”

齐特里吉走下巴士。苍蝇像一团团黑云般嗡嗡地飞绕，尸体腐烂的臭味浓烈难挡。空气完全静止，仿佛僵在那里无法动弹。唯一有生命迹象的是鸟，秃鹰和乌鸦在头顶上盘旋。齐特里吉顺着那排汽车往前走。这是病鬼干的，绝对不会错，这里有好几百人，甚至好几千人。这代表什么？为什么所有的车都挤在这里，仿佛被迫停车似的？

丹尼突然出现在他身边。

“我以为我让你和他们一起待在车上这件事我说清楚了。”

丹尼眯起眼睛望向阳光。“别动，”他举起一只手，然后说，“我听到有声音。”

齐特里吉侧耳倾听。一开始什么声音都没有，只有旷野中蟋蟀的鸣叫声。接着，有了！出现了闷闷的捶打声，像是拳头敲打金属的声音。

丹尼抬手一指：“是从那边传来的。”

随着他们一步步往前走，这个声音也越来越清楚。那里还有人活着，在废铁里敲打着。慢慢地，他们开始听清楚更多的声音了，除了有敲打声之外，还有人声：“救我们出去！外面有人吗？拜托！”

“你好！”齐特里吉喊道，“听见我的声音了吗？”

“谁在外面？救救我们，拜托！快点！我们快被烤焦了！”

声音是从一辆两旁漆着鲜黄色 FEMA① 字样的半挂车里传来的。敲打声变得更猛烈了，喊叫声则刺耳得听不清楚在说什么。

“撑住！”齐特里吉喊着，“我们会救你们出来的！”

整个车门卡在了门框里，齐特里吉四下寻找可以用来当杠杆的东西。他找到了一根车轮撬棍，把尖端塞进车门底下。

“丹尼，来帮我。”

一开始门撬不动，接着，虽然移动微小到几乎难以察觉的状态，但的确开始动了。随着缝隙加大，门缝里出现了一排手指，正在拼命把门往上抬。

“我们一起数到三。”齐特里吉发号施令。

随着铁板嘎吱一声，门开了。

他们是从柯林斯堡来的：年约三十几岁的乔伊·罗宾逊与琳达·罗宾逊夫妇，他们还是一身上班时的打扮，还带着一个名叫小宝的小婴儿；一个身穿保安制服的大块头黑人伍德，还有他的女朋友德洛丽丝，

---

① FEMA（Federal Emergency Management Agency），联邦紧急事故处理署的缩写。

她是儿科的护士，讲话带有浓厚的西印度口音；还有一个老妇人贝拉米太太，齐特里吉始终只知道她的姓，不知道她的名字，她的头发被染成了蓝色，双手紧紧地搂着一个白色的大皮包；还有个年约二十五岁的年轻小伙子贾马尔，他理了个大平头，赤裸的手臂上满是色彩鲜艳的刺青；最后一个是个五十几岁的中年男子，一头粗粗的灰色头发，有着上了年纪的运动员的桶形身材，他说他叫唐牧师，不过他不是真的牧师而是个注册会计师，牧师的外号是他早年当波普·华纳青少年橄榄球队[①]教练时留下来的。

"我一直叫大家祈祷，说我们绝不会被抛弃。"他对齐特里吉说。

齐特里吉原本以为他们是一起上路的，结果他们是意外碰在一起的。所有的人说法都一样，他们逃出城，在内布拉斯加州州界被大排长龙的车辆给挡了下来。根据前面车子上的人传来的说法，是军方设了路障，不准任何车辆通过。军方在等待准许民众通过的命令。他们坐在车里等了一整天。等到天光消失，大家开始变得惊惶。所有的人都说病鬼来了，他们要被丢在这里等死了。

而实际发生的情况也差不多就是这样。

"病鬼在太阳下山之后来袭。"唐牧师说。前方的车阵传来惨叫声、枪声，以及金属被挤压踩踏的声音，他身边的人开始狂奔。但是他们无路可逃。不到几秒钟的时间，病鬼就赶上他们了，好几百个病鬼从野地里冒了出来，冲入人群。

"我拼命地跑，就和其他人一样。"唐牧师说。

他和齐特里吉走到一旁说话，其他人都在巴士旁边席地而坐。艾普丽把他们从体育馆带来的瓶装水分给大家。唐牧师从衬衫口袋里取出一包红色的万宝路香烟，甩一甩露出两根，递上前去。齐特里吉从二十出头之后就再没抽过烟了，但是现在来一根又有什么关系呢？他就着火点烟，缓缓地抽了一口，尼古丁立即对他的身体起了作用。

"当时那个情景，我连形容都形容不出来。"唐牧师吐出一口烟说，"那些该死的怪物到处都是。我看见这辆卡车，心想，有地方躲

---

① 波普·华纳（Pop Warner），美国最大的青少年橄榄球与啦啦队联盟。

总比没有好吧。我进去的时候，他们已经在里面了，至于车门是怎么卡住的，我也不知道。”

“军方为什么不放你们过去？”

唐牧师冷静地耸耸肩。“你也知道运作的程序，很可能是某人忘了填正确的申请表。”他透过烟雾瞟了齐特里吉一眼，“那么你呢，你有什么人吗？”

他问的是齐特里吉有没有家人，有没有失去什么人，或在找什么人。齐特里吉摇摇头。

“我儿子在西雅图当整形外科医生，生活美满，娶了大学同学，生了一男一女两个孩子，住水岸豪宅，他们才刚装修好厨房。”他哀伤地摇摇头，“我们上一次通电话的时候，聊的就是这个，该死的厨房。”

唐牧师带着一把来复枪，还剩三发子弹。伍德有一把没子弹的0.38口径手枪。乔伊·罗宾逊有一把0.22口径手枪，外加四盒子弹——拿来杀松鼠或许很好用，但仅此而已。

唐牧师看着巴士：“那个司机呢？他是什么来历？”

“他好像有点毛病，或许吧。我是绝不会碰他的，别人碰他他会抽搐。除此之外，他还算好，他简直把这辆巴士当‘玛丽皇后号’邮轮伺候。”

“其他两个呢？”

“他们两个躲在家里的地窖里。当时我看见他们三个在里高球场的停车区里晃荡。”

唐牧师饥渴地抽了最后一口，用脚把烟蒂踩熄。“里高球场。”他重复着，“我猜那里的场面恐怕不太好看。”

他们没有办法绕过这一长排破铜烂铁，所以必须倒退，另觅路径。他们尽量搜罗可以找到的装备：更多的瓶装水，几支还能用的手电筒和一盏丙烷灯、一套工具、一条绳子，没什么明显的用途，但以后或许可以派得上用场，搜罗之后他们把物品全部装上巴士。

齐特里吉才刚踏上巴士的阶梯，唐牧师就拍拍他的手肘。“也许你该对大家讲几句话。”

齐特里吉看着他说："我？"

"总要有人指挥啊，而且这是你的巴士。"

"也不算啦，严格来说，这是丹尼的车。"

唐牧师迎上齐特里吉的目光。"我指的不是这个。这些人累坏了，也很害怕，他们需要一个像你这样的人。"

"你根本还不怎么了解我。"

他露出谨慎的微笑。"噢，我对你的了解比你以为的更多。我自己以前也是个很矜持含蓄的人，每天就只是做好本职工作，但是我学会了解读征兆和迹象。我猜你以前是特种部队或是突击队的吧？"见齐特里吉没吭声，唐牧师耸耸肩，"好吧，这是你的事。可是比起我们这些人，你显然更明白自己在干什么。看你的了，朋友，不管你喜不喜欢。我猜呢，大家都在等着听你讲话。"

这话不假，齐特里吉心知肚明。他站在座位之间的走道上打量着所有的人。罗宾逊夫妇坐在最前面，琳达腿上坐着小宝。坐在他们后面的是贾马尔，自己一个人。然后是伍德和德洛丽丝。唐牧师自己坐在走道另一侧的座位上，贝拉米太太坐在后面，双手紧搂着她的白色皮包，活像参加赌场免费旅游团的退休人士。艾普丽和弟弟坐在丹尼的后面，她的眼睛睁得大大的，目光迎向齐特里吉。然后呢？她的眼睛说。

齐特里吉清清嗓子："好吧，各位。我知道你们很害怕，我也很害怕，可是我们要带大家离开这里。我不知道要到哪里去，可是只要继续往东走，迟早可以找到安全的地方。"

"军队到哪里去了？"贾马尔问，"那些浑蛋抛下我们——"

"我们不知道到底出了什么事。可是为了安全起见，我们要尽快上路，走得越远越好。"

"我妈妈住在卡尼，"琳达·罗宾逊说，"我们本来是要到那里去的。"

"老天哪，太太，"贾马尔嘲讽说，"我告诉你，卡尼的情况就和柯林斯堡一样，收音机上都广播过了。"

每一个团体里面，齐特里吉想，总是有一个像这样的人。这还真是一点都不让人意外。

琳达的丈夫乔伊在座位上转过身。“闭上你的狗嘴，听到没？”

“我实在很不愿意戳穿你，可是她妈妈现在八成倒挂在天花板上吃狗肉呢。”

霎时，所有的人都在同时开口说话。在卡车里待了两天，齐特里吉想，他们当然会吵个不可开交。

“拜托，各位……”

“是谁让你来指挥的？”贾马尔的手指着齐特里吉，“就因为你是个全副武装的浑蛋？”

“我同意。”伍德说。这是齐特里吉第一次听见这个人的声音，“我想我们应该投票。”

“投什么票？”贾马尔问。

伍德狠狠地瞪他一眼。“首先，我们投票看看是不是应该把你丢出车外。”

“去死！死保安！”

伍德立刻站起来，齐特里吉还来不及反应，他就用臂弯夹住贾马尔的头，两人开始在座椅上拳打脚踢起来，每一个人都开始叫嚷。抱着宝宝的琳达想要避开。乔伊·罗宾逊也加入了混战，努力想抓住贾马尔的脚。

这时一声枪响划破了天空，所有的人都瞬间僵住。每一双眼睛都转到巴士后排，只见贝米拉太太举着一把巨大的手枪，枪口朝天。

“太太，”贾马尔骂她说，“你搞什么啊？”

“年轻人，我想大家心里的想法和我一样，都受够你的胡说八道了。你和我们每一个人一样都害怕，你欠大家一句道歉。”

这场景真是太超现实了，齐特里吉想。他虽然也很惊恐，但却很想大笑。

“好吧，好吧，”贾马尔口沫四溅地说，“快把那个东西拿走。”

“我想这样还不够。”

“对不起，可以了吧？别再拿着那个东西挥来挥去的了。”

她想了想，放下手枪。“我想非这样不可。我赞成投票，前排的这位好心人……对不起，我听力大不如前了，你说你叫什么来着？”

“齐特里吉。”

“齐特里吉先生。在我看来，他很有能力。我想我们大家都会希望由他来处理事情，赞成的举手。”

除了贾马尔之外，每个人都举手表示赞同。

“要是可以一致同意就更好了，年轻人。”

他的脸因为羞愧而涨得通红。“天哪，你这个老太婆，你还要我怎样？”

“我在公立学校教了四十年的书，相信我，像你这样的男生我应付的可多了。现在，继续我们刚才投票的事，你会知道你怎样才能感觉更好。”

贾马尔一脸挫败地举起手表示同意。

“这样好多了。”她把注意力再次转回到齐特里吉身上，“我们可以走了，齐特里吉先生。”

齐特里吉瞥了唐牧师一眼，唐牧师正在勉强忍住笑。

“好吧，丹尼，”齐特里吉说，“我们掉头，找另一条路离开。”

12

他们找不到他了。天晓得怎么会找不到他了。

他们最后收到的信息是，葛瑞驾车开进丹佛。从那里之后，他就在屏幕上消失了，因为丹佛的网络变得一片混乱。但是一天之后，他们就从奥罗拉的威瑞森信号塔接收到他的信号。吉尔德已经派另一架无人机去搜寻了那个地区，但是什么都没有找到，如果葛瑞下了高速公路（现在看来很有这个可能），然后往科罗拉多州东部人烟稀少的地方开，很可能开了很长的一段距离都不会留下任何痕迹。

而那个女孩的下落一点消息都没有。事实上，她已经被这个大陆给吞没了。

除了等待尼尔森汇报消息之外，没什么其他事可做，所以吉尔德有很多时间可以详读葛瑞的档案，包括得州犯罪司法部的精神分析报告。他很纳闷理察兹到底是怎么想的，找这种人来工作——这种人渣。虽然吉尔德猜测出“人渣”才是重点，就像那十二个原始实验对象一样，巴柏寇克、莫里森、索萨和其他浑蛋，都是在这世界上没有任何人会想念的垃圾。

档案上说劳伦斯·爱登·葛瑞于一九七〇年生于得克萨斯麦卡伦市，母亲是家庭主妇，父亲是技师，都已过世。他父亲曾经跟随军中医疗队三度赴越南工作，虽然荣获了铜星与紫心勋章并光荣退伍，但整个人也毁了。最后他在卡车驾驶座上饮弹自尽，发现他尸体的是年仅六岁的葛瑞。接着葛瑞的家庭里出现好几个和他妈妈同居的继父，就档案看来，这些继父一个接一个都是酒鬼，还有葛瑞长时间的受虐史等等。葛瑞十八岁就开始自力更生，在敖德萨附近的油田当油井工人，接着又转到波斯湾油井工作。他从未结过婚，这一点也不意外。

他的精神分析档案里列出了一箩筐的问题，从强迫性精神官能症到抑郁症到创伤性精神分裂症都有。依据精神医师的看法，这家伙基本上是异性恋，但是有过这么多其他的记录，这也很难断定。他在潜意识里压抑童年受虐的经历，所以对小男生下手，就是他发泄的手段。他被逮捕过两次，第一次是公然暴露身体某部位，他以行为不端的轻罪认罪；第二次则是性攻击的重罪。这两次基本上都是他摸了小孩，不算是真正意义上的侵害，但这也不是什么好事。在他的档案里，第一桩判决定罪的案子，法官对他判了最重的刑期：十八到二十四年，但是通常没有人会真正地服满刑期，他在服刑第九十七个月的时候就被假释了。

在那之后，就没太多可说的了。他搬回了达拉斯，做过一些工作，但时间都不长，两个星期见一次假释官、验尿，然后发毒誓绝不在星期天接近游戏场或学校三十米之内的地方。他的假释令包括服用抗雄性激素，以及每六个月重新做一次精神鉴定。从各个方面来看，劳伦斯·葛瑞都是个模范公民——至少作为一个被化学阉割了的恋童癖，他可以算得上是模范。

吉尔德从这些资料里，完全看不出来这人为何得以存活下来。他不知道葛瑞是怎么逃离营区的，不知道葛瑞是怎么让自己从那时一直活到现在的。这完全说不通。

尼尔森的新计划是重新搜索堪萨斯州和内布拉斯加州范围内的全部基站，关闭两州境内的通信两个小时，试着析离出葛瑞身上芯片的信号。在通常的情况下，这需要联邦法院的许可，需要办一堆手续，并且要提前一个月准备，但是尼尔森现在利用国土安全部的关系走后门，让他们同意依据国内安全法第六十七条的规定——在情报圈里都称之为“随便你干吗都行”法案——签发特别执行许可。葛瑞脖子里的芯片是1432兆赫的低频传输器，一旦清除了其他的信号，尼尔森相信只要葛瑞靠近信号塔几公里之内，就可以利用三角定位找出他所在的位置，然后重新设定卫星，取得照片。

关闭措施预定在上午八点钟开始。吉尔德六点钟走进办公室，看见尼尔森正忙着在他的计算机前面打字，塞在两个耳朵里的耳机传出嗡嗡的音乐声。

“让我听会儿莫扎特吧。”他说，然后把吉尔德赶走。

吉尔德喝了一杯又一杯的咖啡，身上肾上腺素分泌旺盛。他走到休息室去找东西吃。这里只有自动贩卖机，他花三美元买了一条士力架巧克力棒，想吞下去的时候才发现实在很困难，于是他把士力架丢进垃圾桶里，重新买了一条瑞斯花生糖。可是就连这黏糊糊的花生牛奶糖都很难下咽。他打开电视，转到 CNN 频道。新的病例突然在各处出现：阿马里洛、巴吞鲁日、凤凰城。联合国已经清空了位于纽约的总部，搬到了海牙。一旦戒严令发布，军方将召回海外驻军。到时候会有多惨啊。相形之下，潘多拉的盒子简直像个野餐篮一样。

这时尼尔森出现在了门口。“崇拜我吧！”他咧嘴笑道，“在休斯敦，我们找到一个性犯罪者了。”

尼尔森已经设定了卫星，等他们来到计算机前面时，影像也开始传送过来了。

“这里到底是哪里？”

尼尔森敲着键盘，让影像聚焦。“堪萨斯州西部。”

从空中看见一大片阡陌纵横的玉米田，正中央是一座长形的低矮建筑，门口有一格格的停车空间。停车场上只有一辆车，某种休旅车。有个人拖着行李箱，从建筑里走出来。

“就是那个家伙吗？”尼尔森问。

“我不确定，拉近一点。”

影像淡出，然后再聚焦，镜头大约从上空两米处往下照。现在吉尔德觉得很肯定，眼前画面上的这个人正是劳伦斯·葛瑞。他换掉了工作服，但的确是他，没错。葛瑞回到建筑里，一分钟之后又带着另一个行李箱出来放进后车厢里。他在那里站了一会儿，又有一个人从屋里出来，一个女人。她身材有点臃肿，身穿紧身裤和淡色衬衫。

这是在搞什么啊？

他们只剩不到三十秒的时间，影像的清晰度已经开始变差了。葛瑞打开前座的门，那女人坐了进去。葛瑞又环顾了停车场一眼——仿佛知道有人在监视他们似的。他坐进驾驶座开车上路，这时影像开始变成雪花画面。

尼尔森从计算机前面抬起头。“看来我们的目标交到朋友了。根据精神鉴定报告，我不得不说这让我觉得很意外。”

“调出那女人上车的镜头，看看我们能不能强化影像。”

尼尔森试了试，但改善的效果有限。

“我们能不能找出这座是什么建筑？”

尼尔森把椅子滑向旁边的另一台计算机。“堪萨斯州雷杜市主街3812号，这是个叫安吉度假村的地方。”

她是什么人？劳伦斯·葛瑞和这个女人在一起干吗？她也是从营区来的吗？

“他往哪个方向去？”

“看起来是往正东走。他往中心地带去，如果你想逮住他，最好快点行动。”

“找出我们距离最近的设施，在封锁线之外的。”

尼尔森又敲了敲键盘，然后说：“最靠近的是在鲍威尔堡的NBC实验室。军方在三年前关闭那个地方，他们把所有的东西都搬到白沙去了，可是要让灯亮起来应该不难。”

“附近还有什么？”

“没有什么太多东西，只有实验室东方四公里的地方有一所中西部州立大学，有个橄榄球场和几间教室。其他还有地方卫队的军械库，几家肉类小型加工厂，原本还有一座IAC的小型水力发电厂，但是后来在下游建了一座规模更大的发电厂之后，那里就封闭了。很显然，那地方的存在全是因为那座大学。”

吉尔德想了想。知道葛瑞存在的只有他们两人，至少到目前为止。或许是该让疾控中心和美国陆军传染病医学研究中心参与进来的时候了。

然而，他还是很犹豫。一方面是因为他上一次和参谋总长以及联席会议首长的会面很不愉快。要是中央指挥部知道他们用一群假释的性犯罪者来监视黎尔的怪物，会有什么反应呢？他肯定会有听不完的训话。

但真正的原因并不在此。

治愈一切的解药。黎尔不就是这么说的吗？这不就是整个诡计之所以开始的原因吗？假如葛瑞被感染了，但却不知为何幸免于难，那么，他血液里的病毒是不是有可能改变了，实现了黎尔原本所期待的结果？如果是这样，那他岂不是和那个小女孩一样价值连城？而且，尽管人皆难免一死，特别是在现在这种恶劣的情况下，但是对吉尔德来说，难道不正是因为他无力扭转自身得病的命运，所以才让他更期待黎尔预期的研究结果吗？难道他没有权利运用自己所能拿到的一切资源来延续他自己的生命？换成任何一个人，不都会这样做吗？

我们都快死了，宝贝。很公平，但是我们中的有些人会比其他人死得更快。

或许葛瑞就是他的解答，也或许不是。说不定他只是个走运的笨蛋，想办法爬出大火燃烧的建筑，然后躲开那些荧光棒怪物一路逃到了堪萨斯州去。但是吉尔德越是反复思索，就越觉得不可能。因为他躲得太久了，这就是最诡异之处。一旦他把葛瑞交给军方，他怀疑自己是否还能再得知那家伙或那个神秘女子的消息。

绝对不能这样。荷拉斯·吉尔德，特殊武器部副主任，会把劳伦斯·葛瑞留给自己。

“然后呢？你希望我怎么做？”

尼尔森盯着他看。吉尔德打量着这位技术人员。他还需要其他什么人呢？尼尔森不是吉尔德会形容为忠诚的人，但是眼前，他可以利用这人赤裸裸的自利心态，而且此人也是做这份工作的最佳人选，一个人就可以搞定生化科技。他迟早会察觉吉尔德的目的，到时候就必须做出决定，但船到桥头自然直，到时再说吧。至于去抓人，总是有台面下的人可以执行这项任务。只要一通电话，所有的行动就能马上展开。

“收拾你的东西，”他说，“我们到艾奥瓦州去。”

13

第二天破晓，校车已经深入内布拉斯加州腹地了。丹尼弯腰坐在方向盘前，开了一整夜的车，他的眼睛因为没睡觉而刺痛。除了齐特里吉之外，其他人都睡着了，就连那个讨人厌的贾马尔也不例外。

再次有人坐在他车里的感觉真好，自己又变得有用了，是个有用的司机。

他们在迈克库克的一座小机场里找到了汽油。他们经过的城镇都是空荡荡的，早就被遗弃了，宛如古老西部电影里的场景。好吧，他们说不定是迷路了，看来是的。但是齐特里吉和另一个人，那个唐牧师说没关系，只要继续往东走就成了。“你只需要这么做，丹尼，”齐特里吉说，“只要继续带我们往东走就可以。”

丹尼想起在高速公路上看见的情景，真的很可怕。过去几天以来，他看过了许多尸体，但是都没像高速公路上的场面那么惨。他喜欢齐特里吉，因为他让他想起普维斯先生。这并不是说他喜欢普维斯先生，他一点都不喜欢他，而是因为那人对丹尼说话的态度仿佛丹尼是个重要的人。

开车的时候，他想起了妈妈、普维斯先生，还有托马斯、培西与詹姆士，也想起自己现在是多么有用。妈妈和普维斯先生会多么以他为荣啊。

太阳从地平线探出头来，让丹尼在明亮的光线里眯起眼睛。过不了多久，所有的人都会醒来。齐特里吉脑袋前倾探过他的肩头。

“我们还有油吧？”

丹尼看了一下，油箱只剩四分之一的油了。

“我们停车，把油箱装满。”齐特里吉说，“也让大伙儿伸伸腿。”

他们开下公路，驶进一座州立公园。齐特里吉和唐牧师检查盥洗室，确保里面安全。

“三十分钟，各位。”齐特里吉说。

他们拥有更多补给品了，好多箱饼干、花生酱、苹果和能量棒，还有好多瓶汽水和果汁，以及给小宝用的尿布和婴儿奶粉。齐特里吉甚至帮丹尼找到了一盒幸运符麦片，但是摆在杂货店冰柜里的牛奶都变质了，所以他只能干吃。丹尼、齐特里吉和唐牧师从巴士后面搬下汽油罐，开始倒进油箱里。丹尼告诉过他们，油箱容量有五十加仑，不多不少，加满油箱，可以让他们开四百多公里的路程。

“你是个非常仔细的人。”齐特里吉这么对他说。

加完油之后，丹尼拿起麦片和一瓶微温的汽水坐到树下。其他人，包括贾马尔，都围着野餐桌坐着。贾马尔不太说话，但是丹尼有种感觉，大家都决定既往不咎了。琳达·罗宾逊帮宝宝换尿布，叽叽咕咕地逗得他不断扭臂踢腿。丹尼没什么和小婴儿相处的经验，他一直以为他们很爱哭，但是到目前为止，小宝都安静得像只小老鼠似的。妈妈说过，有乖宝宝，也有坏宝宝，所以小宝是个乖宝宝。丹尼努力回想自己还是小婴儿时的情景，看是不是还能想得起来，但他没办法回忆那么久以前的事，没办法有系统地回忆起来。真是奇怪，那明明是自己人生的一部分，却怎样都想不起来，他只记得一些零碎的画面：阳光照在窗台上，车道上有只被车轮碾死的青蛙，或盘子上的一片苹果。他很想知道自己是不是个乖宝宝，就像小宝那样。

丹尼一边看着大家，一边把麦片大口大口往嘴里送，配着汽水吞下去。提摩西从野餐桌旁边站起来，朝他走来。“嗨，提摩西，你还好吗？”丹尼说。

小男生在巴士上睡得头发乱翘。“还好吧，我想。”他无精打采地耸耸肩，“我可以和你一起坐吗？”

丹尼挪了空间给他坐。

“对不起，其他的小孩有时候会嘲笑你。”过了一分钟之后，提摩西说。

“噢，没关系啦。”丹尼说，“我不在乎。”

“比利·善良是个大浑球儿。”

“他也找你麻烦？”

“有时候。”小男生微微皱眉，“他找每一个人的麻烦。”

“别理他就好。”丹尼说，“我都是这么做的。”

一分钟之后，提摩西说：“你真的很喜欢托马斯小火车吗？”

“当然。”

“我以前常看。我家地下室有一整套托马斯火车，运煤的，洗火车的，什么都有。”

“我好想看。”丹尼说，“一定很棒。”

又一阵沉默。太阳暖暖地照在丹尼脸上。

“你想知道我在体育馆里看见了什么吗？”提摩西问。

“如果你想说的话。”

“那里，有几千万个死人。”

丹尼不确定该怎么说。他猜提摩西需要找个人聊聊，因为这不是可以永远放在心里的事。

“好可怕。”

“你告诉艾普丽了吗？”

男孩摇摇头。

“你不希望让别人知道？”

“可以吗？”

“当然可以，”丹尼说，“我不会告诉别人的。”

提摩西从树下抓起一把土，看着泥土从指缝间漏下。“你不会常常觉得害怕，对不对，丹尼？”

“我有时候也会害怕。”

“可是现在不怕。”小男生说。

丹尼必须想想再回答。他觉得自己应该害怕，可是现在他却不怕。他的感觉更近似“很有兴趣”。接下来会发生什么事呢？他们会到哪里去？他竟然这么容易就适应了现在，连他自己都很诧异。弗朗西斯医师会以他为荣的。

“的确，我想我不怕。”

在野餐区的树荫里，所有的人都在收拾东西。丹尼真希望自己知道该说些什么让小男孩觉得好过一些，好让他把在体育馆看见的画面从脑海中抹去。他们一起走回巴士时，丹尼突然灵光一现。

“嘿，我有个东西给你。”他伸手探进口袋里，掏出自己的幸运铜板给小男生看，“带着这个，我保证，你绝对不会碰到倒霉事。”

提摩西拿起他掌心的铜板。“这铜板是怎么回事？都被压扁了。”

“被火车压到了，所以才变得幸运啊。”

“你从哪里拿到的？”

“我不知道。这铜板一直跟着我。”丹尼朝着男孩摊开的手掌点点头，“拿去吧，送你了。”

迟疑一会儿之后，提摩西把这个压扁的铜板放进衬衫口袋里。这不是什么大礼，丹尼知道，但很有意义，在这样的时刻，一点小东西就会有很大的帮助。比如，妈妈的帕波夫，她在神经紧张的时候就去看他；普维斯先生来访时，丹尼可以听见他们在那些个夜晚里开怀大笑；每天早上，他转动汽车钥匙时，红鸟重型柴油引擎发出的轰隆声；驶过林德纳大道上的减速带时，孩子们从椅子上跳起来的叫声。就像这样的小事，丹尼很高兴自己能想起这些事，仿佛在回味某些只有他一个人才知道的事。两人一起站在朝阳里时，他的眼角余光瞥见小男生脸上的表情变了，变得愉快了些，很可能还会绽开一个微笑。

“谢谢你，丹尼。”提摩西说。

奥马哈市陷入了一片火海。

起初他们看见地平线处有一团跃动的火光，那时光线刚刚消失。他们沿着八十号州际公路从西南方接近市区。高速公路上一辆车都没有，所有的建筑物都是黑漆漆的。城市很多地区都被遗弃了，荒凉的气氛也越来越浓，这些感觉远远超过了他们截至目前所见的一切——这里原本是应该有五十万人口的大城市。浓烈的烟臭味开始透过巴士的通风系统蹿进来。齐特里吉要丹尼停车。

“我们得想办法过河。”唐牧师说，“往南或往北，找地方过河。”

正在查看地图的齐特里吉抬起头。“丹尼，我们的油还够吗？”

油箱里只剩八分之一的油了，而油罐也空了，顶多再撑八十公里的路程。他们原本希望可以在奥马哈市找到油的。

“有一件事是可以肯定的，”齐特里吉说，“我们不能待在这里。”

他们转而往北行驶。下一个可以过河的地方是阿岱尔镇。但是那座桥已经不见了，被炸毁了，连痕迹都看不到。现在只剩下那条河，一条宽阔黑暗的河，永不止息地奔流着。下一次机会在迪克特镇，要继续往北走四十八公里才行。

“刚才我们经过一所小学，大概往回走一公里多的地方。”唐牧师说，“总比没有地方过夜好。我们可以等天亮再找汽油。”

车上一片沉寂，大家都在等齐特里吉回答。

“好吧，就这么办。”

他们掉头开回小镇中心，所有的灯都熄了，街道空荡荡的。那所学校是一幢外观现代的建筑，校区楼和马路之间隔着运动场。停车区的边缘有个很像露天电影院的招牌，上面用粗黑的字体写着：欢迎莅临狮林！享受欢乐夏日！

“大家在这里等着。”齐特里吉说。

他进到学校里。几分钟之后，他再次现身，飞快地和唐牧师互瞥一眼，两人点点头。

“我们要在这里过夜。”齐特里吉宣布，“待在一起，别走散了。这里没电，但是餐厅里有水有食物。如果需要上厕所，一定要结伴同行。”

一踏进前厅，一股掩不住的小学气味就迎面扑来，混合着汗水、臭袜子、蜡笔和防水油毡地毯的味道。一座奖杯柜摆在很可能是办公室的房间门口，上漆的空心砖墙面展示着拼贴的图片，是从报章杂志剪下来的人物与动物照片。每一张拼贴画旁边都标示着创作者的年龄与年级。温迪·慕勒，二年级；葛文·杰克森，五年级；佛罗伦丝·瑞可利夫，幼儿园，四岁。

“艾普丽，你和伍德以及唐牧师去找睡觉用的垫子，幼儿园房间里应该有的。”

在餐厅后面的储藏室里，他们找到了豆子和水果罐头，还有可以拿来做三明治的面包和果酱。没有煤气可以煮菜，所以他们只能吃冷的豆子，并把所有的东西都摆在餐厅的铁桌上。这时，屋外已经漆黑一片了，齐特里吉把手电筒分给大家。大伙儿轻声地交谈着，因为他们都觉得病鬼很可能会听见他们的声音。

到了九点钟，大家都上床了。齐特里吉留唐牧师在一楼看守，然后自己提着灯走上楼梯。许多扇门都关着，但不是全部。他选中了科学实验室，这里空间宽敞开阔，有很多工作台和玻璃柜，摆满了烧杯和其他装备，空气里隐隐有丁烷的气味。实验室前方的白板上写着：“最后复习，八至十二章。星期三截止”。

齐特里吉脱掉衬衫，用墙角水槽里的水抹抹身子，然后拉来一把椅子，脱下靴子。装在左膝下方的义肢是表面包裹着硅胶的钛合金支架，微控液压系统靠微小的氢电池提供动力，每秒钟调整五十次，计算踝关节的正确角度，模拟人类的自然步伐。齐特里吉一点都不怀疑军方为此花了大把的银子。他卷起裤管，脱下登山袜，按下水槽旁边的给皂机，用皂液清洗断肢。虽然长了茧，但是两天没有清理的接触面的皮肤还是很柔软。他把断肢完全擦干，透了几分钟风，然后装回义肢，放下裤管。

背后有个声音吓了他一跳。他一转头，看见艾普丽站在敞开的门口。

“对不起，我不是有意……”

他迅速套上衬衫，站了起来。她看见了多少？但是灯光昏暗，况且还有工作台遮住他。

“没关系，我只是稍微清理一下。”

“我睡不着。”

“没关系。”他说，“你想进来就进来吧。”

她不太肯定地走进实验室。齐特里吉带着 AK 步枪靠向窗边，他很快地扫视了马路一圈。

“外面还好吧？”她站在他身边问。

“到目前为止都还很安静。提摩西还好吗？”

“睡着了。他比外表看起来还坚强，反正比我还坚强。”

“我对此表示怀疑。在我看来，你实在很酷。”

艾普丽皱起眉头。“你不该这么觉得的。冷静的外表是所谓的表演。老实告诉你，我真的很害怕，怕到什么感觉都没有了。”

窗下有个和房间等长的宽架子，艾普丽坐在前面，背靠着架子，缩起膝盖，抵在胸口。齐特里吉也和她一起坐下。他们面对面，四周笼罩着一股沉寂的气息，这沉寂并不意外，但也不会让人觉得不愉快。她很年轻，但是他感觉到她有一种坚强果断的性格特质，也就是那种你要么有，要么就没有的特质。

“那么，你有男朋友吗？”

“这是在审问我吗？”

齐特里吉笑了起来，他觉得自己的脸开始发热。“只是随便聊聊。你喜欢和人聊天吗？”

“只和我喜欢的人聊。”

接着又是一阵沉默。

“你为什么会叫艾普丽？”这是他唯一想得出来的话题，“四月出生的？”

“是从《荒原》里来的。”看到齐特里吉没搭腔，她疑惑地扬起眉毛。“是一首诗吧？艾略特[①]的诗？”

齐特里吉听过这个名字，但仅止于此。“我对这个不太熟。诗里说什么？”

她的目光从他身边掠过。一开口，她的嗓音便洋溢着齐特里吉说不上来的情感，既快乐又悲伤，充满回忆。“四月是最残酷的月份，荒地上长着丁香，混杂着回忆与欲望，春雨扰动迟钝的根……”

冬天让我们温暖，
以遗忘的雪覆盖大地，
干枯的球茎带来些许生趣。
夏日令我们惊异，

① 艾略特（T. S. Eliot），著名英国诗人，曾获诺贝尔文学奖。

以倾盆大雨，
笼罩施塔恩贝格湖。

“哇！”齐特里吉说。她再次看着他。他注意到，她的眼睛是苔绿色的，瞳孔表面仿佛有些金光在飞舞。“好棒啊。”

艾普丽耸耸肩。“后面还有。基本上，这个诗人很沮丧。”她扯着牛仔裤膝盖上的一个破洞，“这个名字是我妈取的。她原本是英国文学教授，后来认识我继父，然后我们就拥有一切啦，有钱，什么都有。”

“你爸妈离婚了？”

“我爸在我六岁的时候死了。”

“对不起，我不应该……”

可是她没让他说完。“别道歉。他不是你认为该尊敬的那种人，是我妈迷恋坏男孩时期的遗物。他喝得酩酊大醉，开车撞上了桥墩。然后，就像维尼熊说的……就是这样。”

她不带一丝感情地陈述这些事实，仿佛谈论的是天气似的。窗外，夏夜被罩上了一层黑暗的面纱。齐特里吉显然错看她了，但他早就知道大部分的人都是如此。真正的身世永远和表面看起来不一样，其他人所背负的人生重担，往往会让你意外。

“我刚才在看你，你知道的。”艾普丽说，“你的腿和背上的伤疤。你去打过仗，对不对？”

“你怎么会这么想？”

她露出难以置信的表情。“天哪，我不知道，也许是因为所有一切吧？因为你是唯一一个好像知道该怎么做的人，因为你对枪啊什么的好像都很在行。”

“我告诉过你了，我是个店员，卖露营装备的。”

“我半句都不信。”

她的直率足以让他卸下心防，所以有那么一会儿，齐特里吉什么都没说。可是，她还是逮住让他开口的机会了。“你真的想知道？这可不是什么好听的故事哟。”

“如果你想告诉我的话。”

他本能地把脸转向窗户。“这个嘛，你说得没错，我高中毕业就入伍了。不是陆军，是海军，最后当到宪兵中士。知道是什么意思吗？”

“就像警察？”

“差不多。我主要是负责维护美国驻地、空军基地和敏感设施的安全，诸如此类的。我们常被调来调去，伊朗、伊拉克、苏丹，还有一阵子在车臣。我最后一项任务是在阿富汗的巴格拉姆机场[1]。那里通常都只有例行性的工作，像核查仪器货单或核对进出的外籍劳工。但是偶尔还是会有事情发生。那时还没发生政变，所以巴格朗还是美国控制的地区，可是那里到处都是塔利班[2]的人，再加上基地组织和当地二十几个不同的军阀交战不断。”

他停了一下，重新整理思绪。接下来的这部分向来是最难说出口的。“有一天，我们看见一辆车，就是随处可见的那种破铜烂铁，从马路那头开过来。检查哨卡的标志写得很清楚，大家都知道要停车，可是这家伙没停，他直直地向我们冲过来。我们看见车里有两个人，一男一女。所有的人都开火了，那辆车一歪，翻滚了好几圈，最后四轮着地停了下来。我们以为那辆车一定会爆炸，结果没有。我是资深士官，所以由我负责去查看。车里的那个女的死了，但是男的还活着。他趴在方向盘上，浑身是血。后座有个小孩，一个小男生，顶多只有四岁。他们把他绑在装满炸药的座位上。我看见引线连接到前座，那个爸爸手里握着雷管。他嘴里念念有词。Anta al-mas'ul，他说，Anta al-mas'ul。那个孩子拼命哭喊，朝我伸出手来。那只小手，我永远忘不了。他才四岁，可是仿佛知道要发生什么事了。”

“天哪！”艾普丽一脸惊恐，“那你怎么办？”

“我做了我当时唯一想到的事，我拼命跑开。我不太记得爆炸的情景。我醒来的时候，人已经在沙特阿拉伯的医院了。我们单位里有两个人死了，还有一个被炮弹碎片击中了脊椎。”艾普丽瞪大眼睛看

---

① 巴格拉姆机场（Bagrām Airfield），是美国在阿富汗的空军基地之一。

② 塔利班（Taliban），起源于阿富汗的宗教激进主义运动组织，属逊尼派。

他，“我告诉过你的，这不是什么好听的故事。”

“他炸死自己的小孩？”

“大概吧，没错。”

“什么人会做出这种事？”

“你问倒我了，我始终搞不懂。”

艾普丽没再多说什么。一如既往，齐特里吉怀疑自己是不是讲太多了，但是倾诉心事的感觉很好，而且就算艾普丽觉得不想听这么多，她也掩饰得很好。理论上来说，齐特里吉知道，这个故事微不足道，只是成千上万个类似故事中的一个。这种没有道理可言的残酷行为，就是这个世界的常态，但是如果故事发生在自己身上，了解这个事实并不等同于接受这个事实。

“后来呢？”艾普丽问。

齐特里吉耸耸肩。“没了，故事结束。”

“我是说你。”她的目光牢牢盯在他脸上，“我想我要是碰上这种事，一定会疯掉。”

这倒新鲜了，他想¬——从来没人问过故事的这个部分。通常来说，听完基本事实之后，大家都很难立即释怀，但是这个女孩，这个艾普丽跟别人不一样。

“这个嘛，我倒没有。至少我认为没有。我在退伍军人管理局[①]的医院住了大约半年，学习自己走路、穿衣、吃饭，然后他们就把我踢了出来。战争结束了，我的朋友，至少对你来说已经结束了。我不像很多人那样难熬，不会一听到汽车发动机回火之类的声音就躲到床底下去。我知道过去的已经过去了。安顿下来大约六个月之后，我回了一趟怀俄明州老家。我爸妈都过世了，我老姐和她老公搬到加拿大的不列颠哥伦比亚省，基本上就已经从地图上消失了，可是我在那里还有一些认识的人，以前一起上学的孩子，虽然大家都已经不是小孩了。一个朋友想帮我办一场派对，很盛大的欢迎返乡派对。他们都已经成家了，有妻小有工作，可是都还是当年那群爱喝酒玩闹的家伙。

---

① 原文为 VA，为 Veterans Administration 的缩写，意为退伍军人管理局。

整个活动其实就只是找乐子的借口，但我看不出来有什么不好的。当然可以，我说，你就去搞吧，然后他也真的搞了。来了至少一百个人，门廊上挂了写有我名字的大布条，甚至还请了乐队，那场面真的吓到我了。我在后院听音乐演奏，那个朋友对我说，过来，有几个女人想认识你，别站在那里像个大白痴。所以他拖我进到屋里，那里有三个女的，都很漂亮，其中一个我以前算是认识。她们东拉西扯，聊电视节目、八卦、普通的话题，很一般，日常的生活。我正在喝啤酒，听着听着，却突然发现我根本听不懂她们在说什么。不是那些字句本身，而是其中的含义。那些话题似乎和其他东西都扯不上关系，仿佛有两个世界，一个内在世界，一个外在世界，两个世界之间彼此没有一点关系。我相信精神医师肯定有个名词来形容这种现象。但我只知道，我醒来的时候躺在地上，一大堆人站在我旁边。之后，我花了大约四个月的时间住在森林里，然后才有办法再次和人相处。”他顿了一下，对于自己说了这么多而微微地感到惊讶，“老实告诉你，我从没把这些事告诉其他人，你是第一个。”

“听起来很像是中学里的生活。”

齐特里吉不由得笑了起来。“说得好！”

他们四目相对，凝望彼此。真是太奇怪了，他想。前一分钟还独自沉浸在思绪里，下一分钟就出现了一个似乎了解自己心灵最深处的人，像翻开一本书一样读懂你的心。

他不知道他们对视了多久，感觉就是一直像这样持续着，两个人都没有足够的意志力，或者应该说是勇气，甚至是欲望，移开视线。她多大？十七？但她看起来不像十七岁。她看起来什么年龄都不像，一个老灵魂。齐特里吉听过这个名词，但从未真正理解其含义。那说的就是艾普丽，一个老灵魂。

为了搞定两人之间的关系，齐特里吉从肩上的枪套里取下一把格洛克[①]手枪，交给她。“知道怎么用吧？”

艾普丽不太确定地看着枪。“我猜猜，就像电视上那样吧。”

① 格洛克（Glock），一种半自动手枪，是现代手枪发展史上的重要里程碑之作。

齐特里吉取下弹匣，扳开滑套，从管口退出子弹。他把枪交到她手里，手指盖在她的手指上。

“别用指关节按扳机，那样子弹会打得太低。只要用指尖压，就像这样。”他放开她的手，敲敲自己的胸骨，“一枪，打中这里。只要是这样做，绝对不会打不中的。别急，瞄准，然后开枪。”他给枪重新上膛，交回到她手里，“拿去，留着吧。记得随时要有一发子弹，就像我做给你看的那样。”

她露出不好意思的微笑。“嘿，谢谢，但我没有东西可以给你。”

齐特里吉也回以微笑。“也许下次再说吧。”

又沉默了一晌。艾普丽把枪在手里转来转去，检查看看有没有什么无法理解的装置。“那个爸爸说的，Anta 什么的。”

“Anta al-mas'ul。”

“你知道那是什么意思吗？”

齐特里吉点点头。“是你造成的。”

又一阵沉默，但这和之前的沉默并不一样。两人之间并没有藩篱相隔，有的是对生命的共同体验，就像在这个房间的四墙之内只有他俩存在一样。好奇怪啊，齐特里吉想，说出这样的话。Anta al-mas'ul，Anta al-mas'ul。

“你做得没错，你知道。”艾普丽说，“你很可能也会被炸死的。”

“总是有另一种选择。”齐特里吉说。

“不然你还能怎么做？”

他知道这问题她只是问问而已，她并不期待他回答。不然你还能怎么做？可是齐特里吉回答了，他始终知道答案是什么。

“我可以拉住他的手。”

他彻夜在窗边守卫。对他来说，不睡觉不是什么问题。他早就学会了闭几次眼睛就熬过一夜。艾普丽蜷缩在窗前的地板上睡着了。齐特里吉脱下外套，帮她盖上。到处都没有灯，从窗口望去，世界一片平静，天空挂满星星。第一道天光在地平线亮起时，他让自己闭上了眼睛。

逐渐驶近的汽车引擎声惊醒了他。马路那头有一排军用车辆开过来，总共有二十辆车。他拿起第二把枪，交给已经坐起来、正揉着眼睛的艾普丽。

“拿着。”

齐特里吉迅速跑下楼梯。当他冲出门口时，车队已经距他们不到三十米了。他跑到路上，挥着双臂。

“停车！”

领头的那辆悍马车在他面前几米处停下来，车顶上的那名士兵用狙击枪瞄着他，盯紧他的一举一动。那名士兵戴着医用口罩，遮住了脸的下半部。“站住，别动！”

齐特里吉高举双臂。“我没有武器。”

那名士兵一拉枪栓：“我说，别靠过来！”

接下来的五分钟充斥着剑拔弩张的气氛，这个士兵似乎很有可能开火。这时，悍马前座的门打开来，一个看起来很精悍的女人下车并朝他走来。走近之后，齐特里吉看见她那张饱经风霜、布满皱纹的脸上满是尘土。她是个军官，但不是坐办公室的那种。

“我是波崔琪少校，艾奥瓦国民警卫队第九野战支援营。你是哪里冒出来的？”

“我是柏纳德·齐特里吉中士，美国海军陆战队第一宪兵营C连。”

她眯起眼睛看他。“你是海军陆战队的士兵？”

“因伤退伍，长官。”

少校的目光越过他，望着他背后的校舍。齐特里吉不看也知道其他人都在窗前张望。

“里面有多少老百姓？”

“十一个。我们巴士的油快用完了。”

“有人生病或受伤吗？”

“大家都很累，也很害怕，但没其他问题。”

她面无表情地想了想，然后说：“卡威尔！瓦德兹！”

两个下士跑步向前。他们也都戴着医用口罩，每个人都戴，只有波崔琪除外。

“把加油车开过来，看能不能帮巴士加满油。”

“我们要带老百姓一起走吗？可以这样吗？”

“我问你的意见了吗，专家？找个医护兵过来！”

“是，长官。对不起，长官。”

他们小跑步离开。

“谢谢您，少校。要离开这里的路还很漫长。”

波崔琪从腰间取下水壶，喝了一口。“你们运气好，没油的时候碰上我们。现在油料很稀少。我们要回鲍威尔堡的卫队军械库，所以我们只能送你们到那里。联邦紧急事故处理署在那里设了难民处理中心，你们也许可以从那里撤退到芝加哥或圣路易斯去。”

“我可不可以请教您，有没有任何新消息？”

“你当然可以问，可是我不确定该告诉你什么。前一刻，那些该死的怪物到处都是，下一刻，就没有人找得到他们了。他们喜欢树，但是任何可以提供掩护的东西都行。根据中央指挥司令部[①] 的说法，有一大群病鬼聚集在堪萨斯州与内布拉斯加州的边界上。”

“一大群？”

她又喝了一口水。“他们是用这样的单位形容他们的，一群一群。”

医护兵来了。大家从校舍里走出来。趁士兵架起防线的时候，齐特里吉把情况告诉了他们。医护兵帮大家检查，量体温，检查口腔。大家都准备离去时，波崔琪在巴士的台阶前找到齐特里吉。

“还有一件事，别说你们是从丹佛来的，你们应该保密。如果有人问起，就说是从艾奥瓦州来的。”

他想起那条高速公路，那一长排翻倒毁坏的车辆。“我会传话下去。”

齐特里吉爬上车，把步枪搁在双膝之间，坐在丹尼的正后方。

“真是见鬼了！”贾马尔说，“一支陆军车队。我收回对你说的每一句话，齐特里吉。”他伸出拇指朝贝拉米太太指了指。贝拉米太太从袖子里掏出面纸，正在擦额头。“真该死，我干脆让老太婆开枪把

---

① 中央指挥司令部（CENTCOM），成立于 1983 年，是战区级联合作战司令部。

我给杀掉算了。”

“别自作聪明，小伙子。”贝拉米太太回答说，“别自作聪明！”

他转头越过过道看她。“我正想问你呢。老太太藏在袖子里的擤鼻涕布是怎么回事？不觉得这样有点不卫生吗？”

“两条手臂上的墨水多得可以灌满酒精复印机的小伙子竟然敢对别人讲这种话。”

“酒精复印机？你是活在哪个年代啊？”

“我看着你，就只想到两个字：肝炎。”

“天哪，你们两个。”伍德抱怨，“再吵干脆去开房间好了。”

车队上路。

14

计划是继续行动。他的团队已经编组完成，飞机会在天亮时来接他们。吉尔德已经与他在黑鸟部队[①]的联络人联系，一切都安排好了。仓库里那个服务器和硬盘的数据都已被清除。回家吧，他告诉自己的手下，回家去陪家人吧。

午夜之后，他开车经过静悄悄、雨蒙蒙的马路回家。收音机在不断地播报坏消息：高速公路上的混乱失序，部队重新组织，国外的不满。白宫的声明，要求大家冷静放心，危机已在控制之中，有最优秀的人在努力应对。但是谁也骗不了谁，再过几个小时，将会宣布全国性的戒严命令。CNN 报道北约战舰已驶向美洲海岸，将封锁北美大陆的对外门户。这个世界或许会鄙视我们，吉尔德想，可是等我们死了，这一切又有什么差别呢？

他一边开车，一边保持警觉，盯着后视镜。他不是疑神疑鬼，只是事态往往就是这么发展的：车轮的声音，厢型车超到前方，穿黑西装的人下车来。**荷拉斯·吉尔德？跟我们走。**太厉害了，他想，这件事竟然到现在还没发生。

他把车停进车库，关上门。在卧房里，他收拾了一小袋基本必需品——几天的换洗衣物，盥洗用品，药——带到楼下。他把手提电脑从书房里拿出来放进微波炉里，让它冒出火花。他的手机已经在路上丢出车窗外了。在客厅里，他熄掉灯，拉开窗帘。街对面，一位邻居正把行李箱装进休旅车敞开的后车厢里。这人的老婆站在联排住宅的门口，手里抱着沉睡的小女孩。他们姓什么？吉尔德要么是从来不知

---

① 原文为 Blackbird。

道，要么就是根本不记得。他偶尔会看到这位太太带着那个小女孩，在车道上来来回回推着一辆鲜艳的塑料车。看着他们一家三口，吉尔德心中涌起对莎娜的回忆，不是那可怕的最后一面，而是两人在做爱后躺在床上，听着她对他静悄悄地低语。**你喜欢我做的事吗？我想成为你唯一的女人。**她说这些话只是在表演，只是为一个小时的工作多增添一点廉价的戏剧效果。他以前还真蠢。

那人从老婆手中抱过孩子，温柔地放进后座。夫妇俩上车。吉尔德想象他俩的交谈。**我们不会有事的，他们派人在处理了。我们只需要在你妈妈家待一两个星期，等一切平息。**他听见引擎启动的声音，他们把车倒出车道，吉尔德看着他们的车尾灯逐渐在马路上消失不见。祝你们好运，他想。

他等了五分钟。街道悄然无声，所有的房子都是黑漆漆的。确定没有人监视他之后，他提着袋子走到车上。

他到雪铎岱尔的时候，时间已过凌晨两点。停车区一辆车都没有，只有大门旁边还亮着一盏灯。他走进大门，发现柜台前没人。柜台旁边有一辆空的轮椅，走道上还有另一辆。整个地方寂然无声。八成有监控在拍着他，但是又有谁会检查录像带呢？

在漆黑的房间里，他父亲躺在床上。味道很难闻，已经好几个小时没人进来了，说不定已经一整天了。父亲床边的托盘上，有人留了十几罐嘉宝婴儿食品以及一壶水。溢水的杯子让吉尔德知道，父亲试过想喝点水，但是食物则原封不动。就算他父亲试过，也打不开罐子。

吉尔德没有太多时间，但这却不是该赶时间的场合。他父亲闭着眼睛，声音——那冷漠的声音——沉寂了，最好是这样，他想。交谈的时间已经结束了。他在脑海中搜寻与父亲有关的美好记忆，无论多么短的片段都好。他只想得起来在很小的时候，爸爸带他到公园玩过一次。那段回忆很模糊，只有模糊的印象，搞不好根本就没发生过，但他也只想得起来这件事。冬日，吉尔德呼出的气变成团团白雾，爸爸推着他荡秋千，周围光秃秃的树木在他眼前忽隐忽现，爸爸的大手贴在他的后背，把他用力推向空中。对于那一天，吉尔德并不记得其他的事。他那时大概才五岁吧。

他把枕头从父亲头底下抽出来的时候，父亲的眼皮动了一下，但没睁开眼睛。眼前就是悬崖，吉尔德想，这是生死一瞬的时刻，这件事一旦做了，就永远无可挽回。他想到弑父[①]这个词，是由拉丁文的父亲[②]与截断[③]组合而成的。他没有勇气自杀，但是把枕头压在父亲脸上时，他却一点都不迟疑。抓住枕头两边，他用力加压，直到确定父亲的口鼻再也没有气息为止。漫长的一分钟，吉尔德暗自数着秒数。父亲放在毯子上的那只手抽搐了一下。这要耗多久？他要怎么知道一切已经结束了？如果枕头没用，怎么办呢？他等着看父亲的手有没有其他的反应，但是没有。慢慢地，他感觉到他双手底下父亲的身体一动也不动了，这只代表了一件事：他父亲不再呼吸了。

他拿开枕头。父亲的脸还是和刚才一模一样：仿佛步向死亡的过程只为他的状况带来了微乎其微的变化。吉尔德的手掌轻轻伸进父亲的头底下，把枕头摆回原处。他不是想掩盖自己的罪行——反正也没人会来查看情况——可是他希望父亲可以躺在枕头上，特别是因为父亲很可能会在这里躺上很长一段时间。

吉尔德原本以为自己会有很强烈的情绪反应，心中会涌现所有的痛苦与懊悔。他悲惨的童年，妈妈孤寂的生活，自己贫乏无爱的人生，只能花钱找女人为伴。但是此刻他只感觉到如释重负，人生真正的试炼，他通过了。

房间外面的走廊静悄悄的，和刚才一样。谁知道其他的房门里面有什么丢脸的事发生，或有多少家庭要面对同样残酷的决定？吉尔德瞟了一眼手表：进到这里来才过了十分钟。只有十分钟，但一切都改变了。他变得不同了，这世界也不同了。他父亲已经不在了，想到这里，他眼里涌起泪水。

他快步通过走廊，穿过空荡荡的休息室、没有人的护士站，踏进等在更远处的黎明中。

---

① 原文为 patricide。

② 原文为 pater。

③ 原文为 caedere。

15

第二天，接近密苏里州界时，时间已经有点晚了。葛瑞看见前方的路被堵住了，这里是荒郊野外，距离任何城镇都还很远。他把车停了下来。

正在看《现代育儿》杂志的丽拉抬起头。杂志是葛瑞在雷杜的一家小超市帮她找来的，一大堆，有《家庭生活》《婴儿与儿童》《现代幼儿》。在过去这一天里，她对他的态度有些改变。或许是因为她在心中刻意营造他们只是驾车出游的假象，但她对他变得越来越没耐心，对他讲话的口气活像他是个不合作的老公。

"你可以去看一下吗？"她把杂志搁在膝上。封面有个身穿粉红连身装、脸颊胖嘟嘟的女孩。封面标题是：互动游戏变得不好玩了。"那是什么啊？"

"我想是辆坦克。"

"停在那里干吗？"

"也许是迷路还是怎么了。"

"我想他们才不会搞丢坦克呢，劳伦斯。难道会有人问，不好意思，你有没有看见我的坦克？我知道一定是在这附近。"她重重地叹了一口气，"谁会把坦克像这样停在马路上？他们一定会把它移开的。"

"你的意思是，要我去问问他们？"葛瑞说。

"是的，劳伦斯。这正是我的意思。"

他不想去，但是对她说不似乎是不可能的事。他在逐渐加深的暮色里下车。"喂？"他喊道。他回头看丽拉，她从敞开的前座车窗伸出头来看着他。"我想这里没人。"

"说不定他们没听见你的声音。"

“我们掉头吧，可以找别的路走。”

“这是原则问题，他们不能这样把路挡住。看看驾驶室，我相信里面一定有人。”

葛瑞很怀疑，但他不想争辩。他爬上裸露的轮胎，站到坦克的炮塔上，脸贴在驾驶室上方，但是里面黑漆漆的，什么都看不见。丽拉下了车，走到坦克底下，手里拿着手电筒。

“我想这不是好主意。”葛瑞说。

“不过只是一辆坦克啊，葛瑞。老实说，你们男人都是一个德行，你知道吗？”

她把手电筒交给他。现在除了去查看里面之外，已经没别的办法了。葛瑞把灯照向驾驶室。

“该死的！”

“怎么了？里面有什么？”

葛瑞猜里面可能有两个人，那景象实在很难形容。那两个士兵的惨状，很像有人丢了手榴弹在里面，但那种情况显然不是手榴弹造成的。

看见了吗，葛瑞？

他一愣，仿佛被电到一样。那嗓音，不是在维修厂里的那个声音，这声音在他的脑袋里，是零号的声音。丽拉站在坦克底下盯着他看。他想开口说话，想警告她，但一句话都说不出来。

你会不会……饿，葛瑞？

会，不只是饿，而是非常饿。那感觉似乎控制了他的每一个部分，每一个细胞与分子，在他体内旋转的最微小的原子。他这辈子从没感觉到这么饿过。

这是我给你的礼物。血的礼物。

“劳伦斯，怎么了？”

他吞了吞口水。“我只是……等一下。”

他爬进坦克里。他的手电筒掉了，但是没关系，坦克黑漆漆的内部在他眼里却一片光明，所有表面都裹着一层亮晶晶的美丽鲜血。他心中有一股无法遏止的渴望，他的脸贴在冰凉的金属表面上，伸出舌头舔。

“劳伦斯！你在里面干吗？”

他四肢着地，舔着地板，整张脸埋在甜美的液体里。好棒！他仿佛已经一年、十年、一个世纪没进食了，眼前呈现的是有史以来最丰盛的宴席！肉体的所有喜悦全部合为一体，他沉浸在最纯粹的欢愉之中，迷醉恍惚。

轰隆一声，打破了魔咒。他的手指含在嘴里，满脸是血。他到底在搞什么？而且，那是什么声音？听起来像打雷？

“劳伦斯，快出来！”

又是轰隆一声，比前一声更响。他爬上梯子。天空有些不对劲，猛烈的强光照亮了一切。

丽拉看见他满是鲜血的脸，开始尖叫。

头顶上有两架喷气飞机低空飞过，螺旋桨搅动空气，强烈的白光照亮天空，一阵热风袭来，把葛瑞从坦克车顶扫了下来。他摔得很重，风一卷而过，又有更多的飞机掠过，东方的天空光芒闪耀。

丽拉从他身边退开，双手保护似的掩着脸。“别靠近我！”

没有时间解释了，更何况他要怎么说呢？眼前的情势很明显，他们误入战区了。葛瑞抓起丽拉的手臂，把她往车上拖，她拳打脚踢，尖声嘶喊，拼命挣扎。但他还是想办法把她拖到了车门敞开的前座，把她推了进去，但他马上就发现自己犯了大错：就在他关上车门的那一瞬间，丽拉锁上了车门！

他捶打着玻璃。“丽拉，放我进去！”

“滚开，滚开！”

他需要重一点的东西，他打量车子四周，没找到可用的东西。再过一会儿，丽拉一定会立刻开车上路。

他不能让她这么做。

葛瑞往后退，一只手紧握拳头，用力捶碎了驾驶座的车窗。他以为会剧痛难耐，或许手骨会全部碎掉之类的，结果并没有。他的手伸进车窗里，仿佛车窗是卫生纸糊的，整块玻璃变成一大堆亮闪闪的碎片。丽拉还来不及反应，他就打开车门钻进驾驶座，然后疾速倒车，来了个一百八十度大转弯，再换了挡，用力踩下油门，但是逃脱的时机已经错过了，他们突然置身在乱局之中。有更多的飞机掠过，他们面前出现了一道火墙。葛瑞把方向盘往右打，下一瞬间，他们已穿过玉米田，车轮在软软的泥土上打滑，沉甸甸的绿叶敲在挡风玻璃上。他们冲出了玉米田，但来不及了，葛瑞看见排水沟出现在眼前。他们的沃尔沃汽车往下冲，然后弹起，腾空之后再重重落地。丽拉扯开喉咙尖叫，这时葛瑞突然看见了一条路，他用力转动方向盘，把油门踩到底，沿着排水沟旁边平行疾驰。太阳已落下地平线，田野被笼罩在如墨水般的黑暗里，天空突然爆开火花。

不只是火，是强光猛然照亮了他们的车。

“停车！”

庞大的黑影覆盖了挡风玻璃，宛如一只巨大的黑鸟降临。葛瑞猛踩刹车，两人身体往前冲。直升机降落在马路上时，葛瑞听见玻璃碎裂的声音，有东西掉到他的膝上发出嗞嗞的声音，是大小和重量都像汤罐头的催泪弹。

“丽拉，快跑！”

他推开门，但是瓦斯已经进入他的身体里面了，进入了他的脑袋、他的心脏、他的肺。他跑了三米就倒下了，地面像海浪一样隆起迎向他。时间似乎消散了，这世界变成了一片汪洋。强风吹过他的脸，他看见四面八方都是穿太空服的人，这些人正在朝他走近，还有两个人拖着丽拉往直升机上拽。“别伤害她！”葛瑞说，“拜托，别伤了宝宝！”但是这些话似乎无足轻重。人影已来到他上方，他们的脸孔很模糊，他们的身体仿佛幽灵一般飘浮在地面上。星星开始出来了。

幽灵，葛瑞想，**我这次是真的死了。**他感觉到他们的手放到了他身上。

16

他们开车行驶了整个白天的时间，车队停下时天色已经接近黄昏了。波崔琪从领头的悍马车上下来，往后走到巴士旁边。

“我们就带你们到这里了，大门的哨兵会告诉你们该怎么做。”

他们在一个像是集合区的地方。有好几卡车的补给品，军用行动装备，加油车，甚至还有大炮，齐特里吉认为这个地方的军力至少相当于两个营。紧邻旁边的是一个有大门的营地，搭着帆布帐篷，周围围着一圈顶上装有刀刺网的可拆围篱。

“你们要去哪里？”齐特里吉问，他很纳闷现在是哪里在开战。

波崔琪耸耸肩。**他们叫我们去哪里我们就去哪里。**“祝你们好运，中士。只要记得我说的话。”

车队开走了。“往前开，丹尼，”齐特里吉说，“开慢一点。”

两名脸戴口罩、手持 M16 冲锋枪的士兵站在大门口。围篱旁边有一个告示：联邦紧急事故管理署难民处理中心。离营莫入。武器禁入。

离入口还有二十米，两名士兵就打手势要他们停车。其中一个士兵走到驾驶座的窗边。这名士兵是个孩子，年纪绝对不超过二十岁，两颊还长着青春痘。

“几个人？”

“十二个。”齐特里吉回答说。

“出发地？”

巴士上的车牌早就被拆掉了。“得梅因市。”

那名士兵退开，对着挂在肩上的无线电低声说了几句话。另一名士兵仍然站在封住的大门口，手上的冲锋枪枪口朝天。

“好，熄掉引擎，留在车上。”

过了一会儿，那名士兵带着帆布袋回来，把脸凑到窗边。“把所有武器和移动电话都丢进来，传到前面去。”

禁带武器，齐特里吉可以理解，可是移动电话？这几天根本连一点信号都没有。

“这里有很多人，要是大家都打电话，本地的网络就会瘫痪。对不起，规定就是规定。”

在齐特里吉听来，这个说法实在很牵强，但他也不能怎么样。他接过袋子，沿着中央走道走。走到贝拉米太太前面时，老太太把皮包紧紧搂在胸前。

“小伙子，我连上美容院都带着它。”

齐特里吉竭尽所能地挤出微笑。“你说得没错，可是我们在这里很安全，我保证。”

她满脸不情愿地从皮包里拿出那把大手枪，和其他人的武器一起放进袋子里。齐特里吉把袋子拿到前面，丢在巴士的台阶下面。第一名士兵探身进来拿走。他们接受命令搬下其余的行李，离开巴士，让其中一个士兵搜查他们的行李。齐特里吉看见大门里有个大棚屋，棚屋里聚集了许多人，还有很多士兵在围篱边来来去去。

“好了，”那名哨兵说，“你们可以进去了。到处理中心报到，他们会帮你们安排住宿。”

“巴士怎么办？”齐特里吉问。

“美国军方征用所有的汽车和油料，你们进来就进来了。”

齐特里吉看见丹尼脸上惊恐的表情。一名士兵上车，把巴士开走了。

“他怎么了？”哨兵问。

齐特里吉转头对丹尼说：“没事的，他们会好好照顾车子的。”

他看得出来丹尼眼中的挣扎。丹尼点点头。

“最好是。”他说。

这里挤满了人，大家在一张长桌前排成几条长龙。带着孩子的家庭、老人、夫妇，甚至还有个带狗的盲人。有个身穿红十字T恤衫的年轻女子，红褐色的头发梳在后面，她拿着一部手持设备在队伍中穿梭。

“有没有没家长的小孩？”她也像波崔琪一样没戴口罩。她的眼神充满忧虑，因睡眠不足而筋疲力尽。她看看艾普丽和提摩西。“你们两个呢？”

“他是我弟弟。”艾普丽说，“我十八岁了。”

那女子一脸怀疑，但没说什么。

“我们希望能待在一起。”齐特里吉说。

那女子在她的手持设备上记着什么。“我不该这么做的。”

“你叫什么名字？”打听对方的名字向来很好用，齐特里吉想。

“薇拉。”

“带我们进来的巡逻队说我们要撤退到芝加哥或圣路易斯。”

手持设备吐出一条纸，薇拉撕下来，交给齐特里吉。“我们还在等巴士来，应该不会太久。把这张纸交给柜台的工作人员。”

军方给他们分配了一顶帐篷，还有用来取代配给券的塑料圆碟，然后他们来到了喧闹吵嚷、气味混杂的营地：这里有木柴冒出的烟、化学分解厕所以及人群的臭味。地面泥泞，满地垃圾，大家都在用露营炉煮东西，把洗好的衣物晾在露营绳上，在水泵前等着打水装满水桶，瘫在凉椅上好像参加车尾派对的观众，个个脸上都带着恍惚和疲惫的神情。垃圾桶里的垃圾溢了出来，一群群苍蝇像乌云般盘旋在周围。太阳无情地炙烤着大地。除了军用卡车之外，齐特里吉看不见其他车辆，显然所有难民都是徒步前来的，他们都抛弃了没有油的汽车。

他们的帐篷里已经住了两个人了，一对老夫妇，福瑞德·威克斯与露西·威克斯。他们住在加利福尼亚州，但有亲人在艾奥瓦州，疫情暴发时，他们刚好来参加婚礼，他们已经在营地待了六天。

“有巴士的消息吗？”齐特里吉问。乔伊·罗宾逊去探询配给的事，伍德和德洛丽丝去取水，艾普丽让弟弟和隔壁帐篷的小孩一起玩，警告他不要跑远，并由丹尼陪着他。“大家是怎么说的？”

“每天都说是明天。”福瑞德·威克斯至少已经七十岁了，外表整洁，有双明亮的蓝眼睛。在大热天里，他脱掉了衬衫，露出白茸茸的胸毛。他那位个头娇小、和他简直像儿歌里的杰克·斯普拉特[①]夫妇一样是完美绝配的太太，与他面对面坐在两张行军床上，用一个纸箱当桌子，正在玩扑克牌。“要是车子还不来，大家就快要失去耐性了。接下来该怎么办呢？”

齐特里吉走到外面。他们周围都是士兵，他们暂时应该是安全的。但是感觉一切都像停止了似的，大家都在等待着什么事情的发生。沿着围篱每隔一百米的地方都部署着步兵，每一个步兵都戴着医用口罩。看起来唯一的出入口是大门。北边紧邻营地的地方，有一幢没有窗户的低矮建筑，看不见任何标志或招牌，入口处挡着水泥路障。齐特里吉正在张望的时候，两架黑亮的直升机从东边飞近，转了一个大弯，停在那幢建筑的屋顶上。从第一架直升机上下来了四个戴着墨镜和棒球帽、身穿防弹背心的男人，他们手里拿着自动步枪。这不是军方的人，齐特里吉想。或许是黑鸟部队，要不然就是河石部队[②]，反正是两者之一。那四名男子在屋顶四角各就各位。

第二架直升机的门打开了。齐特里吉一手遮住额头，想看得更清楚一点。有那么一会儿，什么事都没有，接着有个身穿橘色生化防护服的人出现了，接着又下来五个人，直升机的螺旋桨还在转动。一阵短暂交谈之后，穿橘色防护服的人从直升机的载货区扛下来两个长方形的铁箱，大小和棺材差不多，底下有带轮子的铁架。他们把这两个箱子推进屋顶上的一个小屋里。那间小屋应该是一部载货电梯，齐特里吉猜。几分钟之后，六个人再次出现，登上第二架直升机，两架直升机先后起飞，轰隆隆地飞走了。

艾普丽从他后面冒了出来。“我也注意到了。”她说，“你知道那是什么吗？”

“也许没什么重要的。”齐特里吉放下手，“提摩西呢？”

“已经在交朋友了，他和几个小朋友在踢足球。”

他们望着直升机逐渐远去，消失。无论那是什么，齐特里吉想，

---

① 杰克·斯普拉特（Jack Sprat），英国童谣中的角色，童谣里说杰克·斯普拉特不吃肥肉，他太太不吃瘦肉，所以两人的餐盘永远干干净净。

② 原文为 Riverstone。

绝对不会不重要。

“你觉得我们在这里会没事吗？”艾普丽问。

“为什么会有事？”

“我不知道。”但她的表情显示她知道，她正在思索和他一样的问题，“昨天晚上，在实验室……我的意思是，我有时候会那样，我并不是有意刺探的。”

“如果我不想说，就不会告诉你。”

她似乎看着他，却又同时看着远方。在这样的时刻，她看起来比实际年龄大得多。不是看起来，齐特里吉想，确实是。

“你真的是十八岁？”

她似乎被逗乐了。“为什么？我看起来不像？”

齐特里吉耸耸肩，掩饰自己的尴尬。这问题就这样突然冒出来了。“不，我是说是，你看起来像。我只是……我不知道。”

艾普丽显然觉得很好笑。“女生不该透露自己的年龄，可是为了让你安心，是的，我十八岁，十八岁又两个月零七天。我并不是在算日子，你知道的。”

两人眼神交会，似乎很乐意凝望彼此。这个艾普丽到底是个什么样的女孩，齐特里吉很好奇。

“我还欠你一把枪，”她说，“虽然被他们拿走了，但我觉得那是我收过的最棒的礼物，真的。”

“我喜欢那首诗，我们扯平了。那个家伙叫什么来着？”

“艾略特。”

“他写过其他的东西吗？”

“其他的就没那么好了，要是你问我，我会说他是那种昙花一现的奇才。”

他们没有武器，没有办法获得外界的信息。齐特里吉不止一次怀疑，他们当初是不是应该继续往前开才对。

“好吧，等我们离开这里，我一定得去查查这个人。”

17

葛瑞。

白色，漂浮的感觉，葛瑞开始意识到自己是在一辆车上。好奇怪，因为这车也是一个汽车旅馆的房间，有床，有柜子，有电视，什么时候开始有这样的车子啦？他坐在其中一张床的床尾，驾驶着这个“房间”——车子的转向柱斜斜地从地板伸出来，电视是挡风玻璃——坐在隔壁床上的是丽拉，胸前抱着一团粉红色的毯子。“我们到了没，劳伦斯？”丽拉问他，“宝宝需要换尿布了。”宝宝？葛瑞想。这是什么时候发生的？她不是还要过几个月才会生？“她好漂亮，”丽拉说，轻声逗着宝宝，“我们有这么漂亮的宝宝，要枪杀她实在是太可惜了。”

“我们为什么要枪杀她？”葛瑞问。

“别傻了。”丽拉说，“我们射杀所有的宝宝，这样他们才不会被吃掉。”

劳伦斯·葛瑞。

梦突然变了。一部分的他知道自己在做梦，但是另一部分的他并不知道。现在葛瑞人在坦克里，有东西来抓他，但是他动弹不得。他四肢着地，舔着血。他的工作就是喝血，全部喝掉，而这是不可能的——血开始流过舱盖，灌满整个驾驶室，血的汪洋。血漫过他的下巴，他的嘴，他的鼻子，他呛住了，溺血了……

劳伦斯·葛瑞，醒醒。

他睁开眼睛，刺眼的光线迎面而来。他的喉咙里有东西卡住了，他开始咳嗽，是因为溺水？可是梦已经瓦解了，影像崩塌，只留下恐惧。

他在哪里？

仿佛是某种医院。他身上只有一件袍子，袍子底下的赤裸身体感受到阵阵的寒意。厚重的皮带把他的双腕双踝绑在病床栏杆上，让他动弹不得，活像躺在石棺里的木乃伊。管线从他的袍子底下蜿蜒连接到一部医疗仪器推车上，还有个输液针头插在他的右臂上。

房间里有人。

事实上是两个人。穿着厚重生化防护服的两人站在床尾，低头看着他，他们的脸被塑料面罩遮住了。他们背后是一道厚重的钢门，在墙角高处监视着房里情况的是一个摄像头。

“葛瑞先生，我是荷拉斯·吉尔德。”左边的那个人说。令葛瑞吃惊的是，他的声音竟然很愉快，真是太怪了。“这位是我的同事，尼尔森医师。你现在觉得怎么样？”

葛瑞想尽办法把目光聚焦在那两人脸上。说话的这个人是没什么特色的中年人，头很大，国字脸，皮肤苍白。另一个人年轻得多，一双紧张的黑眼睛，留着乱糟糟的小胡子。他看起来和葛瑞以前所见过的医生不太一样。

他舔舔嘴唇，吞了吞口水。“这是什么地方？我为什么被绑起来？”

吉尔德语气平和地说：“这是为了保护你，葛瑞先生，好让我们先搞清楚你有什么问题。至于你所在的地方，”他说，“恐怕我还不能透露，只能说你和朋友在一起。”

葛瑞知道他们一定给他打了镇静剂，因为他现在连动一块肌肉都很难，这不只是因为被绑住的关系。他的四肢沉重如铁，迟钝的思绪漫无目的地在脑袋里游走，宛如水族箱里的孔雀鱼。吉尔德端了一杯水到他嘴边。

“来，喝吧。”

葛瑞的胃部翻搅，光是闻到这个味道就让他作呕，简直像一池偷偷加了过多消毒水的水塘。思绪又回到他的脑袋里了，黑暗的思绪：坦克里的鲜血，葛瑞贪婪地埋首其中。他真的这样做了吗？是不是他梦见的？但是这些问题刚在心里形成，他的脑袋就充满了轰隆隆的声音，身体里面涌起一股饥饿的感觉，很强烈，让他整个身体都紧紧地绷在束缚带上。

“哇，”吉尔德退开，“别紧张。”

更多的影像回到他脑海里，仿佛从迷雾中现身一般。挡在路上的坦克，死掉的士兵，四面八方都在爆炸；他的手击穿沃尔沃汽车车窗的感觉，火光四溅的田野，疾驰过玉米田的车子，直升机的亮光，还有那些穿太空服的人把丽拉拖走。

“她人呢？你们把她怎么样了？”

吉尔德瞟了尼尔森一眼。尼尔森皱起眉头，**有意思**，他的表情似乎在这么说。

“你不必担心，葛瑞先生，我们把她照顾得很好。事实上，她就在走廊对面。”

“别伤害她。”他握紧拳头，“你们要是敢动她，我就……”

“你就怎么样，葛瑞先生？”

他不能怎么样，因为他被绑住了。无论他们给他注射的是什么东西，都让他力气尽失。

“别让自己太激动，葛瑞先生。你的朋友很好，宝宝也是。我们有点搞不清楚的是，你们两个怎么会在一起。我希望你可以帮我们搞清这一点。”

“你们想知道什么？”

面罩后面的眉毛扬了起来，一副难以置信的模样。“首先，你们两个似乎是活着逃出科罗拉多州的最后两个人。不瞒你说，我们对这件事挺有兴趣的。她当时也在营区吗？你们是在那里认识的吗？”

光是听到那两个字就让他的心一阵绞痛。“营区？”

“是的，葛瑞先生。营区。”

他摇摇头：“不是。”

“那么是在哪里？”

他吞了吞口水：“在家得宝超市。”

有那么一会儿，吉尔德什么话都没说。“哪里的家得宝？”

葛瑞很努力地想把思绪拼凑在一起，但是他的脑袋又开始变得昏沉了。“在丹佛附近吧，我不确定是在哪里。她要我帮她粉刷婴儿房。”

吉尔德马上转头看另一个人，那个人耸了耸肩。“有可能是麻醉剂的关系。他得花一点时间才能把事情搞清楚。”

但是吉尔德不为所动，眼神变得更凌厉了，仿佛要直直地穿透葛瑞一般。“我们必须知道营区发生了什么事。你是怎么离开的？”

“我不记得了。”

“那里是不是有个小女孩？你看见她了吗？”

有个小女孩？他们在说什么？

“我没看见任何人。我只是……我不知道，当时很混乱，我醒来的时候在红屋顶。”

“红屋顶？那是哪里？”

“一家汽车旅馆，在高速公路旁边。”

吉尔德困惑地皱眉。“那是什么时候？”

葛瑞努力算日子。“三天前？不，四天。”他在枕头上点点头，“四天。”

那两个人互看一眼。“这说不通，”尼尔森说，“营区二十二天前就被毁了。他又不是瑞普·凡·温克尔[①] 在做梦。”

“你这三个星期都在哪里？”吉尔德追问。

这问题没道理啊，三个星期？

“我不知道。”葛瑞说。

“我再问你一次，葛瑞先生。丽拉也在营区吗？你是在那里认识她的吗？”

“我告诉过你了，”他说。他开始哀求，他的抗拒已经消失了。“她当时在家得宝超市。”

葛瑞的思绪开始旋转，宛如水流进排水管。无论他们给他注射的是什么药，都把他整垮了。葛瑞心一沉，他知道束缚带是做什么用的了。他们打算研究他，就像零号一样。等他们的工作完成，理察兹或其他像他一样的人，就会在葛瑞身上打亮红灯，然后他就完了。

“拜托，你们要的人是我。请别伤害丽拉。”

---

① 瑞普·凡·温克尔（Rip van Winkle），19世纪美国小说家华盛顿·欧文所写的短篇小说中的人物，这个故事被叫作“美国版浦岛太郎”，都有“对主角来说只是过了一下子，但世间却已经过了相当长的时间”的类似剧情。

有那么一会儿，那两人什么话都没说，只是从面罩里盯着葛瑞看。然后吉尔德转头看尼尔森，点点头。

“再给他用药吧。”

尼尔森从推车上拿来注射器和一袋清澈的液体。就在葛瑞无助地张望的时候，他把针戳进输液管里，推动注射器。

“我只负责打扫。”葛瑞虚弱地说，“我只是个清洁工。”

“噢，我想没这么简单，葛瑞先生。”

这句话才刚进耳朵里，葛瑞就再次沉睡了。

吉尔德和尼尔森穿过气闸，走进消毒室。先穿着生化防护服冲水，然后脱掉衣服，用化学药剂味浓重的粗涩肥皂从头到脚刷洗干净。他们漱洗喉咙，把水吐进水槽，把强效消毒水在嘴里含一分钟。很麻烦的程序，但是在他们搞清楚葛瑞的状况之前，最好还是这么做。

这幢建筑里只有很少的几名工作人员，三个实验室技术人员，吉尔德用童谣人物给他们起了小印、小布和小诺的外号[①]。再加上一名医生，以及四名黑鸟保安小组的成员。建造于二十世纪八十年代末期的这个建筑，原本是用来治疗受到核爆炸或生化药剂伤害的军人的，所有的设备系统都坏了：地面上的空调通风系统已经无法运作，整幢建筑的安全监控系统也同样无法正常工作。整个地方弥漫着一种倾颓废弃的感觉。

但这里也是别人最不可能来找他们的地方。

尼尔森和吉尔德走进实验室，这里空间宽敞，有很多桌子和仪器，包括高倍放大镜，以及分离培养病毒所需的血液分离机。葛瑞和丽拉还在昏迷的时候，已经接受过计算机断层扫描和抽血。他们的验血结果没有可信的定论，但是葛瑞的断层扫描显示他的胸腺肿大，这是感染的典型症状。然而，就吉尔德和尼尔森的观察，他并没有其他

---

① 原文是 Wynken, Blynken, and Nod，是美国诗人尤金·菲尔德（Eugene Field）于 1889 年出版的一首童诗，讲述这三个孩童以木鞋为船，在星星上航行与钓鱼的故事，为美国最受欢迎的床边故事之一。

症状。从其他任何一个方面来看，他都健康得不得了。不只是这样，这家伙看起来简直可以跑马拉松。

“我给你看个东西。”尼尔森说。

他带吉尔德到隔壁房间，他在这里搭建了一个工作站。尼尔森打开计算机上的档案，点开文件。屏幕上出现一张照片，是劳伦斯·葛瑞，或者应该说是长得很像葛瑞的人，因为那张脸看起来比葛瑞老得多。松垮的皮肤，稀疏的头发覆盖在头皮上，凹陷的眼睛用迟钝到近乎呆滞的眼神看着镜头。

“这是什么时候拍的？”吉尔德问。

“十七个月以前。这是理察兹的档案。”

天哪，吉尔德想，就像黎尔说的那样。

“要是他被病毒感染了，”尼尔森说，“那么问题是，病毒为什么在他体内有不同的作用？很可能是我们没见过的变种，能和其他病毒一样活化胸腺，然后进入休眠状态。或者也可能是别的原因，他个人的因素。”

吉尔德皱起眉头：“比如？”

“我只是猜测，某种天生的免疫系统是最可能的原因，但我们没办法确定，也可能和他服用的抗雄性激素有关系。所有的清洁工都服用大量的抗雄性激素。德普乐[①]，安体舒通[②]，或者泼尼松[③]。”

“你认为是类固醇造成的？”

尼尔森不太认真地耸耸肩。“可能是其中一个原因吧。我们知道病毒会和内分泌系统起交互作用，和抗雄性激素一样。”他关掉档案，在椅子里转过身来，“但是不只是这样。我稍微调查了下那个女的，没有太多数据，但很有意思。我已经替你印出来了。”

尼尔森交给他一个厚厚的文件夹，吉尔德翻开第一页。

“她是医生？”

“整形外科医生。继续看。”

---

① 德普乐（Depo-Provera），一种皮下注射的激素。

② 安体舒通（Spironolactone），一种抗雄性激素。

③ 泼尼松（Prednisone），一种肾上腺皮质类固醇。

吉尔德继续往下看。丽拉·碧翠丝·凯亚，一九七四年九月二十九日生于马萨诸塞州波士顿。父母都是学者，父亲为波士顿大学英国文学教授，母亲是西蒙斯学院的历史学家。中学就读于私立名校安多佛，大学念威尔斯利女子学院，接着在达特茅斯－希区考克念完医学院。在丹佛综合医院整形外科当住院医生，然后担任主治医师。家世经历辉煌，但没能让他得到进一步的信息。吉尔德再翻到下一页，这是什么？国税局1040号表格的第一页，时间是四年前。

丽拉·凯亚和布莱德·华格斯特结婚。

“你是在跟我开玩笑吧？”

尼尔森得意扬扬地咧嘴笑。“我就说嘛，你一定会喜欢的。那位华格斯特探员。他们生了一个小孩，一个女儿，但是夭折了，因为某种先天性心脏病。他们结婚三年后离婚。她四个月前又结婚了，嫁给他们医院的一个医生，一个很大牌的心脏科医生。档案里也有几页他的数据，不过没什么用。”

“好吧，她是医生。她有去过科罗拉多州营区的记录吗？她有没有可能是编制内的人员？”

尼尔森摇摇头。“完全没有。要是有，我不相信理察兹会漏掉登记。就我了解，葛瑞对于他们相遇的说法，我们没有理由不相信。”

“她也可能在我们第一张卫星照片的那辆卡车里，我们可能没看见她。”

“话是没错。但是对于他们认识的经过，我不认为葛瑞在骗我们。那故事太怪异了，不可能是捏造的，而且我查过了，她在丹佛的住宅几公里之外就有一个家得宝超市。按照葛瑞前进的方向，是有可能经过那里的。你和她谈过，她好像以为葛瑞是个打工的人。我想她根本搞不清楚是怎么回事，那女人的脑筋简直像臭虫一样混乱。”

“这是你的正式诊断？”

尼尔森耸了耸肩。“书面报告里没有精神疾病的病史，可是她现在的状况看起来是这样。她怀孕、藏匿、逃命，大家被撕成碎片，她想办法活了下来，但也被遗弃了。你觉得呢？大脑是非常灵敏的器官。这会儿大脑为她改写现实，而且效果还很好。根据葛瑞的档案，我敢说她一定和这家伙有很多共同点，真的。”

吉尔德想了想，又看看桌上的档案。“这个嘛，我还是不太相信。这两个人就这样碰在一起的概率有多大？这未免也太巧了吧？”

“或许吧，”尼尔森说，“不管是哪一种情况，都没办法解答我们的问题，而且那个女的也可能被感染了，只是我们目前还看不出来，也说不定怀孕让她可以不受感染。”

“她怀孕几个月了？”

“我不是专家，不过从胎儿大小来看，我猜大约三十周。你可以问苏雷许。”

苏雷许是吉尔德从美国陆军传染病医学研究中心带来的医生，擅长研究传染疾病，六个月前才刚转调到特殊武器部。吉尔德对他透露的内情有限，只说葛瑞和那名女子是“关系人”。

“从他身上培养的组织还要多久才能完成？”

“很难说。假如我们可以分离出病毒，那么之后大约要四十八到七十二个小时才能完成。如果你真的要听我的意见，最聪明的做法是把他送到亚特兰大[1]。他们有最好的仪器设备，可以处理像这样的病例，而且如果葛瑞免疫，我也看不出来他们有什么理由不既往不咎。我们没什么风险。”

吉尔德摇摇头。“我们先等到有具体结果再说吧。”

“我不会等太久的，如果事情继续这样发展的话。”

“我们不会等太久的，可是你也听到那家伙说的话了，他以为自己睡在一家汽车旅馆里。要是只有这一点讯息可以提供，我怀疑有谁会把这些话当真。他们会把我们关起来，扔掉钥匙，而且这还是在我们走运的情况之下。”

尼尔森皱起眉头，若有所思地摸摸胡子。“我知道你的意思。”

“我不是说不打算告诉他们，”吉尔德说，“但是得谨慎一点。再等七十二个小时，然后我就打电话，可以吗？”

一阵沉寂。尼尔森会买账吗？然后这人点点头。

---

① 美国疾病控制中心（简称疾控中心）位于佐治亚州的亚特兰大。

“继续调查，”吉尔德拍拍尼尔森的肩膀，“叫苏雷许暂时给他们两个镇静剂。万一他们翻身挣扎，我可不想冒任何风险。”

“你觉得束缚带绑得住他们吗？”

这问题简直多余，他俩都知道答案。

吉尔德离开留在实验室的尼尔森，搭电梯到顶楼。他的左腿又有点不听使唤，脚步一顿一顿的，节奏很像打嗝儿。户外值勤的黑鸟人员，那个名叫马斯特森的，微微点头和他打了个招呼，之后就没再多管他。这个家伙是典型的黑鸟部队风格，身材壮得像一辆卡车，手臂粗得像消火栓，脸上总是挂着兄弟会早熟男孩那种自以为是的嘲弄微笑。头戴飞行员墨镜和棒球帽、身穿防弹衣的马斯特森看起来不像个活生生的人，而是个活动人形。他们怎么会有这样的特质？难道都是同一家养殖场出品的？在培养皿里培养出来的吗？他们都是恶棍，不折不扣的恶棍，吉尔德向来就不喜欢和他们打交道——理察兹就是最典型的一个——虽说他们近似机器人的高度服从性确实很适合执行某些特殊任务，要是没有这种人存在，那你就得想办法创造出来。

他走到屋顶边缘。正午刚过，在亮得看不出形状的太阳底下，空气令人窒息，大地像台球桌那样平坦单调。呈直线的地平线被一幢有着发亮圆顶的建筑所切断，八成是大学的什么大楼吧，然后再往南一点，还有一座碗形的橄榄球场。

吉尔德的目光凝注在下方的联邦紧急事故处理署营地。这里会有难民，是他之前没想到的问题。一开始他确实很担心，但再细想眼前的情况，实在看不出来会有什么影响。反正从军方传来的消息显示，一两天之内，他们就会全部离开了。一群男生在铁丝网旁边玩，在泥土里踢着一个扁扁的球。吉尔德盯着他们看了几分钟。这世界已经土崩瓦解，但孩子还是孩子。只要有点空当，他们就会把担忧摆在一旁，沉醉在游戏里。吉尔德对莎娜的感觉大概也是这样，在那短短的几分钟里，他变回还是小男孩时的自己。或许这就是他一直想要的，每一个男生都想要的。

但是劳伦斯·葛瑞……这人有个问题一直在困扰他，不只是他讲的那个不可思议的故事，也不是他凑巧碰见的那个女人正好是华格斯特探员的老婆，虽然这个概率简直是微乎其微，而是葛瑞提到她的时候所说的话。“拜托，你们要的人是我。请别伤害丽拉。”吉尔德从没想过葛瑞可以像这样关心其他人，更不要说是个落单的女人。他档案里的所有信息都让吉尔德以为，他这人最好也不过只是个独行侠，而最坏呢，搞不好是个反社会分子，但是葛瑞为丽拉求情的样子显然是真心的。他俩之间有事情发生了，产生了某种情感的联结。

他睁大眼睛，望向整个难民营。所有的人都被困住了，不只是因为包围着他们的铁丝网。肢体的束缚远远比不上心灵的围篱，真正禁锢他们的是彼此之间的关系。丈夫与妻子，父母与儿女，朋友与同伴，他们以为这些人会给自己的生命带来力量，结果却恰恰相反。吉尔德想起住在他家对面的那对夫妻，他们换手抱熟睡的女儿上车的样子，他们自己臂弯里的负担得有多沉重啊。而当最后的结局朝所有人袭来的时候，他们会饱受折磨，他们的痛苦会因为失去孩子而放大千百万倍。他们会被迫看着她死去吗？还是他们会在知道女儿即将面对的命运的情况下，先她而死？哪一种情况比较好？但是答案两者皆非。爱让他们在劫难逃，这就是爱的宿命。吉尔德的父亲已经很清楚地教会他这一堂课了。

吉尔德快死了。这是个无可辩驳的事实。而同样是事实的是，劳伦斯·葛瑞这个死不足惜的无名小卒，这个该死的清洁工，病态的一生只带给世界痛苦折磨的家伙却不会死。

劳伦斯·葛瑞体内藏着终极自由的秘密，荷拉斯·吉尔德一定会找出来，然后占为己有。

18

日子过得很慢。巴士的事还是音讯全无。

每个人都骚动不安。在铁丝围篱外面，军队来来去去，人数越来越少。每天早上，齐特里吉都到棚屋去探询状况；每天早上，他得到的答案都一样：巴士已经上路了，请耐心一点。

有一天下了一整天的雨，把营地变成了一个大泥池。太阳探出头之后，所有东西的表面都裹了一层干土。每天下午，都有更多的军用口粮被军用卡车运过来，但是没有任何新闻。化学处理厕所很臭，垃圾桶里的垃圾都溢出来了。齐特里吉用了好几个小时监视大门，没有其他的难民进来。一天又一天，这个地方越来越像个被敌意大海所包围的孤岛。

他和薇拉成为盟友。薇拉就是他们排队时来为他们服务的那名红十字会志愿工。她比齐特里吉想的还要年轻，是中西部州立大学护理系的学生。和所有非军职人员一样，她看起来精疲力竭，这些日子以来的压力在她脸上显露无遗。她了解他的沮丧，她也很希望能搭上巴士。她和其他人一样被困住了，前一天说巴士从芝加哥开过来了，后一天说巴士从堪萨斯市来，接着又说是从乔利埃特来，是联邦紧急事故处理署把这事搞砸了。他们应该弄一个卫星电话系统，让大家可以打电话给亲人，让大家知道家人都还安好。可现在到底是怎么回事，薇拉并不知道，就连本地电话系统都无法工作了。

齐特里吉开始看见熟悉的面孔：一个打扮高雅、牵着一只猫咪的妇人；一群年轻的黑人，穿白衬衫打黑领带，是耶和华见证人的标准装束；一个穿啦啦队服装的女孩。营区弥漫着无精打采的气氛，无法离开此地的戏剧性发展，让大家都陷入了消沉的状态。谣传说水源已经被污染了，所以医疗区挤满了抱怨肚子痛、肌肉酸痛和发烧的人。有些人的收音机还可以播放，但是一打开就只能听见铃声，以及已经听惯了的紧急警报系统的广播。**别离开你们的家。原地躲避。听从军方与执法人员的命令。**接着又响一分钟的铃声，然后广播再度重复。

齐特里吉开始怀疑他们是不是不可能离开这里了。一整夜，他都在监视着围篱。

第四天下午稍晚的时候，齐特里吉正和艾普丽、唐牧师、贝拉米太太玩牌。他们先玩桥牌，接着又玩五张牌扑克，下注的赌金高得吓人，但纯粹只是纸上谈兵。说自己从没玩过牌的艾普丽已经赢了齐特里吉将近五千美元。威克斯夫妇早已不见人影，自从星期三之后就没有人再见过他们。不知道他们人去了哪里，行李也都带走了。

"天哪，热死了。"乔伊·罗宾逊说。他一整天几乎都没离开行军床。

"过来玩一把吧。"齐特里吉建议说，"你就不会老想着天气热了。"

"天哪。"那人呻吟说。他浑身大汗。"我连动都动不了。"

手上只有一对六的齐特里吉盖了牌。然而艾普丽又提高了赌注。

"我好无聊哟。"提摩西说。

艾普丽把他们用来当筹码的纸条分类摆成一堆堆的。"你可以和我一起玩啊，我教你怎么下注。"

"我想玩疯狂八点。"

"相信我，"她对弟弟说，"这个好玩多了。"

唐牧师又抽了一张牌的时候，薇拉掀开帘门，走进帐篷来。她迎上齐特里吉的目光。"我们可以到外面谈一下吗？"

齐特里吉从行军床上站起来，走进午后的热气里。

"有动静了，"薇拉说，"联邦紧急事故处理署刚得到消息，密西西比以东的民用运输已经暂停。"

"你确定？"

"我不小心听到他们在营区指挥官办公室谈这件事。处理署的人员有一半已经离开了。"

“还有谁知道这件事？”

“开什么玩笑？我甚至不应该告诉你的。”

所以情况就是这样了，他们被遗弃了。“负责的是哪一位军官？”

“一个少校，我想她是姓波崔琪吧。”

运气不错，齐特里吉心想。“她人呢？”

“她应该在棚屋那边，那里本来有位上校，可是他已经离开了。他们有好多人都离开了。”

“我去找她谈谈。”

薇拉怀疑地皱起眉头。“你能做什么？”

“或许做不了什么，但至少值得一试。”

她匆匆离去。齐特里吉回到帐篷里。“德洛丽丝呢？”

伍德手中拿着牌抬起眼。“我想她是到医疗区去了，红十字号召志愿工。”

“谁去把她叫回来？”

所有的人都到齐后，齐特里吉说明了目前的情况。假设波崔琪愿意提供油料给他们的巴士——很大胆的假设——他们也必须等到明天一大早才能离开。

“你真的认为她会愿意帮我们？”唐牧师问。

“我知道希望不大。”

“我说呢，我们就把油偷来，快点离开这个鬼地方好了。”贾马尔说，“我们别等了。”

“没错，我们是可以这样做，只是有两个问题。第一，我们谈的可是军方，偷油想必是个当枪下冤魂的好方法；第二，只剩几个小时就天黑了。到芝加哥的路途很远，我可不想在黑夜里碰运气。听懂了吗？”

贾马尔点点头。

“最重要的是别走漏风声，大家聚在一起，一旦风声走漏就要天下大乱了。大家都别离帐篷太远，你也一样，提摩西，别跑远了。”

齐特里吉走出帐篷，德洛丽丝追上来。“我很担心发烧的问题。”她语速极快地说，“医疗区都忙翻了。所有的补给品都用完了，没有抗生素，什么都没有，情况已经失控了。”

“你觉得是什么病？”

“最可能的原因是伤寒。新奥尔良在遭遇‘凡妮莎’飓风之后，也暴发过伤寒。这么多人挤在这里，被传染只是时间早晚的问题。要是你问我的意见，我们越快离开越好。”

又一个必须担心的问题，齐特里吉想。他加快脚步走向棚屋，经过垃圾四溢的垃圾车，看见乌鸦在啄食垃圾。这些鸟是前一天晚上开始出现的，毫无疑问，是被垃圾堆积的臭味给吸引来的。这时，营地到处是乌鸦，凶恶贪婪，连人手上的食物都敢抢。绝对不是个好兆头，他想，乌鸦都来了。

到了指挥官帐篷，齐特里吉选择最直接的方式，不经任何通报就闯了进去。波崔琪正坐在一张长桌后面讲卫星电话。房间里有三个士官，一大堆电子设备。其中一个士兵摘下耳机，跳了起来。

“你在这里干吗？这里是禁区，老百姓不准进来。”

就在那名士兵朝齐特里吉走来时，波崔琪制止了他。

“没关系，下士。”她一脸疲累，放下电话，“齐特里吉中士，我能帮什么忙？”

“你们在撤退，对不对？”他还没理清头绪，话就已经说出口。

波崔琪的目光打量着他。接着，她对那几名士兵说：“请出去一下，好吗？”

“少校……”

“别说了，下士。”

那三名士官满脸不情愿地离开帐篷。

“没错，”波崔琪说，“我们奉命撤退到伊利诺伊防线。明天八点整，全州将进入隔离状态。”

“你们不能就这样抛弃大家。他们一点防卫能力都没有。”

“我也知道。”她凝望着他，似乎准备要宣布什么大消息了。然后，她说：“你在阿富汗的巴格拉姆待过，对不对？”

“长官？”

“我认得你。我也在那里，和七十二医疗远征团。我猜你不记得我。”她垂下目光，“你的腿还好吧？”

齐特里吉惊呆了，差点答不出话来：“我适应得很好。”

她微微一点头，她那忧心忡忡的脸上似乎隐隐浮现出一抹微笑。“很高兴知道你撑过来了，中士。我知道事发的经过，实在很恐怖，那个小男孩的事。”接着，她又端起了长官的架子，“至于另一个问题，我有二十四辆车从岩岛的军械库过来，还有两辆加油车，再加上你们的巴士，总共二十五辆。显然不够，但我也只能找到这些了，不是每一个人都能搭上车，我要提醒你，我们不想引起惊慌。要是我想骗你，今天就不会告诉你我要离开了。了解吗？”

齐特里吉点点头。

“巴士开进来的时候，你会希望一切都准备妥当。你也知道到时候会是什么情况。你会希望尽可能掌控情势，但是迟早都会失控的。大家都有数，没有人希望自己被丢下。我们应该有时间在边界关闭之前来回四趟，应该办得到，但是我们时间很紧。你们有自己的驾驶员？”

齐特里吉再次点点头。“丹尼。”

“戴帽子的那个？请原谅我这么说，中士，我不是看不起那个人。可是我必须确定，他能处理得好？”

“他可以处理得比谁都好。我可以保证。”

她有点迟疑，但马上就同意了。“要他凌晨三点到这里来报到。第一批人在凌晨四点半启程。只是要记住我说的话，如果希望你的人离开这里，就让他们搭上这些巴士。”

让齐特里吉最意外的是接下来发生的事。波崔琪弯腰打开桌子下方的抽屉，拿出两把手枪，是齐特里吉自己的那两把格洛克，还插在原来的枪套里。她交给他一件背后印有 FEMA 字样的蓝色防风外套。

“把枪藏好。向外面的坦尼斯下士报到，他会陪你到军械库。你需要多少子弹就尽量拿吧。”

齐特里吉背起枪套，穿上外套。这位少校的意思再清楚不过了，他们这些人在隔离线的后方，因为前线早已移到他们前面去了。

“他们有多接近我们？”齐特里吉问。

少校脸色一沉："他们已经在这里了。"

劳伦斯·葛瑞这辈子从没这么饿过。

他在这里待多久了？三天？时间已经失去所有的意义，只有那些穿太空服的人到来，才能打断时间的流逝。他们毫无预警地来临，像是从麻醉迷雾里现身的幽灵。气闸门嘘嘘响，他们就出现了；接着是针头的刺痛，塑料袋里慢慢装满鲜红的奖品。他们想要的，是他血液里的某种东西。然而他们还是不满意，他们会把他当成待宰的小公牛，放血殆尽。"你们到底想要什么？"他哀求，"你们为什么要这样对我？丽拉人在哪里？"

他快饿死了，他整个人宛如一个人形的大洞，唯一需要的就是被填满。这真的会把人逼疯，假设他真的是个人的话，但是他现在看起来实在很不像。零号改变了他，改变了他身上的每一个成分。他已经被带进那个群体了。他的脑海里都是讲话声，呢喃声，宛如远方喧闹的人群。一个小时又一个小时过去，声音变得越来越大，那群家伙越来越接近了。被束缚带绑住的他，如同在网里挣扎的鱼，随着身上的血被一袋袋地偷走，他的力气也开始逐渐消失。他感觉自己从体内开始变老，体力迅速衰退，深及每一个细胞。这宇宙遗弃了他，任他去面对自己的宿命。要不了多久，他就会消失，他会消失于无形。

他们在监视他，那个叫吉尔德的人，还有那个叫尼尔森的。葛瑞感觉到他们就躲在摄像头的后面，感觉到他们如针一般刺探的目光。他们需要他，他们很怕他。他像个礼物，是一打开很可能会有蛇跳出来的那种礼物。他没有答案可以给他们，他们已经不再问了。沉默，是他最后仅有的权利。

他想起丽拉。她也碰上了同样的事吗？宝宝还好吗？他只想保护她，在这微不足道的悲惨人生里，他只想做这一件正确的事。这是一种爱，就像对钟诺拉的爱，只是要深上一千倍。这样的爱是一股能量，不带任何欲望，不求任何回报，只是一心一意地付出，这是真的。丽拉之所以来到他的生命里是有目的的，是为了给他最后的机会。然而，他还是辜负她了。

他听见气闸门的嗞嗞声，有个人走了进来，是个穿太空服的人，这人俯身靠近他，活像个巨大的橘色雪人。

“葛瑞先生，我是苏雷许医师。”

葛瑞闭上眼睛，等着针头的刺痛出现。动手吧，他想，尽管拿去吧，但是并没有。葛瑞睁开眼仰望，看见医生从输液袋上拔掉一支针头。他小心翼翼地盖上针头，把它丢进垃圾桶里。这时，葛瑞觉得心头的雾开始消散了。

“现在我们可以谈一谈了。你觉得还好吗？”

他想说：你觉得我还好吗？或干脆说：去你的。“丽拉呢？”

这个医生从生化防护服的口袋里掏出一支笔灯，靠近葛瑞的脸。透过头盔上的面罩，医生的脸突然出现在葛瑞的面前：浓眉，偏黄的深色皮肤，细小洁白的牙齿。他挥着灯光照着葛瑞的眼睛。

“这灯会让你觉得不舒服吗？”

葛瑞摇摇头。这时他开始听见一个新的声音：有节奏的律动声。他听见这人的心跳，他血管里血液的脉动。葛瑞的嘴里涌起了唾液。

“你还是没有大便，对不对？”

葛瑞吞了吞口水，又摇摇头。医生走到床尾，拿出一根银色的探针，沿着葛瑞赤裸的脚底板，很快地刮了一下。

“很好。”

检查继续。每一个数据都被记录在掌上电脑里。苏雷许翻开葛瑞的袍子，露出他的双腿，然后用一只手握住葛瑞的睾丸。

“请咳嗽。”

葛瑞努力地咳了一声。医生那躲在面罩后面的脸看不出神色变化。葛瑞脑袋里充满脉搏跳动的声音，切断了其他的思绪。

“我要检查你的腺体。”

医生戴着手套的手摸着葛瑞的脖子。他的指尖刚刚碰到葛瑞，葛瑞的头就顺势往前一扬，这是个自然而然的动作，就算葛瑞想制止也制止不了。他的牙齿咬进了苏雷许掌心柔软的肌肉里，像钳子那样紧紧钳住。先是手套令人作呕的化学味，接着是满口的甜美。苏雷许尖叫起来，想摆脱他。他的另一只手推着葛瑞的额头，拼命地想把他推开，他一边后退一边抡起拳头打他的脸。不痛，只是惊了一下，葛瑞放开他。苏雷许跌跌撞撞地后退，他捧着鲜血淋漓的手掌，用拇指和食指像止血带那样压住伤口。葛瑞以为会有更大的风波发生，比如警报大作，一大堆人冲进来之类的，但是没有。这一瞬间似乎万物静止，而且，好像没有人察觉似的。苏雷许退开后，睁大眼睛，一脸惊慌地瞪着葛瑞。他脱掉血淋淋的手套冲到水槽前面，拧开水龙头开始用力冲刷手，嘴里低声念着："噢，天哪，噢，天哪，噢，天哪。"

然后，他离开了，葛瑞静静地躺着。在挣扎之中，他的输液管被扯掉了。他脸上、嘴上有血，伴随着缓缓涌现的欢愉，他把血舔干净，只有一丝最微小的滋味，但已然足够，力量犹如拍岸的波涛充满全身。他用力绷起身体，想要挣脱束缚带，他感觉到铆钉已经松脱了。气闸门是另一个问题，但它迟早都会打开的，葛瑞可以等待。到时候，他会跳起来，像个死亡天使那样一跃而起。

丽拉，我来了。

19

凌晨三点半。一群人在帐篷里集合，整理好行李，等待破晓。齐特里吉叫他们睡一下，为未来的旅程做好准备。午夜过后不久，说好要来的巴士出现在围篱外面，一长排灰色的队伍。军方派来的车子，虽然没有事先宣布，但并没有逃过大家的注意，整个营地都在讨论离开的事。谁会先走？会有更多的巴士来吗？生病的人呢？是不是要分别撤退？

齐特里吉之前陪丹尼一起到指挥帐去听波崔琪的简报。联邦紧急事故处理署和红十字会剩下的非军职人员负责监督登车的事，而波崔琪仅余的手下，那三名士官，则负责管理群众。十辆悍马和两辆装甲运输车会在围篱的另一头等待护送车队。到岩岛的车程将近两个小时，假设一切按照计划进行，到岩岛的四趟来回可以在下午五点半完成，刚好赶在时限之前。

会议结束之后，齐特里吉把丹尼拉到一旁。“要是有事发生，千万别等，载着你能载的人赶快上路，避开主要道路。如果岩岛的桥封闭了，那就往北走，像我们上次那样，沿着河走，找到可以穿越的桥。听懂了吗？”

“嗯，我不该等，避开主要道路，往北走。”

“没错。”

其他的驾驶员都已经往巴士走去了。齐特里吉只剩一点点时间可以把话说完。

“不论发生什么事，丹尼，如果没有你，我们就没办法撑到现在。我相信你也知道，但我还是希望能亲口告诉你这一点。”

丹尼紧张地点点头，目光转向一旁：“好。”

“我想和你握握手，你觉得可以吗？”

丹尼皱起眉头，露出近乎痛苦的表情。齐特里吉正在担心自己会耽误太多时间时，丹尼偷偷摸摸地迅速伸出手，两人手掌相碰。他虽然迟疑，但那一握的力道却不算轻，很有活力。那一瞬间，丹尼迎向他的目光，不过转瞬就结束了。

“祝你好运。”齐特里吉说。

他回到帐篷，什么事都不能做，只能等。他背靠着一个木箱，席地而坐。过了好几分钟，帐篷的门帘被掀开。艾普丽坐到他身边来，膝盖抵在胸前。

“介意吗？”

齐特里吉摇摇头。他们一起望着百米外的营地入口，在探照灯的照耀之下，整个地方亮得像个灯火通明的舞台。

“我只是想谢谢你。”艾普丽说，“谢谢你做的一切。”

“换了谁都会这么做的。”

“不，其他人不会的。我是说，你以为其他人也会这么做，但其实并不是。”

齐特里吉怀疑这是不是事实，但他觉得无关紧要，是命运让他们凑在一起，此时他们人在此地。他突然想起了手枪的事。

“你的东西在我这里。”

他伸手到外套底下，拿出一把格洛克手枪，扳动滑套让子弹上膛，然后在手里转了一圈，再交给她。

“记住我告诉过你的话，对准胸口正中央一枪。如果打得准，他们会像纸牌屋那样垮掉。”

“你是怎么拿回来的？”

他露出微笑。“打牌赢回来的。”他把枪交给她，“来，拿着吧。”

她身边有没有枪，对他来说变得很重要。艾普丽接过来，身体前倾，把枪塞进牛仔裤腰间，抵在脊椎上。

“谢谢，”她露出微笑说，“我会好好利用的。”

整整一分钟，两人都没说话。

“这一切会怎么落幕，其实很明显，对不对？”艾普丽说，“我是说——迟早。”

齐特里吉转头看着她，她移开目光，探照灯的光线照亮了她的脸。“总还是有机会的。”

“你是好心才这么说的。可是，情况并不会改变。或许其他人需要听你这么说，但我不需要。”

寒意猛然袭来，艾普丽整个人靠在他身上。这个动作是本能反应，但还是别有意义。齐特里吉伸手揽住她，把她拉得更近一点，给她温暖。

“你想到他了，对不对？”她的头抵在他胸口，声音非常温柔，“车里的那个小男生。”

“对。”

“告诉我。”

齐特里吉深吸一口气，对着暗夜呼出来。“我不时就会想到他。”

更深沉的静默。在他们周围，营地一片寂然，宛如家里所有人都上床之后的房间。

“我想请你帮个忙。”艾普丽说。

“说吧。”

齐特里吉感觉到她的身体微微绷紧。“我有没有告诉过你，我是个处女？”

他不由自主地笑起来，然而这似乎没什么不对。“现在想想，我记得好像听你提过。”

“是啊，好吧。说起来呢，我生命里并不能说有什么男人。”她顿了一下，然后说，“我说我十八岁，并不是骗你的，你知道，可是那也不重要。我想，在今天这个世界，像那样的事已经不再重要了。”

齐特里吉点点头。“我想是这样。”

“所以我想说的是，那不是什么大不了的事。”

“那一向是大事。”

艾普丽的手指缠着他的手，拇指轻轻地搓着他的指关节。那感觉很轻很柔，暖得像个吻。“说来有趣。我还没看见你的伤疤的时候，就已经知道你是什么人。不只是军人，每个人都看得出来你是军人。

我知道你出了事，在战时。”又一停顿，然后说，“我想我还不知道你的名字。”

“我叫柏纳德。”

她退后一点看着他。她的眼睛湿润、闪亮。“拜托，柏纳德。拜托，好不好？”

这不是可以拒绝的请求，而且他也不想拒绝。他们进到旁边的一顶帐篷里，天晓得原来住这里的人到哪里去了。齐特里吉生疏已久，但还是竭尽所能地温柔、轻缓，他在昏暗的光线里细看艾普丽的脸。她偶尔出声，但不多。完事之后，她亲吻他，漫长且温柔的吻。她依偎在他的身边，很快就睡着了。

齐特里吉躺在黑暗中，倾听她的呼吸，感觉到两人肌肤相触时她的温度。他想，这或许有点奇怪，但也没那么怪。在发生的一切事情里，这似乎是极其自然的一部分。他思绪纷飞，随处回旋。美好的回忆、爱的回忆，像这样的回忆并不太多，但现在又添了一桩。他以前有多蠢啊，竟然想放弃这样的人生。

他刚要闭上眼睛，就听见围篱外面传来轰隆隆的引擎声，还看到亮闪闪的灯光。艾普丽在他旁边翻了个身，他迅速起身着装，掀开帐篷的门帘，听见西方传来的阵阵雷声，谁知道他们竟然要冒雨离去。

“他们来了吗？”唐牧师揉着眼睛走出帐篷，伍德跟在他后面。

齐特里吉点点头。“拿好行李。各位，时间到了。”

苏雷许死到哪里去了？

他已经有好几个小时不见人影了。前一分钟他应该还在检查葛瑞，后一分钟他就消失得无影无踪。吉尔德派了马斯特森去找他。二十分钟之后，他空手而返。这幢建筑里没有苏雷许的踪迹，他说。

他们中第一个被感染的病例，吉尔德想，像这样的裂缝会越来越大。那家伙希望自己能逃到哪里去？他们人在玉米田里，而黑夜又已经降临。这些日子就这么徒劳无功地被浪费掉了，他们还是无法析离出病毒，无法将其从细胞中培养出来。毫无疑问的是，葛瑞被感染了，那人肿大的胸腺让他们证实了这个观点，但是病毒本身似乎还躲藏着。躲藏！尼尔森是这样说的。病毒怎么会躲藏呢？“该死的，去把它给我找出来，”吉尔德说，“我们快没有时间了。”

吉尔德在屋顶上消磨的时间越来越长，因为那里视野开阔。时间又过了午夜，而他却仍然醒着。睡眠已经成为回忆。他只要一睡着，就会马上惊醒，喉咙发紧。七十二小时的期限到了，又过去了，尼尔森只扬了下眉毛：**怎么？**吉尔德的气管收缩得好紧，几乎无法吞咽；他的左手像鸟儿翅膀那样拍动，身体有半边重重地往下坠，仿佛脚踝上绑了五公斤重的哑铃。这种身体状况瞒不了尼尔森，瞒不了多久了。

站在屋顶上，这些天来吉尔森看着军队的人数变得越来越少。病鬼离他们还有多远？他们还有多少时间？

手机在腰间振动。是尼尔森。

“你最好下来看看。”

尼尔森在电梯口等他，他穿着脏兮兮的实验室大褂，头发乱七八糟的。他交给吉尔德一沓纸。

“这是什么？”

尼尔森一脸阴郁。“你自己看。”

陆军部

美国中央司令部

南边界大道 7115 号

佛罗里达迈克狄尔空军基地 33621-5101

六月十六日一点零五分

美国中央司令部行动指令——伊马库雷塔

关于：929621 号执行令，第一侦察旅行动指令 18-26，地图 V107

行动组织：焦土行动联合作战部队（JTF），包括下列成员：第

388 战斗机联队（388 FW），第 23 战斗机联队（23 FG），第 62 国土安全空防联队（62 HADG），科罗拉多陆军国民警卫队（CO ANG），堪萨斯陆军国民警卫队（KS ANG），内布拉斯加陆军国民警卫队（NE ANG），艾奥瓦陆军国民警卫队（IA ANG）

一、情势

1. 敌方势力：未知，+/-200K

2. 地形：高原、草地与都市混合

3. 天候：多变，日间能见度尚可，夜间能见度有限，月光亮度低至无

4. 敌情：截至六月十六日凌晨一点零五分，发现 763 个感染群在 1—26 区域聚集。预计敌方将于日落后迅即行动（二十一点十六分）

二、任务

焦土行动联合作战部队自六月十六日凌晨一点二十一分至六月十七日五点二十四分在指定隔离区内执行战斗行动，以摧毁所有感染人员。

三、执行

意图：焦土行动联合作战部队将于隔离区内执行空中与地面战斗行动。焦土行动联合作战部队的首要任务为消灭隔离区内所有感染人员。隔离区内的所有人员，包括平民在内，皆视为已遭感染，将依据 929621 号执行令予以消灭。隔离区内所有受感染人员皆消灭后，战斗状态终止。

行动概念：将分为两阶段行动

第一阶段：焦土行动联合作战部队征调 388 FW、23 FG 和 62 HADG 的战术空军部队在六月十六日凌晨一点二十一分于指定区域 1-16 执行大规模轰炸。在隔离区内完成百分之百全面轰炸之后，第一阶段结束。第二阶段将在第一阶段完成后立即展开。

第二阶段：焦土行动联合作战部队征调 CO ANG、KS ANG、NE ANG、IA ANG 的战术地面部队在指定区域 1-26 执行全面攻击行动，消灭所有残存敌军。百分之百消灭隔离区内所有受感染人员之后，第二阶段结束。

接着是所有的部署：后勤，战术，指挥，讯号。战争的官僚语言。结果很清楚，在隔离线后的每一个人都已经被剥夺了生存的权利。

“天哪。”

“我早就告诉过你了，”尼尔森说，“迟早的事，一定会有这一天的。离天亮还不到两个小时了。我们今天晚上应该不会有事，可是我不认为我们应该继续等下去。”

就是这样，时钟倒数到零。他在花了这么多时间之后，竟然要面对失败！

“你要我怎么做？”

吉尔德深吸一口气，让自己平静下来。“先用汽车撤离技术人员，但是要马斯特森留下来。我们可以自己帮葛瑞和那个女的打包，叫飞机来运。”

“我是不是该通知亚特兰大？至少让他们知道有这个情况。”

这个尼尔森，吉尔德想，他没有让自己一直沉溺在“我早就告诉过你了”的情绪里，还真是值得表扬。“不用，我来通知。”

主任办公室里有一部保密电话。吉尔德爬上楼梯，穿过空荡荡的走廊，忍痛拖着左腿往前走。所有的办公室都空无一物，而主任办公室里也只有一把椅子、一张廉价铁桌和一部电话。过了一会儿之后，他才发现自己的脸颊湿了。他哭了。这古怪、无情的泪水，宛如他的命运的先兆，宛如他这渺小悲惨的生命始料未及的告白。身体仿佛在对他诉说：你等着瞧吧。你等着瞧吧，看我还留了什么东西给你。活死人啊，好小子。

但这绝对不会发生，一旦拿起电话，一切就结束了。算是小小的安慰吧，知道自己不会活着受罪，眼睁睁看着自己的身体全面衰败。那天他在车库里无法完成的，今天将会发生在他身上。

吉尔德先生？跟我们走。一只手搭在他的肩上，带他穿过走廊。

不。

20

等他们走到巴士旁边时，士兵们已经围出了一个区域。人群在尚未破晓的夜色里逐渐聚拢。丹尼的巴士停在第三的位置上。齐特里吉瞥见巴士挡风玻璃后面的他，头戴帽子，手抓方向盘。薇拉站在台阶底下，手里拿着一个夹板。

上帝保佑你，丹尼·察伊斯，齐特里吉想，这一趟将是你的生命之旅。

“拜托，各位，安静！”波崔琪在士兵围起的防线后面来回巡视巴士，手里拿着一个大麦克风扯开喉咙嘶吼，“排好队，从后面上车！要是没有位置，就等下一趟！”

士兵架起路障当大门，群众拼命往前挤，试图通过大门。他们要到哪里去？大家都在问。目的地仍然是芝加哥，还是其他地方？排在齐特里吉这群人前面的是一家人，有一男一女和两个小孩，身穿发臭的睡衣，脚很脏，头发也乱糟糟的，年纪看起来都不到五岁。小女孩抱着一个没穿衣服的芭比娃娃。伴随着地平线闪电的亮光，西方响起了更多雷声。齐特里吉和艾普丽一人一边拉着提摩西的手，他们很怕会被群众冲散。

一穿过路障口，他们一群人就迅速冲向了丹尼的巴士。抱着小宝的罗宾逊夫妇第一个上车，站在台阶底下的是伍德和德洛丽丝、贾马尔和贝拉米太太。唐牧师则负责押后，站在齐特里吉、提摩西和艾普丽的后面。

闪电猛然一亮，周遭一片惨白，仿佛点燃了空气，让齐特里吉心里霎时一片空白。半秒钟之后，天空响起了长长的一阵响雷。齐特里吉的脚底都感觉到大地在摇撼。

不是雷声，是炮声。

三架飞机从头顶飞过，接着又有两架。突然之间，所有的人都开始惊叫，是尖厉的惨叫声，是失去控制的惊慌嘶喊。这些声音从后面一阵阵传来，宛如浪涛，吞噬了群众。齐特里吉转头看向西方。

他以前从来没见过大群出动的病鬼。有时候，高踞在塔楼的他会看见三个一群——不多也不少，永远都是三个——当然，上次在地下车库是碰上了一群，大概有二十个吧。但和眼前的景象完全无法相比。简直像一大群鸟在地面移动——成千，甚至上万个病鬼一起行动，朝铁丝网冲了过来。一群，齐特里吉想起了军方对病鬼的计算单位。所以，他们才会说病鬼是一群群的。有那么一会儿，他感觉到一种敬畏之情，对于这有组织的大规模群体，屏息惊叹。

他们冲进营地，宛如海啸。

悍马疾驰向西边的铁丝网，车轮卷起一片尘土，像是公鸡的尾巴。霎时，巴士前无人阻拦，众人一拥而上。有个人从后往前重重地压在了齐特里吉的身上。在众人的包围之中，他听见了艾普丽的喊叫。

“提摩西！”

他循着她的声音走去，拼命地挤开人潮，仿佛逆流而上的泳者，把挡在面前的人推开。有一群人想挤上丹尼的巴士，又推又挤。齐特里吉看见原本排在他们前面的那个爸爸，把女儿举在头顶。他喊着：“拜托，谁带她走吧！请带走我的女儿吧！”

这时齐特里吉看见艾普丽被夹在人群里。他高举双手，用力挥动：“快上车！”

“我找不到他！我找不到他！”

引擎声仿佛在怒吼。在一长排巴士的尾端，有一辆车开动了，接着一辆又一辆的巴士开始离开。在匆忙之中，齐特里吉奔向艾普丽，一把揽住她的腰，往车门挤去。但是艾普丽不肯上车，她拼命挣扎，想挣脱他。

“我不能丢下他！放开我！”

他看见唐牧师站在巴士的阶梯底下。齐特里吉把艾普丽往前推。“唐，帮帮我！把她弄上车！”

“我不能走！我不能走！”

“我会找到他的，艾普丽！唐，抓住她！”

在最后一阵混乱里，唐牧师往前拉住艾普丽的手，把她往车门里拉。就这样，她消失了。这辆巴士只坐了一半座位，但是已经没有时间等待了。齐特里吉最后一眼看到艾普丽的样子，是她的脸贴在车窗上，喊着他的名字。

“丹尼，快带他们离开！”

车门关上，巴士开走了。

在实验室的地下室隔离屋里，丽拉·凯亚过去四天都处在麻醉状态。她一直在半睡半醒、半明半暗之间浮沉，她觉得周遭的房间仿佛是她同时在看着的好几个电影银幕。这时，丽拉沉睡，做梦——简单而快乐的梦，梦见她在夜里坐上车，到医院去生小孩。开车的是谁，丽拉看不清楚，她的视野外一片漆黑。“布莱德，”她说，“是你吗？”然后，黑暗散去，宛如舞台的幕布揭起，丽拉看见那的确是布莱德。一丝闪烁金光的喜悦，轻盈如六月的阳光，洒满她的全身。“我们就快到了，亲爱的，”布莱德说，“我们马上就到了。菜篮里的一切不会天翻地覆了。撑住哟。宝宝要出生了，宝宝就要来了。”

丽拉正在对自己说着这句话：宝宝要出生了，宝宝要出生了。突然间整个房间就被猛烈的爆炸袭击了：玻璃粉碎，东西掉落，她身体下方的地板东摇西晃，宛如大海中的一只小船。然后她开始放声惊叫。

21

六月八日清晨时分蜂拥进艾奥瓦东部难民处理中心进行袭击的那群病鬼，是从内布拉斯加倾巢而出的那群病鬼的一部分。至于数量有多少，代号“焦土行动”的联合作战部队事后的统计也不尽相同，有人认为有五万个，也有人认为不止五万个。接下来的几天，有更大规模的两群病鬼出现，分别从北方的密苏里以及南方的明尼苏达拥进，而且数量不断增加，等接近芝加哥时，病鬼的数量已经高达五十万，他们在七月十七日突破了军方的防线之后，短短二十四小时之内，整座城市就已陷落。

第一批病鬼在美国中部时间上午四点五十八分抵达难民处理中心的铁丝网。那时，艾奥瓦州中部与东部的空中密集轰炸行动已经进行了八个小时。事实上，横跨密苏里河的桥梁已经被摧毁殆尽，只剩下迪比克桥尚可通过。联合作战部队刻意误报隔离的时限，是因为联合作战部队的指挥部都相信一个结论，这个结论也广泛得到了美国军方与情报部门的支持，那就是隔离区内大量集中的人群等同于吸引病鬼的诱饵，让他们聚集在特定的区域里，将使得空中轰炸行动更为有效。据联合作战部队人士的说法，这就像用撒盐来猎鹿一样。遗弃难民是这场史无前例的战争必须付出的代价，而且，不管怎么说，这批人都死定了。

艾奥瓦国民警卫队的法兰希丝·波崔琪少校未从军前是一家女性运动服制造商的地区经理，她对焦土行动联合作战部队的任务一无所知，但她也并不是笨蛋。波崔琪少校不只是训练有素的高阶军官，也是虔诚的天主教徒，在信仰之中寻求慰藉与指引。她决定违反军事命令，遵循存在于她内心深处的信念，不放弃在她保护之下的难民；同时也决定竭尽自己以及仍在她麾下的士兵的最后一分力。一百六十五名在西边铁丝网处预备作战的男女士兵，是这场浩劫最后的战斗力，负责掩护巴士撤离。这时，没搭上车的老百姓追在巴士后，高声呼喊停车，但是已经无力回天了。好吧，就是这样了，波崔琪想，我尽力再多救几条命吧。西方亮起一道淡绿色的光，一道晃动的辐射墙，宛如发亮的树篱。一架架飞机从头顶飞掠而过，把炸弹丢进病鬼群中。闪亮的拖曳弹，团团的烈焰，雷电划破天幕。在炮火攻击的空隙，病鬼持续出现，源源不绝。波崔琪在她的悍马车还未停稳时，就跳下车高喊："别开火，各位！等他们接近铁丝网！"然后蹲下进入射击位置。她没有其他命令要下了，她要和手下一起正面迎击敌人，同时开始祈祷。

如今就连时间本身也有一种失序的感觉。在混乱之中，人生以无法预见的方式交会。在实验室的地下室，痛苦和挣扎仍在持续进行。而这时，就在黑鸟直升机降落屋顶的此刻，打攻击开始就一直躲在办公室里避开尼尔森的荷拉斯·吉尔德决定不打电话给疾控中心交代此事，他心头立即卸下了一副重担，但随即又增添了另一副重担（因为他不知道接下来该怎么办），他拖着痛苦的步伐走下楼梯到地下室，看到马斯特森和尼尔森正手忙脚乱地把血液样本装进塞满干冰的冷箱，他们嘴里叫嚷着："你死到哪里去了？""我们得赶快离开！""这地方就快垮了。"这些质疑虽然合情合理，但是吉尔德并没有什么感觉。眼前唯一重要的是劳伦斯·葛瑞。就在这一瞬间，仿佛当面被打了个耳光似的，吉尔德顿时知道自己该怎么做了。

只有一条路可走，他之前为什么始终没看见呢？

他整个身体几乎抽搐得要瘫痪了，他那逐渐变窄的喉管里，连吐出一口气都很困难。然而，他还是鼓足意志力——垂死的意志力——伸手扣住马斯特森的手腕，抓起马斯特森的枪套。

然后，连吉尔德自己都无法相信的是，他枪杀了马斯特森。

齐特里吉被踩在了地上。

巴士开走之后，齐特里吉被撞倒在地。他努力想站起来，但是有人的脚踩上了他的侧脸，然后那人呻吟一声倒在他身上。接着有更多的脚和身体压过来，他只能采取防卫的姿势，双手掩头趴在地上。

“提摩西，你在哪里？”

这时他看见他了，那个小男生落在人群后面，坐在不到十米之外的尘土里。齐特里吉一跛一跛地到他身边，步伐在尘土中不住打滑。

“你还好吗？你跑得动吗？”

提摩西抱着自己的头，眼神涣散。

齐特里吉把他拉起来。“来吧。”

他没有计划，只知道要逃命。巴士已经全部开走了，只剩下尘土飞扬。齐特里吉拦腰抱起提摩西，背到背上，叫他抓紧，才走三步，就开始疼痛，他的膝盖开始颤抖。他脚步踉跄，但他还是想办法撑住。有件事是肯定的：因为他的脚，因为小男生额外的重量，他们是跑不远的。

这时他想起了军械库。他曾经看见里面停了一辆后门敞开的悍马车，那车的引擎盖打开着，有个士兵一直在修理。那车会不会还在？是不是还能开？

西边的士兵开始开火时，齐特里吉咬紧牙关，开始跑。

来到军械库时，他的腿已经快瘫了。自己是怎么撑过这两百米的，他也不知道。但好运并没有弃他而去。那辆车仍然停在他上回看见的地方，在此刻已经空无一物的架子之间。引擎盖已经被合上是个好征兆，但是车还能开吗？他把提摩西放进前座，自己坐到驾驶座，按下启动器。

没有动静。他深吸一口气，让自己镇静下来，动脑筋啊，齐特里吉，动动脑筋啊。仪表板下方垂着一团没有连接的电线，之前有人在修理点火系统。他把电线拉出来，挑出两条，让末端相碰，没有反应。他根本不知道该怎么做，他怎么会以为这样能行得通？他又随便挑了两条电线，一红一绿。

火花一闪，引擎启动了，他挂下挡，把车头对准门口，把油门一踩到底。

他们冲破大门，但是眼前又有了新的问题：要怎么突围？周围有好几千个人都想做同一件事，汹涌的人潮拼命想挤过狭小的出口。齐特里吉脚不离油门，身体压在喇叭上，等他发现这不是个好主意时，已经来不及了。群众已经奋不顾身地冲过来了。

群众转头发现他们，群众看见了他们，群众冲他们汹涌地冲过来。

齐特里吉猛踩刹车，转动方向盘，但是已经来不及了。人群宛如巨浪淹没悍马。他的车门被拉开，无数只手抓着他，想让他放开方向盘。他拼命控制着车子，他听见提摩西的尖叫。人群从四面八方冲向车子，包围他。有张脸撞向挡风玻璃，然后又不见了。好多手从他背后抓向他的脸，用手指抓他，还有更多的手扯着他的手臂。“放开我！”他大喊，想赶走他们，但是没用。人实在太多了，随着越来越多的身体滚落到挡风玻璃和车轮底下，悍马车开始颠簸了。他伸手揽住提摩西，抱着他迎向最后的撞击，这就是结局了。

同一时间，巴士车队总共搭载了两千零四十三名难民，三十六名联邦紧急事故处理署人员与红十字会人员以及二十七名军方人员，他们往东疾驰而行。车上许多人都在哭，其他人则拼命祷告。带着小孩的紧紧搂住孩子，还有一些人，尽管同伴不停地叫他们闭上嘴，但他们却还是尖叫不已。虽然有几个人已经开始为抛下这么多人而自责，但是大部分人并没有这样的不安。他们是幸运的一部分人，可以离开的一部分。

驾着红鸟巴士的丹尼·察伊斯这辈子头一次体会到这种只能形容为至高无上的自我实现的感觉，仿佛他这二十六年来都活在被人为限制的狭窄区域中，从而禁锢了他的潜在人格，直到此刻，眼前所有的障碍物才突然全部被揭去。就像由他设定路线的巴士一样，丹尼铆足了劲儿向前冲，他迈进了新的心理状态，有着各种相互矛盾、形态各异的情绪同时并存的心理状态。他很害怕，打心底真的害怕，但是这种害怕带给他的不是软弱，而是力量，一股源源不绝的勇气在他心里涌现，满溢。你是这艘船的船长，普维斯先生说，而丹尼也的确是。在他的左后方，唐牧师和薇拉拼命地讲话，用急切的口吻谈着这样那样的问题。在他们后面，其他人两两挨着坐在座位上。罗宾逊夫妇抱着宝宝，宝宝发出像小猫喵喵叫的声音。伍德和德洛丽丝手拉着手祷告。贾马尔和贝拉米太太搂在一起。艾普丽悲痛地一个人独坐，满脸惊恐，连眼泪都流不出来。运载他们，成为丹尼人生的唯一目的，在周遭的一切旋转不休之际，这是让他个人的小宇宙稳住的固定轴心。然而，这一刻的昂扬激动，在丹尼难以置信地发现自己生命活力的情况下，他们的存在却只是抽象的概念。手握红鸟 450 的方向盘，丹尼·察伊斯与他自己，与整个天地合而为一。他看见——其他巴士的驾驶员也必定都看见了——南方有第二群病鬼从破晓前的黑暗里冒出来，接着又看见第三群从北方出现，他的心灵之眼对情况迅速进行了 3D 式的评估，他断定这两群病鬼随后势必将合而为一，包抄攻击，宛如倾巢而出的大黄蜂一般吞没巴士车队。他知道自己该怎么做，他把方向盘往左打，冲离车队，将油门踩到底，加速超过车队里的其他巴士。时速一百、一百二十、一百三十公里，他使尽了身上的每一分意志力，让巴士开得更快。“你在干吗？”唐牧师大叫，“看在老天的分儿上，丹尼，你在干吗？”可是丹尼知道自己在干什么，他的目标不是回避，因为现在无路可避；他的目标是冲到最前面，以这样的速度冲撞病鬼群，这样他就可以突围而出，杀出一条血路。他的背后响起一片惊叫，挡风玻璃外面有一群群的病鬼现身，病鬼发出的荧光如潮水涌流。他抓在方向盘上的指关节都泛白了。

“趴下，各位！”他喊道，“趴下！”

“搞什么鬼？”

尼尔森向后退开，双手保护似的举在面前。吉尔德知道，这人一心以为他也会被枪杀。吉尔德倒也未必不会这么做，只是眼前他对尼尔森还有其他的要求。

“去带那个女的来。”他挥着手枪说。

“没有时间了！天哪，你干吗杀了他啊？”

上方传来更多的震荡。烟尘满室飞舞。“现在是我做主，快去！”

事后，吉尔德自己也不禁纳闷，他怎么会知道要先抓那个女的，而这竟成为攸关他生死的一个重大决定。他这时也可能选择遗弃她，那就会带来全然不同的结果。直觉吧？或许。还是她与葛瑞之间的情感牵绊让吉尔德放不下——因为这是吉尔德这一辈子始终得不到的情感牵绊？他用枪口把尼尔森往前推，穿过实验室，走向丽拉的房间。

“打开！”

丽拉·凯亚在爆炸声中醒来，她发出了慌乱惊恐的尖叫。她搞不清楚自己身在何处，也完全不知道发生了什么事。她被绑在床上。这床是在一个房间里。这房间和房间里的所有东西都在动，仿佛她是从一个梦里醒来，却发现自己在另一个梦里，两个梦都一样的不真实。吉尔德和尼尔森走进房间里时，她的意识还很模糊。那两个人在争吵，她听到他们说“直升机”，她听到他们说“逃走”。矮个子的那个人把一根针戳进她的手臂里，丽拉无力抗拒，但是针一戳进皮肤，就仿佛给她的心脏注入了一股活力，好像有个巨大的电池给她提供了电量似的。肾上腺素，她想，我之前一直被用了镇静剂，现在他们给我打了肾上腺素，让我醒过来。矮个子的那个人拉她站起来，在她的袍子底下，凉风给赤裸的肌肤带来了微微的刺痛。她能站得起来吗？她能走得动吗？先把她弄出这里吧，另一个人说。

他以她无法了解的急迫动作，半推半抱地带她穿过宽阔的房间。这是某间实验室吧。灯熄了，只有紧急出口的灯光在墙角发亮。远远地，传来一阵又一阵的轰隆声，每一个声响之后都跟随着漫长的天摇地动，宛如地震。他们来到一道有着铁转轮的厚重大门口，这里看起来很像潜水艇里的舱门。矮个子的那个人打开门，走进去。高个子的那个人抓住她，他手上有把枪。他走在她背后，一手揽住她的腰，另一手持枪抵在她背后。她的思绪明朗了起来，心脏怦怦跳得像节拍器一样。门里有什么？抓住她的那人的气息喷在她脸上，是暖暖的腐臭味。从他的抓力里，她感觉到他的恐惧，他的手，他的整个身体都在颤抖。“我怀孕了。”丽拉说，或者应该说她正打算开口说，她觉得这句话或许可以改变眼前的情势，但是她的话没说出口，因为从门里传来似女人般的凌厉嘶喊。

六月八日夜间在艾奥瓦西部与中部展开的空袭行动并非没有风险。最主要的风险是飞行员可能会拒绝执行命令，事实上，的确有人拒绝。有七个飞行员拒绝对非军事目标投掷炸弹，另有三个宣称机械故障无法执行指令，行动失败率为百分之六（这十名飞行员中，有三名送军法审判，五名遭惩戒后回到工作岗位，另外两名跳下驾驶舱，再也不见踪影）。但接下来的几个星期，随着焦土行动联合作战部队的任务扩展到美国中西部山区的人口密集区，行动部队的成员开始带着乡愁般的情绪怀念这个数字——美好的往日。到八月初，因为有太多驾驶员和良心犯一样被关在军人监狱里，再不然就是驾着他们的飞机消失在濒死大陆的天空里，空中攻击行动的执行难度已经越来越大，这也让“焦土行动”饱受质疑。而加州与得州的分裂活动，更让军事任务变得雪上加霜。这两个州相继宣称主权独立，并接收境内所有的联邦军事资源，迫使华盛顿方面出兵制止。这是非常高明的招数，不论在军事方面还是政治方面都是，因为事到如今，情势已如自由落体，一发不可收拾了。双方持续激战，最后终于爆发了威奇托福尔斯之役与弗雷斯诺之役。在这两场战役之中，大批美国官兵，包括地面与空中部队，竖旗投降，放下武器，寻求庇护。因此，到这年（后世称之为“零年”的这一年）十月中旬，名为“美利坚合众国”的这个国家可以说已经不复存在了。

但是六月九日凌晨时分，在艾奥瓦州没有月亮的天空下，“焦土行动”仍在进行，全力进行，或者应该说是竭尽全力地运用所有的资源全面进行。联合行动部队确认空袭目标，也就是州内感染人员大规模聚集的四大地点：梅森城、得梅因市、马歇尔敦以及联邦紧急事故处理署在鲍威尔堡的难民处理中心。到了凌晨两点，前三个地点都已经被摧毁，鲍威尔堡是最后的荣冠。A-10 疣猪战机和 F-18 战斗轰炸机联合出击；同时有一架 C-130 运输机从迈克狄尔起飞。运输机装载名为 GBU-43/B 燃料空气炸弹（简称 MOAB）的爆炸装置。MOAB 装有八千四百八十公斤的 H6 烈性炸药，是美国军方威力最强的非核炸弹，足以产生直径一百五十米的炸坑，震波的威力可以夷平一般城市的九个街区，大火会持续燃烧数日。

尼尔森弯腰解开葛瑞的束缚带时——这束缚带其实已经没有任何作用了——葛瑞突然向前冲，抓住他的上臂，牙齿咬进他的脖子，很用力地一咬，他感觉到尼尔森的气管在他的嘴里被咬碎了。就在两人倒回床上之际，葛瑞像狼用牙齿咬住兔子那样，不停地甩动尼尔森。一股温热的血液流入葛瑞的口中。两人滚到了地上，尼尔森仰面朝天，葛瑞则压在他的身上。尼尔森的手脚痛苦地扭动了几下，然后就结束了。葛瑞用力咬得更深，咬进他柔软的肉里。

他在酣饮这温热的鲜血。

对零号来说，这事也是这么容易、这么欢愉的吗？他身上涌起了丰沛的活力。吸完最后一口满足他灵魂的鲜血，葛瑞转开头。尼尔森的脸看起来像是缩了水一样，一层干瘪瘪的肉裹在骨架上。葛瑞拼命想找出足以形容此刻行动的感觉：罪恶感，或许吧，再不然就是怜悯，甚至是厌恶。他是个凶手，一个杀人凶手，他偷了另一个人的生命。可他其实并没有这样的感觉，一点都没有，他只不过是做了不得不做的事。

他的房门敞开着。丽拉，他想，我来救你了。这里发生的一切都是为了这个使命。

他穿门而出。

从门里出来的是个男人。一个暗暗的人影，笼罩在阴影里。他走上前来，紧急出口的灯光斜掠过他的脸。他的袍子上满是血。

劳伦斯？

“别动！”拿枪的男子把丽拉往后拉，枪口更用力地抵住她的肋骨。他的步伐迟疑、蹒跚，浑身如树叶被风吹过般抖动，一副随时可能跌倒的样子。“别靠过来！”

葛瑞直直地伸出那双鲜血淋漓的手。“丽拉，是我。”

惊恐、厌恶，这一连串迅雷不及掩耳的暴力事件，在她心里形成了一种自我保护的麻木状态。这些情绪在丽拉心里混杂纠缠，让她整个人僵住，在茫然恐慌之中，她的身体和心灵似乎只有一大堆纠结不清的现象。透过迷雾，她明白房间里的尖叫声是因为什么了。如果可以用这惨不忍睹的袍子当作证据，那么劳伦斯不只杀了那个矮个子的男人，而且还把他撕成了碎片。这样就说得通了，丽拉早该知道会有这种事发生的。她想起坦克的事，她想起劳伦斯的脸，满脸血迹，很像好莱坞恐怖片里的人物，他从坦克里现身，用拳头打破沃尔沃休旅车的车窗。劳伦斯变成怪物了，他变成那些……那些东西之中的一员了（可怜的洛斯可）。但是他的眼睛，他的眼睛还是有点不同，这让她无法移开视线。他的眼神叫她不要害怕，那目光似乎直探入她的心里，闪耀着近乎圣洁的光芒。

“你不知道发生什么事了吗？”那人吼着，“我们得离开这里。”

“放开她！”

头顶上又响起一声爆炸，地板轰隆隆地震动。玻璃碎落，所有的东西都在塌陷。那支枪抵着她的肋骨，宛如一根冰冷的手指戳着她的心脏。那人头一偏，指着房间的角落。

“上楼去，直升机在等我们。”

“把枪放下，我就跟你们走。”

“该死，没时间了！”

她身上有某种变化发生，某种苏醒的感觉，不只是因为枪的关系，她仿佛在沉睡多年之后恢复了意识一般。她一直以来得有多蠢啊！竟然只想粉刷婴儿房！假装他们是开车到乡下玩，好像这样就可以改变一切似的！因为戴维死了，伊娃死了，而布莱德，布莱德被她伤透了心。她一直强迫自己相信这世界并没有走向终点，可是这世界明明已经终结了。而眼前的这个男人，这个劳伦斯·葛瑞，像救世主那样来到她的身边，像天使那样带她逃脱险境，仿佛她怀的是他的宝宝，她知道自己必须说什么了。

“拜托，劳伦斯。照他说的做，想想我们的宝宝。”

他很疑惑，对照外面流逝的时间，这一刻似乎凝结了。丽拉看得出来劳伦斯脸上的疑问。他能不能赶在这人开枪之前抢到枪？如果可以，接下来呢？

“带我们出去吧。”

等他们跑到屋顶时，那架直升机的螺旋桨已经在转动了，在屋顶掀起阵阵旋风。天空闪着微带翡翠绿的怪异光线，宛如置身于暖房之中。直升机看似正准备弃他们而去，这真是最后的讽刺，但这时丽拉看见驾驶员在座舱里猛朝他们挥手。他们爬上飞机，吉尔德用力地关上门。

起飞。

齐特里吉发现自己俯卧在泥土里，他嘴里有血的味道。他想站起来，却发现自己只有一条腿，他的义肢不见了。他抬起脸，看见那辆悍马车翻倒在一百米外，像只搁浅的海洋生物。挡风玻璃粉碎，引擎盖和底盘冒出蒸汽。群众像动物那样倒在车上，有人想把车子翻起来，但是从四面八方伸出手，乱无章法。其他人站在车上面，又推又踢，想把周围的竞争者赶走，以捍卫自己的立足之处，以为多拥有一方之地，就可以替自己多添几分保护作用。

齐特里吉爬到提摩西躺着的地方。小男孩还有呼吸，但是昏迷不醒，这也算是一点小小的慈悲。他的身体扭曲着瘫在地上，头发上满是鲜血，还有更多的血从他的嘴巴和鼻子里流出来。齐特里吉发现枪战已经停了。士兵从身边飞奔而过，但是根本无路可逃。铁丝网前躺了一大堆病鬼的尸体，他们已死在士兵的枪弹之下。但是齐特里吉环顾四周，他明白这场攻击不过只是牛刀小试，只是派来耗尽士兵防卫力的前锋部队。这时，数量比刚才还要多的第二批病鬼再一次聚拢过来。汹涌而至的病鬼不计其数，宛如发光的绿色液体般包围了营地。病鬼们开始从四面八方同时进攻，为了完成这最后的一击。

他抓起提摩西的肩膀，让他的胸口贴着自己的胸膛。他们置身于混乱之中，人群奔跑、尖声高啸，炸弹落下。然而，他们选择蹲卧在尘土里的这个决定，却使得四周似乎有一圈沉默静止的氛围环绕着他们，保护他们免受摧残。齐特里吉转头望向东方。有那么一瞬间，他想象自己看见丹尼的巴士在黑暗中疾驰而去，但这只是幻觉，他知道，他们早就走远了，早就离开他的视野了。**上帝保佑你开得快，丹**

尼·察伊斯。他身边包围着更为深沉的静寂，随之而来的是一种恍若往昔的感觉，一种似曾相识的经验：他人在此地，但同时也在几个不同的地方，他是个玩耍的小男生，却也是个参战的大男人，以及如今变成的这个人。影像在他的意识中闪现：攀在法拉利引擎盖上那个穿新娘婚纱的病鬼；阳光在河面上闪烁，是他钓了好多年鱼的那条河；艾普丽，他们一起坐在学校窗前的那个夜晚，看着星星，以及他俩缠绵时，她脸上平静祥和的表情；车里的那个小男孩，眼睛因知情而充满惊恐，以及他的手，那双小男生的手拼命前伸，然后就结束了。所有的这些画面，还有更多的画面。他想起母亲唱歌给他听时的样子，她温暖的气息拂在他的脸上，那种知道自己还很小、很稚嫩的感觉。**这世界不是我的家，**母亲用滑柔如丝的嗓音唱道，**因为我只是过客。宝藏在高高的蓝天之上。天使在天堂门口召唤我，我不再觉得这世界是我的家。**

提摩西开始发出呼吸困难的声音，他的眼皮颤动，拼命想要睁开眼睛，然后整个人就完全静止不动了。已经完成了包围部署的病鬼开始拥向铁丝网。齐特里吉发现周围什么声音都没有。战斗结束了，飞机都已经飞走了。然后，在静寂中，他察觉到高空上有架大飞机的声音。他歪着头仰望天空，一架 C-130 运输机，从南方飞来。飞越头顶时，机腹抛下一个东西，绑着降落伞的东西，那个东西随着降落伞的张开，缓缓坠落。之后飞机就开始爬升，飞离了此处。

齐特里吉闭上眼睛。这就是结局了，它会在瞬间发生，完全无痛地离去，还来不及想就结束了。他最后一次感觉到自己身体的存在：肺里空气的滋味，血管里血液的流淌，以及心脏如擂鼓般的跳动节奏。炸弹朝他们落下。

“我找到你了。”他用力抱着提摩西说，他说了一遍又一遍，他要让小男孩听得见这句话。“我找到你了。我找到你了。我找到你了。我找到你了。”

燃料空气炸弹的震波猛烈地袭中了葛瑞和丽拉搭乘的那架直升机，先是炫目欲盲的闪光，接着是震耳欲聋的巨响。直升机仿佛被震波抬起一般，整个往前猛冲，机头以四十五度角指向地面，然后再度弹起，开始旋转，越转越快，宛如一排溜冰选手在冰上旋转。就在旋转的过程中，飞行员被抛起，猛力撞上挡风玻璃，他的脖子被撞断了。但是到了这时，置身于刺耳的警报声和高速的离心力里，直升机里的人都没有多想。把他们高高抛起的力量已经消失了，现在他们一路坠落，直到触地。

撞击本身对劳伦斯·葛瑞来说，仿佛是时间的断裂一般。前一刻，他还整个人靠在螺旋桨已经停止转动的直升机内壁，下一刻，他却已经躺在残骸里了。他可以感觉得到，但却不算真正记得撞击的那一瞬间。撞击让他的身体有种奇怪的反应，仿佛他是一座被敲响的钟。周围有汽油的味道和被隔绝的高温，以及噼里啪啦的电路声。有个沉重但内在柔软的东西压在他身上，是吉尔德。他还有呼吸，但昏迷了。整个直升机侧翻在地，原本应该是机顶的位置，现在是机门。

“劳伦斯，救我！”

声音从他背后传来。他把吉尔德的身体从胸前推开，往直升机后面爬去。一个已经扭曲脱落的座椅把丽拉压在下面，夹住了她的腰。她光裸的双腿以及身上的袍子，全都染上暗红的血渍。

“救我。”她快不能呼吸了。她闭上眼睛，泪水从眼角流了出来。“拜托，上帝，救我。我在出血，我在出血。”

他想把她的脚拉出来，可是她开始痛苦地惊叫。没有其他的办法了，他一定得搬开座椅。葛瑞抓着椅框，开始扭动，接着啪的一声，座椅从地板上松脱开来。

丽拉在哭，在痛苦地呻吟。葛瑞知道他不该移动她，可是他别无选择。他把那张座椅放在敞开的机门下，用肩膀把她撑起来，爬出去，让她轻轻地躺在机顶上。接着，他爬上另一边，溜下机身，再回身伸手接住她，轻轻地让她的身体从直升机上滑下来。

“噢，天哪，拜托，别让我失去她。别让我失去宝宝。”

他让丽拉躺在地上。地上满是实验室的残骸：变形的屋梁，炸成一块块的水泥以及玻璃碎片。他也在哭，来不及了，他知道。宝宝已经没了。一摊摊的血，夹着暗色的血块，从丽拉的两腿之间流出来，怎么止都止不住。她很快就会和她的宝宝一样踏进暗黑之中。葛瑞唇间发出孩子气似的祷告，他开始喃喃自语，一遍又一遍地念：“圣母马利亚，求现在和在我们临终时，为我们罪人祈祷，阿门。圣母马利亚，求现在和在我们临终时，为我们罪人祈祷，阿门……”

救她，葛瑞。

你知道该怎么做。

他是知道。答案一直都在他心里，打红屋顶旅馆、伊格纳西奥、家得宝超市和挪亚计划起，他就知道，早在那之前很久，他就知道了。

你明白吗，葛瑞?

他扬起脸看那些病鬼。病鬼到处都是，无所不在，从黑暗与火焰中现身——他的血肉至亲，被鲜血吸引的恶灵，包围着他，宛如魔鬼合唱团。他跪在他们面前，涕泪纵横，他一点都不恐惧，心中只有惊异。

他们都是你的，葛瑞，是我给你的。

“是的，他们是我的。”

救她，动手吧。

他需要尖锐一点的东西。他伸手在地上摸索，找到一块银白色的金属，是从某个东西上脱落下来的吧，在这破碎的世界里的某种破碎的东西。二十厘米长，边缘像锯子一般。他把金属片横架在手腕上，闭上眼睛，用力划开一道深深的伤口。血喷了出来，一条宽阔黑暗的河流，流满手掌，这是葛瑞的血。葛瑞，掀开黑夜之人，零号的密友。丽拉在呻吟，她就快要死了。每一次呼吸都可能是她的最后一口气。短暂的迟疑，是他身上最后一丝即将熄灭的人性光芒。葛瑞把手腕贴在她的唇上，轻轻地，宛如母亲的胸脯贴着婴儿的嘴巴。

“喝吧。”他说。

葛瑞并没有看见，吉尔德正在铆足全身的气力，把一大块水泥，一大块重达十五公斤的实心石块，举到葛瑞头顶上，一丢而下。

22

太阳西沉之际，他们开进了芝加哥，夕阳为天空染上了金色的亮光。他们先是进入了外环的郊区，一片空旷寂静；接着，像远景浮现似的，整个城市的轮廓渐渐出现在他们的眼前。唯一幸存的这一车人，因为幸免于难的神秘关系，而将彼此的生命紧紧地系在了一起：他们静静地展开旅程，宛如梦游在遗忘之地，只有巴士引擎的轰隆声，只有车轮轧在柏油路催人入眠的声音，记录着他们的前进。

随着市景渐渐在眼前清晰起来，坐在丹尼后面的唐牧师弯身向前望去。直升机飞越城市，发出隆隆的声音，在摩天大楼之间盘旋，宛如环绕蜂巢飞转的蜜蜂。高空上，飞机尾端的航迹云在色泽逐渐变深的蓝色天幕留下一道道白色彩带。一个安全区域，看起来似乎是，但不可能持久，他们打心里知道没有永远的安全区。

"我们停一会儿吧。"

丹尼把车停在路边，唐牧师起身对大家讲话。由大家来做决定，是该停下来，还是该继续走？他们有车、有水、有食物、有油料。现在没有人知道眼前会有什么在等着他们。"大家想一想吧。"唐牧师说。

他们互相低声交谈，然后举手赞同，这表决并不是无记名的。

"好吧，丹尼。"

他们绕过市区往南走，然后沿着乡间道路继续往东。夜幕宛如一个圆顶，迅速笼罩大地。天破晓时，他们已经在俄亥俄州了。眼前的景色完全没有特色可言，他们可能在俄亥俄州，也可能是在其他任何地方。时间慢得像是在爬行。田野、林木、房舍和邮箱在窗外飞逝，地平线永远遥不可及。在小乡镇里，一成不变的生活在照常进行，人们不知道自己该去哪里，也不知道该怎么做。据说高速公路都堵塞了。他们在一家小超市旁边停下来买补给品，收银员看着窗外的巴士，开口问：我可以和你们一起走吗？她背后的墙上，电视机正在播放某个城市陷入火海的画面。她把声音压得好低，好像怕被人听见似的。她没问他们要去哪里，他们的目的地就只是离开这里。她匆匆地打了通电话，几分钟之后，她老公和两个十几岁的儿子提着行李箱，站在巴士旁边。

还有其他人加入他们的行列。一个穿连身工作服的男子独自走在高速公路上，肩上扛着来复枪。一对打扮得像要上教堂的老夫妇，车子抛锚在路边，引擎盖被掀开，裂开的散热器冒着白烟。两个骑自行车的法国人，他们骑车跨越了整个美国，却碰上了危机的开始。一大家子人一起挤上车。很多人都很激动，坐下来时感激得落泪，就像鱼儿加入了鱼群一般，他们终于也融入了群体之中。城市一个接一个地过去：哥伦布、阿克伦、扬斯敦、匹兹堡等。就连市名都开始有古色古香的感觉了，很像陨落的大帝国的城市——吉萨、迦太基、庞贝。他们仿佛置身于某种滚动前进的城镇，习惯渐渐形成。大家只会问某一类的问题，不问其他的。比如，你听过盐湖城、塔尔萨和圣路易斯吗？他们知道那是什么东西了吗，找到解药了吗？只有前进才安全，每回停顿大家都担心会有噩运降临。有段时间他们在车上唱着《蚂蚁大游行》《意大利面顶端》和《墙上有一百只啤酒瓶》。

地势高低起伏，他们仿佛进入绿色的怀抱——宾夕法尼亚州群山连绵，渺无人烟，好像一个时代以前的遗迹。破败的产煤小镇，被遗忘的村庄，只有一座关闭了多年的工厂，红砖烟囱孤零零地指向夏日里的蓝天，空气里有浓烈的松树香味。这时车上的人数已经超过了七十个，大家身体挨着身体挤在走道上，小孩抱在膝上，脸贴着车窗。油料的问题始终是最大的顾虑，然而，他们总是可以在最后一刻找到补给，仿佛有只看不见的手在一路帮助他们。

第三天下午，他们行驶至费城附近。此时他们已经横跨了半个大陆，东部海岸近在眼前，一长串堡垒似的城市是紧邻海洋而筑起的人类之墙。终结的感觉笼罩着他们，再也无路可逃了，他们在斯库尔基尔河边的城市安歇。河面黑蓝，河堤是看似坚不可摧的花岗石。城外的小镇仿佛玩躲猫猫似的若隐若现，房屋都钉上了木板条，马路上没有汽车。河面逐渐变宽，成为宽阔的流域，林木蓊郁，缀着点点阳光，阴影宛如帘幕垂罩在马路上。这里有个告示：检查哨卡，三公里。经过一番简短的讨论之后，所有的人都同意：他们来到终点了，他们会在这里迎接自己的命运。

士兵帮他们指引了方向。宵禁还要两个小时才开始，但是大街小巷永远都是静悄悄的，看不见任何活动的迹象，只有军方车辆和几辆警车偶尔开过。阳光暴晒的狭小窄巷和摇摇欲坠的褐石住宅，曾经是年轻人鬼混的角落，接着，公园突然出现了，城市中心一片绿意盎然的绿洲。

他们遵照告示牌的指引，穿过路障，戴着口罩的士兵挥手让他们通过。公园里有很多人，像是来听演唱会似的。帐篷，露营车，有些人蜷缩在地上，躺在行李箱旁边，仿佛是被潮水冲来似的。人群越来越密，最后他们只好把巴士丢在路边，徒步前行。这是最极端的行动，因为放弃巴士感觉像是一种背叛，宛如抛弃再也无法走路的爱犬一般。他们集体行动，他们还无法离开彼此融入面貌模糊的群体。长长的人龙就此形成，空气浓稠得像牛奶一样。在他们上方，看不见的昆虫大军在逐渐变暗的林木上嗡嗡鸣叫。

“我没办法这么做。”唐牧师说。他停下脚步，脸上突然出现惊恐的表情。

伍德也停了下来。在前方二十米处，有一排铁网关卡，柱子上装着强力的探照灯。排队的人交出武器，报出名字。“我懂你的意思。”伍德说。

“我的意思是，天哪，我们好像回到了才刚离开的地方。”

人群川流而过。那两个法国人看都没看一眼就往前走了，单薄的行囊夹在腋下。他们都感觉到了：那行囊里有什么东西不见了，是武器。大伙儿站到一旁。

“你猜我们可以弄得到汽油吗？”贾马尔问。

“我只知道我绝对不进去就是了。”唐牧师说。

他们又回到了巴士上，已经有个人在车上试图启动引擎了，那人一脸阴郁，眼珠在眼窝里转着，仿佛在打着什么主意。伍德一把抓住那人的颈背，拖下巴士台阶。“滚开！”他说。

他们上了车。丹尼转动钥匙，引擎在他们脚下轰隆响起。车子缓缓后退，人群宛如船边的波浪分开来，最后一丝天光在空中发亮。他们在草地上掉头，然后他们就这样离开了这个地方。

“去哪里？”丹尼问。

没有人知道答案。“我想去哪里都无所谓。”唐牧师说。

是无所谓。他们在福吉谷公园里过夜，睡在巴士旁边的地上，然后往南开，避开高速公路。途经马里兰、弗吉尼亚和北卡罗来纳，然后他们继续走。旅程仿佛有了自己的意义，和任何目的地都没有关系。目标是前进，继续前进，他们在一起，这才是最重要的。车轮在他们身体底下转动，城市一座接一座地陨落，灯光一盏又一盏地熄灭。这世界伴随着一个个故事的终结而正在土崩瓦解，世界很快也将被终结。

她名叫艾普丽·唐纳迪欧，在她肚子里着床成长的这个孩子会是个男孩，名叫柏纳德。艾普丽会让他姓唐纳迪欧，这样他就同时有他俩名字的一部分。而再过许多年之后，她会常向孩子提起他的父亲，说他父亲是个什么样的人：他很勇敢、很亲切，但也有点忧伤，虽然他们在一起的时间很短暂，但他给了她一份最大的礼物，也就是继续前进的勇气。**这就是爱，**她对儿子说，**这就是爱的力量。我希望有一天，你会像我爱他一样，那么爱一个人。**

但那是以后的事了。这辆载着幸存者的巴士，总共坐了十二个人。他们可以永远这样走下去，而且从某种意义来说，他们也的确在这样做。夏日的绿色田野、时间静止的废弃城镇、阴影浓重的森林，巴士不断地向前开。他们宛如进入了一个愿景，他们已经踏进了永恒，一个超越时间的领域。他们在那里，也不在那里，是看不见却感觉得到的存在，宛如白昼的星辰。

第三卷　田野

今日他与我一同浴血，他是我兄弟。

——莎士比亚《亨利五世》

＊＊＊警告＊＊＊

你正进入<u>橘色区域</u>

注意时钟
了解最近的防护箱位置

勿进入未清理地区

若错过最末一班交通车
别期待获救
就地寻找掩护

遵守国内当局所有命令

违者将依据得州共和国戒严修正法第六九四条第十二款
处以罚款及（或）监禁

若有疑问，快跑！

疫后七十九年七月
北部农业区
橘色区域，墙外
得克萨斯，柯厄维尔

23

是迪伊·瓦希斯说想带孩子们来的。

虽然不是只有她自己想这么做。她的丈夫寇帝斯很快就发现，所有的女人都是这么盘算的。迪伊的表妹莎莉，还有梅丝·弗朗西斯、夏亚·威塞斯、瑟丝·考利、爱莉·铎德，甚至还有怀孕的护士玛蒂·莱特，整天叽叽喳喳、紧张兮兮的玛蒂·莱特。她们都在对自己的丈夫说着同样的话。这简直是伏击，这些女人左右夹击，软硬兼施，一派坚持到底、绝不容丈夫拒绝的老婆风范。**晒几个小时的太阳嘛，**在她们躺在床上、洗着碗盘或准备送小孩出门上学的时候，她们都喜欢这么说。**有什么关系嘛？我们这次带小孩一起去**！

而且他们以前又不是没带女儿去过墙外，迪伊提醒他。这时女儿已经上床睡觉，这是他俩在厨房共享静谧的时刻。上一次啊，她说——多久以前了？——是他们去绿野庆祝妮蒂亚生日的时候。那时希丽还是个小娃娃，而妮蒂亚那时走到哪里都拖着那条脏兮兮的毯子。那是在泄洪道底下度过的那段安静时光，周围还有很多蝴蝶在飞。寇帝斯记得吗？那些蝴蝶宛如飘浮在空中的一条河流，艳丽的翅膀往下一拍，然后再次扬起。还有一只蝴蝶吓了大家一跳，它竟停在了妮蒂亚的鼻子上。迪伊说，像那样的事情难道不会让你感觉到上帝的存在吗？那种甜蜜又自由的感觉，两个小女儿在身边嬉笑，在那些远离警报响起的时刻，会让人感觉未来还很遥远。那种场景，蓝色的天空高挂在他们的头顶，他们一家四口一起在墙外郊游玩耍。

那里是绿区，那倒是，她也没否认这一点，可是他们站在那里就能看见周围的防线工事、岗楼、哨兵，以及由弯曲尖锐的铁丝网架起的围墙。这些事情又是由谁决定的呢？是由谁决定这个区域在哪里结束，而那个区域又从哪里开始？去北部农业区郊游怎么了？说真的，那里就会比这里危险吗？库洛会去，还有提夫第也会去（她还来不及制止自己，这个名字就从嘴巴里跳了出来，可是又能怎么样呢），要是有情况发生，那里也有防护箱啊。不过那里能有什么情况呢？在这夏季的大白天里能有什么情况？陷阱已经好几个月没有抓到任何东西了，大家都说那附近连呆呆鬼都没有了。远离城市的灰暗与阴郁，在阳光下玩几个小时，再在田野里来个夏日野餐。迪伊只有这个小小的要求。

他可以答应吗？就这件小事他可以答应吗？就算是为了女儿行不行？为什么不直接说出口呢？他愿不愿意为她，为深爱他的妻子做这件事？

于是就这样，两天后，在闷热的七月早晨，三十二岁的北部农业区领班寇帝斯·瓦希斯，把父亲那把装着三发子弹（另三发子弹被他父亲用掉了）的 0.38 口径旧手枪插在腰间，坐在满载着好几家人的交通车上。车上不只是夫妇，还有很多小孩。妮蒂亚和希丽，以及她们的表哥卡尔森；卡尔森已经十二岁了，但仍然很瘦小，一双腿还在座位上晃啊晃的。还有威塞斯家的双胞胎巴博和唐肯；弗朗西斯家的两姐妹蕾娜和茱莉斯因为不想理会那些男生而坐在了后面；年龄还小的珍妮·阿普格坐在哥哥贡纳的腿上；莱特家的两兄妹迪恩和艾米莉亚年纪大得可以表现出一脸无聊、困窘的模样；梅丽·铎德和她的小弟弟赛奇，以及还装在婴儿篮里的刘易斯·考利、里斯·科莫、达西·马丁内兹和辛迪苏·鲍汀。总共十七个人，塞满了一车，孩子们散发的热气和发出的喧闹声，让瓦希斯觉得他们像是一群嗡嗡叫的蜜蜂。妻子陪丈夫一起去耕作是很平常的事，特别是在收获的时期，每个人都有做不完的工作。可是眼前的情况却是前所未见的。巴士开出大门，老旧的柴油引擎轰隆隆地响，疲旧的底盘在他们的脚底下摇摇晃晃，这些都让瓦希斯有不同于以往的感觉。沉闷炎热的工作突然变成了一场盛会，就在这一天，一项充满希望的新传统诞生了。他们以前怎么从没想到过，带孩子出来会让日子变得特别起来？

经过水库、加油站和围墙防线，哨兵挥手让他们通过，车子一直往前开，开进山谷，开进七月清晨金灿灿的阳光里。女人们带着大篮子和补给品，坐在后面聊天说笑；有个妈妈——除了爱莉·铎德还能有谁——想让孩子们一起合唱得州州歌（这是唯一一首大家都会唱的歌：得克萨斯，我们的得克萨斯！天佑我们！得克萨斯！我们的得克萨斯！如此美妙！如此伟大！），但这个建议并没有成功。孩子们在拉帮结伙互相较劲：年龄较大的女生窃窃私语，咯咯笑，故意无视男生的存在，男生则刻意假装不在乎女生；年龄比较小的孩子在椅子上蹦蹦跳跳，沿着走道跑来跑去互相进攻。坐在前面的男人还是像平常一样，不敢掉以轻心，他沉默不语，只偶尔交换担忧的眼神，或挑起眉毛：**我们给自己惹来了什么麻烦啊？**他们是在田野耕作的男人，双手因劳动而长茧，头发剪得短短的，指甲底下一圈半月形的泥巴，没有蓄胡子。瓦希斯从口袋里掏出定时器来查看时间：七点零五分。距警报响起还有十一个小时，距最后一班交通车还有十二个小时，距天黑则是十三个小时。**注意时钟，了解最近的防护箱位置。若有疑问，快跑**！这些字句铭刻在他的意识里，宛如童谣，也宛如修女的祷词，永远抹之不去。瓦希斯转过身子，迎上迪伊的目光。她把希丽抱在腿上坐着，小女孩的鼻子贴在窗上，看着外面飞掠而过的世界。迪伊对他露出疲惫的微笑，无声地说：谢谢你。希丽开始跳啊跳的，愉快地晃着膝盖。这小女孩用胖乎乎的手指着窗外，快乐地咿咿呀呀叫。**谢谢你**。

这时，不知不觉中，他们已经到了。透过交通车的挡风玻璃，北部农业区的田野跃现眼前，一畦畦庄稼拼凑而成的广袤农田在他们下方延伸开来，宛如一条五颜六色的棉被：玉米和小麦，棉花和豆子，稻米和燕麦。六十平方公里的农地，被阡陌纵横的泥土路连接起来，田地边缘是白杨木与橡木组成的防风林；岗楼，有着蓄水池与管线网的水泵站，以及每隔一定距离就会出现的防护箱，标示防护箱位置的高大橘色旗帜在无风的空气中显得垂头丧气。瓦希斯很清楚防护箱的位置，但他也知道，在玉米长高的时期，没有旗帜是很难立刻找到防护箱的。

他站起来，走到前面，迪伊的哥哥内森——大家都叫他库洛——站在驾驶员的后面。瓦希斯是领班，但是身为地方卫队资深队员的库洛才是真正负责指挥的人。

“看来我们会有愉快的一天。”瓦希斯说。

库洛耸耸肩，但什么都没说。和田野的所有工人一样，他有什么就穿什么：缝了补丁的牛仔裤，领口与手肘都被磨得快破了的卡其衫，外面罩着亮橘色的塑料背心，背后印有“得州交通部”的字样。他胸前端着一把来复枪，配备有红外线夜视镜的长枪管 0.30–06 口径步枪，大腿的枪套上还有一把改装过的 0.45 口径手枪。来复枪是标准装备，但是 0.45 口径手枪很特殊，这是以前军方或警方的用枪，有上过油的黑色漆面和擦得发亮的木柄。他甚至给这把枪取了个名字，叫“丫头”。你一定得有门路才能弄到这样的武器，而瓦希斯不需要花太多脑筋就想得出来那门道是谁。提夫第做的买卖是大家都知道的事。瓦希斯仅有装着三发子弹的 0.38 口径手枪，相较之下简直是寒酸，但是他根本负担不起库洛装备的那些东西。

“你大可以推说是迪伊的点子。”库洛说。

“所以你觉得这不是个好主意。”

他的大舅子哼笑了一声。库洛的这个表情和妹妹像得惊人，但并不是因为两人长得像，而是某种只有瓦希斯才能察觉得到的兄妹俩的细微神态非常相像。事实上，大部分的人都说他俩长得还真不像。

“我怎么想并不重要。你和我一样心知肚明。只要迪伊下定决心要做什么事，你就收起你的胆量，放弃了。”

巴士发出砰的一声，震得人骨头都痛了。瓦希斯想办法保持平衡站直身体。在他背后，孩子们兴奋地尖叫。

“嘿，达尔，”库洛说，“你可不可以不要这样啊？”

开车的老太太哼了一声，要教达尔怎么开车，等同于宣战。开交通车的都是老太太，通常都是寡妇，这不是什么明文规定，不过实际情况就是如此。永远蹙着眉头的达尔是个很难应付的传奇人物，简直是有史以来最蛮横不讲理的女人。她用脖子上挂着的秒表来计时，就算只晚了一分钟，她也会毫不留情地开走最后一班交通车，然后留迟到的人自己站在巴士卷起的尘土里。曾经有不止一个田野工人，因为这样而被迫待在防护箱里过夜，吓得魂飞魄散，熬过一分钟又一分钟，直到天亮。

“一整车的小孩，我的天哪！这么吵，我简直没办法思考。”达尔瞟了一眼挂在挡风玻璃上方那个有凹痕的镜子，“行行好吧，你们后面安静点！唐肯・威塞斯，马上给我从椅子上下来！别以为我看不见你，茱莉斯・弗朗西斯！没错，”她用冷冰冰的眼神警告，“我说的就是你，小姑娘。你别再扮鬼脸了！”

所有人突然安静了下来，就连太太们也噤声了。可是等达尔把目光转回马路上时，瓦希斯就发现她的生气是装出来的，她要是不假装绷着脸，肯定立马会笑出来。

库洛把大手搭在瓦希斯的肩上。“放轻松点，瓦兄。让大家都好好享受这一天吧。”

“我说过我担心了吗？”

库洛一脸认真的表情。“你听我说，我知道你不希望提夫第来。我懂，好吗？可是他是我最好的手下。不管你怎么说，那家伙真的可以打中三百米外的倒吊鬼。”

瓦希斯根本没意识到自己正想着提夫第的事。可是库洛既然提到这个话题，他不由得怀疑自己心里是不是真的这么想。

“所以你觉得我们需要他。”

库洛耸耸肩。“像这样的夏季白日，我们应该不会碰上问题的。我只是格外小心而已，她们也是我的女儿，你知道的。”他咧嘴一笑，打破沉重的气氛，“只要迪伊别习惯成自然就好了。为了让她办成这个小小的派对，我可欠了五十个人情呢，告诉她这话是我讲的。”

巴士开进集合场。最后一批清野员从玉米田里现身，他们身穿衬有厚垫的衣服，戴着厚厚的手套、头盔还有罩住脸的笼子，各式各样的武器挂在他们身上：猎枪、来复枪、手枪，甚至还有人带着大刀。

库洛叫孩子们待在车上，要等宣布一切安全之后才准离开巴士。大人们开始忙着拿出装备时，提夫第从车顶的平台上下来，与负责清野工作的地方卫队队员，一个叫迪隆的家伙，还有库洛，三个人站在巴士后面交谈。迪隆队上的其他队员，八男四女，已经走到水泵站旁边的水渠去汲水了。

库洛走回了瓦希斯和其他人等待的地方。清晨的湿气已经消散，太阳此时开始变得灼热耀眼。

“一干二净，连防风林也是。”他对着瓦希斯眨眨眼，“迪伊得要多谢谢我啰。”

库洛话还没说完，孩子们就从座位上跳起来冲下巴士，让出位子给准备回城里的清野员。看着孩子们在田野上散开来，身体和脸蛋都洋溢着兴奋的光彩，瓦希斯霎时呆住了，他的心头涌起了一段段的回忆。他早就知道，对很多人来说，特别是对于年龄最小的那几个孩子来说，今天的远足是他们第一次来到高墙之外，这趟旅行是他们一直期待的。但是亲眼看见孩子们欢欣鼓舞的这一刻，却又是另一回事。他们吸进肺里的空气感觉上会有所不同吗？他想，还有晒在脸上的阳光和踏在脚下的泥土，会有什么不同吗？多年前，他第一次走下交通车时，对这一切也有不同的感受吗？当然是有所不同啦，来到墙外，等于探索一个疆界无限的世界，一个你知道存在却不相信自己是其中一部分的世界。他想起当时心中的感觉，身体仿佛失去重力一般的喜悦，但也觉得害怕，犹如身在梦境，梦见自己拥有飞翔的天赋，但飞啊飞啊，却无法落地。

在岗楼旁边，福特和崔斯插好杆子，竖起遮阳篷；女人们忙着摆桌椅和食物。戴着大草帽遮住脸的爱莉·铎德，已经想要把几个孩子组织起来玩游戏了。这一切和迪伊当初盘算带孩子出来玩的时候设想的一样。

“很棒，对不对？”

瓦希斯的表弟阿泰站在他旁边，胸前抱着一个篮子。身高超过一米八、一张窄脸看起来很忧伤的他，总让瓦希斯联想到长相格外“悲伤”的狗。在他们身后，达尔按了三下喇叭，尘烟一扬，车子就开走了。

“我提过我第一次出来的情形吗？”

“我想没有。”

“相信我，”阿泰摇摇头，让瓦希斯知道他不想多说，“那还真精彩。”

所有的东西都搬出来之后，库洛在遮阳篷下面召集所有的小孩，重申他们早就已经知道的规则。“首先，”库洛说，“每个人都需要有一个同伴。同伴可以是任何人，兄弟姐妹或朋友都可以，但是你一定要有伴，而且一定要随时和同伴在一起，这是最重要的事。岗楼底下的空地很安全，在那个范围里，你爱到哪里就到哪里，但是不管在什么情况之下，都不准进到玉米田里。还有，南端的那排树也在许可的范围之外。”

“现在，你们看见那些旗子了吗？”库洛指着田野问，“橘色的，竖在那里的旗子。有谁知道那是做什么用的？”

六七只手举了起来，库洛的目光扫了一圈，最后落在达西·马丁内兹的身上。七岁的他瘦瘦的，有一头浓密的黑发。在库洛的注视之下，他突然吓得呆住了。他坐在梅丽·铎德和里斯·科莫之间，那两个女孩手捂着嘴，在忍着笑。“防护箱在那里。”小男生鼓起勇气回答。“没错，”库洛点点头回答，“那就是防护箱的位置。现在告诉我，”他接着对所有的人说，“要是警报响了，你们该怎么做？”

“快跑！”有人说，接着是此起彼落的声音，“快跑！”

“跑去哪里？”库洛问。

这回大伙儿齐声回答：“跑到防护箱去！”

他露出微笑。“很好。我们开始玩吧！”

孩子们一哄而散，只剩下那几个十几岁的孩子，故意在遮阳篷下多逗留一会儿，和年龄比较小的孩子保持距离。但瓦希斯知道，就算是这些大孩子，也会热爱奔向阳光的感觉。女人们开始玩牌，或者拿出毛线活来织，要不了多久，她们就都会开始各忙各的，比如躲在遮阳篷的阴影里看着孩子，拼命朝脸扇风消暑。瓦希斯召集男人，分发盐片，尽管不时喝水，但是在大太阳底下工作的人还是有脱水的危险。他们在水泵底下装好了一罐罐的水。瓦希斯并不需要对他们再解释工作的内容。剪除玉米雄蕊的工作很费力，但却也是他们做过许多次的简单任务。每隔三排玉米，就有一个品种来培育另一个品种的玉米。这一排的玉米必须摘除雄蕊，以免自体授粉而结果实。到了收获的季节，这一排玉米会长出新的杂交品种，更具有生命力，可以用来作为来年播种的种子。多年前，瓦希斯的父亲第一次对他解说这个过程的时候，他觉得很兴奋，甚至觉得这工作隐约带有几分色情的意味。毕竟，他们的工作是繁殖过程的一部分，虽然繁殖的只是玉米。可是这工作的劳累程度——在烈日下劳动多时，如雨般纷纷飘下的花粉沾得满脸满手，昆虫在脑袋旁边嗡嗡转，想方设法找机会钻进人的耳朵、鼻子和嘴巴——很快就让他打消了这些奇思异想。在田里干活的第一个星期，就有个人因为中暑而倒地不起。瓦希斯不记得那人是谁，也想不起来他后来怎么样了。大伙儿就只是把他抬上下一班交通车，之后就回去干活了，那人很可能已经死了。

戴上厚重的手套、宽边的草帽，长袖衬衫拉到手腕的位置，这批男人整装待发时已经满身大汗了。瓦希斯凝望岗楼，提夫第已经在那上面就位，拿着望远镜观察林木线。库洛说得没错，提夫第应该是站在那上面的人。无论提夫第·拉蒙特的其他传闻是否属实，他当射手的本领是绝对无可辩驳的。然而，在经过这么多年之后，听到有人提起这人的名字，瓦希斯心中依旧再次燃起怒火。老实说，时间的流逝只会让这种感觉更加强烈：每过去一年，波兹未能拥有的人生就会再添一年。为什么提夫第就该长大成人，而波兹却不行？在思虑比较缜密的时候，瓦希斯能意识到自己的情感反应很不理性。在那个攸关生死的夜晚，提夫第或许是带头煽风点火的人，但是他们任何一个人都可以提出反对，那么波兹就不会死了。然而，虽然提夫第此时此刻正端着来复枪扫视林木线，默默保护着瓦希斯的孩子，但不管迪伊怎么说，不管库洛或提夫第自己怎么说，瓦希斯还是坚持相信提夫第是唯一需要受到谴责的人。到头来，他被迫把这种情感反应当成是自己人格的失败，暗自压抑在心里。

他把工人分成三组，每一组负责四排玉米。接着，他们走到遮阳篷下说再见，然后开始分头工作。田野上有人在玩足垒球，岗楼旁边有人在玩用马蹄铁套圈的游戏。迪伊和莎莉、露西·马丁内兹一起在篷下休息，玩着牌。她们的牌戏总是玩得没完没了，有时得玩上好几天才结束。

“我们准备好要上工了。”

她放下手里的牌，扬脸看他。“过来。”

他摘掉帽子，弯腰接受她的吻。

“天哪，你已经臭烘烘的了。”她皱起鼻子大笑，“这恐怕是你今天的最后一个吻了。”然后她说，“我应该叫你小心点吗？”

永远都是同一个答案。“如果你想的话。”

“好吧，那么，小心点。”

妮蒂亚和希丽来到遮阳篷下，她们俩的头发和连身裤上都沾着草屑，很像是在泥地里打过滚儿的小狗。

“抱抱爸爸，女儿们。”

瓦希斯蹲下来，把她们揽进怀里。“要乖乖听妈妈的话，好吗？我会回来吃午饭。”

“我们两个是同伴。”希丽说。

他从她们被汗水浸湿的头发上摘掉草屑。有时候，光是看着她们，他的心中就会涌起一股浓烈的爱，害得他湿了眼眶。“你们当然是同伴啦。只要记得库洛舅舅教你们的，待在妈妈看得见你们的地方。”

“卡尔森说田里有怪物，”希丽说，“喝血的怪物。”

瓦希斯飞快地瞟了迪伊一眼，她耸耸肩。这不是第一次有人提到这个话题。

“噢，他乱说。”瓦希斯对希丽说，“他是想吓你，和你开玩笑的。”

“那为什么我们不能到田里去？”

“因为规则就是这样的啊。”

“你保证没有喝血的怪物？”

他尽力挤出最大的微笑。瓦希斯和迪伊都同意模糊地带过这个问题，能拖多久就拖多久。然而，夫妻俩也都知道，他们不能永远瞒着女儿们。

“我保证。”

他再次拥抱她们，先一一拥抱，再同时拥她们两个入怀，然后他走向田野边缘和其他队员会合。高达一米八的绿墙，一排排的玉米，构成一条条长廊，一直延伸到防风林里。太阳已经越过了不可见的界线，把时间朝中午推进。没有人开口讲话，瓦希斯最后一次看表。**注意时钟，了解最近的防护箱位置。若有疑问，快跑！**

“好吧，各位，”他戴上手套说，“我们把工作搞定吧。”

伴随着这句话，他们一起踏进田里。

就某个意义来说，他们之所以成为今天这样的人，都是因为那一夜的关系，也就是他们童年的最后一夜。库洛、瓦希斯、波兹、迪伊，他们四个总是混在一起。他们每天的活动范围被限定在城市的高墙之内，接受管理学校的修女与管理其他一切事务的地方卫队队员的监视。他们窝在尘土里，聊着八卦，转述传闻和故事。放学回家途中，脸和手都脏兮兮的这四个人躲在住宅区后面的巷子里。世界是什么模样？世界在哪里？他们什么时候才能见识世界？他们的父亲去了哪里？有时候连母亲也会去。不知去了哪里，回来时身上带着工作、责任与莫名担忧的气味。去了外面，没错，可是外面和城里有什么不一样？外面感觉起来会是怎样的？尝起来、听起来又会是怎样的？为什么不时有某些人，某位母亲或父亲，会一去就不再回来，仿佛墙外有不可见的领域，有将他们吞没的力量似的？呆呆鬼、德古鬼、吸血鬼、跳跳鬼——他们都听过这些名字，但是无法完全理解这些名词的意义。德古鬼是其中最卑劣的，也有人叫他们跳跳鬼或吸血鬼（只有老人家才这么叫）。另外还有呆呆鬼，他们和德古鬼差不多，但并不一样。他们也很危险，没错，可是并没那么严重，这比较像是碰上蝎子或蛇的那种不快的感觉。有人说呆呆鬼是活得太久的德古鬼，也有人说他们是完全不同的东西，因为呆呆鬼根本不是人变的。

这就又牵扯出另一个问题。如果病鬼原本是像他们这样的人，那为什么会变成现在这个样子呢？

但最棒的故事是关于伟大的尼尔斯·科菲上校的。科菲上校，远征军的创始人，勇敢无惧地横跨世界，奋战而亡。科菲的身世，就像与他有关的一切一样，都蒙着神秘的色彩。他是个来历不明的人，由修女抚养长大；他是个孤儿，在一次复活节病鬼入侵事件中，目睹双亲丧命；他是个某天突然出现在大门口的流浪者，一名身穿兽皮的少年战士，长矛上穿着病鬼的头颅。他只身一人杀了一百个病鬼，一千个，一万个，数目不断增长。他从未踏进城里一步；他隐身在众人之间，穿着普通人的衣服，像个农工般隐藏自己的身份；他根本就不存在。据说他的手下都要立誓，要立下血誓，不是对上帝，而是对彼此立誓。他们剃掉头发当成是誓言的象征，赴死誓言的象征。他们远征高墙之外，不只是在得州内，还到俄克拉何马市，堪萨斯州的威奇托，新墨西哥的罗斯威尔。在床铺上方的墙壁里，波兹藏了一份旧美国的地图，一个个褪色的色块连接在一起，像拼图似的；每听说一个新的地方，他就插上一根大头针，然后在针与针之间连起线，标示科菲的远征路线。在学校里，他问哥哥在油道工作的佩格修女是否听说过什么，知道些什么，远征军发现了其他的幸存者，整座小镇，甚至整个城市满满的都是人，是真的吗？修女没有答案，但是每当他们提到他的名字时，修女的眼睛里就会有一道光彩闪现，他们看见并知道那是希望的光芒。科菲就是这样的人物，无论他从哪里来，也无论他做了什么，科菲就是希望存在的原因。

后来，在很多年之后，在波兹离去多年之后，在他们的母亲也过世之后，瓦希斯不禁怀疑，他和弟弟为什么从来不跟爸妈谈起这些事？这难道不是最理所当然的做法吗？然而搜索记忆，他却想不起曾经在任何场合提到过。正如他也想不起妈妈或爸爸曾经提起过波兹的地图一样。为什么会这样呢？而且那张地图后来下落如何呢？怎么在瓦希斯的记忆里，前一天还在，隔天却不见了呢？仿佛科菲和远征军的故事都是秘密世界的一部分，是属于男生秘密世界的一部分，一旦消失，就永远消失了。有好几个星期的时间，这个问题搞得他心神不宁，所以有一天吃早餐时，他终于鼓起勇气问爸爸，爸爸哈哈大笑。“你在开玩笑吗？”萨德·瓦希斯当时并不算老，但是看起来却像上了年纪似的，头发和一半的牙齿都掉了，皮肤上永远泛着一层酸酸的汗渍油光，搁在餐桌上的那双手骨瘦如柴。“你当真？你不是个坏孩子，可是波兹——那孩子老是唠叨个没完没了。科菲，科菲，科菲，整天念叨个不停。你不记得了吗？”他的眼睛突然蒙上了一层哀痛，“那张蠢地图。老实告诉你吧，我不忍心把它撕掉，可是我很讶异于你竟然动手了。这辈子没看你哭得那么凄惨过。我想你是搞懂了，这一切根本是狗屁，科菲和其他人，都只是泡影。”

可是，不会是泡影的，过去不会，未来也不会。他们这么爱波兹，这一切怎么可能是泡影呢？

是提夫第，当然是他。满口谎言的提夫第，爱编故事的提夫第，渴望被需要的提夫第。他什么蠢话都说得出口！是谁说他亲眼见过科菲的？是提夫第。他们全都哈哈大笑：“你真是屁话连篇啊，提夫第。你根本没见过科菲或其他任何人。”然而，在嘲弄声中，这念头却开始找到自己的容身之地；打一开始，这男孩便有这样的天分，他可以让你相信某一件事，虽然你明明知道不是这么回事。他就这样悄悄地加入了他们的圈子，没有人说得上来这是怎么发生的。前一天还没有提夫第，隔天就有了。这天和其他日子并没什么不同：教堂、学校，三点钟迟迟不来；然后钟声响起，突然解放，三百个身体如潮水般拥过走廊、楼梯，踏进午后的空气里；从学校走回他们的房舍，同学分道扬镳时仰脸道别，直到最后只剩他们四个。

其实也不尽然。他们钻进巷子里，里面塞满了旧的购物推车、塌陷的床垫和破损的椅子——大家习惯把垃圾往房舍后面堆，才不管区长是怎么说的。他们发现有人跟踪他们。一个男生，瘦得像竹竿，脸憔悴不堪，顶着一头活像从高处掉到他头顶的金红色头发。虽然是湿寒逼人的一月份，但这男生却没穿外套，只套着毛衣和牛仔裤，脚上穿着一双塑料拖鞋。他远远地尾随他们，双手插在口袋里，距离近得足以勾起他们的好奇心，却也不至于感觉被威胁。这是试探的距离，仿佛在说：我是个有意思的人，或许你们想给我个机会。

“你猜他要干吗？”库洛问。

他们走到巷子深处。之前他们在这里用废木柴搭了间小棚屋，还铺上了弹簧都露出来了的发霉床垫当作地板。那个男生在十米外就停下了脚步，一双脚在泥土里蹭来蹭去的。他脸上的那种神态，不知为什么，让人觉得他身体的各个部分像是随意拼在一起的，仿佛他整个人是由四个不同的男生拼凑而成的。

“你在跟踪我们？”库洛问。

男生没有回答。他低着头移开视线，像只不愿和人眼神接触的狗。从这个角度，他们能看见他的左脸有块色斑。

“你耳朵聋啦？我在问你问题。”

“我没跟踪你们。”

库洛转头看了一眼其他人。库洛比其他人大一岁，是这个团队里非正式的头头。“你们认识这个家伙吗？”

没人认识。库洛又回头看那个男生。“我说，你叫什么啊？”

“提夫第。”

“提夫第？提夫第是什么名字啊？”

他的眼睛盯着自己的拖鞋鞋头。“就只是个名字。”

“你妈妈帮你取的？”库洛问。

“我没妈妈。”

“她是死了，还是抛弃你了？”

男生的手在口袋里像是摸索着什么似的。“我觉得可能都是吧，既然你这么问的话。”他看了他们一眼，“你们是个团队吧？”

“你为什么这样说？”

那男生耸起瘦瘦的肩膀。“我老是看到你们在一起。”

库洛看了其他人一眼，又转头看着那个男生，无可奈何地叹了口气。

“嘿，别像个傻瓜那样站在那里。过来，让我们看看你。”

那男生走近他们。瓦希斯觉得他身上有种熟悉的感觉，可能是他那卑躬屈膝的神态。瓦希斯之所以有这个感觉，很可能是因为他们中的任何一个人都有可能会像他这样落单。这时他们看清楚了他脸上的那块色斑，其实是一片很大的紫色瘀青。

“嘿，我认识这个家伙，”迪伊说，“你住在扶助院，对不对？我看见你和你爸一起搬进去。”

山岗国家扶助住宅是个大杂院，挤了很多个家庭。大家都把那里称为扶助院。

“真的吗？”库洛说，“你刚搬进去？”

那男生点点头。“从 H 镇搬来的。”

“你和他一起住？”库洛问，“你爸？”

“我还有个姑姑，萝丝。大部分时间都是她在照顾我。”

“你口袋里有什么东西？我看见你一直在玩。”

男孩把手从口袋里抽出来拿给他们看：是一把折叠刀，但是很厚，里面有很多不同的装置。库洛接过来看，其他三个人也把脸凑近看。除了普通的刀片之外，还有锯子、螺丝刀、剪刀、开瓶器，甚至还有一个放大镜，但镜片已经因为年代久远而变得模糊。

“你从哪里弄来的？”库洛问。

“我爸给我的。”

库洛皱起眉头。“他是做买卖的？”

男孩摇摇头。“不是的。他是水工，在水坝工作。”他朝那把折叠刀点了点头，“你想要就留下吧。”

“我要你的小刀干吗？”

“嘿，他不想要，那我要。”波兹说，“给我吧。”

“闭嘴，波兹。”库洛缓缓地打量那个男生，“你的脸是怎么回事？”

“我摔倒的时候撞到了。”

他的语气并没有自我保护的意味。然而，他们全都觉得这个谎言很没有说服力。

“比较像是撞到拳头吧。你爸干的，还是其他人？”

男孩什么都没说，但瓦希斯看见他的下巴在微微地抽动。

“库洛，放过他吧。”迪伊说。

可是库洛还是紧盯着那个男孩不放。“我在问你问题。”

“他有时候会揍我，喝了酒以后。萝丝说他不是故意的，只是因为我妈的关系。”

“因为她离开你们？”

“因为她在生我的时候死了。”

那男孩的话在空中流连不去。不管他说的是真是假，他们都无法拒绝他的请求。

库洛把小刀还给他。“拿去吧，收好。我不想要你爸的刀子。”

男孩把小刀放回口袋。

“我叫库洛。迪伊是我妹妹。这两个是波兹和瓦仔。”

“我知道你们是谁。”他不太确定地看看他们，“那么我也是你们团队的成员了？”

“要我跟你说多少遍？”库洛说，“我们不是团队！”

就这样，拍板定案：提夫第是他们的一员了。后来，他们都认识了布雷·拉蒙特。这个凶猛，甚至可以说是可怕的男人，他的一双眼睛永远会因为大家称之为“来一口”的非法私酿威士忌而闪闪发亮。每天晚上，他都会用他那因喝了酒而变得低沉的嗓音喊着提夫第，声音从窗口传出来，宛如一声声的警报。“提夫第，该死的东西！你最好趁我去找你之前先滚进来！”男孩不止一次带着新的瘀伤来到巷子里，有一次手还吊着绷带。他那个易怒的爸爸还把他从房间这头摔到那头，弄得他肩膀脱臼。他们应该叫地方卫队来吗？或告诉他们爸妈？萝丝姑姑呢？她帮得上忙吗？可是提夫第总是摇头。他对自己的伤似乎一点都不生气，那种抿紧嘴唇听天由命的态度让他们不由自主地敬佩。那似乎是一种力量。“别告诉其他人，”那男孩说，“他就是这样的人。这种事情是改变不了的。”

还有其他的故事。关于提夫第的曾祖父，他自己是这么说的：他曾祖父是签署得州宣言的人，也是负责督导油道清理工作的人；他祖父是一次复活节入侵事件中的英雄，在病鬼的第一轮袭击之中就被咬了致命的一伤，然后他奋勇率队从泄洪道发动攻击，最后在自己的手下面前用自己的刀终结了自己的生命，壮烈牺牲；还有他的表哥，提夫第不肯说他叫什么名字（“每个人都只叫他表哥”），是个被通缉的帮派分子，直到现在都还是 H 镇最有地位的大人物；他的妈妈是个大美人，还不到十六岁时就有九个人向她求过婚，其中一个最后还成了总统的幕僚。英雄、显贵、罪犯，各式各样的重要人物出现在多彩多姿的盛大场面里，既活跃于他们所知的世界，也存在于隐藏的地下世界，那个黑帮的世界。提夫第认识好多那些有人脉的人。一扇扇不平凡的大门为提夫第·拉蒙特敞开。尽管目前看起来提夫第只有一个H镇水工出身的酗酒父亲，尽管现在他只是一个脸上有瘀青、身上衣服从来不洗、骨瘦如柴的小孩，尽管他是由他的老处女姑妈带大的，还和他们其他人一样住在扶助院里，但是提夫第讲的那些故事太棒了，太有趣了，让他们不得不相信。

可是他说他见到过科菲——这就太夸张了。这种说法简直是违背事实的。科菲是个不可知的人物，科菲就像病鬼一样，是个如魅影般迷离的东西。然而，提夫第的故事还是有几分事实的色彩。他曾经和父亲到H镇，到那个无法无天、街头巷尾都是简陋棚屋的地方去见他表哥，见他那个混帮派的表哥。机工房后面的房间里摆了一部蒸馏机，一部好大的机器，活像是一条身上布满电线和管子的活龙，或者说是个一直在冒着蒸汽的大锅。一群眼神凶狠、咧嘴一笑露出黄黑牙齿、皮带里插着手枪的男人聚集在那里，一沓沓钞票在他们之间转手，一瓶瓶“来一口”从蒸馏机里被酿了出来。他们常到那里去集会。提夫第以前对他们描述过很多次，然而，这一次情况有些不同。这一次，那个房间里多了个男的。他和其他人很不一样，他不是做黑市买卖的人——提夫第一眼就看出来了。这个人身材高大，散发着军人的挺拔气质。他站起来走到一旁，提夫第看不大清楚他的脸孔，只见他理了个平头，身上穿着束着腰带的深色大衣。无论这个人是谁，他显然是个有紧急要务的人。提夫第的父亲通常都在那里逗留很久，喝酒或和其他人交换H镇最近的大小情报，但是那天晚上却没有。提夫第那个身躯庞大、坐在桌子后面活像一个蛋端坐在巢里的表哥，默默地接过了他爸爸递来的钞票。他们好像才刚进门，就急匆匆地离开了。直到远离了机房，他爸爸才说：“你知道你在那里见到的那个人是谁吗，小子？嗯？你不知道吗？我告诉你他是谁。那个人就是尼尔斯·科菲本人。”

“我再多透露一些吧。”他们五个人挤在巷子里的那间棚屋里。提夫第用那把终究还是留在他身边的小刀刮着泥土。“我老爸说他在水坝底下有个营区。就在那片空地上，他们都是一副待在墙外也没什么大不了般的样子。他们会吸引德古鬼上门，然后用陷阱捕杀他们。”

“我知道！”波兹大叫。这小男孩的脸闪闪发光，无比兴奋。他转向瓦希斯。“我告诉过你吧？”

“别开玩笑了！”库洛骂道。在他们之中，他扮演的是质疑者的角色，把怀疑当成自己的责任。

“我跟你们说，那就是他啊。你可以感觉得出来，每个人都感觉得出来。”

“科菲和一群搞买卖的人混在一起干吗？你倒是说说看。”

“我怎么会知道？说不定他是去替手下买酒。”提夫第又有了一个新的念头。他倾身向前，压低声音。“再不然就是去买枪。”

库洛嘲弄般地笑起来。“听听看这孩子在说什么。”

“你爱笑就笑好了，可我真的见过那些武器。我说的是如假包换的军方武器，是以前留下来的东西。M16，自动手枪，甚至榴弹发射器。”

“哇！”波兹说。

“你表哥去哪里弄这些东西来？”瓦希斯问。

提夫第挪动了一下膝盖，四下张望，仿佛要确保没人听见他们说的话似的。“我不知道是不是该告诉你们。”他接着说，“那里有个军械库，在圣安东附近，是以前的陆军基地。表哥从那里弄来的手枪。”

“我实在听不下去了。”库洛说，“你根本没见到科菲或其他人。”

“你是说你不相信他是真的存在？”

这个想法简直是异想天开。“我才没这么说呢，我是说你没见过他。”

“你怎么说，瓦仔？”

瓦希斯觉得左右为难。提夫第说的事有一半都是狗屁不通——也许不止一半。但另一方面，他又有很强烈的冲动想要相信科菲是真的存在的。

“我不知道，”他勉强说，“我猜……我不知道。”

“这个嘛，我相信他。”迪伊大方地说。

提夫第睁大眼睛。“听见没？”

库洛嗤之以鼻。“她是个女生，女生什么都会相信。”

“喂！”

“嗯，这是事实。”

提夫第和年龄较大的这个男孩四目交接。“要是我说你也可以亲眼见到科菲呢？”

“我怎么见得到？”

“很简单。我们可以穿过泄洪道啊。我去过那里好多次。每年的这个时节，他们要到天亮才会泄洪。那些通风管可以通到水坝底层，从那里看得见营区。”

这是个挑战。这绝对是个挑战。

“那里才没有什么该死的营区，提夫第。”

他们花了三天的时间才鼓足勇气决定去冒险，而且库洛还不准妹妹迪伊跟着一起来。他们的计划是在爸妈睡着之后偷偷地溜出来，在棚屋碰面集合。提夫第已经规划好了去水坝的路线，让他们可以避开地方卫队巡逻的路线。

提夫第来的时候已经过了半夜，其他人早就在等他了。他出现在巷子尽头，飞快地朝他们走来，外套蒙在头上，两手插在口袋里。钻进棚屋之后，他拿出了一个塑料瓶。

“液体勇气。”他旋开瓶盖，交给瓦希斯。

是“来一口”威士忌。瓦希斯和波兹的父母都是虔诚的人，每个星期天都到教堂去见修女，所以他们是绝对不允许这种东西进他们家门的。瓦希斯拿起瓶子凑近鼻子，澄净的液体，散发着刺鼻的化学臭味，很像碱皂。

“给我。”库洛下达指示。他抓过瓶子，喝了一口，然后交还给瓦希斯。

“难道你以前没喝过啊？”提夫第问瓦希斯。

瓦希斯想办法装出一副被冒犯的样子。“我当然喝过，喝过很多次。”

“你什么时候喝过的？”波兹挖苦他。

“你不知道的事情可多着呢。”瓦希斯恨不得能捏住鼻子。他小心翼翼地尝了一口，很快吞下，免得被那味道呛着。但是鼻腔立即蹿上了一股辛辣感，仿佛滚烫的火流淌下喉咙。天哪，真是可怕！他咳得气喘连连，眼里涌上泪水，所有的人都哈哈大笑。

下一个是波兹。让瓦希斯很难堪的是，他这个弟弟竟然连眉都不皱一下，就灌下一大口。这瓶酒又轮了三圈。到第四圈的时候，就连瓦希斯也能喝了，可以灌下一大口而不再咳嗽。他很纳闷自己为什么一点感觉都没有了，但是站起来的时候他才发现自己是有感觉的：他脚下的地板前后晃动，得伸出一只手来保持平衡。

“走吧。”提夫第说。

来到水坝时，他们都像疯子那样咯咯笑个不停。过去的这几分钟发生了一些改变，他们好像花了好长的时间才走到那里，但又好像没花时间就走到了那里。瓦希斯有一点零碎的印象，他知道他们躲在卡车底下避开地方卫队的巡逻，但是不记得确切的情况，也不记得他们是怎么逃过一劫没被抓住的。他知道自己喝醉了，可是他完全没办法思考这个问题。他们在阴影里暂停了一下，因为有人——就是波兹，瓦希斯发现弟弟是醉得最厉害的一个——在草堆里吐了。而迪伊，她在这里干吗？她是在一路跟踪他们吗？库洛骂她，叫她回家，可是迪伊就是迪伊——一旦她下定了决心，就谁也无法改变。事实是，瓦希斯爱着迪伊，他一直都爱着迪伊。这份爱在这时突然变得难以克制，仿佛一只情感的气球在他的胸膛不断膨胀，他正要鼓起勇气告白的时候，刚才不知道跑到哪里去的提夫第走了过来，要他们跟他走。

他带他们到一幢水泥建筑里，这里有一架铁梯通往地下。楼梯底端是一个维修通道，墙面水淋淋地渗着湿气。他们已经在水坝里了，在泄洪口上方的某处。装在铁笼里的灯泡在墙壁上映出拉长的影子，急速上升的肾上腺素让瓦希斯的意识开始重新聚焦。他们来到墙上的一个舱门口，有一把生锈的铁转轮锁住了舱门。库洛和提夫第各持一端，使尽全力去推，但是那铁转轮还是一动也不动。

“我们需要有个东西来当杠杆。”提夫第说。

他消失在隧道里，再回来的时候带了一根管子。他把管子穿进铁转轮的轮辐里，用力一撬。吱呀一声，铁转轮开始转动，门打开了。

里面是一条垂直的通道，有一道梯子通往下面。提夫第拿出一盏帽灯照明，然后抽掉门上的那根撬管，丢进洞里。提夫第先钻进去，接着是瓦仔、迪伊和波兹，库洛押后。

他们进到一条宽阔的管道里，这是六条泄洪道之中的一条。透过泄洪口，蓄水库里的水每天泄洪一次，经由泄洪道流到农田里。在他们的背后，有一百万加仑的水蓄积在水坝里。空气冰冷，闻起来有石头的味道。一条细细的水流从他们的脚下淌过，一路流到出口，一小束月光照映着苍白的夜空。他们悄悄往洞口前进。瓦希斯的心脏在胸口狂跳。夜的世界，墙外的世界，超乎想象。离出口还有三米距离的时候，提夫第蹲了下来，其他人也都像他一样。沉重的铁条挡住了出口。

“我先出去。”提夫第低声说。

他匍匐爬向隧道尾端。其他人都完全静止不动。在瓦希斯醉酒的脑袋里，科菲的营地成为次要的目的，这天晚上纯粹是勇气的试炼，至于目标是什么，根本无关紧要。铁条坚固得足以抵挡病鬼，并不危险，瓦希斯甚至半怀期待地等着一只瘦长的手伸进来抓住他们的朋友，把他撕成碎片。在酒后迟迟不退的昏沉里，他突然想到迪伊应该会很害怕，他应该想办法让她安心，可是他想不出来该说什么，这个念头便在他心里慢慢凋亡。

在隧道口，提夫第起身变成跪着的姿势，抓着铁条往外看。

“你看见什么了？”库洛问。

一阵沉寂。接着，他们这位朋友说了三个字：“见……鬼了！”

这语气让瓦希斯觉得不对劲。这不是有什么发现，而是悚然一惊。

“怎么了？”库洛轻声问，声音压得更低了，“科菲在那边吗？”

“我要看！”波兹大叫。

“别吵！”库洛吼他，“提夫第，该死，到底怎么了？”

瓦希斯已经感觉到了。轰隆隆的声音，宛如雷电，接着是铁齿轮咬合的尖锐怒吼，声音从他们的背后传来。

提夫第跳了起来。“快走！”

是水。瓦希斯听见的是水从蓄水库里流出来的声音。先是从第一个泄洪孔出来，接着是第二个，第三个，依序而下。这就是提夫第所看见的景象。

他们会被大水冲得四分五裂。

瓦希斯站起来，拉着波兹的手臂拖他走。但是波兹挣脱开来。

“我要见他！”

“那里什么都没有！”

波兹都快哭出来了。“有，明明就有！”

波兹冲向洞口，提夫第和其他人都已经开始跑向梯子了。轰隆声变得更近了，紧邻着他们的那个泄洪孔已经冲出水了，接下来就轮到他们这里了。再过几秒钟，水墙就会压倒他们。在隧道口，瓦希斯拦腰抱起弟弟，但是弟弟还是死命地抓着铁条。

“我看见他了！那是科菲！”

瓦希斯使尽全身的力气拼命地拽他，两人一起跌在地上。其他人喊着：“快来！快来！”瓦希斯抓起弟弟的手开始跑。库洛站在梯子底端朝他们挥手。瓦希斯开始觉得耳朵里出现压力，一阵冰冷的风迎面扑来。随着库洛的身影消失在梯子上，瓦希斯也开始往上爬，弟弟跟在他背后。

然后，水来了。

水扑向他，宛如拳头挥来，一千个拳头。在他下面的波兹惊恐地大叫。瓦希斯想办法抓紧梯子，其他的，他就无能为力了。只要放开一只手，他马上就会被冲走。水涌进了他的嘴，他的鼻。他想叫唤弟弟的名字，但是发不出声音。就这样完了，他想，一个错误，然后一切都完了，就这么简单。

是库洛把他拉起来的。库洛，他一辈子的朋友库洛，在他娶迪伊时站在他身边的库洛，在每个人都带着儿女到田野玩的这天替他照看女儿的库洛，会与他在多年之后同为生命做最后奋斗的库洛，在瓦希斯的手松开之际，库洛探身到水下搂住他的腰，把他拉了起来。等瓦希斯回过神来，他们已经在往上爬了，沿着维修通道往上爬，脱险而返。

但是波兹没有。那男孩的尸体到隔天早上才被找到，被卡在了铁条上。或许他见到了科菲，也或许没有。提夫第始终没有给他们答案。随着时间的推移，瓦希斯开始觉得这并不重要。就算波兹看到了科菲，也并不能让他感到安慰。

到了正午时分，摘蕊工作队已经处理完六万五千平方米的玉米田了。太阳炽烈，天空连一片云都没有，在一个早上的嬉闹之后，就连孩子们也都躲到了遮阳篷底下。在水泵旁边，瓦希斯摘掉帽子灌了一杯水喝掉，然后又灌了一杯泼到脸上。他脱掉被汗水浸湿的衬衫，拿来抹了抹身子。老天爷啊，真是热！

女人和孩子们已经都吃饱了。工作队聚集在遮阳篷下吃午饭，面包与奶油、水煮蛋、腌肉，一块块奶酪，一壶壶水与柠檬汁。库洛从岗楼下来，拿了满满一盘子的食物，可却没看见提夫第的人影。好吧，那又怎样？提夫第爱干吗就干吗吧。他们专心地吃着，一句话都没说。再过一会儿，他们所有的人就在遮阳篷下面打盹儿。

"一个小时，"瓦希斯从餐桌旁站起来说，"别太享受了。"

他爬上梯子到岗楼上面，看见库洛正拿着双筒望远镜观看整片田野。他的来复枪靠在栏杆上。

"有什么有趣的吗？"

有那么一会儿，库洛没回答。他把望远镜交给瓦希斯。"六点钟方向，过了林木线那边。告诉我，那是什么。"

瓦希斯仔细看。什么都没有，只有树木，以及更远处的褐色山丘。"你觉得你看见什么了？"

"我不知道。亮亮的东西。"

"像金属？"

"嗯。"

一会儿之后，瓦希斯拿开望远镜，"不见了。也许只是太阳光反射在镜片上。"

"八成是。"库洛喝了一口水壶里的水，"下面情况如何？"

“他们马上就都会睡着，好几个小孩都睡着了。我想大家都没想到今天会这么热。”

“得克萨斯的七月啊，老弟。”

“贡纳想知道他能不能帮忙。那孩子被满腔的热血冲昏脑袋了。”

库洛拿起来复枪。“那你是怎么回答他的？”

“我说，你等着吧。总有一天你会知道自己有多疯狂。”

库洛笑起来。“我们都一样，迫不及待想赶快踏进这个世界。”

“也许你不是迫不及待。”

库洛沉默不语，凝望着栏杆外面。瓦希斯察觉到有某件事情困扰着他这位朋友。

“听我说，”库洛说，“我做了决定，我希望亲口告诉你。你知道大家都在传言远征军要回来了。”

瓦希斯也听过这个传言。这不是新鲜事，这样的传言不时流传。自从科菲和他的手下消失之后，这个消息就没有真正停止过。

“大家常常这么说。”

“这一次不只是说说而已。军方已经在地方卫队征求志愿者了，希望能组建两百人的队伍。”

瓦希斯打量着眼前的这位朋友。他在说什么？“库洛，你不可能是认真的。那根本就是些小孩的玩意儿。”

库洛耸耸肩。“在当时，或许是吧。在波兹出事之后，我知道你对这件事的看法。可是你看看我的人生，瓦仔。我没结婚，没有自己的家庭。我还在等什么？”

这些话的意义突然间昭然若揭。“天哪，你已经签了，对不对？”

库洛点点头。“我昨天已经向地方卫队递出辞呈了。可是要等我宣誓之后才正式生效。”

瓦希斯震惊得一句话都说不出来。

“听着，先别告诉迪伊。”库洛说，“我想要这么做！”

“她会很难过的。”

“我知道。所以我才先告诉你。”

噪声打断了他们的谈话，是货车开过便道的声音。那车开进集合场停在了遮阳篷底下。提夫第从车里爬出来，他走到货车后面拉开尾门。

“咦，他弄来了什么？”

是西瓜。所有的人都围了过来。提夫第开始切西瓜，把一片片滴着瓜汁的西瓜分给孩子们。西瓜啊！在大热天里吃西瓜简直太幸福了！

“老天爷啊，”瓦希斯看着这个场景咕哝说，“他从哪里搞来这些的？”

“提夫第的东西都是从哪里搞来的？可是你不得不佩服这家伙。他死的时候绝对不会没有朋友。”

“我又没说什么。”

库洛看着他。“你不必喜欢他，瓦仔。我没有资格对你说这些，可是他很努力地在尝试补救，你至少要承认这一点。”

楼梯的门打开来。迪伊端了两个盘子上来，每个盘子上都有一块西瓜。

“提夫第带……”

“谢谢，我们看见了。”

她脸上的表情瓦希斯太熟悉了。那表情就是在对他说：别计较了，拜托，今天一天就好，这只不过是西瓜啊。

库洛从她手上接过两个盘子。“谢谢，迪伊。来得真是时候，替我谢谢提夫第。”

她瞥了一眼瓦希斯，然后又看着哥哥。“我会告诉他的。”

瓦希斯知道他看起来像个小心眼的笨蛋，也知道如果他不说几句话改变话题，他这一整天心里都会有这种不愉快的感觉。

“孩子们还好吧？”

迪伊耸耸肩。“希丽已经没有精神头了。小妮和爱莉还有其他人去玩了，她们去摘野花。”她顿了一下，用手背擦擦额头，“你们真的要回田里去？真不知道你们怎么受得了。也许可以等到太阳落一点的时候再去。”

“还有好多工作要做。你不必担心我。”

她又盯着他看了一会儿。“好吧，反正我是这么觉得啦。你还需要我替你拿点什么上来吗，库洛？”

“不必了，谢谢。”

“那我就走了。”

迪伊离开之后，库洛往前递了递盘子。可是瓦希斯摇摇头。

“我不用，谢谢。”

库洛耸耸肩。他已经大口咬下他的那块西瓜，果汁宛如河流淌下他的下巴。吃到只剩西瓜皮之后，他指着另一块西瓜。“介意吗？”

瓦希斯用耸肩代替回答。库洛吃完第二块，用衣袖抹抹脸，把西瓜皮丢到一旁。

“你应该早点告诉迪伊的。”瓦希斯说。

三点钟，白昼正逐渐消逝。早晨还有微风隐隐吹拂，但现在，空气又开始静止不动了。在遮阳篷下，迪伊心不在焉地和瑟丝·考利玩牌，小刘易斯躺在她们脚边的篮子里。这个圆滚滚、好脾气的小宝宝，有着胖嘟嘟的手指和脚趾，还有柔软粉嫩的嘴唇。虽然天气这么热，但是他几乎一整天都没有哭闹，这会儿正在沉睡着。

迪伊至今仍然记得两个女儿还是婴儿时的日子。她们带给她的独特的感觉，那声音、那味道，还有那种强烈的肉体依附感，仿佛她和宝宝是一体的。很多女人都会埋怨：**我连一点自己的时间都没有，真希望她能快点学会走路**！可是迪伊对此从无怨言。才三十岁的她很愿意再多生一个，甚至是两个。再有个儿子一定会很棒，她想。可是规定很清楚，一家两个孩子刚刚好，这是规定。首长办公室正在讨论要把领地扩充到高墙外面，到那时规定或许就可以放宽。可是真到那时对迪伊来说很可能已经太迟了，他们只会有更多食物吃，更多油料用，更多地方可以逛。

对于瓦希斯——嗯，她还能怎么样呢？波兹的死在他心中筑起了一道无法跨越的障碍，经过这些年的时间，真相已经被扭曲放大，到最后变成他人生唯一的伤痛。提夫第还是提夫第，永远都是个有争议的人。前一天他还因为在浴室打群架，把某人的头砸进窗户里而锒铛入狱，隔一天就又变出了提夫第式的魔术，在焦灼炽热的夏日午后弄来一车黑市西瓜。他很可能会老死在监狱里，这似乎只是时间早晚的问题。然而你又无法否认，提夫第始终是他们的一员，对迪伊来说更是如此。迪伊常常困惑地看着大女儿，自己也搞不清楚事实究竟是怎样的。可能是这样，也可能是那样。从某个角度来看，妮蒂亚长得绝对像瓦希斯，但是这小女孩笑起来的样子或眯着眼睛看东西的神态，却又像提夫第·拉蒙特。

仅仅一个晚上，甚至连一个晚上都不到。从头到尾，他们两人之间的情事应该只存在了九十分钟。从开始到结束，仅仅九十分钟的时间，怎么可能会为人生造成一个这么大的问题？迪伊和提夫第在事后都同意这是个可怕的错误。虽然这个错误发生得无可避免，两人的事仿佛是被多年来无法抗拒的一股力量促成的。但他们不该再重蹈覆辙了。他们俩都是爱瓦希斯的，不是吗？他们两个人开了一个大玩笑，甚至还握手为盟彼此答应对此事闭口不提，恢复原本的老朋友身份，但实际上这肯定不是个玩笑。当时不是，九个月之后不是，到现在也依然不是。

我绝对不会让你受到伤害，提夫第告诉她，不只是在那个晚上，而是在好多个夜晚，说过好多次。**不只是你，还有那两个女孩和瓦希斯。无论如何，这都是我最庄严的承诺，是我对上帝立下的誓言。我会是你脚下的土地。你永远会知道我在这里。**迪伊是知道的，她始终都知道。要是她肯坦然承认的话，今天的这个主意，到田野上来个夏日野餐的主意，全是因为提夫第答应会陪他们来才会成形的。

迪伊爱提夫第吗？要是她爱，那又是哪一种爱呢？她对提夫第的感情和对瓦希斯的感情不同。瓦希斯很稳定，很可靠，是有责任心、肯忍耐的人，而且也是女儿们的好爸爸。提夫第虽说是个活生生存在的人，但却给人一种迷雾般的感觉。构成他这个人的，一半是具体存在的事实，还有一半是虚妄的谣言。而且毋庸置疑，她和瓦希斯属于彼此，这从来就没有疑问。在黑暗中单独共处的私密时刻，瓦希斯念着她的名字，声音中充满了热切的渴望，渴望到近乎痛苦的地步。瓦希斯就是这么爱她。他让她觉得……觉得怎样？觉得更真实。

仿佛她，迪伊・瓦希斯——已经去见上帝的席丝・库洛雪克与杰德迪亚斯・库洛雪克的女儿，世上最后的乐土得克萨斯柯厄维尔的居民，人妻人母——真实存在。

那么，她为什么又发现自己还在想着提夫第・拉蒙特呢？

在这炎热的七月午后，在他们带着孩子到田野上来玩的这天，迪伊的心思不知道又飘到哪里去了。迪伊看着手里的牌，完全没留意瑟丝打了什么牌。她还没回过神来，瑟丝就露出了得意的笑容，她成功地吃掉了迪伊的皇后。然后再两下、三下，结束了。瑟丝开心地把数字记在了本子上。

“再来一局？”

若是在正常的情况下，迪伊应该会答应，好打发时间。但是在暑热之中，牌局开始变得像劳动了。

“看爱莉要不要玩吧。”

走回遮阳篷来喝水的爱莉挥手拒绝，她把水勺凑在嘴边：“想都别想。”

“不要这样嘛，玩个几把就好。”瑟丝说，“我快中暑了。”

迪伊站起来。“我觉得我现在应该去看看女孩们在干什么。”

她走出遮阳篷。远远地，玉米秆顶端在微微晃动，是男人们在工作。她伸手遮住刺眼的阳光，歪着头看岗楼的顶端。鬼魅似的月亮，白昼里有一轮惨白的月亮正在悄无声息地朝太阳靠近。噢，这好奇怪，她之前没注意到。库洛和提夫第在岗位上。库洛拿着望远镜，提夫第端着来复枪扫视农田。他瞥见她，微微地挥手，这让她心中一慌，仿佛被他看穿自己正想着他似的。她充满罪恶感地对他挥挥手。

十几个孩子在玩足垒球，达西・马丁内兹在垒包上，担任投手的是贡纳。今天下午，贡纳已经成为非正式的保姆。

“你好，贡纳。”

这男孩——不，他已经是大人了，都十六岁了——看着她。“你好，迪伊，要不要玩？”

“太热了，谢谢。你看到那几个女生到哪里去了吗？”

贡纳看看四周。“刚刚还在这里的。要我去找找看吗？”

迪伊的忧心加重了几分。她们跑到哪里去了？她觉得自己应该爬到岗楼上，要库洛用望远镜追查她们的踪影。可是要爬上那段楼梯，她光想想就觉得费力。简单一点的做法就是，她自己去找。

“不用了，谢谢。要是她们回来了，告诉她们说我要她们到遮阳篷底下休息一会儿。”

“贡纳，快投球！”达西大叫。

“等一下。”贡纳看着迪伊，“我相信她们就在附近。她们明明两秒钟之前还在这里的。”

“没关系，我自己去找她们。”

在野花丛里，她想，她们八成是到那里去了。她现在不只是担心，更多的是恼火。在没告诉别人去向的情况下，她们不该乱跑的。这八成是小妮的主意。那个小女生的脑袋老是转个不停，不知道在想些什么。

他们还有五分钟。

提夫第站在观测平台上看着迪伊走开。

“库洛，望远镜给我。”

库洛把望远镜交给他。野花丛在岗楼的北侧，紧邻玉米田。她显然是要到那里去。她或许只是想离开个几分钟，提夫第想，远离孩子和其他的太太们。

他把望远镜还给库洛，拿着来复枪又扫视了田野一圈，然后用夜视镜指着林木线。

“那个亮亮的东西又回来了。”

“在哪里？”

“正前方，往右十度。”

提夫第把眼睛压在夜视镜上用力地看。远处有个长方形的东西，在树丛里反光发亮。

“那到底是什么？”库洛说，“是车子吗？”

“可能，另外那边有一条便道。”

“可是现在那里不可能有东西。”库洛放下望远镜，沉默了一会儿。“注意听。”

提夫第让心思安静下来。蟋蟀的叫声，微风轻拂耳际，水流过的声音。然后，他听见了。

“是车？”

“我听起来也像，”库洛说，“留在这里。”

他爬下楼梯。提夫第的眼睛贴在来复枪的夜视镜上。那个影像变得清楚了——是一辆很大的卡车，车身覆盖着某种电镀的金属。

他掏出对讲机。“库洛，是辆卡车，在树林外面。看起来不像地方卫队的。”

“知道了。蹲下。”

他看见库洛从岗楼底下冒出来，快步走向遮阳篷，挥手叫贡纳把孩子们全带过来。提夫第透过夜视镜望向田地，忙着工作的农工，一排排的玉米，标示防护箱所在位置的旗帜在无风的午后垂头丧气。一切正常。

但是并不是这么简单，有点不对劲。他的视线怎么了？他抬起脸看到一道阴影缓缓覆盖田野。

然后他听见了警报声。

他回头望向太阳，顿时明白了。他已经好多年不曾觉得害怕了，自从在水坝的那天晚上之后就没有过了。但是这一刻，提夫第觉得非常害怕。

一分钟。

瓦希斯最初察觉到光线产生变化，是因为视野中景物的细节逐渐消失了。可是为了抵挡如雨的花粉和午后光线，他戴着黑色的眼镜，所以他起初并没有把这个变化当成是什么大不了的事。一直到听见喊叫声，他才摘掉眼镜。

一个周围有圈白光的圆形正在逐渐遮盖太阳。

日食。

警报声响起，他冲过田埂。其他人也都在跑，在惊叫。“日食！日食！防护箱，快进防护箱！”他从玉米田里冲出来，跑向库洛和迪伊。

“女孩们呢？”

迪伊急疯了：“我找不到她们！”

黑暗如墨水般晕散开来。要不了多久，整片田野都会笼罩在黑暗里。

“库洛，快把大家带进防护箱。迪伊，和他一起去。”

“不行！她们人呢？”

“我会找到她们的。”他从腰间抽出手枪，“库洛，带她离开这里！”

瓦希斯跑回农地里。

提夫第的心脏因为肾上腺素而狂跳，他从岗楼快步冲到田野。什么动静都没有，但出乱子也只是时间早晚的问题。还有那辆卡车，那是什么？卡车仍然停在防风林的那一头。他想用对讲机和库洛联络，却联络不上。在混乱之中，库洛很可能根本听不见对讲机的声音。

他把枪托紧紧压在肩上。他们会从哪里来？树林？紧邻的野地？迪隆的队伍已经检查过所有的地方了，但这并不表示这里没有病鬼，只是他还看不见他们而已。

这时，他从眼角的余光瞥见玉米梗在微微晃动，很轻微的拂动，在田野尽头的一面旗帜附近。他的眼睛紧紧地贴在夜视镜上面。那个防护箱的盖子突然被打开。

那是他们没有检查到的地方，他们从来就没有检查过防护箱。

所有的人都在奔跑，抓着自己的孩子，冲过田野跑向防护箱。提夫第没命似的从岗楼底下冲出来。

“不！”

库洛腋下夹着两个孩子：普瑞许·马丁内兹和里斯·科莫。迪伊跑在他身边，后面跟着瑟丝和爱莉——瑟丝怀里抱着小刘易斯，爱莉带着梅丽和赛奇。

“去防护箱！”库洛大叫，“快到防护箱去！”

“他们在防护箱里！”

田野上响起一声枪响。迪伊看见提夫第跪下来迅速开了三枪。她一转头，正好看见第一个病鬼从玉米田里冲出来。

那个病鬼跳到了爱莉·铎德身上。

迪伊觉得想吐，她突然全身无法动弹。那个病鬼袭击爱莉之后，一口咬上了瑟丝的脖子。瑟丝不停地抽搐、尖叫，像只肚腹朝天的昆虫，四肢拼命挥动。这影像宛如突然出现的强光一样铺展在迪伊的眼前，她无处可躲，只能惊恐而无助地观望。

库洛跨步向前，枪管戳向病鬼的脑袋侧面，开火。

赛奇人呢？那孩子突然不见了人影。梅丽站在尘土中惊叫，迪伊拦腰抱起她开始跑。

到处都是病鬼。在惊慌失措中，大家纷纷朝遮阳篷冲去。这根本是没有意义的举动，因为遮阳篷无法提供任何安全庇护。病鬼群拥而至，把遮阳篷撕得粉碎。“岗楼！”提夫第高声喊，“到岗楼去！”可是来不及了，没有人听他的话。迪伊心里念着女儿，惦记着想向她们道别。一切都变得如此绝望，到头来，对孩子们的期望在霎时间烟消云散。这世界在转瞬间只剩下一个残酷的心愿：希望死亡能尽快带走她们。她暗自祷告，希望她们没有受苦，没碰上更惨的状况——被掳走。天底下最惨的就是被病鬼掳走。

一股强大的力量从她的背后逼近。迪伊踉跄倒地，小梅丽从她怀里摔了出来。她卧倒在尘土里，抬起眼看见哥哥在六米外用枪指着她。杀了我吧，迪伊想，不论接下来要发生什么，我都不想活着经历。童年时代的祷词从唇间流出，她闭上眼睛，对着尘土念念有词。

一声枪响。在她背后，有个东西倒下了，还发出动物似的呻吟声。她还来不及理出头绪，库洛就把她拉了起来。他的嘴巴莫名其妙地说着她听不懂的话语。他的来复枪不见了，身上只剩下那把手枪“丫头”。为什么会有人给手枪取名叫“丫头”？他到底为什么会替枪取这个名字呢？迪伊的脑袋一定是出问题了，她醒悟到，置身此地，在大家危急存亡之际，她担心的竟然是库洛的枪。她心里涌起了其他的思绪，奇怪的、可怕的思绪。像爱莉·铎德那样被撕成两半，是什么感觉？她那两个在野地上的女儿，现在怎么样了？好可怕啊，迪伊想，比自己的孩子活得久是多么恐怖的事啊！天底下所有恐怖的事情里，这是最恐怖的一种。库洛把她往门口那边拖。他做的是他以为她想要做的事，但是她并不想啊，一点都不想——事实上，她恨不得能早点死——突如其来的一股力气，让迪伊挣脱库洛的手，她跑向田野，呼唤着女儿的名字。

瓦希斯听见女儿的声音，她们在玉米田里的欢声笑语。他知道，她们还太小，不懂得害怕。她们偷偷溜去做被告诫不准做的事，对她们来说，日食只是一种游戏，光线变化的有趣游戏。瓦希斯沿着田埂往下跑，大喊她们的名字，他惊惶得气喘吁吁，拼命想锁定她们声音的位置。可声音忽而在他后面，忽而在他前面，接着又像是在他左右。她们的声音似乎从四面八方传来，甚至在他的脑袋里回响。

“小妮！希丽！你们在哪里？”

这时有个女人突然现身。她站在田埂中央，身披黑色斗篷，宛如童话里的人物，像某个住在森林里的人物；她头上罩着斗篷帽，眼睛戴着深色的墨镜，遮住脸的上半部。她的出现完全出乎瓦希斯意料，所以有那么一会儿，他还以为这是自己想象出来的身影。

“她们是你的女儿？”

她是谁，这个在玉米田里的女人？“她们在哪里？”他上气不接下气，“你知道她们在哪里吗？”

她懒洋洋地摘掉墨镜，露出光滑动人、年轻美丽的脸庞，那双眼睛在眼窝中闪如钻石。他突然一阵恶心。

“你累了。”她说。

突然之间，他真的累了。寇帝斯·瓦希斯这辈子从没这么累过，他的头像块铁砧一样重，他得铆足全身的力气才站得住。

“我有个女儿，很漂亮的女儿。”

在他的背后，他听见了最后零星几声慌乱的枪响。田野和天空都被笼罩在很不真实的黑暗之中。他有一股想哭的冲动，但是现在连哭都不是自己能办到的事。他的膝盖一软，跪在地上，很快他就会整个人倒在地上。

“拜托。”他哽咽着说。

“跟我来吧，漂亮的孩子们。跟我一起到黑暗里去吧。”

有人把他从地上拖起来，是提夫第，他的脸贴得很近。瓦希斯的眼睛简直无法聚焦。这人拉着他的手臂。

“瓦希斯，快点！”

他的舌头在嘴里沉甸甸的。“那女人……”可是没有了，她刚才所在的地方空无一人。“你看见她了吗？”

“没有时间了！我们得赶快到岗楼去！”

瓦希斯不想去，他用尽最后一丝力量拼命地挣扎。

“我得找到她们！”

提夫第来复枪的枪托停止了瓦希斯的一切反抗。他毫不犹豫地一敲，精准地敲在瓦希斯的脑袋上。瓦希斯眼冒金星，然后这世界变得上下颠倒，因为提夫第拦腰抱起他，扛在肩上开始跑。肥厚的叶片在两旁飞掠，打在他脸上。瓦希斯喊着：“小妮！希丽！回来！”但是他无力抵抗。他知道他的家人已经死了；要是她们还活着，提夫第绝对不会来找他。更多枪声响起，垂死的嘶喊声四处响起。那些防护箱，有个声音说，他们躲在防护箱里。今天有谁可以活下来？瓦希斯知道，极度哀伤的他知道，他会再一次成为那个幸运的人。

他们冲出玉米田，来到空地。遮阳篷已成废墟，防水布被扯掉，所有东西都已经支离破碎。尸体散落各处，但是他没看见孩子们，小家伙们都不见了。**跟我来吧，漂亮的孩子们，跟我到黑暗里去吧。**岗楼的门在他背后被用力地关上，他摔倒在地。谢天谢地，他终于不省人事了。他最后的一个念头是——

为什么救他的人非是提夫第不可？

第四卷　洞穴

没有光，但也看不见黑暗，
只照见哀痛。

——弥尔顿《失乐园》

疫后九十七年秋

24

华格斯特终于来找艾美了。他来到了她的梦里。

梦，有时发生在这个地方，有时发生在那个地方。梦，是发生过的往事重新上演；梦，是许多意象重新排列组合之后呈现的全新感受。梦是她的人生，她的过去与现在混合在一起，完完全全占据了她所有的意识。这让她醒来时不由得惊诧，发现自己竟然活在由具体物质与有序时间所构成的简单现实中。感觉上，清醒的世界与梦中的世界仿佛调换了位置，梦中世界的鲜明意象直到她展开一天的生活时都还不肯离去。从茶壶里往外倒水的时候，念书给围成一圈的孩子们听的时候，或在院子里打扫落叶的时候，她总是突然惊觉心里有种种难以言说的汹涌情绪，仿佛她从可见的世界表面陡然潜进了一条地底河流的波涛里。

旋转木马，灰暗的光线，钟声似的音乐在四周回荡。冰凉牛奶的味道，沾在唇上的糖粉，有着蓝光的房间，她的心因发烧而躁动，还有那个嗓音，华格斯特的嗓音，温柔地引领她走出黑暗。

回到我身边吧，艾美，回来。

最强烈的意象是那个关于房间的梦：肮脏的四周，弥漫着陈腐的气味，一摞摞衣服散落各处，一包包不新鲜的食物摆满桌柜，还有那个艾美知道是她妈妈的女人。她之所以知道，是因为心里突然涌起一股绝望的渴求。那女人惊惶急躁地疾走在拥挤的空间里，她不停地捞起地板上的东西丢进袋子里。**来吧，亲爱的，该起床了。艾美，我们要走了。**她们要离去了，她妈妈要离她而去了，这世界裂成了两半，艾美在鸿沟的这一边，她妈妈在另一边。这一刻分离的感觉似乎在不断地拉长，不自然地拉长，她仿佛是站在驶离码头的船尾，看着母亲，逐渐远去。她知道，就是在这一刻，在这个房间里，她的人生才真正开始。她所目睹的，正是某种诞生的过程。

但不只是她们母女两人，华格斯特也在那里。这说不通啊，华格斯特是后来才踏进她生命里的，但是这场梦的逻辑是华格斯特本来就在。华格斯特之所以在场，是因为他原本就在。起初，在艾美的感觉里，他并不是一个具体的人形，而只是在那个场景里一直盘旋的一团情感光芒。她越是感觉到妈妈因为某种她自己也无法理解的原因仓促地离她远去，她就越是鲜活地感受到华格斯特的存在。一股深沉的祥和与平静安抚着她；她以一种置身事外的感觉观望着，她知道这些看似发生在眼前的事其实已经是很久以前的事了。她既像是第一次经历这些事情，又像是记忆里一直记得这些事情——她既是演员，也是观众。这时，她发现华格斯特坐在她的床尾，妈妈已经不知去向了。他穿着黑西装打着领带，但却光着双脚。他举起双手指尖相触，出神地凝望着自己的手。**这里是教堂，**他松开双手，**艾美，你好。**

“你好。”她说。

对不起，我没有一直陪在你身边。我好想你。

“我也想你。”

他们周围的空间改变了，房间消散成一片黑暗，只有他们两人存在，宛如两名演员站在打亮灯光的舞台上。

情况在变化。

“是啊，我想是的。”

你必须去找他，艾美。

“谁？我该去找谁？”

他和其他人不一样。我第一次看见他的时候就知道了。一杯冰红茶，他只是在大热天里想要一杯冰红茶消暑解渴而已。他全心全意地爱着那个女人。可是你也知道的，对不对，艾美？

“对。”

无穷无尽的时间，我是这么告诉他的。安东尼，我可以给你无穷无尽的时间。华格斯特脸上突然浮现出苦涩的表情，**我向来不喜欢得克萨斯，你知道的。**

他连看都没看她一眼。艾美感觉他们的对话不需要，甚至也不容许四目相视。接着他说：**我在想那个营地。我们两个人一起看书，一起玩大富翁。公园大道、百老汇、马文园。你总是赢我。**

“我觉得是你故意让我的。”

华格斯特哈哈地笑了起来。**不，是你自己赢的，公平公正。还有雅各布·马利，《圣诞颂歌》，那向来是你最爱的故事。我想你把整本书都背下来了。还记得吗？**

“我全都记得。下雪的那天，一起成为雪天使。”

他戴着人生的枷锁，华格斯特突然困惑地皱起眉头，**好悲伤的故事。**

这是一条河流，艾美想，广阔汹涌的往昔之河。

我不能永远这样下去，华格斯特抬起眼睛往上望，对着黑暗说，**丽拉，你不明白吗？这就是我想要的，我一直只是想要这样而已。**接着他说，**你……你知道这里是哪里吗，艾美？**

“我想这里哪里都不是。我想我已经睡着了。”

他思索着这句话，微微点头。**嗯，我想也是。既然你这么说，就的确有它的道理。**他深吸一口气，缓缓吐气，**好奇怪，有好多东西我都不记得了。就是这种感觉，你知道，好像我只能保住这一小部分的自己，但是事情变得越来越清楚了。**

“我好想你，爸爸。”

我知道你想我，我也想你，我对你的想念远远超过了你的想象。我想，和你在一起的那段日子，是我人生中最快乐的时光。我真希望我能救得了你，艾美。

“是的，是你救了我啊。”

你当时只是个小女孩，孤零零的一个人，举目无亲。我不该让他们带走你的。我尝试过，但没有尽力。那是真正的试炼，你知道的。那是真正能够判决人生是否存在意义的试炼。我向来都太害怕。我希望你可以原谅我。

忧伤在心头涌现。她多么渴望能够安抚他，能够抱着他。然而她知道，如果她此刻轻举妄动，就算只是向前移动一步，梦也会立即消散，她会再次孤独无依。

“我知道，我当然知道，没有什么需要原谅的。”

我有好多事情没告诉你。他紧紧盯着自己的手，**丽拉，还有伊娃的事。我们的小女儿，你和她好像。**

“你不必告诉我，爸爸。我知道，我知道，我一直都知道。”

你让我的心不再空虚，艾美。这是你为我做的，你填补了原来伊娃所在的那个空间。可是我救不了你，就像我救不了她一样。

这几句话仿佛发挥了效力似的，房间的影像开始消散，他俩之间的距离变得越来越远，宛如一道长长的走廊。突如其来的濒死的绝望紧紧地抓住了她。

能记得和你一起做的那些事真好，艾美。要是可以的话，我想我会再多留一阵子。

他要离开她了，他越来越远，越变越小。

“爸爸，求求你，别走。”

我勇敢的女孩，我勇敢的艾美。他在等你，他这段时间一直在等你，在船上，答案就在那里。等时候到了，你就必须去找他。

“什么船？我不知道有什么船。”

可是她的恳求没有用，梦已逐渐远去，华格斯特几乎完全消失了。他就在那吞噬一切的黑暗边缘逐渐消失不见。

“求求你，爸爸，”她哭喊，“别离开我。我不知道该怎么办。”

他终于转过头看她，明亮、闪耀的眼神仿佛照穿了她的心。

噢，我想我永远都离不开你，艾美。

25

得克萨斯西部，瓦希斯营区
远征军西区总部

虽然彼得·乔克森中尉是个经历了三场战役、有许多故事流传于世、获有荣誉勋章的军官，但他偶尔还是会觉得自己的人生仿佛已经停止了。

他等待命令，等待吃饭，等待上厕所，等待天气变化，要是没变，他就继续等其他的。命令、武器、补给、新闻，他什么都等。他等待好几天，好几个星期，有时候甚至好几个月，仿佛他在这世界上的时间全都是为了奉献给等待这个行为，仿佛他就是一座人形的等待机器。

他这会儿就在等待。

指挥帐里一定是发生了什么大事，他百分之百相信这一点。阿普格和其他人已经关在里面一整个早上了。彼得开始担心会有最糟的情况发生。好几个月以来，他们一直听到传言：要是行动部队不快点宰掉一个，猎魔行动就会被宣告放弃。

五年了，距离他和艾美骑马上山已经五年了，猎杀十二魔的行动已经进行了五年。一事无成的五年。

休斯敦，是第十二号病鬼安东尼·卡特的家乡，那里本该是个展开行动的合适地点，只是那里竟是个难以突破的巢穴。第五号病鬼沙德斯·杜瑞尔的家乡新奥尔良也一样。还有鲁伯特·索萨所在的俄克拉何马州塔尔萨，在那里行动部队非但一无所获，还惹来了滔天大祸。那座城市一片废墟，到处都是德古鬼，在脱身之前，他们损失了十六个人。

还有其他的。

密苏里州的杰弗逊市、南达科他州的奥格拉拉、华盛顿州的埃弗里特、明尼苏达州的布卢明顿、佛罗里达州的奥兰多、肯塔基州的黑溪和纽约州的尼亚加拉瀑布。所有的地方都是那么遥不可及。彼得保存了一张地图塞在置物箱里，所有的这些地方他都画上了圈圈，这是十二魔的栖息地。杀死十二魔，就可以杀掉他们的徒子徒孙，解放他们的心灵，让他们踏上死亡之旅。至少彼得是这么认为的，这是在蕾西修女引爆炸弹炸死第一号病鬼巴柏寇克之前告诉他的；这也是艾美走出蕾西的小木屋、在雪地上让他看见的情景：众鬼躺在阳光下死去。

你是史密斯，你是塔特，你是杜普雷，你是艾利、拉莫斯、瓦德、裘、辛恩、艾金森、强森、蒙特福斯柯、科恩、莫瑞、尼格因、艾伯森、拉萨罗、托勒斯……

他们原本有十个人，现在只剩下几个了。彼得的哥哥走了，小默和莎拉也是。在抵达罗斯威尔营地的五个人之中，只有霍里斯和凯勒柏逃过一劫——是小宝宝凯勒柏，现在他也已经不是小宝宝了，他现在住在柯厄维尔的孤儿院里由修女抚养。在病鬼冲破罗斯威尔营地的防线时，霍里斯带着凯勒柏跑进防护箱里躲了起来，西奥和小默死了，而莎拉则下落不明，在混乱中失去踪影。事后，霍里斯四处寻找她的尸体，但一无所获，唯一的解释是她被掳走了。

这些年的岁月像风一样把他们几个人吹得四处飘散。迈克在自由港的炼油厂担任一级油工。在科罗拉多加入他们的格瑞尔，因为放弃指挥权而被判入狱六年。天晓得霍里斯现在人在哪里，他们熟识且爱如兄弟的那个霍里斯，已经因为莎拉的失踪而完全崩溃，悲痛的情绪让他沉沦于城市的黑暗底层，投身于黑市。彼得听说他本来已经晋升为提夫第手下的中尉了。在原本的成员之中，只有彼得和艾莉希亚加入了猎魔行动。

还有艾美。艾美呢？

彼得经常想起她。她看起来就和过去差不多，仍然像个十四岁的少女，完全不像是一百零三岁的样子。但是自从他们第一次见面以来，她也有了许多改变。那个不知来历的女孩，那个一开口就只会讲几句谜语的女孩，已经不复存在。取而代之的，是更像活在当下的更为“人性”的一个人。她不时地谈起她的过去，不只是她独自漫游的那些岁月，还有她更早时候的记忆，关于古昔的记忆：她的母亲，蕾西，山里的营地，以及那个救了她的男人，布莱德·华格斯特。他不是她的亲生父亲，她说，她根本不知道自己的亲生父亲是谁，但在她心里，那个人就是她的父亲。只要一提起他，她的眼中就浮现出深沉的哀伤。彼得不必问就知道，他是为了保护她而丧生的，这是她永远报答不了的恩情，尽管她愿意付出生命，付出这无穷无尽、长得不知何时结束的生命来报答他。

她现在和凯勒柏在一起，和其他修女一起披上圣袍接受圣命。彼得不认为她和她们有一样的信仰——这些修女忧郁悲观，在道德上与行动上都守贞苦行，她们衷心相信今时今日已是人类末日——但是这只需要稍加伪装就成了，这对艾美来说易如反掌。基于过去在殖民地所发生的那些事，他们都认同，艾美的真实身份与她所拥有的能力不必让领导阶层以外的人知道。

彼得走向食堂，打发空闲时间。除他以外的二十四个弟兄刚外出完成任务回来，他们到拉伯克进行探查，找寻可以再利用的物资。他们运气不错，没碰上任何意外就圆满地完成了任务。最大的收获是找到了一座旧轮胎回收厂。这一两天他们会开货车再到那里去，尽量多载一些轮胎回到柯厄维尔的橡胶厂。

高阶军官已经在营帐里待了好几个小时了。他们到底在谈什么啊？

他的思绪又飘回了殖民地。奇怪的是，他已经好几个星期甚至好几个月没有想起那些往事，然后回忆却突然就这样涌上了心头。迫使他离去的那些事件，此刻回想起来仿佛是发生在其他人身上。不是发生在远征军彼得·乔克森身上，也不是发生在守望员彼得·乔克森身上，而是发生在某个自怨自艾的小伙子身上。他在成长时经历了许多自卑的情绪，这让他产生了那种自觉能力不足的感觉。这种自觉不如的感觉又在与哥哥西奥的竞争中被不断放大。他渴望又自豪地想象着父亲，族长会议议长、长征队队长，伟大的狄米崔·乔克森，今时今日会怎么评价他。**你做得很好。你和他们奋战到底，我很荣幸有你这样的儿子。**然而，彼得现在宁可放弃这一切，只要能换得西奥一个小时的陪伴。

无论什么时候，只要看着凯勒柏，他就仿佛看见了哥哥。

他到赛奇·铎德的桌边坐下。赛奇和彼得一样是低阶军官，襁褓时期的他就在田野大屠杀中失去了双亲。就彼得所知，赛奇从来没提起过那件事，虽然这个故事众所周知。

“知道是怎么回事吗？”赛奇问。他有张圆圆的娃娃脸，让他不论何时看起来都是一脸诚恳。

彼得摇摇头。

“拉伯克获得了大丰收哟。”

“只不过是些轮胎而已。”

他们两个都心不在焉，只是为了打发时间。“轮胎很重要啊，我们不能没有轮胎。”

赛奇的小队要在早晨出发，到米德兰进行长达一百六十公里远的探察任务。这不是个好差事，那个地区简直是个油污池，没封顶的油井不断地冒出油来。

“告诉你，我听说啊，”赛奇说，“政府当局在调查那些旧油井是不是还能运作，好在这边油槽的油用尽的时候可以作为备用。要不了多久，我们就会被通知营区要移到那里去啦。”

彼得大吃一惊，他从没想过有这个可能性。“我以为自由港的油永远用不完。”

“永远永远。理论上，没错，那里是有很多油，可是迟早都会用完的。”赛奇瞟了他一眼，“你不是有个朋友在那里当油工吗？和你一起从加州来的朋友，对不对？”

“他叫迈克。”

赛奇摇摇头。“从加州一直走到这里来，这真是我听过的最疯狂的故事。”他双手按在桌上站起来，“要是你从上面听到什么消息，记得告诉我。我敢打赌，要不了多久，他们就会把我们丢到米德兰的油井去啦。”

他从彼得身边走开。赛奇的话让他开心不起来，一点都开心不起来。五六个士兵喧闹着走进食堂，他们讲起话来粗俗、散漫的神态，简直就是忙着想找东西吃的男人惯有的模样。彼得不介意此时有人陪伴，这恰好可以让他稍微分神，不再忧心，但是四处找座位的士兵们，没有人朝他的方向看。他衣领上黯淡的银杠以及他散发出来的沮丧气息，显然足以吓退他们。

那些高阶官员在讨论什么？

放弃猎魔行动，彼得无法想象。五年以来，除了这个行动，他很少想到别的事。在罗斯威尔事件之后，他立即加入了远征军，很多人都是。因为那天晚上丧生的每一个人，他们的朋友、兄弟或儿子会接替他们的位置。这些纯粹被复仇欲望驱策的人很容易就会精疲力竭，或者会害得自己没命——你必须有个更好的理由——彼得对自己不抱任何幻想。复仇是其中一个原因，但是他的欲望却有着更深的根源。自从长征开始，他这一生就渴望成为某种事业的一部分，某种比他个人更为宏大的事业的一部分。在立誓与兄弟们合而为一的那一瞬间，他感觉到了这种归属感；他的目的，他的命运，他的人，现在全都与他们合而为一了。他曾怀疑自己会不会因为归属于团体而失去了自我，但结果却恰恰相反。这不是可以对其他人提起的感觉，虽然西奥和其他人已经过世了，但加入远征军却让他感受到了前所未有的生命力。彼得看着这些士兵吃饭的样子——他们肆无忌惮地哈哈大笑互相打闹，仿佛在吃最后一顿饭似的把豆子大口地塞进嘴巴里——他怀着嫉妒的心情回想起那段刚入伍的岁月。

因为这一路走来，这种精力充沛的感觉不知何时已悄然离他而去。战役一场场地进行，有人死去，有领土被夺走，但这一切似乎没有累积出任何成果，那种充满力量的感觉也就这样缓缓地流逝了。他还是和他的兄弟们紧紧相连，那连接的力量宛如重力一般无可抗拒，为了任何一位兄弟，他可以毫不迟疑地牺牲自己的生命，因为他相信他们也会为他这么做。可是有些东西不见了，他不太明白是什么。他知道艾莉希亚会怎么对他说：**你只是累了。这条路漫长艰辛，每个人都会碰上这样的情况，耐心一点吧**。说得没错，可也并不是全都正确。

最后彼得再也受不了了。他离开帐篷，穿过整个营区。他只需要找个借口，敲门碰碰运气，他们就会让他进去，然后他就可以稍微探听到他们到底在忙些什么。

他根本不必这么费事。就在他往前走的时候，门开了——是担任上校副手的海勒曼少校。他外表整洁，有一头短短的金发，一微笑就露出微微歪曲的牙齿，不过他从来不笑。

“乔克森，我正要去找你。进来吧。”

彼得走进营帐的阴影里，在门口停了一下，让眼睛适应光线的变化。围坐在大桌旁的全是高阶军官：路易斯少校、胡珀少校、里奇上尉、佩雷斯上尉、查尔兹上尉，以及阿普格上校，全都是行动部队的指挥阶层——还有一个人。

“嗨，彼得。”

是艾莉希亚。

“我找到了两个入口，这里和这里。”

艾莉希亚指着摊开在桌上的大地图给大家看。那张地图上写着“美国地质勘查：新墨西哥南部”。旁边还有另一张地图，比较小，因为年代久远而褪色，写着“卡尔斯贝洞窟国家公园”。

“这个洞穴的主要入口大约有三百米宽。就算用我们最大的爆炸装置也没办法封死洞口，更何况那里的地形太复杂，根本没办法把冲水装置运到那里去。”

“那么你的建议是？”阿普格问。

“我们堵死他。”她又指着地图，“我探察过另一个入口，大约在四百米之外，那是个旧的电梯井。马丁内兹一定是在这两个入口之间。我们放一包H2炸药到主入口的底部，就在通往电梯井的那个隧道里。这样可以把他逼到电梯底下，然后我们就派一个人在那里堵住准备逃出来的他。”

“一个人？”阿普格说，“意思就是你？”

艾莉希亚点点头。

上校往后靠在椅背上，所有的人都在等待着。

“让我搞清楚，中尉。我知道你的能耐，我们都知道。但是这事如果像你在内华达州看到的那样，我觉得你很可能有去无回。”

“其他人只会拖慢我的行动。”

他怀疑地皱起眉头。“你很肯定马丁内兹在那下面。”

“这说得通，长官。巴柏寇克也是躲在洞穴里，而且埃尔帕索距离卡尔斯贝才一百六十公里远，那是他的故乡。”

阿普格想了想。“我同意，这很符合他们的模式。可是你怎么能这么肯定？”

艾莉希亚迟疑了：“我无法确切解释，上校。我就是知道。”

彼得坐在桌子的另一头：“请求发言，长官。”

阿普格翻了个白眼：“好，乔克森，说吧，虽然我们都知道你要说什么。”

“在座除了唐纳迪欧中尉之外，我是唯一亲眼见过十二魔的人。我信任唐纳迪欧中尉。如果她说马丁内兹在下面，那他就一定在下面。”

“我们都很清楚你的过去，中尉。可是，这并不能改变事实。现在看来，我们的确是在赌运气。除非我们能百分之百确定，否则我不想让任何人去冒险。”

“或许还有其他办法。所有的原始实验对象都被植入了芯片，像艾美那样，我们可以用信号锁定他的位置。”

“我已经想过这个方法了。只是有个问题，无线电波无法穿透岩石，我们要怎么接收地下三百米处的信号？”

“我们没办法从地表接收，但是可以从洞里接收。”

彼得把注意力转回到地图上。“我们照艾莉希亚的计划执行，放一组H2炸药到连接主入口与其他窟穴的隧道里。十二魔的体形庞大，在局促的空间里，这样的威力应该足以引起马丁内兹的注意。炸药引线连接到主入口底下，再通过无线引爆装置与地面连接，然后我们可以在安全距离之外引爆炸弹。我们把执行这个任务的成员称为‘蓝色小组’吧。”

阿普格点点头。“到目前为止，我都还能了解。”

“很好，但是我们不能只派一个人到电梯井去堵住马丁内兹的出路。派两个，带着无线电方位侦测器下去。这两个人是‘红色小组’。红色小组的第一项任务是在靠近电梯井的底部埋设第二组炸药。设定比较短的时间，比如十五秒。一号进到洞穴里，用无线电方位侦测器锁定马丁内兹的位置，然后二号守在电梯位置，重点是确保与地面的无线联系不出问题，这就是二号的任务。基本上我们用的就是菊花链系统，一号以无线电与二号联系，二号再和守在电梯井顶端的那个人，也就是和三号联系，然后三号再和蓝色小组联系。通过这样的方式，我们可以确保行动的每一个环节都相互协调，不至于出现无法预计的状况。”

阿普格点点头。“构想很好，可是我已经看出问题了，中尉。下面就像迷宫一样。要是一号和二号失去联系怎么办？整个计划就失败了。”

“是有这个风险，但是他们不应该会失去联系的，只要一号不离开这三个交叉口的范围。”彼得在地图上指出那三个交叉口的位置，“我们没办法看见整个洞穴的全貌，但是我们应该可以探察出大部分。”

“继续。”

“好，我们放两包炸药。一号去找马丁内兹，二号等在这里听命令。之后就是时间设定的问题。一旦一号锁定马丁内兹，就用无线电报告二号，二号再报告地面，蓝色小组炸掉洞穴。马丁内兹会吓得逃跑。一号堵在电梯井，把他逼向电梯。二号设定引爆时间。他们一撤，第二组炸药引爆，马丁内兹就成了历史。”他拍拍手，“易如反掌。”

阿普格想了想。“这不容许出一点差错。我知道唐纳迪欧中尉的动作很快，但是十五秒的时间要逃出爆炸范围是很紧张的。我不知道在这么短的时间里，我们能不能把人吊出地面。”

“我们不必把人吊出来啊，电梯井本身就可以提供保护。十五秒的时间应该足够了。”

“我们把话说得清楚一点，你的意思是要用一号当诱饵？”

“是的，长官。”

“看来你以前也这样做过。”

“不是我，是蕾西修女。”

“你认识的那位神秘的修女。”

“蕾西不只是修女，上校。”

阿普格指尖相抵，瞥着地图，然后抬眼看着彼得的脸。“显然一号是唐纳迪欧中尉。那另一个自杀任务谁来？”

“我，长官，我自愿担任二号。”彼得说。

“为什么我一点都不觉得意外呢？”阿普格看看其他人，“还有人有意见吗？胡珀？路易斯？”

那两人都表示赞成。

“唐纳迪欧中尉？”

她瞥了一眼彼得——**你真的要这样做？**——然后肯定地点点头。“我没问题，上校。”

短暂的沉默，接着是一声认输似的叹息。“好吧，两位中尉，就看你们的了。海勒曼，你觉得这个任务两个小组的人手可以办得到吗？”

“我想可以的，上校。”

“替铎德中尉做简报，搞清楚细节，准备好组合营房。还有无线电方位侦测器。我希望在四十八小时之内就展开行动。”阿普格又看看彼得，“改变心意的最后机会，中尉。”

“不，长官。”彼得回答。

“我想也是。”他抬眼环顾室内，“好吧，各位。我们把决定报告指挥部，然后宰了那个浑蛋。”

两个晚上之后，他们在山脚下扎营。两间组合营房，二十四个人睡在铺位上，他们将在破晓时起床准备登山。组合营房四周的泥地上散落着足迹，是夜里的访客，他们被二十四个呼呼大睡的人体所散发的香气吸引过来，但他们没能享用这顿大餐，因为有铁墙阻隔。这座山非常陡，车子上不去，而且山路也弯弯曲曲的，他们要带的东西都只能用背包扛上去。在山顶上没有组合营房的保护，他们不会有第二次机会。在清晨明亮的光线里，他们的任务再清楚不过了：找到马丁内兹，杀了他，否则就等着在黑暗中丧命。

海勒曼是名资深军官，他参与这项任务很不合常规，他很少离开营区。可是这些年来，他却一步步升迁到相对安全的军职，靠的却是冒险和棘手的任务。土尔萨、新奥尔良、卡尼、罗斯威尔——他踏着战争与鲜血的梯子往上爬。没有人怀疑他的能力，他出现在小组里就已经别具意义。彼得率领一支小队，铎德率领另一支。艾莉希亚还是艾莉希亚——独来独往的先遣侦察狙击手。她似乎总是格格不入，而且大体来说也不听命于任何人。大家都知道她的能耐，但是只要有她在场，士兵们就很不自在。彼得没听任何人提过任何事——就算他们要谈，也不会对彼得说——但是他们一直和她保持着距离，小心翼翼地看着她，从那种仿佛无法和她四目交接的神态中，彼得可以清楚地感觉到他们的不自在。她是人与病鬼之间的桥梁，介于两个世界之间——她到底该算哪一边呢？

他们在黎明时出发。这是和时间的赛跑，他们必须在日落之前装好炸药，让所有人就位。清凉的沙漠夜风已被炽烈的艳阳取代，炽热的阳光狠狠地照在他们的背上、肩上，然后到头顶。他们没有时间休息，一边分着口粮，一边往上爬。艾莉希亚领头，偶尔回头和海勒曼商量些什么。等爬到洞口的时候，下午已经过了一半了。

“天哪，你还真没骗我！”海勒曼说。

他们就站在洞口。西斜的太阳照亮洞穴内部，但光线照不了全貌，在光影之外，是一片深沉的暗黑。这露天剧院有着一排排的石椅，椅子之间的空隙满是落叶和其他残石碎砾。这场景实在让人难以理解，如果真的有观众坐在这里，他们观赏的是什么？一条两旁有铁栏杆的蜿蜒小径通往洞里。他们还有三个小时的日光可以利用。

他们最后一次确认了计划。铎德的小组会在洞底装好炸药。根据艾莉希亚的地图，蜿蜒的小径终点在地底六十米的地方，接着是一条狭窄的隧道，继续往下九十米，通到几个大窟穴之中的第一个。弹药会被放置在这条隧道里，用引线与无线引爆装置连接。引爆装置则与洞口保持无障碍无线连接。爆炸会在隧道里产生压缩波，通过狭窄的空间，破坏的威力将呈指数级增长——理论上，藏身在那里的东西一定会往电梯井跑。等炸药装好，铎德的人回到地面，彼得和艾莉希亚就会进到洞穴底下。电梯厢停放在底部，距离地表两百一十米，靠装置在厢顶的平衡锤固定位置。到时候会有一架绞车用绳子把彼得和艾莉希亚吊到电梯井底部，同时在他们需要脱身时，把他们吊起来。

铎德和他的小组出发了。十五分钟之后，他从底下用对讲机报告，他们已经到达隧道口了。

“这里简直恐怖到了极点，”铎德说，“你们真应该亲眼看看。”

他们是要亲眼看看，很快就要了。铎德的小组用九十米的引线连接炸药和引爆装置。五分钟的沉寂之后，铎德的声音又出现了。炸弹和引线都已装置妥当，他的小组的人开始往上爬。彼得和艾莉希亚等在电梯井的顶端。电梯井距离洞口有四百米的距离，位于园区办公室原本所在的那幢建筑里，绞车也就位了。现在是下午五点，他们的时间不多了。

对讲机又传来铎德的声音：“蓝色小组，准备完毕。”

艾莉希亚和彼得绑好索套准备进洞。海勒曼祝他们好运。他们在电梯井顶端调整好重心，跳下，像铜板掉入井中一样坠入黑暗里。夹在背心上的携带式荧光灯让竖井沐浴在昏黄的灯光之中。彼得思路清晰，感觉敏锐。有一种恐惧可以让感知能力更强大，让注意力更集中，他心中的恐惧就是这一种。温度急剧下降，这让他手臂的汗毛直竖。三十米、六十米、九十米，快速下降的过程里，索套承担了他们的重量，他们仿佛被一双手掌捧住似的。电梯缆线——厚厚一捆缠在一起的铁索和两条裹着塑料、比较细的绳索——向下延伸。底下出现了一个模糊的形状：是电梯厢顶。缆线就拴在厢顶的铁盘上。他们俩轻轻地降落在了厢顶上。

“红色小组抵达。”

艾莉希亚撬开电梯厢顶盖和彼得一起进到里面。电梯门敞开着，他们感觉到一种无边无际的开阔感，仿佛站在大教堂的入口。空气潮湿、冰凉，带着浓烈的泥土气息，微微有些尿味。他们用来复枪上的灯环视整个空间，光线射进无边的黑暗里。四周尽是看起来像有机体的奇怪东西，仿佛墙面是用层层挤压的肉体所铸成的。

“见鬼了，小心这个地方！”艾莉希亚说。

艾莉希亚摘掉眼镜，她现在踏进黑暗的领域犹如鱼入水中。在荧光灯的照射下，她屈膝跪下，从背包里拿出两个东西。第一个是炸药包——八根连接着定时器的烈性炸药。她轻轻地把炸药摆到洞穴地面。第二个东西是无线电方位侦测器。这个小方盒状的东西附有侦测方向的天线，以及一个可以侦测 1432 兆赫信号来源强度的测量器。她打开电力开关，走出电梯厢，把无线电方位侦测器拿在身前，侦测着周围的空间。侦测器开始发出微弱但有规律的哔哔声，指针开始动起来了。

“逮到了。”

彼得用对讲机通知地面：目标出现。他原本就没有任何理由怀疑艾莉希亚的说法，但是眼前的情势却突然让他觉得更为真实。在某个洞窟里，胡立欧·马丁内兹正蓄势待发。

“叫铎德准备好，等我们的信号。”彼得告诉海勒曼。

“明白。密切注意，中尉。”

这一刻来临了。彼得和艾莉希亚最后一次眼神交会，意在言外。他俩再一次并肩作战。一切尽在不言中。少了彼此，他们都没办法独自活下去；然而，他俩却也从未跨越横亘在彼此之间的距离。他们各有本分，都是征战的士兵。除了他们无法拥有的那一种关系之外，在生死场上互相托付生命的信任关系就是他俩之间最重要的关系。艾莉希亚的身上一如既往地挂着她的招牌弹药带，但是她已经舍弃了十字弓，取而代之的是枪管下装有榴弹发射器的 M4 步枪。她绝对不会对马丁内兹手下留情，他休想得到她的临终祝福。

“回头见。”

她的身影在黑暗中隐去。

在洞口，赛奇·铎德的小组沿着露天剧院最低一层的座位排成一列，准备引爆。天色开始变暗了，随着白昼变为黑夜，天空挂满了闪烁的星星。铎德手里抓着引爆器。引爆器的信号会传送到洞底的接收器，关闭一个简单的电路，发送一股电流，通过引线引爆炸弹。

尽管隔着这么远的距离，还是会产生吓死人的爆炸声。

虽然绝对不会对手下承认，但是刚才进到洞底的那段路程真的让他吓坏了。铎德这辈子没见过像那样的地方——一个极度不真实的世界，充满异样的形状、诡异的颜色、扭曲的物体，放眼望去，到处是黑漆漆的洞窟，一个个回旋盘转到深不可测的虚无里。爬进隧道那段路的感觉，像是在爬进自己的坟墓一样。在孤儿院的时候，铎德听说过地狱的故事，知道那是个永恒阴郁、悲惨无边的地方，恶人的灵魂将在那里永远受苦。虽然地狱的故事刚开始的时候的确吓坏了他，但是即便是在当时，他也有点不太相信。虽然他那时还是个小孩，他也已经察觉到地狱只是修女们捏造来要孩子们乖乖守秩序的故事，和他们读的那些教导道德训示的寓言故事没什么两样。身为当年田野大屠杀中年龄最小的幸存者，铎德总是享有比其他孩子稍微高一点的地位，仿佛那些经历让他变得更睿智一些。这当然完全是错觉——未曾真正认识自己的双亲，让他几乎感觉不到丧亲之痛，而且他也的确对那天的事完全没有印象——但是玩伴们想象他应该是哀痛欲绝的，因而对他钦佩不已，而就在这种敬佩的魔力之下，铎德开始认为自己是拥有特殊感受力的孩子，特别是在和修女的那些神秘说法有关的事情上。上帝，好吧，铎德可以接受，这还说得通。存在天堂是个愉快的想法，他很乐意接受，反正相信也不需要付出什么代价。但他愿意接受的仅限于此。地狱，纯粹是胡说八道。

但此刻，站在洞口，手里拿着引爆器的铎德却不敢如此肯定了。

等待向来就不是容易的事。一旦开火，一切非黑即白。你要么死，要么不死，你要么杀人，要么被杀，没有什么模棱两可的结果。你知道自己为何而战，在那凶残暴力、心脏狂跳的几分钟里，铎德会觉得肾上腺素狂飙，让他身上的一切，只要和他个人沾得上一点边的东西，全都消失无踪。可以说，在战斗的混乱之中，那个名叫赛奇·铎德的人已经不存在了，连他自己都感觉不到这个人的存在了；等尘埃落定，发现自己还活着，他就会感受到一股纯粹的存在感，仿佛被加农炮又轰回到了这个世界上。

在等待的时候，人会太过沉溺于自我。回忆、怀疑、懊悔、苦恼，以及未来所包含的各式各样的可能性，像一锅汤似的在心里搅拌成一团。铎德有一半的注意力集中在眼前的情况上——抓在手里的引爆器，围绕在身边的弟兄，以及随时会传来的海勒曼炸毁洞穴的命令、夹在肩上的对讲机——但另一半的心思却在他自己内心深处隐秘的空间里跳跃穿梭。只有等到海勒曼下达引爆炸弹的指令时，这种感觉，这种整个人陷入像反胃状态的感觉才会消失，他才能集中力量展开行动。

少校的声音透过噼里啪啦的对讲机传来："蓝色小组，密切注意。唐纳迪欧中尉要进去了。"

他开始全神贯注，感觉到自己又回到了眼前的世界。"明白。"

他恨不得能马上动手。

地底两百一十米，带着浓厚硫黄味的水流进古老岩架石灰岩的缝隙里。艾莉希亚·唐纳迪欧穿过一个个黑暗无光的洞窟跟着信号前进，这是接收到的胡立欧·马丁内兹脖子里的芯片所发送出来的信号。马丁内兹是在揭开这个时代序幕的挪亚计划里被注射感染 CV-O 病毒的十二个死刑犯之一。这是他的信号，她一点都不怀疑。

露意丝，她想，**露意丝。**

一进到洞里来，这个名字就在她心里生了根。这很奇怪。根据他们从挪亚计划营区抢救回来的记录显示，马丁内兹之所以被判死刑，是因为杀了一个警察，不是强暴杀害了某个女人。说不定那个女人的死没有被记录在案，也说不定他从没被怀疑和她的死有关。枪杀那个警察是他无法狡辩的暴力行为，当然不容忽视，但是十二魔的每一个成员都各有一个故事——真正具有重要性的故事，能反映出他们真正本质的故事。对马丁内兹而言，那个故事就是露意丝的故事。

按照她的地图，电梯有两条隧道通往不同的洞窟，从名字就可以看得出这些洞窟的宏大规模：国王宫殿、巨人殿堂、皇后寝宫，还有简单明了的"大房间"。为了和彼得保持无障碍的无线连通状态以便和地面保持联系，艾莉希亚最远只能走到每条通道尽头的交叉口。超过那个范围，她就只能靠自己了。

国王宫殿，她想。不知怎的，感觉上这就像马丁内兹会待的地方。

“往左。”

她沿着通道一步步地往下走，无线电方位侦测器的指针不断跳动，哔哔声随之增强。她猜得没错。隧道狭窄逼仄，石壁上有一条条亮白色的物质在她的来复枪的灯光照射下闪闪发光。这里有一大群病鬼，宛如被埋藏的宝藏一般，由马丁内兹镇守。艾莉希亚现在可以看得清清楚楚：每跨出一步，影像就更加深一重，仿佛深深烙印在她的心里一样。露意丝，绳子紧紧绕在她脖子上；两截颜色明显不同的绳子，她的脖子柔白如雪，脸上的皮肤因充血而泛红肿胀；她眼里的惊恐神色，以及死亡逼近的冰冷结局。这一切都好清晰，仿佛艾莉希亚自己的亲身经历，但是，突然又变得不一样了。现在艾莉希亚同时从两个不同的方向体验着事发的经过。她看着露意丝，但同时也以露意丝的眼睛看着外界。这怎么可能呢？她什么时候开始可以和那个不可见的世界互相关联了？透过露意丝的眼睛，她看见了马丁内兹的脸。一个打扮时髦的男子，仪表堂堂，银发从额头往后梳，露出漂亮的美人尖。这是张人类的脸，但也不完全是——在他那双眼睛里，完全找不到可以称之为人的东西，只有缺少灵魂的空洞肉体。他所追求的是动物般的欢愉。对他来说，露意丝什么都不是。她只是有着温暖外表的东西，只是因他的欲望而被创造出来的东西，只是为供他消遣而存在的东西。她的名字被绣在衬衫上，但是他的脑袋还是无法把这个名字和他在强暴中勒毙的人连在一起，因为他真正在意的只有自己。她感觉到露意丝的恐惧，露意丝的痛苦，以及那女人意识到死亡逼近时的黑暗时刻。她的生命走到尽头了，她就要死了，而这世界到头来根本就不知道有她这个人曾经存在过；在离开这个世界之际，她最后能感觉到的人就是马丁内兹，正在强暴她的马丁内兹。

艾莉希亚走到通道的交叉口，这个地方叫白骨坟场。强烈的尿味呛入鼻腔，覆在她嘴巴与喉咙的黏膜上。在潮湿的空气里，她呼出的气在面前形成一团冰雾。无线电方位侦测器的哔哔声稳定增强，变成一长串持续的声音。

这时她知道自己打算怎么做了。她一直都打算这么做。计划不过是掩护的手段，是精心设计来掩藏她真正目的的诡计。

她要亲手杀死马丁内兹。她要感觉到他的死亡。

在艾莉希亚离开直线电波范围的几秒钟之前，人在电梯里的彼得就感觉到事情不对劲了。他为什么会知道，并没有合理的解释，但他就是知道，他打从骨子里就知道，他突然猛地一惊。

“小艾，听到请回答。”

没有回应。

“小艾，你听得见吗？”

一阵静电声：“留在那里别动。”

她的声音带着不安。一种听天由命的感觉，仿佛她正准备割断能够救命的绳索似的。他还来不及回答，她的声音又传来了：“我是认真的，彼得。”

然后她就离开了。

他和地面通话：“出差错了，我联络不到她。”

“留在你的位置上，乔克森。”

她刚才说是左边的隧道吗？没错，是左边。

“我去找她。”他对海勒曼说。

“不行，留在……”

彼得没听完海勒曼的话。他已经走了。

就在这时，铎德中尉正火速冲回洞穴里。他不知道无线连接已经中断，也不知道彼得和艾莉希亚并不知道主入口底下的炸弹已经自行解除设定了。这是一连串让指挥部不尽满意的事件里出现的第一个失误。不知怎么回事——可能是电线短路、机械故障，或只是命运捉弄——洞底的接收器无法和地面联系。可能是有个一等兵搞砸了，现在铎德再次奔回地狱之门。

他第一趟下去花了十五分钟。但这一次，他以逃命般的速度通过危机四伏的通道只花了不到五分钟。他用眼角的余光隐隐瞥见头顶有东西在快速移动并伴随着高声尖鸣，但是在匆忙之中，他并没有理会。要是在他回到地面之前，海勒曼就下达了引爆的命令，他的小组还是会遵命行事的，然后他就会在爆炸中丧命。他心里唯一的念头是快点抵达洞底，修好引爆装置，然后回到洞口。

找到了，是接收器。铎德原本把接收器放在隧道口一块如桌面般平滑的大圆石上，可现在它却倾倒在地。是被什么力量扫落的？铎德屈膝跪下，气喘吁吁。汗水如雨般从他脸上滑落，空气里有股恶臭味。他轻轻地捧起接收器。接收器有两个开关，一个控制引爆装置，一个切断电路，引爆炸弹。为什么会发生故障呢？但他马上就明白了，是天线松脱了，摔落时弄掉了。他从背包里抽出螺丝刀。

天花板上有东西开始移动。

艾莉希亚先是注意到那些骨头。骨头，以及气味，浓烈难挡的恶臭——是生物的臭气，活像从坟场装瓶外带的空气。她往前踏进一步。靴子一落地，她就感觉到脚下全是骨头，接着听到骨头咔啦一声，像是某种小东西的骸骨。小小的头骨，咧嘴露出一口牙齿，是某种啮齿动物吗？她的视野变宽了，地上铺着厚厚一层干燥变脆的遗骸，很多地方都堆得及膝深甚至及腰深，宛如积雪。

你在哪里？她想，**出来吧，你这个浑蛋。我带露意丝的口信给你了。**

马丁内兹就在附近，非常接近他的位置了，她就在他的上方。这么多年来，艾莉希亚第一次真正体会到害怕的感觉，但是不只如此。她也体会到了恨的感觉。一股纯粹的力量，充满她身体的每一个部分，她这一生似乎就只是为了响应这一刻的召唤。马丁内兹是这世上最大的谜。她并不想追求荣耀，甚至也不想追求正义。她只想复仇，不是杀他，而是杀他的这个行为。她要对他说，这是为露意丝而做的。她要感觉他的生命在她手里消失。

来吧，来找我吧。

从阴暗处，有个影子出现了。在她的来复枪的灯光下，闪现出一片白色的皮肤，艾莉希亚僵住了。这是什么鬼东西……她往前一步，又一步。

是个男人。

干瘪瘪的，不成人形，老得不能再老的男人，面容憔悴，瘦得皮包骨，皮肤什么颜色都没有，简直是透明的。他赤裸着蜷缩在洞窟的地上。来复枪的灯光扫过他的脸，他也并不畏缩，那双眼睛像石头一样，空洞呆滞。一只蝙蝠在他手中扭动，蝙蝠那双风筝似的长翅膀宛如最轻薄的薄膜覆盖在这男人的手指骨上无助地拍动。那人把蝙蝠抓到脸前，以惊人的活力把那个小巧的头一口塞进嘴里。这只小动物发出最后一声闷闷的惨叫，翅膀颤抖，接着就听见咔的一声，那人咬断了蝙蝠的身体，把头吐在地上。他把嘴贴在蝙蝠的断头处开始用力吸吮，身体随着吸吮的节奏摇摆，喉咙隐隐发出孩子似的咕咕声。

艾莉希亚的声音在洞窟的空间里显得异常洪亮。“你到底是谁？”

那人对着声音的来源处抬起那张僵硬的脸。他的嘴唇、下巴都沾着血。艾莉希亚这才注意到他脖子的一侧有个像瘀青一样的印记：是条蛇的形状。

“回答我。”

微弱的声音，不像在说话，倒像是在哈气：“伊……伊格……”

“伊格？这是你的名字？伊格？”

“……纳西奥。”他的眉头皱了起来。

“伊格纳西奥？”

她的背后传来了脚步声。艾莉希亚回头，彼得手上来复枪的灯光照亮了她的脸。

“我叫你在那里等的。”

彼得一脸茫然，盯着蜷缩在地上的那个人影。

艾莉希亚用来复枪指着那人的额头。“他在哪里？马丁内兹在哪里？”

他那双失明的眼睛盈满泪水。“他离开我们了。”他的声音像是痛苦的呻吟，“他为什么离开我们？”

“什么意思，他离开你们了？”

那人像是要摸索什么似的，伸手摸着艾莉希亚的来复枪，握在掌中，然后把枪口拉到自己的额头上。

“拜托，”他说，“杀了我吧。”

蝙蝠，成千上万，几百万上千万只的蝙蝠，从隧道顶端轰然飞出，一大群飞禽，那温度、重量、声音与气味，塞满了铎德的每一个感官。蝙蝠如波涛般涌来，他宛如陷入了疯狂的动物旋涡里脱不了身。他狂乱地挥舞着双臂，想让脸和眼睛躲开攻击；他可以感觉得到，但还没有完全体味到蝙蝠牙齿钻进肉里的刺痛，仿佛这只是一连串隔着距离的针刺。它们想把我撕成碎片，他心里这样告诉自己，结局就是这样，可悲的命运就是死在这个洞里，被蝙蝠碎尸万段。铎德放声尖叫，随着嘶喊，他对痛苦的感觉好像也变得真切起来。这痛苦突然铺天盖地而来，他的心，他的身，霎时全都承受着被剧烈折磨的痛苦。他挣扎着伸手去拿引爆装置，那个闪着光的有开关的引爆装置，在那漫长的一瞬间，他的身体仿佛变成了榔头在往下坠，他唯一的念头——**噢，该死！**——也成了他最后的一个念头。

提前引爆的第一包炸药所引起的爆炸波，以失控的火车头般的撞击力，从隧道冲入洞穴里的每一条通道与每一个洞窟。爆炸波抵达国王宫殿时发出了恐怖的巨响，并且伴随着庞大的压力与深层的地底震动。接着，脚底下又传来一阵震荡，宛如被惊天骇浪袭击的船舶甲板。这袭击的力道无论在大气压力、音量、热量或震度上都足以撼动地球核心。

他们被称为倒吊鬼，也就是睡着的病鬼，他们的新陈代谢过程受到压抑，长期处在延长冬眠的状态。他们可以维持这样的状态好几年，甚至好几十年，而且出于某些未知的原因——或许是一种与蝙蝠近似的生理特性的表现，某种深藏的种族记忆——他们喜欢倒挂着，双臂整整齐齐地收拢在胸前，宛如躺在石棺里的木乃伊。在卡尔斯贝洞穴的无数个洞窟里（国王宫殿除外，那里只有伊格纳西奥一个），他们就这样等待似的倒挂休眠着。这仿佛是一个装满生物钟乳石的沉睡仓库，是一支正在打盹儿的冰柱大军，引爆的炸弹彻底唤醒了他们。就像其他的生物族群一样，他们把周遭环境的变化当成是对他们生存的威胁；和其他的病鬼一样，他们立即朝人类鲜血所散发的香气扑来。

彼得和艾莉希亚开始逃。

如果艾莉希亚是只身一人，八成会站定不动。虽然她很可能会被病鬼生吞活剥了，但是深植在骨子里的天性，却让她觉得转过身来迎战不可能的任务，才能让她心满意足：这就是命运，是光荣离开这个世界的方式。可是，彼得在她身边。病鬼要的是他的血，而不是她的。这些鬼东西朝他们蜂拥而来，像溃堤的洪水般灌满洞穴的每一条地底通道。彼得和艾莉希亚拼命冲向电梯。没时间引爆炸药了，他们最初的策略已经失效。艾莉希亚从电梯底板上捞起炸药包，抓住彼得的手腕，顶着他钻出电梯顶盖，她自己跟在他后面钻出来。

“抓住缆绳！”她大叫。

他愣了一下。

“快！快点抓住！”

他明白她心里在想什么吗？无所谓，彼得听话照做。艾莉希亚把炸药包丢在电梯顶，用来复枪朝下瞄准着电缆盘，扣下扳机。

摆脱了电梯厢的重量，平衡锤陡然下坠。重重地一拉，一股强大的上升力让他们冲上天。对于这上升的过程，彼得只有模模糊糊的印象，他所有的感觉都集中在双手上，那是他生命唯一之所系。他原本可能会抓不住的，还好有艾莉希亚在他的下方，她抓得牢牢的，像个挡球网一样，这让彼得不至于滑下电缆坠入无底深渊。之后在一片混乱中，他们开始拔腿狂奔。那一大群蜂拥而至的病鬼远非彼得的能力所能应付；他没看见病鬼在他们后面跃上电梯井，从这个墙面跳到那个墙面，一步步往上升，逐渐缩短了和他们之间的距离。

但是艾莉希亚看见了。彼得的感官只是一般人的感官，但是艾莉希亚却拥有和追兵一样的“内在回旋仪”。她对时间、空间与动作的感知是在不停调整校正的，这让她不仅可以保持抓力的平衡，同时还可以拿枪瞄准下方。她是在用M4下挂的榴弹发射器瞄准，她的目标是躺在电梯厢顶的那包炸药。

她开了枪。

26

得克萨斯，柯厄维尔，联邦军事监狱

原任职于第二远征军的卢修斯·格瑞尔少校，现在沦为了得州共和国联邦军事监狱的第六十二号囚犯。卢修斯，信仰虔诚之人，他现在正等着某个人的到来。

他住的牢房面积大概只有几平方米，只有一张行军床、一个马桶、一个水槽和一张附带椅子的小桌子。房间唯一的光线来自墙面高处装有强化玻璃的窗户。卢修斯·格瑞尔已经在这个房间度过四年九个月又十一天的时光，罪名是擅离职守，这在格瑞尔看来并不算公平。他放弃指挥权，跟着艾美上山去迎战巴柏寇克，可以说只是遵循了另一种来自内心更深处的命令而已。但是卢修斯是军人，军人有军人的纪律，要有身为军人的责任感，所以他毫无异议地接受了刑罚。

他每日用沉思冥想来打发时间。这是绝对必要的，虽然卢修斯知道有很多人从来没尝试过沉思冥想，他在夜里常常听到其他人高喊着孤单寂寞。监狱有个小小的中庭，犯人一个星期可以到外面去一次，但是一次只能一个人出去，而且只有一个小时。在入狱的头六个月里，卢修斯觉得自己一定会发疯。在牢里就只能做俯卧撑，不停地睡觉，一个月都还没过完，卢修斯就已经开始和自己讲话了。滔滔不绝的独白，什么都讲，也等于什么都没讲，天气啦，伙食啦，他的想法和回忆，监狱墙外的世界，以及外面正在发生的事。现在是夏季吗？下雨了吗？今天晚餐会不会有小餐包？随着时间一个月一个月过去，他说话的内容越来越集中在他的狱友身上，他相信他们在监视自己，然后随着他的疑心病加剧，他开始相信他们要杀死他。他不再睡觉，接着也不吃东西，拒绝运动，甚至完全不肯离开他的牢房。他彻夜蹲在床角盯着门，他认为谋害他的凶手会从那里进来。

在这种折磨下过了一段时间之后，卢修斯断定自己已经再也无法忍受了。他身上只剩下微乎其微的一丝理性，但很快也将会丧失殆尽。这样下去人死的时候会心智崩溃，一切经验、回忆与人格都灰飞烟灭——想到这些就让人难以忍受。要在牢里自杀并不容易，但也并非不可能。坚决想自杀的人可以站到桌子上，头缩起来让下巴抵在胸口，然后往前摔，跌断自己的脖子。

卢修斯试过这个方法三次，也失败了三次。他开始祷告——简简单单，只有一句话的祷告，祈求上帝帮忙，**帮助我让我去死吧**。因为摔在水泥地上好几次，导致他的头不时嗡嗡响，同时也跌断了一颗牙齿。他再一次站上桌子，小心计算着摔落的角度，然后让自己投向地心引力的怀抱。

不知过了多久之后，他恢复了意识，发现自己躺在冰冷的水泥地上，上帝再一次拒绝了他。死亡是一扇他无法开启的门，他彻底绝望，泪水盈眶。

卢修斯，你为什么抛弃我？

他听见的不是话语，不是简单普通的话语，这是一种声音的感觉——温柔指引的声音，存在于世界表面之下的声音。

你不知道只有我才能让你摆脱这一切吗？只有我才能带来死亡？

他的心打开了，宛如一本书翻开封面，露出了被覆盖的现实。他躺在地板上，身体停留在固定的时间与空间里，然而他感觉到自己的意识如画卷般铺展开来，渐渐与他无法形容的广袤无边融为一体。它无处不在，又无处可在，它存在于心看得见，而眼睛却看不见的某个地方，因为眼睛被日常的东西——这张床、那个马桶、四周的墙壁——给分散了注意力。他沐浴在光芒里，沉浸在平静祥和的氛围之中。

你人生的任务还未完成，卢修斯。

就这样，他的监禁生活结束了。牢房的墙壁仿佛是薄薄的纸，只是物质所使出的障眼法。一天又一天，他的沉思冥想越来越熟练，他的心里满是自己找到的平静、宽恕与睿智的力量。这是上帝，当然是，再不然就是他可以称之为上帝的存在。但是，就连这个词都显得太过渺小，这只是人类为不能具象的存在所取的名字。世界并非世界，这只是表达更深刻的现实的一种方法而已，就像洞穴里的壁画是画家思想的表达一样。伴随这样的意识而来的是觉知，他明白自己的生命旅程尚未完成，他人生的真正使命还未揭晓。

还有，上帝似乎是女性。

他在孤儿院长大，由修女抚养成人。他对自己的双亲和孤儿院外的生活都没有印象。十六岁的时候，他加入了地方卫队，当时孤儿院的男生差不多都会走上这条路。第二远征军开始招募志愿者入营时，卢修斯是第一批加入的。那时田野大屠杀刚刚发生——十一个家庭在野餐时遇袭，有二十八个人被杀或被掳——当天幸免于难的男人，有很多也加入了远征军，但是卢修斯的动机并不像他们那么毅然决然。从他小的时候，他就没有被伟大的尼尔斯·科菲的故事打动，因为那些英勇事迹似乎不太可能是真的。哪一个脑筋清楚的人会去猎杀德古鬼？可是卢修斯当时很年轻，和所有的年轻人一样骚动不安，日常的工作让他厌烦不已——站在城市高墙上值班守望，到田野上执行清野任务，追捕违反宵禁的孩子。附近当然始终有呆呆鬼（只要不做得太过分，从观测平台上撂倒几只呆呆鬼是被允许的，虽然那么做只是在浪费弹药），而且偶尔也有 H 镇的酒吧斗殴事件来分散注意力。但是这些事情尽管可以让他分神，却无法平衡无聊的重量。和一群热爱死亡的疯子一起入伍是卢修斯·格瑞尔那时唯一的选择，所以他也只好这样了。

然而，卢修斯却在远征军里找到了他最需要的东西，也是他这辈子始终缺少的东西：家庭。他到罗斯威尔大道的第一项任务是护送人员和补给品到营区——当时那里只是一个光秃秃的据点。他的单位里有两个刚入伍的人——内森·库洛雪克和寇帝斯·瓦希斯。和卢修斯一样，库洛是从地方卫队直接应召入伍的；瓦希斯原本是个农工，就卢修斯所知，他连枪都没开过，但是他的妻子和女儿全部在田野丧命，在这种情况下，没有人会拒绝他入伍。货车总是彻夜往前开，在返回柯厄维尔的途中，他们的车队遇到了伏击。攻击在破晓前一个小时展开。当时卢修斯和库洛、瓦希斯开着一辆悍马，跟在第一辆坦克后面。病鬼冲来时，卢修斯心想：时候到了，我们完了。我绝对不可能活着逃出去。但是负责开车的库洛不知道是不认同还是不在乎，他猛踩油门，同时手握机枪的瓦希斯开始射击。他们不知道坦克的驾驶员已经死了。就在他们超车的时候，坦克往左一偏，撞上了悍马车的车头。卢修斯八成是被撞昏了，因为等他清醒过来的时候，只看到库洛正把他从车子的残骸拉出。坦克烧了起来，其他的车子都走了，在罗斯威尔大道上失去踪影。

他们被丢下了。

接下来的那一个小时，是卢修斯此生最短，却也是最长的一个小时。时间一分钟一分钟地过去，病鬼间隔来袭。时间一分钟一分钟地熬着过，他们三个想办法击退病鬼，把子弹留在最后一刻才用，通常就是病鬼只离他们几步距离的时候，他们才会开火。他们或许想过要跑，但是翻倒的悍马车是他们最好的屏障，而且卢修斯的脚踝受伤了根本动不了。

等巡逻队找到他们的时候，他们坐在路边哈哈大笑，笑到泪流满面。他知道，他这辈子从没和任何人如此亲近过，除了这两个陪他走过黑夜幽谷的兄弟。

罗斯威尔，拉雷多，特克萨卡纳；拉伯克，什里夫波特，卡尼，科罗拉多。一年一年地过去，卢修斯再也没有见到柯厄维尔那高墙与灯光所构筑的天堂。他的家现在在别处。远征军就是他的家。

直到他遇见艾美，那个不知来历的女孩，然后一切都改变了。

他有三名访客。

第一个是在九月的某天早晨来的。格瑞尔刚吃完他的早餐粥，做完他的晨间运动：五百个俯卧撑和仰卧起坐，以及五百下蹲跳踢腿。他利用挂在牢房天花板上的一条绳子做了一百下吊单杠动作，前面二十下，后面二十下，交替着做，做这些事好像是奉了上帝的指示似的。做完之后，他坐在床沿，沉淀心思开始冥想，展开不可见的旅程。

他总是先念一段以前修女要他背的祷词。重要的不是字句内容，而是节奏，相当于运动前的热身运动，让心思准备好迎接波动。

他正要开始的时候，思绪却被门锁的哐当声给打断了——他牢房的门打开了。

"有人要见你，六十二号。"

卢修斯一站起来，就看见一个女人走进来——身材苗条，夹着灰色发丝的黑发，深色的小眼睛散发着不容违逆的权威感。这是一个能让你不由自主掏心掏肺的女人，你会像一本翻开的书那样对她坦白自己心中的一切秘密。她腋下夹着一个公文包。

"格瑞尔少校。"

"总统阁下。"

她转身向那名守卫——五十几岁的胖子——说："谢谢你，中士。请让我们单独谈一下。"

那名守卫叫库力吉。犯人当然认识狱卒，而库力吉和卢修斯很熟，虽然他完全搞不清楚卢修斯的宗教热情是怎么回事。他是个务实而平凡的人，很热心但不太聪明，他的两个儿子也和他一样是地方卫队队员。

"您确定？"

"是的，谢谢你。没事的。"

那人离开，把门关好。总统往里再走了几步，环顾这个箱子似的小房间。

"真奇怪，"她的眼睛盯着卢修斯，"他们说你并没有退出。"

"我看不出有退出的理由。"

"可是你整天在这里能做什么？"

卢修斯露出微笑。"就做您进来的时候我正在做的事啊。思考。"

"思考。"总统说，"思考什么？"

"就只是思考，沉浸在自己的思绪里。"

总统在椅子上坐下，卢修斯也跟着坐在床沿。现在，两人面对面。

"首先要声明，按官方说法，我没来过这里。但是私下里，我会告诉你，我来这里，是因为有一件非常重要的事情要请你帮忙。很多人常提到你，而我相信你是个谨慎的人。我们的谈话只有你知我知，清楚吗？”

“清楚。”

她打开公文包，拿出一张泛黄的纸，交给卢修斯。

“你认得这个吗？”

一张地图，用炭笔画的地图。上面是一条河，还有潦草画下的道路，虚线代表的是一个营地的边缘。那不只是个营地，而是一整座城。

“您在哪里找到的？”卢修斯问。

“这不重要。你知道这张地图？”

“我应该知道。”

“为什么？”

“因为这是我画的。”

他的回答在她的意料之中，卢修斯从总统的神色可以查知。

“回答你之前的问题，这是从瓦希斯将军在指挥部的个人档案里找到的。我们花了一番功夫，才探察出当时有谁和他在一起。你、库洛，还有一个名叫提夫第·拉蒙特的年轻新兵。”

提夫第。卢修斯有多少年没听人提起这个名字了？虽然，毫无疑问，柯厄维尔的每个人都知道提夫第·拉蒙特这个人。而库洛，一想到这位逝去的朋友，卢修斯就觉得有点悲伤。他五年前在罗斯威尔营区被攻破时丧生了。

“地图上的这个地方，你想你还能找得到吗？”

“我不知道。那已经是很久以前的事了。”

“你对其他人提起过这件事吗？”

“我们向指挥部报告的时候，他们叫我们绝对不要再提起这件事。”

“你还记得命令是从哪里下达的吗？”

卢修斯摇摇头。“我从来就不知道。负责任务的是库洛，瓦希斯是他的副手，提夫第是情报兵。”

“为什么是提夫第？”

“就我的经验，提夫第·拉蒙特的追踪能力没有人能比得上。”

听到这个名字，总统又皱起眉头——黑帮老大提夫第·拉蒙特，黑市买卖的大头目，是全城通缉的首要罪犯。

“你猜那里有多少人？”

“很难说，很多吧。那个地方至少有柯厄维尔的两倍大。就我们看见的，那地方也有武装。”

“他们有电？”

“是的，可是我觉得他们不是靠石油发电的，比较像水力发电。农业区和工业区都很大。还有营舍，三幢很大的建筑，在中央的那幢像颗巨蛋，南边的那幢大概是旧的橄榄球体育馆。第三幢位于河的西边——我们不确定是什么，看起来还在修建，他们在日夜动工。”

“你们没有接触？”

“没有。”

总统要卢修斯看地图上的防线。“这里……”

“防御设施是一道围墙，虽然还算坚固，但是不足以防范德古鬼。”

“那么，你认为这是做什么用的？”

“说不上来。可是库洛有个理论。”

“是什么？”

“这墙是要把人关在里面用的。”

总统瞥着地图，然后又抬眼看卢修斯。“你们从没提起这件事？没对任何人提起？”

“没有，总统女士。在今天之前没有。”

一阵沉默。卢修斯觉得她不会再问其他问题了，总统已经得到自己想要的答案。她把地图收回公文包里。就在她站起来的时候，卢修斯说：“我可以请问一下吗，总统阁下？您为什么现在要问我这件事？都已经这么多年了。”

总统走向门口，敲了两下。就在门锁转动的时候，她转身面对卢修斯。

“他们说你整天祷告。”

卢修斯点点头。

“那么你最好祈祷我的想法是错的。”

27

彼得在医疗区待了十天。他的肋骨断了三根，肩膀脱臼，双腿灼伤，两只手脱皮脱得像两块生肉，浑身的瘀青和伤口，数不胜数。他当时昏了过去，但显然没摔伤脑袋。不过现在他一动就痛，连呼吸也不例外。

“就我听到的情形看来，能活下来算你走运了。”医生说。大约六十岁的他有个蒜头鼻，因为长年喝酒而变成了酒糟鼻，声音沙哑得讲起话来十分费劲。他对病人讲话的口气，和我们对一只死不肯听话的狗讲话的口气没什么两样。“好好躺在床上，中尉。除非我有别的指示，否则你就得乖乖听我的。”

海勒曼对彼得提过那天小组回到营区的经过。因为吃了止痛药，他还有点头昏脑涨的。少校的问题在他脑袋里掠过，仿佛是他隐约认识的人在另一个房间里的对话。“有个男的，很老很老的男人，脖子上有条蛇的刺青。”没错，彼得确认，重重地在枕头上点点头，他们看见的就是那样一个男人。“他有没有说他是谁？”“伊格纳西奥，”彼得回答，“他告诉我们说他叫伊格纳西奥。”这些答案显然让少校无法理解，彼得也是。海勒曼似乎一再问着相同的问题，只稍微改变句型，后来彼得又睡着了。等他再睁开眼睛时——他很快就发现时间已经过了一天一夜——他独自一人。

除了医生，他没看见其他人，直到第四天艾莉希亚才出现在他的床边。这时，彼得已经可以坐起来了，左臂吊着绷带，让肩膀复位。这天下午，他第一次到户外上厕所，这简直是个里程碑，虽然只是拖着脚走了小小几步，就已经让他耗尽力气。而这会儿他面对的问题是，要如何用这双缠着绷带、活像戴无指手套的手吃饭。

“见鬼了，你看起来可真惨啊，彼得中尉。”

帐篷里灯光昏暗，所以艾莉希亚可以摘掉眼镜。彼得已经习惯了她橘色的眼睛，但她很少让其他人看见。她轻轻坐到床边的椅子上，指着彼得想用汤匙舀进嘴里却怎么都舀不进去的那碗玉米糊。

“需要帮一点忙吗？”

“休想。”

她露出微笑。“嗯，真高兴看到你还是这么骄傲啊。海勒曼狠狠地拷问过你。”

“我不太记得了。我想他不太喜欢我的答案。”汤匙从彼得手里滑了下来，一团黏糊糊的玉米糊掉在了衬衫上，“可恶！”

“嘿，让我来吧。”

他想尽办法要用拇指和碗边夹住汤匙，塞进掌心。“我跟你说过了，我可以自己来。”

“是吗？别这样啦。”

彼得叹了口气，任汤匙掉落在托盘上。艾莉希亚拿起汤匙舀起碗里的东西，瞄准他的嘴。“听妈妈的话，张开嘴巴。”

“我从来就不认为你是个妈妈型的人。”

“对你嘛，我可以破例一下。快吃。”

一口接一口，整碗见底了。艾莉希亚拿起餐巾，擦擦他的下巴。

“我自己也做得到的，你知道。”

“呃，这个嘛，附带服务。”她靠回椅背，“看，焕然一新啰。”她把餐巾摆在一旁。“我们今天早上帮赛奇办了告别式。很不错。海勒曼和阿普格都致辞了。”

虽然大家都相信赛奇已经在爆炸中殉职，但是海勒曼还是率领一支小队回到山上找他。这个举动只有象征意义，并无实际意义，但还是非做不可。反正他们一无所获。洞底到底发生了什么事，永远不会有人知道。

“就是这样了，我想。”

“赛奇是个好人，大家都喜欢他。”

“大家都这么说。”

艾莉希亚耸耸肩。“这本来就是事实啊。”

彼得知道他们心里想的是同一件事：这计划是他们拟的，而今赛奇却死了。

“看你可以吃东西了，我也该出发了。阿普格派我往南去侦察几座油田。”

“小艾，你怎么知道那下面有东西？”

这问题似乎有点出其不意，让她一时语塞。“我其实也没有答案，彼得。我只是……有感觉。”

“感觉。”

她的目光越过他。“我不知道该怎么说。”

“我以为只有艾美做得到。”

艾莉希亚耸耸肩，改变话题，没有追问。“你为我冒了这么大的险，我想我欠你一回。至少有人陪我一起受难，感觉不赖。”

“这整件事应该就这样了结了？”他郁郁地说。

“阿普格想怎么做就会怎么做。我没办法看穿他的心思。”

“你想，他相信我们吗？”

艾莉希亚没回答，她的眼神又飘得远远的，然后一脸探询的表情开口：“彼得，你还记得《德古拉》那部电影吗？”

他唤起了五年前的回忆。他在营区和瓦希斯的手下一起看这部电影的那个晚上，执行任务的艾莉希亚回到营区，她在一座旧铜矿坑里找到了病鬼巢穴。

“我不知道你也看了电影。”

“电影？没，我们没看电影，是看了那本书。那故事简直是病鬼手册。别管什么斗篷啊，城堡啊那些有的没的，其他的部分非常吻合。某个人的生命被‘异常地延长’，用棍子插进心脏来杀死他，他睡在故乡泥土里的情节，还有那些镜子……”

“就像在拉斯韦加斯的那个锅子，”彼得接口说，“我也有相同的想法。”

“好像是，我不知道，他们自己在镜子里的影像，毁了他们。整部电影也有相同的情节。”

"小艾，你有什么想法？"

她略有迟疑。"有些事情一直困扰着我，是我一直没办法拼凑起来的一个部分。德古拉身边有个像副官的人，那人看起来还有点人性。"

彼得想起来了。"那个吃蜘蛛的疯子。"

"就是那个家伙，兰菲德。他被德古拉感染，但是没变身，至少没有完全变成吸血鬼，他比较像是感染初期的人。这让我开始想到，如果他们身边都有像这样的人呢？"她用热切的眼神看着他。"你记得欧森是怎么说裘德的吗？"

欧森是他们在内华达州找到的那个名为"天堂"的小区首领。整个天堂小镇的人都把自己的生命奉献给了十二魔之首的巴柏寇克。表面上负责指挥的人是欧森，但后来真相大白，真正管理那个地方的人是裘德。裘德和巴柏寇克有某种特殊的关系，这种关系属于何种性质，一直没有得到合理的解释。

"他是……密友。"彼得引述欧森的话，"我一直搞不清楚欧森的意思。实在很说不通，而且你那时还拿枪指着他的头。"

"是啊。相信我，我常回想当时希望自己能不顾一切地扣下扳机。可是我不认为他是在胡说八道。我回到柯厄维尔之后，就到图书馆去查那两个字的意思。字典上说那是古语，所以我又查了'古语'是什么意思，原来就是很老的用语的意思。字典上说'密友'指的是一种当帮手的恶魔，就像女巫的猫，有点像是助手，说不定欧森指的就是这个意思。"

彼得沉默了几秒钟仔细思索。"所以你的意思是，伊格纳西奥是马丁内兹的……密友。"

艾莉希亚耸耸肩。"好吧，这是有点牵强，我只是想把事情拼凑在一起。还有另一个要考虑的问题是信号，伊格纳西奥身上有一个芯片，和艾美及十二魔一样。这表示他和挪亚计划也有关系。"

"你对阿普格提过这些事吗？"

"开什么玩笑？我自己的麻烦还不够多啊？"

彼得一点都不怀疑，而且他心知肚明，她因为洞穴进击失利而招致的谴责，他也同样逃不了。

艾莉希亚起身准备离开。“不管怎么样，到底会如何，等我从敖德萨回来以后，我们应该就会比较清楚了。现在烦恼也没用。我知道你觉得自己不可或缺，但是我们暂时没有你也行。”

“你就是不想让我好过一点。”

她微微一笑。“别指望我再来喂你吃饭，中尉。你只有一次机会。”

她走向门口时，彼得说：“小艾，等一下。”

她转身看他。

“伊格纳西奥说‘他离开我们了’。你想那是什么意思？”

“这我也没办法回答。我只知道他应该在那里的。”

“你想他到哪里去了？”

她没有立即回答，但脸上浮现出阴影，从心里透出了阴郁。彼得以前没看过她这个样子。就连在最危急的时刻，她也还是镇定自若。她是个绝对专注的女人，注意力总是集中在手边的任务上。这个表情和专注很类似，但是动力却不同，似乎是来自更深沉的地方。

“真希望我知道。”她重新戴上眼镜，“相信我。”

她就这样走了，帐篷的门帘随着她的离去而飞动。彼得立即感觉到她不在身边了，一如既往。真的，他们总是在离开彼此。

彼得没有再见到她。六天后，他离开医疗区。他的肋骨需要更长的时间才能愈合，而且这几个星期他也不能做费力的工作，不过起码可以下床。他穿过营区去报到，脚步不由得加快。这感觉让他想起好多年前他年纪还小的时候，他有一回生病发高烧，烧退之后就连起床做日常的事，都让他觉得浑身有股鲜活的生命力。

然而其余的一切却和当年不同，彼得可以感觉得到。虽然看起来一切都显得很正常——墙道上的士兵，发电机的轰隆声，四周有序的军事活动——然而他察觉到了一种转变，那种专注的气氛似乎变弱了。

走进指挥帐，他看见阿普格站着，面前那张破破烂烂的铁桌堆着一沓文件。

“乔克森，我以为还要好几天才会见到你。你觉得怎么样？”

这种有违阿普格作风的亲切问候，让彼得微微一惊。“很好，长官，谢谢您的关心。”

“坐下吧，好吗？”

有好一阵子，阿普格继续忙着翻看文件。他个子虽然不高——彼得站起来比他还高两个拳头——但这位上校却是个强壮威严、不容忽视的人，他动作精准，绝不拖泥带水。经过差不多整整两分钟之后，他终于对手上那些文件摆放的顺序满意了，坐下来，隔着桌子和彼得面对面。

“我有个新的任务要给你，是今天早上从柯厄维尔传令下来的。在你说话之前，我希望你知道，这和卡尔斯贝发生的事情没有关系。事实上，我期待这个消息已经有一段时间了。”

彼得的最后一丝期待沉没在了波涛里。“我们要放弃猎魔行动，对不对？”

“说‘放弃’有点太严重了，应该说是重新检讨。指挥部觉得我们有些资源规划应该重新调整。目前，你先转调到油道那边去。”

这比彼得的预期还糟。“那是地方卫队的工作。”

“一般来说，是的。可是这并非没有前例，而且这是总统办公室直接下达的命令。她显然是认为运油的安全工作不够严谨，所以希望陆军能够扛起这个责任。这个周末有一班交通车要到柯厄维尔去，我希望你能搭上那班车。你到那里之后再向自由港的地方卫队报到。”

尽管阿普格否认，但彼得知道，这个决定从头到尾都是因为卡尔斯贝任务失败的关系。他被降级了，虽然降级未必会体现在军阶上。

“您不能这么做，长官。”

阿普格扬起眉毛。“也许是我听错了，中尉。我听到你在教我什么可以做，什么不能做。”

彼得感觉到自己脸颊发烫。“对不起，上校。我不是这个意思。”

阿普格端详了彼得好一会儿。“听着，我懂，乔克森。告诉我吧，你在外面待多久了？”

上校当然知道答案。他之所以这么问，只是为了强调重点。“十六个月？”

“你在外面待得太久了，早就该调回去的。你之所以一直没调动，唯一的理由是因为你每次都请求留下。而我之所以答应，是因为我知道猎魔行动对你的意义。从某个层面来说，你就是我们大家待在这里的原因。”

“除了这里，我哪里都不想去，长官。”

“你表达得很清楚。可是你也是人啊，上尉。老实说，你需要休息。等我们把这里的事情处理完，我就会回到柯厄维尔，然后我会尽快向师部提出申请，调你回来。我没有讨价还价的习惯，所以我劝你还是接受吧。”

除了同意之外，没有别的办法了。“上校，我可不可以问一下，唐纳迪欧中尉呢？”

“她也有新的任务，不只是你。等她从油田回来，就要动身往北去卡尼堡。”

卡尼堡是远征军北边的据点。补给线必须一路从阿马利罗延伸到那里，长途漫漫，所以通常在第一场降雪前就关闭。

“为什么到那里？再过几个月就冬天了。”

“指挥部没告诉我们细节，但是就我听说的，那里病鬼挺多的。照她的天赋来看，我猜他们是想在撤退之前找个新的情报官去巡逻一下。”

这个解释听起来很牵强，可是彼得知道最好别再追问。

“赛奇的事我很遗憾。”阿普格继续说，“他是个优秀的军人。我知道你们很要好。”

“谢谢您，长官。”

“下去吧，中尉。”

这个星期接下来的时间，他都处在无所事事的状态之中。因为没有事情可以打发时间，他几乎都待在宿舍里。藏在置物箱箱门里侧的地图，一度是他人生宗旨的象征，而今却像个拙劣的玩笑。艾莉希亚的理论或许有点道理，也或许没有。如今看来，他们或许永远不会知道答案了。他想起他加入远征军之前的日子，很怀疑自己入伍是不是个错误。当时，战斗是他一个人的事。现在，战斗却属于一个大团体，一个有律法有规矩有指挥链的大团体，而他在这个团体里面人微言轻。他献出自己的自由，却只换来一个低阶军官的地位，终有一天，如果他死了，大家只会盖棺定论——他是个好人！

离去的早晨来临。彼得扛起他的行囊到集合场，交通车已经在那里等候。那是一辆半拖车，载满彼得的兄弟们从拉伯克找回来的轮胎。他把行囊放进后车厢，然后爬上前座。

“很高兴要回家了吧，长官？”

彼得就只是点点头。他说出口的任何一句话都可能会带着恼怒的情绪，而这位驾驶员，赛奇队上的下士，不应该承受他的脾气。

“我告诉你啊，一拿到薪水，我都会干吗去。”下士的话匣子一开就停不了，“我会马上到H镇去，一半花在买酒，一半花在妓院。”他突然很不好意思，有点慌乱地瞥着彼得，“呃，对不起，长官。”

“没关系，下士。”

“家里有人等你吗，中尉？如果你不介意我这样问的话。”

这答案复杂得不知从何说起。“算有吧。”

下士露出一个心照不宣的微笑。“嗯，不管她是谁，我相信她都一定很高兴见到你。”

命令下达，油烟冒起，车队开始启动。彼得正要进入神游状态，未来三天他都希望这样度过，这时他却在引擎声中听到有人喊他的名字。

“在门口停一下！”

艾莉希亚朝悍马车跑过来。彼得摇下车窗。

“我一个小时之前刚回来。”她说，“你以为你是谁啊，竟然不说再见就离开？”

她脸上一层油污，身上飘着隐约的石油味，但是吸引他目光的是她领子上的金属亮光：上尉的两条杠。

“哇，瞧瞧这个，”他勉强挤出笑容，希望可以掩饰心中的嫉妒，“我想我得开始叫你长官了。”

“听起来不错哟。早就该这样了，要是你问我的想法的话。”

“阿普格把我调走了。”

“我知道，去油道。”这没必要细说，“那是很轻松的任务，彼得，是你应得的待遇。”

“他们是这样告诉我的。”

“替我向迈克打招呼吧。还有格瑞尔，如果你见到他的话。”

彼得点点头。有驾驶员在，他们不能再多说什么了。“你什么时候去卡尼？”

“过两天。”

“去那里要小心一点。阿普格说那里病鬼很多。”

“你也一样。”她瞟了一眼驾驶员，那人正盯着方向盘。然后她又看着彼得说：“别担心。就像我们之前谈过的。这还没结束，好吗？”

他感觉到她的话里有未曾言明的压力。他们背后响起不耐烦的引擎声，大家都在等他们。

“长官，我们真的必须走了。”驾驶员说。

“没问题，我们谈完了。”艾莉希亚最后一次端详彼得，“我是认真的，彼得。不会有事的，去见你的兄弟吧。”

28

第一阵痛苦袭来，是在九月底的一个下午。那天得州温暖的太阳高照，天空一碧如洗。艾美站在院子里，看着孩子们嬉戏；再过几分钟，钟声就要响了，召唤他们进去上完今天的课，而艾美会回到厨房里帮忙做晚饭。这是一整天无休无止的工作中唯一可以休息的时间。这里的工作总是前一分钟才做完，后一分钟又有新工作来。每天午餐结束，盘子收走，孩子们一哄而散，去释放累积了一个早上的紧张时，艾美总是跟着他们走到户外，待在游戏场角落，让她近得可以享受孩子们奔放的灿烂活力，但又不至于近得让孩子们拉她一起玩。这是她一天里最喜欢的三十分钟，艾美正闭起眼睛，微微侧头吸收早秋的温暖阳光时，那阵痛楚突然袭来：腹部一阵剧烈的绞痛，痛得她猛然弯腰，往前踉跄几步，惊叫一声，尽管院子里一片喧闹，但她还是引起了大家的注意。

“艾美？你还好吗？”

凯瑟琳修女的面容——苍白的长脸，蓝得像矢车菊的瞳孔——在艾美的视线里逐渐聚焦。她浑身冒汗，手脚冰冷颤抖，腰部以下仿佛掏空了般软绵绵的。下一刻，艾美就整个人瘫倒在地上。她有点想吐，但又极力抗拒，两种状态僵持不下，让她无法开口讲话。

“你最好躺下来吧，你的脸色好惨白。”

凯瑟琳修女扶她走向靠在孤儿院墙边的长椅——这几米的距离比一公里地还远。走到椅子前面时，艾美已经撑到极限，再多走一步就会昏倒。凯瑟琳修女疾步离开她身边，带了一杯水回来，塞进艾美手里。游戏场上的活动似乎不受干扰地继续进行，但是艾美察觉到有些孩子在看她。痛楚被恶心的感觉所取代，但是虚弱依旧。她觉得忽热忽冷。更多修女围到旁边来，每一个都用又着急又关心的语气询问凯瑟琳修女。艾美不想喝水，但每个人都坚持要她喝。她喝了一小口。

“对不起，”她勉强挤出声音，“我休息一分钟就没事了……”

“这边，修女。”凯瑟琳推开通往孤儿院的门，“快来。”

众人让开，让佩格修女大步走过来。这位老妇人一脸严肃地看着艾美，表情既担忧，又恼怒。

“怎么了？谁告诉我这是怎么回事，还是要我自己猜？”

“我不知道。”凯瑟琳修女说，“她就……昏倒了。”

游戏场顿时静了下来。所有的孩子都盯着她看。艾美想找凯勒柏，可是佩格修女挡住了她的视线。她不记得自己曾经生过病，她知道生病是怎么回事，可是从来没亲身体验过。比痛还惨的事是难堪，这让她想说几句话，随便说什么都好，好让其他人不要再盯着她看。

“艾美？怎么回事？”

“我只是觉得头晕、胃痛，不知道是怎么回事。”

老妇人的手掌贴在艾美额头上。“嗯，我觉得你没发烧。”

“八成是吃坏东西了。我相信只要坐一会儿就没事了。”

“她看起来不太好。”凯瑟琳修女插嘴说，其他人猛点头。“老实说，艾美。我怕你会晕过去。”

周围响起窃窃私语。不，她看起来不好，一点都不好。是感冒吗？更严重的毛病？如果是吃坏东西了，那她们是不是也全都会病倒？

佩格修女容忍大家交头接耳了一会儿，然后举起手，要她们安静。“我觉得还是应该小心一点。去床上躺着吧，艾美。”

“可是我真的觉得好多了。我相信我没事了。”

“谢谢你，可是这该由我来判断。凯瑟琳修女，你可以陪她回宿舍吗？”

凯瑟琳扶她起来。她觉得有点站不稳，而且胃感觉很不对劲。可是最糟的情况已经过去了。凯瑟琳带她走进屋子，爬上楼梯到寝室里。所有的修女都睡在这里，只有负责管理孤儿院的佩格修女有自己的房间。艾美脱下衣服，躺到床上。

“还有什么需要我做的吗？”凯瑟琳拉下窗帘说。

“我没事。”艾美竭尽所能挤出一个微笑，“我想我休息一下就会好的。”

凯瑟琳站在床脚，端详了她好一会儿。“你知道这可能是怎么回事，对吧？像你这个年纪的女孩。”

我这个年纪，凯瑟琳修女绝对不知道，艾美想。然而，艾美明白这位修女指的是什么，这个想法让她很意外。

凯瑟琳修女露出同情的微笑。“嗯，如果是这样的话，你应该很快就会知道了。相信我，我们都经历过的。”

凯瑟琳要艾美答应有事一定会叫她之后就离开房间了。艾美躺在床上，闭上眼睛。午后的钟声响起，楼下孩子们带着阳光、汗水与午后新鲜空气的味道正回到教室里上课，他们或许会很好奇，刚才在游戏场的那场混乱是怎么回事。凯勒柏一定会担心她，艾美应该请凯瑟琳修女带几句话给他的。**她只是累了，觉得有点不舒服。她马上就会没事的，你看着好了。**

然而……**像你这个年纪的女孩**。可能吗？所有的修女都把这叫作“磨难”，怨声载道。在孤儿院里大家总是拿来当笑话讲，说住在这么拥挤的宿舍里，所有的人都同时来例假，搞得每四个星期就有一个星期像梦魇，又是沾血的布巾，又是坏脾气的。这一百年来，艾美都对这些基本的事实一无所知；即使在现在，她也不敢说自己完全了解这个现象，但是她大致明白。会流血，不是太多，但会觉得很不舒服，持续好几天。想到有此可能，艾美先是非常惊恐，但是过了一段时间之后，却燃起一种强烈的、近乎生理的渴望，甚至担心自己永远不会有，怕这扇属于人类的大门会永远对她关闭，让她永远活在小女孩的躯壳里。

她查看自己。没有，她没出血。要是凯瑟琳修女说得没错，要多久才会开始呢？她真希望有机会可以跟凯瑟琳修女多打听一点。会流多少血、会有多痛，她会觉得有什么不一样？虽然以艾美的情况来说，她什么都和别人不太一样，或许会更糟，或许会比较好，或许根本就不会发生。

她希望成为女人，希望看见自己映在别人眼中是个成熟女人的形象。因为她的身体知道她的心早就是成熟的女人了。

一声沙哑的猫叫打断了她的思绪，一定是毛瑟来看她了。这只灰色的老猫缓缓走到她床边，看起来可真惨啊。这只猫两只有白内障的眼睛雾蒙蒙的，毛色黯淡无光，尾巴因为年老而下垂。“你是来看我的吗？是不是，小伙子？嗯，过来。”艾美把它从地板上抱起来，靠在小床上，把它摆在胸前。她轻轻摸着它的毛，它用头轻轻地碰着她的脖子。**太阳还没下山，你怎么躺在床上？**它转了三圈才躺在她胸口，大声地喵喵叫。**没事，你睡，我会在这里。**

艾美闭上眼睛。

现在是晚上了，艾美人在外面。

她怎么会到外面来的？

她身上还穿着睡衣，光着脚，搞不清楚是几点，但是感觉很晚。她在做梦吗？可是如果她还在睡，这一切怎么感觉如此真实？她看看四周。她现在在靠近水坝的上游处。空气清凉潮湿，她觉得有种挥之不去的紧迫感，仿佛从被追逐的梦中醒来。她为什么在这里？她是在梦游吗？

有东西搔着她的腿，让她一惊。她低头看见毛瑟用雾蒙蒙的眼睛盯着她。它开始高声叫，然后跑向水坝，跑了几米之后停下来，转头看她。

它的意思很清楚，艾美跟了上去，老猫领着她到水坝底下一幢小小的水泥建筑前。是某种机械？毛瑟站在门口，喵喵地叫。

她推开门，走了进去。里面伸手不见五指，她怎么找得到路？她摸着墙面，寻找开关。找到了，一排灯亮了起来。在这个小房间的中央，有一圈铁栏杆，围着一个圆形的楼梯。毛瑟站在楼梯最顶端的一阶，又坚定地喵了一声，转身下楼。

楼梯旋转而下。到了楼梯底下，她发现自己又置身于漆黑里。她再次摸索灯光开关，然后她看见自己在哪里了。一条宽阔的管道，通向前方。毛瑟在她前面已有一段距离，催得艾美只能继续深入这地底的世界。他们来到第二个铁门门口，有个铁转轮封住了门口。一根长管子丢在门边的地上。艾美拿起管子，穿进轮辐里，用力转。门打开来，露出另一道梯子。她转身看毛瑟，毛瑟以怀疑的眼神看她。

别看我，我很害怕。你自己去吧。

她走下梯子，底下有东西在等着她，她感觉得到，打骨子里感觉得到。恐怖、哀伤，又充满渴望的东西。她双脚着地。又一段阶梯，比前一段更宽。地板上有水涓涓流淌。在远远那端，她看见一圈光。她知道自己人在哪里，在一条泄洪道里，她看见的是月光。她朝那圈月光走去的时候，一道阴影掠过。不是阴影，是人影。

她知道了。

艾美，艾美，我心中的女儿。

他伸手穿过铁条想要摸她。一只扭曲的手，肿胀的手指前端是弯曲的长指甲。两人手掌相触时，他的手指先是弯了起来，然后盖在她的手指上。她不觉得害怕，只有一点点晕眩。她的视线因泪水而模糊。

艾美，我记得。我什么都记得。

他们的手紧紧握在一起。他碰触的感觉扩散到她全身的每一个部分，让她沐浴在温暖里——爱的温暖、家的温暖。仿佛在说：**我一直都在这里，我会永远保护你。**

我勇敢的女孩，我勇敢的艾美，别哭了。

她突然哭得无法停止，情绪如潮水涌来。她很快乐，也很哀伤，她感觉到了自己人生的重量。

“我到底是怎么了？为什么我会有这样的感觉？拜托，告诉我。”

他的脸没有表情，因为他无法有表情，所有的心绪，都在他的眼睛里。

你所有的问题都会得到解答。他在等你，在船上。等时候到了，我会告诉你怎么去。

“什么时候？到底是什么时候？”

但是艾美开口问的时候，就已经知道答案了。

很快，华格斯特说，**很快，很快。**

第五卷　油道

看见他人哀叹，
我能不随之悲伤吗？
看见他人的哀恸，
我能不寻求仁慈的抚慰吗？

——威廉·布莱克[①]《他人的伤痛》

① 威廉·布莱克（William Blake，1757—1827），英国诗人与画家，为浪漫主义代表人物之一。

29

炼油厂区
得克萨斯，自由港

一级油工迈克·费雪。

迈克，一个聪明的人，是跨越两个世界的桥梁。迈克从无梦的睡眠中醒来，感觉到有人正在他身上。

他睁开眼睛，萝儿正跨坐在他身上，身体前倾，额头闪着一层因欢爱而迸发的汗光。见鬼了，他想，他们不是才刚完事吗？

“早安！”她笑着说。

噢，好啊，早安，迈克想。

“看在老天的分儿上，小声点！”上方传来一句咆哮。

“闭嘴，胡安。”萝儿回应，“我忙得很呢！”

“你们真让我受不了，太恶心了！”

在迈克听来，他们的对话似乎是发生在遥远的星球。所有的床位都挨在一起，只隔着薄薄的布帘保护些许隐私，所以你得学会不闻不问。可是他的感觉不只如此，尽管感官徜徉在纯粹的爱欲里，却让他隐隐有些无法完全契合的感觉，仿佛他的心落后了他的身体三步，只能隔着一段距离远远观看。隔在身与心之间的，是种种担忧、悲伤，以及不带情感的影像所交织而成的景物。有个损坏的垫圈必须更换，储油槽运来新原油的日期，还有殖民地的回忆，这是他在其他时候不曾想起的回忆。等他们结束并拉开布帘时，胡安已经走了。门上的时钟显示为早上六点半。

“该死！”

迈克双脚急忙落地，套上工作服。萝儿在他背后伸出双臂，搂住他的胸膛。

“留下来。我绝对让你值回票价。”

“我今天值第一班。要是我再迟到，卡洛维克一定把我宰了当早餐吃。”他的双脚套进靴子里，转头亲她。迈克不会说他们俩之间存在的是爱，并不全是。欢爱是打发时间的一种方式，但是经过这些个月，他们的关系也在进化，已经变得不只是一种习惯了。

“你又在想些烦心事了，对不对？”

“谁，我？”

“别骗我。”她的语气不见严厉，纯粹只是纠正他，“你知道，总有一天我会让你什么烦恼都没有。”她叹口气，放开手，“没关系的。去吧。”

他从铺位上起身，抓起挂在杆子上的外套和手套。“晚点再见？”

她已经躺回床上了。“如果你想的话。”

迈克走出营舍的时候，太阳刚刚升上海湾，让海面宛如铺了一层薄铁片般闪闪发光。已经到十月的第一个星期了，但天气炎热依旧，海面的空气如往常一样，因为盐和蒸腾的丁烷所飘散的硫黄臭气而带有酸味。他肚子咕噜咕噜叫——现在顾不得吃了——他加快脚步跨过厂区，经过食堂、健身室，以及地方卫队营舍，到拱形棚屋去，值早班的工作人员都已经在这里集合了。首席工程师卡洛维克正照着值班表分派工作。他用冰冷的眼神狠狠瞪了迈克一眼。

“我们打扰你的美容觉了吗，费雪？真是对不起啊。”

“是啊，”迈克拉上工作服的拉链，“对不起。”

“对不起还不够。你今天要去引爆炸弹，胡安当你的副手。想办法别炸掉你们那组人吧。”

被称为“炸弹”的一号蒸馏塔是厂区里最老的一座蒸馏塔，锈蚀严重的塔身是用一片片焊接的铁片、一捆捆缠绕的铁线以及祷告拼凑而成的。大家都说，这座蒸馏塔如果不关闭，迟早会把工作小组炸到火星去。

“谢了，老板，您真好心。”

“不足挂齿。”卡洛维克的目光扫过众人，“好了，各位。离运油上路还有七天。我要那些油罐车全都装得满满的，听到没？费雪，你等一下。我有话要对你说。”

工作人员往各自的炼油塔出发。迈克跟着卡洛维克走进屋里。天哪，是怎么了？他只不过晚了几分钟而已，要挨骂就太不值得了。

“哎，丹恩，今天早上很抱歉……”

卡洛维克不让他说完。“别提了，我要和你谈的不是这件事。”他拉拉裤子，在办公桌后面的椅子坐下。卡洛维克真的是个庞然大物，不胖，但是从每一个方面来看都很庞大，是个体形高大、吨位颇重的人。他后上方的墙面钉满一大堆纸张文件——值班表、工作流程、运送日程。“反正不管怎样我都会派你到炸弹上去的。我手下最有能力处理麻烦工作的人就是你和胡安，我把你们两个派去那里，算是对你们的赞美。要是我做得了主，那东西老早就被扫进垃圾堆去了。”

迈克对此毫不怀疑，但是他也听得出来这偶尔的赞美别有所图。“所以呢？”

“所以这个——”

卡洛维克把一张纸滑过办公桌面。迈克迅速瞟了一眼下端的签名：得州共和国总统薇多莉亚·桑契兹，接着很快地看了上面短短的三段文字。**噢，不会吧，**他想。

“知道这是怎么回事吗？”

“你为什么认为我知道？”

“你是上一批卸油任务的领班，说不定你在那里听到了什么风声，储油区附近的传闻啦，或是看见军队增援了。”

“没什么特别的。”迈克耸耸肩，“你和史塔克谈过了吗？说不定他知道。”

史塔克是炼油厂的地方卫队队长。他是个大嗓门，而且很爱喝酒，但是油工和卫队队员都很尊敬他，最主要的理由就是他在牌桌上所向无敌。他玩牌时狡猾谨慎，害得迈克输了一大笔钱，虽然输钱也没什么，反正在炼油厂的围墙之内，有钱也没地方可花。

“还没。不过这肯定会让他不好过。”卡洛维克仔细打量迈克，“你们两个不是朋友吗？加州的那件事。”

“我认识他，没错。”

“那么你或许可以替我们疏通一下关系，当个，嗯，我不知道，地方卫队和军方之间的联络人。”

迈克花了几秒钟体会自己内心的感觉。他很乐意见到旧日的朋友，但是，他内心也很不安，有一种被公开示众的感觉。油工与世隔绝的生活，在很多方面来说，都让他不至于耽溺在失去姐姐的哀恸之中，把他心中因失去她而产生的缺口填补了起来。一方面他知道自己是在逃避，但是另一方面他并不在乎。

“应该没问题。”

“算我欠你一份情。你自己看看怎么做比较好吧。”卡洛维克头一偏，指着门，“走吧，快去把油煮滚吧。我是认真的，在那上面可要注意一点，别炸掉你的屁股。”

迈克到蒸馏塔找他的工班，那十二个强壮的工人不知所措地围在那里，载有原油的油罐车一动也不动。胡安不知跑到哪里去了。

“好，算我服了你们。你们这些家伙干吗不把油灌进去啊？”

胡安从塔底的加热器下面钻出来，双手和赤裸的臂膀都裹了一层黑黑黏黏的东西。“我们得先冲干净才行，底层至少积了两米的残渣。”

“唉，这得耗掉一整个早上。上一班的工头是谁？”

“这东西已经好几个月没启动了。你得去问卡洛维克才知道。”

“有多少原油要清掉？”

“反正有好几百桶。”

八千加仑部分提炼过的石油，天晓得在这里摆了多久。他们需要一辆大型的废油油罐车，然后再来一辆注水车和高压冲水管用来冲洗蒸馏塔。这至少需要十二个小时，然后再需要十六个小时灌油，点燃加热器，得等上二十四个小时管子里才会流出第一滴成品油。卡洛维克的动脉瘤一定会爆炸。

“好吧，我们最好赶快动手吧。我会向上面报告。你们把水管准备好。”迈克摇摇头，“我会找出是谁干的，然后狠狠踢死他！”

排油就花了一整个早上的时间，迈克清掉剩下的那些没用的油，用卡车载到废物池去烧掉。抽掉残油是最简单的部分，冲洗油槽才是人人敬而远之的工作。从塔顶注水，可以冲掉大部分的残渣——提炼过程中剩下的那些黏糊糊的有毒残渣——但这不是全部，还得派三个人全副武装地进到里面，刷洗槽底，把沥青排水管冲洗干净。进到塔里的唯一通道是一条约一米宽的孔道，必须四肢着地爬进去。三个人里头一定有迈克。虽然没有明文规定，但他习惯如此，好提振士气。至于其他两个人是谁，惯例是抽签决定。

第一个抽到的是埃德·波普，队上年纪最大的一员。埃德以前是训练迈克、带迈克入门的师傅。三十年的炼油生涯让他付出了惨痛的代价，这人的身体简直就是一本历次灾情的登记簿。三根手指被钢丝切割器甩脱的刀刃齐根切断；经历过炸死九个人的一场丙烷爆炸事故……他一边的耳朵聋了，膝盖也不管用，光是看他爬行，迈克就忍不住难过。迈克想过要让他跳过抽签，但是他也知道埃德的自尊心太强，绝对不会接受，所以只好眼睁睁地看着这位老人家到棚屋穿上装备。

第二个抽到的是胡安。“胡安，我需要你留在这里控制水泵。”迈克说。

胡安摇摇头。“说什么鬼话。我们快点动手吧。”

他们套上防护服，背起氧气瓶，拿起全部的装备：带长杆的沉重刷子，一桶桶的溶剂，连接到压缩器的高压喷水枪。迈克拉下面罩，盖住脸，贴好手套的封口，检查自己的氧气瓶。虽然塔上有通风口，但是里面的空气还是可能会要了你的命——塔里弥漫的石油蒸气与硫化物可以把人的肺撕裂成碎片。迈克在面罩里感觉到加压产生的轻响，打开头灯，屈膝爬进已打开的孔道。

“走吧，兄弟！”

迈克爬进去，发现自己置身在深达七厘米、犹如死水一般的油污里。埃德和胡安跟在他后面爬进来。

“什么鬼东西啊？”

迈克在油污里，打开沥青排水管。他们三个开始把残渣扫进排水管。塔里的温度少说也有三十八摄氏度，他们汗如雨下，呼出的热气在他们的面罩里凝结成雾。一旦清完大部分的残渣，他们就倒出溶剂，接上水枪，开始冲洗墙面和地板。

因为身穿防护服，再加上压缩机的轰隆声，想彼此交谈根本是不可能的。他们唯一的念头就是赶快做完，赶快出去。才开始动手不到几分钟，迈克就感觉到有人拍他的肩膀，他转头看见胡安指着埃德。埃德面对墙壁站着，活像一尊雕像，喷枪垂在身体旁边。就在迈克转头的一刹那，喷枪从他手里滑掉了，但埃德似乎没注意。

“他有点不对劲。”胡安在机器的噪声里扯开嗓门说。

迈克走上前，把埃德的身体翻过来。但他只看见一双茫然的眼睛。

“埃德，你没事吧？”

那人陡然一惊，回过神来。“噢，嘿，迈克。”他说，语气显然太过轻快了，“噢，嘿……”

“他在讲什么？”胡安大声问。

迈克伸出一根手指划过脖子，要胡安关掉压缩机。他和埃德面对面。“说吧，兄弟。”

埃德的唇间发出嗞嗞的喘气声，他大口喘着气，抬起手想扯掉面罩。

迈克知道接下来会发生什么事。就在埃德要扯掉面罩的时候，迈克抓住了他的手臂。这人不是小孩，他足够强壮。在迈克的抓力下，他奋力挣扎，想挣脱开来，一张脸仿佛因惊慌而泛青。不是因为惊慌，迈克发现，而是缺氧。埃德身体严重抽搐，然后膝盖一软倒下，全身的重量都压在了迈克的怀里。

“胡安，帮我把他弄出去！”

埃德全身瘫软。胡安抓住埃德的脚，他们两人合力把他抬到孔道口。

“谁来接着他！”迈克喊道。

洞口有好几只手伸进来拉他，迈克和胡安把他的身体往外推。迈克钻出洞口，新鲜空气迎面扑来，他扯掉面罩和手套。埃德仰面躺在地上，有人已经脱掉了他的面罩和背包，迈克屈膝跪在他身边。一动也不动，看来不妙，他没有呼吸了。迈克把右手掌贴在埃德胸口中央，再压上左手，双手手指相交，用力压，没有动静。他压了又压，默数三十秒，就像他当初学的那样，然后伸手到埃德脖子底下，让他的气管保持畅通，捏住鼻子，把嘴压在那人青紫的嘴唇上。一口气，两口气，三口气，迈克的心像冰一样清亮，整个人只想着一个目标。就在他觉得一切似乎都不再有用的时候，他突然感觉到埃德的横膈膜猛然动了一下，接着埃德的胸口胀了起来，大大地吸了一口气，随后别开脸，喘气，咳嗽。

迈克整个人往后倒，仰躺在泥地上，脉搏因肾上腺素而急剧跳动。胡安递给了他一壶水。

“哥们儿，你还好吗？”

迈克觉得胡安这个问题是一句废话。他喝了一大口水，把水在嘴里咕噜咕噜漱了漱，然后吐掉。

终于有人把埃德扶了起来。迈克和胡安陪他走进棚屋，让他坐在长椅上。

“你觉得怎么样？”迈克问。

埃德的脸颊稍微有点血色了，但皮肤看起来还是湿湿黏黏的。他痛苦地摇摇头。“我不知道是怎么回事。我发誓，我检查过氧气的。”

迈克已经查看过了，氧气罐是空的。“也许时候到了，埃德。”

“天哪，迈克，你要开除我？”

“不是，当然不是，要不要继续工作那要由你自己决定。我的意思是，你今天可以休息了。”埃德没有回答，迈克站起来，“想一想吧。不论你打算怎么做，我都会支持你的。你想搭车回宿舍吗？”

埃德绝望地瞪着前方。迈克从他脸上看得出来真相：这里是他的一切。

“我想我要在这里坐一会儿，恢复元气。”

迈克走出棚屋，看见其他人全围在门口。“你们围在这里干吗？”

“这一班的时间结束了，老大。”

迈克看一眼手表，的确是。

“对我们来说可没有。休息结束了，各位。请挪动你们的懒屁股，回去工作！”

过了半夜，萝儿对他说：“很走运啊，那个埃德。”

他俩窝在迈克的铺位上。迈克的心思还是不时围绕在今天发生的事情上，只要一闭上眼睛，他就看见埃德在棚屋里的脸色，活像准备上绞刑架的人。

“你什么意思，走运？”

“有你在那里啊，我的意思是，你救了他。”

“那算不了什么。”

“怎么不算？那人很可能会死掉啊。你怎么知道那样做可以救他？”

往事萦绕在他的心头，一阵痛楚袭来。

“我姐姐教我的。”迈克说，“她是个护士。”

30

得克萨斯，柯厄维尔

雨比他们先到这里。他们先到了田野，田野的土地浸润着水气，空气中饱含泥土的味道。然后，他们出了谷地上坡，高达八层楼的城墙迎面而立，耸立在得州褐色的山丘间。在城门口，一长排车辆在等待进城，有交通车、重型机械车，还有载满身穿厚重防护服的地方卫队队员的卡车。彼得爬下车，要驾驶员帮他把置物箱送到营舍，然后在行人隧道口出示派遣令，守卫挥手让他进去。

“欢迎回来，长官。”

在荒野里待了十六个月的彼得，感觉到这地方鼎沸充沛的人气猛然朝他的感官袭来。他在城里待的时间不够长，无法适应这令人窒息的声音、气味和脸孔密度。殖民地的人口从未超过一百，而这里却有四万。

彼得先去找军需官拿薪饷。对真正的“钱”他也从来就没概念。管控殖民地经济的方法，也就是“均等配给”，在他看来是有道理的。你拥有自己的配给额度，可以自己决定怎么用，而且你和其他人的配给额度都一样，绝对不会多，也不会少。而这一张张印出来的纸，也就是所谓的货币，钞票，他们称之为“奥斯汀”。奥斯汀是印在纸上的那个人的名字[①]。每张钞票上都有这位额头高而圆、鹰钩鼻、身穿古怪服饰的男人。彼得怀疑，这些纸真的能代表每一个人付出的劳力的价值吗？

---

① 奥斯汀（Stephen Austin），领导得州独立运动，展开与墨西哥的战争，被称为“得州之父”。

文职办事员从置物柜里抽出钞票，一张张点出来摆在柜台上，然后透过铁栅把一个夹板推给他，从头到尾没和他的眼神接触。

“签名。”

彼得把厚厚一沓纸钞折起来收在口袋里，这感觉好怪。他走回明亮的午后阳光里时，已经开始计划要怎么摆脱掉这些钱了。离宵禁还有六个小时，在赶回营舍报到之前，他刚好有时间去一趟孤儿院和监狱。他只有一个下午的时间，因为开往炼油厂的交通车明天上午六点整准时启程。

他先去看格瑞尔，这样就不必早早地离开孤儿院让凯勒柏失望。军事监狱位于市区西缘的监狱旧址。他在柜台登记签名。在柯厄维尔，做什么事都要签名，这又是怪事一桩。他取下刀和武器正要进去时，守卫拦住了他。

“我们得搜身，中尉。”

身为远征队队员，彼得已经习惯受到某些自然而然的尊敬，特别是面对低阶的地方卫队队员，那些连二十岁都不到的小家伙。“真的有必要吗？”

“不是我规定的，长官。”

彼得很生气，但是没有时间理论。“那就快一点吧。”

守卫的手顺着彼得的双臂双腿上下摸了一回，然后拿出一大串钥匙，带他进到监禁区。这里有一长排厚重的铁门，空气里弥漫着人的气味。他们走到标示着“六十二”的牢房门口。

“真有意思，”守卫说，“将近三年来，没有半个人来看过格瑞尔。结果突然在一个月里，有了两个访客。”

“还有谁来过？”

“那天不是我值班，你自己问他吧。”

守卫找出这道门的钥匙，插进锁孔，随着门锁的声响，门就开了。格瑞尔光着脚，只穿着一条粗帆布裤子坐在床沿。他宽阔的胸膛闪着汗光，双手静静地交叠在膝上。银白色的头发——仅余的头发——披散在宽厚的肩膀上，长得乱七八糟的胡子——先知的胡子、山林野人的胡子——遮住了他的半个脸颊。他浑身散发出一种深沉静寂的气质，表情镇定沉着，仿佛身心都已凝缩到了最原始的本质。在这打破寂静的瞬间，甚至看不出来他已经察觉到有两个人站在他门口，这让彼得不禁怀疑监禁是不是把他的脑筋搞坏了。但这时，他抬起眼，整张脸亮了起来。

“彼得，你来了。”

“格瑞尔少校，很高兴见到你。”

格瑞尔自嘲地笑了起来，嗓音因为很少用而显得嘶哑。“很久没有人这样叫我了，大家都只叫我卢修斯，再不然就叫我六十二号，如果你愿意的话，大部分人都是这么叫我的。”格瑞尔对守卫说，“让我们单独待几分钟，可以吗，山德斯？”

“我不应该让任何人和犯人单独在一起的。”

彼得冷冷地瞪了他一眼。“我想我可以照顾自己，孩子。”

一瞬间的迟疑之后，守卫心不甘情不愿地说：“好吧，看在你的面子上，长官。我想十分钟应该没关系——不过，再过十分钟我就交班了，我不想惹上麻烦。”

彼得皱起眉头。“我们认识吗？”

“我看到你的签名了。大家都认识你：你是从加州来的那个人。那简直是个传奇啊。”他原本装出来的威严神态这时全消失了，突然之间，他变成了追星的小男生，脸上闪烁着敬佩的光芒。“那会是一种什么样的感觉？我是说，从加州一路到这里来。”

彼得不太确定应该如何回答。“我们走了很漫长的一段路。”

“不知道你们是怎么做到的。如果是我，一定会吓得屁滚尿流。”

“相信我，”彼得对他说，“我们也吓得屁滚尿流。”

山德斯离开了。彼得在房里唯一的椅子上坐下，他揽过椅背跨坐，面对着格瑞尔。

“看来你让我们这里的小伙子印象深刻啊。我就说，这是个很难不到处流传的故事。”

“听到有人提起这件事，感觉还是很奇怪。”彼得说，“你还好吗？”

格瑞尔耸耸肩。“嗯，我撑得过去。你呢？你看起来很好，彼得。

你很适合穿制服。”

“小艾向你问好。她刚晋升上尉。”

格瑞尔温和地点点头。“了不起的女孩，我们这位小艾，注定要做大事的，我早就说了。战况怎么样了？我可以问吗？”

“不太好，我们现在零比三。马丁内兹那件事简直是一场灾难。看来指挥部已经有别的想法了。”

“他们向来如此，别担心，风水轮流转。在这里我学会了凡事要有耐心。”

“少了你，一切都变得不一样了。我总是忍不住想，要是有你在场，事情一定有不一样的发展。”

“噢，这我很怀疑呢，那向来是你的个人秀。打见到你的那一刻，我就知道了。当时你可是在网子里倒栽葱一样地被吊起来，对不对啊？”

彼得想到当时的情景，哈哈大笑。“迈克吐得我一身都是。”

“没错，我想起来了。他还好吧？我想他已经不是我当年认识的那个小伙子了。他现在应该对什么事情都有自己的答案。”

“我怀疑他会有多少改变。反正我明天就会知道了。他们派我到炼油厂去。”

格瑞尔皱起眉头。“为什么到那里去？”

“保护油道的新政策。”

“地方卫队肯定很高兴。我敢说你在那里会忙死的。”他双手往膝上一拍，改变话题，“还有霍里斯，你有他的消息吗？”

“他不太好，莎拉过世的事让他很不好受。听说他在黑市。”

格瑞尔听到这个消息思索了一会儿。“大体上来说，我也不怪他。这样说似乎很怪，虽然我了解霍里斯这个人，但是在这样的情况下，走上这条路也不能怪他。我想他迟早会回心转意的，他脑袋是很清楚的。”

“你呢？你很快就会出狱了。要是你愿意的话，我可以找指挥部说说看，说不定他们会让你回军中。”

但是格瑞尔摇摇头。“恐怕那些日子对我来说已经结束了，彼得。

别忘了，我是逃兵。一旦越过那条线，就没有回头路可走了。”

“那你打算做什么？”

格瑞尔露出神秘的微笑。“我想总会有事可做的。向来如此。”

他们聊着其他人，一些消息、一些往日的回忆。和格瑞尔在一起，彼得感到很温馨，但是，同时也有些怅然若失。格瑞尔在彼得最需要的时候，走进了他的生命；是格瑞尔的不离不弃，让彼得在决心动摇之时有了继续前进的意志力，这是彼得永远无法报答的恩情——向他借来的勇气。彼得感觉到格瑞尔因为监禁生活而改变了：他还是原本的那个人，但是内心却有些东西变得更深沉了，宛如一条静谧的河流，孤立的生活似乎让他得到了力量。

十分钟就快结束之际，彼得告诉了格瑞尔洞穴里发生的事，以及那个奇怪的人，伊格纳西奥，还有艾莉希亚的推论。光是叙述这件事，彼得就知道艾莉希亚的想法听起来有多牵强，但他还是觉得艾莉希亚的说法没错。不管怎么说，随着日子一天天过去，他反而觉得这个消息越来越重要。

“这或许的确很重要，”格瑞尔也同意，“那个伊格纳西奥说‘他离开我们了’？”

“他当时就是这么说的。”

格瑞尔沉默一晌，摸着他的长胡子。“问题是马丁内兹到哪里去了。艾莉希亚对这点有什么想法吗？”

“她没告诉我。”

“那你觉得呢？”

“我觉得，找到十二魔的任务，远比我们当初想的复杂。”他看着格瑞尔，等待回答，但是格瑞尔没答话，于是他又说，“我刚才的提议还是算数的。我们真的很需要你。”

“你太高估我了，彼得。我只不过是搭你们的便车而已。”

“不只是我，艾莉希亚也会这么说的。我们每一个人都会这么说。”

“谢谢你的赞美。但是事情是不会改变的，发生的已经发生了。”

“我还是不认为你应该待在这里。”

格瑞尔不在意地耸耸肩。“或许是，也或许不是。相信我，这个问题我已经想得够多的了。远征军原本是我人生的一切，我却放弃了。但是我做的是我当时觉得正确的事。到头来，大家也只能这样衡量自己的人生，而这也就够了。”他眯起眼睛看彼得，“这不需要我来告诉你，对不对？”

少校说得彼得哑口无言。“我想是吧。”

“你是个优秀的军人，彼得。你向来都是，而且我说制服很适合你也是事实。问题是，你适合这套制服吗？”

这问题不是指控，意思恰恰相反。“有时候我也很怀疑。”彼得坦承。

“每个人都会的。军队就是这样，连去上个厕所都得先填三联单子。可是对你来说，我敢说问题没这么简单。我当年遇见的那个倒挂在网子里的人，他不听任何人的指示，只遵照自己的心意行事。我想连他自己也不知道是怎么回事。五年后，你来这里告诉我说指挥部想放弃猎魔行动。告诉我，他们这样对吗？”

“当然不对。”

“那你能让他们明白这一点吗？能让他们改变心意吗？”

“我只是个低阶军官，他们才不会听我的。”

格瑞尔点点头。“我同意，所以这就是问题所在。”

一阵沉默，然后格瑞尔说：“说不定这会有帮助。你记得我在亚利桑那那天晚上对你说的话吗？”

“我们在那里待过很多个晚上，卢修斯。我们说了很多话。”

“没错。可是那天晚上很特别——我不太确定我们是在哪里，反正是离开农庄几天之后。我们栖身在一座桥底下，到处都是奇形怪状的岩石。我之所以特别记得，是因为黄昏时光线照在上面，很像是从石头里面发光。我们两个聊了很久，那天晚上我问你，你打算怎么用蕾西给你的那些解药。”

回忆涌现。那些红色的岩石，四周深沉的静寂，以及他俩坐在火堆旁边的轻松对话。这些记忆仿佛五年来一直在彼得的心中游荡，直到此刻才浮上表面。

“我记得。”

格瑞尔点点头。“我想你应该记得。告诉你吧，你自愿注射病毒，毫无疑问，是我这辈子看过的最有胆识的事，而我见过的大胆行为可不算少呢。我自己是绝对不可能这么做的。在那之前，我对你是有些尊敬，但在那之后……”他顿了一下，“那天晚上，我对你说‘发生的这一切事情，感觉不只是意外巧合’。这些话我很可能是讲给我自己听的，想把一些我搞不明白的事情用语言表达出来，但是这个问题我思索了很久。你找到艾美，我找到你，蕾西，巴柏寇克，在山里发生的那一切。当时面对这些事情，你或许会觉得它们都是随机发生的，但是等你回头去看，你看见什么了？一连串的巧合？纯粹是运气？或者还有别的？我会告诉你，我所看见的，彼得，我看见的是一条清清楚楚的道路，不只是这样，那是一条真实的道路。这些事情碰巧发生的概率有多高？就在我们最需要的时候，一块块拼图就这样出现了？这是某种力量运作的结果，超乎我们理解之外的力量。随便你要怎么称呼它，它不需要名字，因为它知道你的名字，我的朋友。所以你很好奇我整天在这里做些什么？答案很简单。我在等着看接下来会发生什么事。我相信上帝的计划。”他给彼得一个耐人寻味的微笑，汗水打湿了他的脸和赤裸的壮硕胸膛，让牢房里的空气更加紧张。“听我说这些是不是很奇怪？”他的态度突然轻松起来，“你八成在想，这个可怜的家伙，一个人关在这个小房间里，脑筋一定坏了。你不是第一个这么想的人。”

彼得沉默了一晌才回答。“老实说，我没这么想。我想的是，你让我想起了一个人。”

“谁？”

“大家都叫她姑妈。”

这会儿轮到格瑞尔去搜寻回忆了。“噢，对，我们回到殖民地的时候，安葬的那位老太太。你没对我提过她的事，我很好奇，可是我也不想追问。”

“你应该问的。你可以说我们很亲近，虽然和姑妈的关系其实很难界定。大多数时候，我都觉得她把我当成其他人了。我不时去看看她的情况。她也喜欢谈上帝。”

“是吗？”格瑞尔似乎很高兴，“她都说些什么？”

真是太奇怪了，彼得想，现在竟然想起姑妈。就像格瑞尔提起的亚利桑那的那个夜晚，他对这位老太太的回忆，还有他们在一起的时光，突然在心头浮现，恍若昨日。她那间热得过了头的厨房，味道可怕的茶；她拥挤房间里的每样东西：家具、书、图画和小纪念品，全摆放得毫厘不差，甚至带些崇敬的意味；她那双有结节、总是不穿鞋的脚，没有牙齿却向外凸出的嘴巴，还有那一团仿佛飘浮在头顶上方、和头部完全没关联的稀疏白发。而姑妈自己也和其他人都没关联，独自一人住在林荫地边缘的小屋里，似乎存在于全然不同的领域里，活在时间之外，仿佛一个累积人类记忆的袋子。彼得此刻想来，或许这就是她吸引他的地方。在姑妈身边，他日常生活的辛苦奋斗都显得微不足道了。

“和你说的差不多。她不是个很容易被人了解的人。”一段回忆浮出表面，“我记得一件事，是艾美出现在城门口那天的事。”

“哦？”

“她说‘我所认识的上帝绝对不会让我们一点机会都没有的’。”

格瑞尔以专注的眼神凝视他。“她对你这么说。”

这段回忆在此刻如此清晰，让他有点意外。“当时我只想，你知道的，姑妈就是这样。”

格瑞尔突然露出微笑，改变了气氛。“嗯，”他说，“我觉得这老太太还真的有点见识。没机会见到她，真是遗憾。我敢说我们两个一定会处得很好。”

彼得笑起来。“我想你们会处得来的。”

“所以你应该有点信心的，彼得。这就是我的意思，让事情自己来找你。”

“你的意思是，比如马丁内兹。”

“或许是，也或许不是。在事情发生之前，你是不可能知道的。我从没问过你相信什么，彼得，而且我也不打算问，每个人都应该自己做决定。不要误会我的意思——我也是军人，至少以前是。这世界需要战士，总有一天，其余的一切都会变得无关紧要。你会投入奋战，我的朋友，我一点都不怀疑。但这世界不是凡事都眼见为凭的。我不是对所有的事情都有答案，但至少我知道这一点。”

“真希望我能像你这么有信心。”

少校耸耸肩。“噢，你只是像我们其他人一样，努力想把事情做好。我小时候在孤儿院里，修女总是教我们，真正有信仰的人，就是对自己所不能证明的事情也深信不疑的人。这个观点我不能说不同意，但这个说法只对了一半。重要的是目的，而不是手段。一百年前，人类差点就毁灭了自己。我们大可以认为是上帝不太喜欢我们，或者因为上帝根本不存在，任何事情都没有规律也没有理由，所以我们干脆放弃，就此休息。可是你不一样，彼得。对你来说，猎杀十二魔并不是答案，而是问题。有任何人在乎吗？我们值得拯救吗？如果有上帝存在，上帝希望从我们身上得到什么？明明所有的证据都指向相反的方向，却还肯提出这些问题，这才是最大的信念。信念不仅仅是对上帝的信仰，而是对我们每一个人的信心。对你来说，现在这个处境很艰难，而且我想，你可能还要在现在的处境里待上好一阵子。可是，这是个正确的位置，是你该待的地方。”

这时彼得才明白自己所看见的是什么。格瑞尔是自由的，他是个自由的人。对他来说，这牢房的墙壁根本没有意义。他的人生在一个全然不同的地方，不受可见物质的限制。太奇怪了，彼得竟然开始羡慕起这个人，羡慕起这个整天被关在和厕所差不多大的牢房里的人。

门锁转动的声音响起，他们的时间用完了。山德斯进到牢房里来的时候，他们两个都站了起来。

“那么，”格瑞尔双手坚定地一拍，“到自由港去休息一下吧，这可是指挥部的好意呢。那里气味不太好，可是风景很好，是个可以好好思考的地方。这是你应得的待遇。”

“阿普格上校也是这么说的。”

“聪明的家伙，阿普格。”格瑞尔伸出手，“很高兴见到你，我的朋友。”

他们握手。“好好照顾自己，好吗？”

满脸大胡子的格瑞尔咧嘴笑。“你也知道他们是怎么说的。一天三餐，外加一张床。只要习惯了，日子其实也还不赖。至于其他的，我了解你，彼得。等时机到了，你会自己搞清楚的。说起来，这还是你教会我的。”

山德斯陪他走到走廊。这时彼得才想起来，他忘了问格瑞尔另一个访客是谁。还有，格瑞尔没有问起艾美。

“听我说，”他们穿过第二道门时，山德斯说，“希望你不介意我这么问，可是你能帮我签名吗？”

他手里拿着一张纸和一支笔。

“是给我老婆的，”他解释说，“为了证明我见过你。”

彼得接过那张纸，草草地签了名交还给他。山德斯愣愣地看了一会儿。

“哇！太棒了！”他说。

“彼得叔叔！”

凯勒柏从一群孩子中钻了出来，穿过游戏场奔向他。来到他跟前时，凯勒柏蹦了三步，跳进彼得的怀里，差点害他跌倒。

“哇，轻一点。”

那孩子一脸喜悦。“艾美说你会来！你来了！你来了！”

彼得很纳闷她怎么会知道的。但他念头一转，艾美似乎什么都知道，她的心仿佛和这世界隐秘的律动连在一起。彼得搂着凯勒柏，感受小男孩身体的存在感，小男孩的体重和温度，呼吸的暖意，头发和皮肤的牛奶味，疯玩后的汗湿，混杂着修女用的那种粗糙碱皂挥之不去的味道。在游戏场的另一头，其他孩子看着他们，彼得看见佩格修女在攀爬架那边冷冷地瞪着他，他毫无预警的出现打乱了她严格的日常课程安排。

“让我看看你。”

他把凯勒柏放下来。一如既往，这孩子和西奥相像的程度总是让他吃惊。他深深地懊悔自己漫不经心地错过了和哥哥相处的时间。

“你越长越大了哟，我简直不敢相信。”

小男孩骄傲地挺起胸膛。“你去了哪里，看到什么了？”

“很多很多。我一直在新墨西哥。”

“新墨西哥！”他一脸惊叹不已的表情，一副彼得说他去过月球似的表情。尽管柯厄维尔不像殖民地那样对孩子们隐瞒病鬼的事，但是孩子的心里还没意识到病鬼所造成的严重后果。对凯勒柏来说，远征是一趟伟大的探险，就像横越海洋的海盗，或修女们读给他们听的那些故事里的骑士。“你可以待多久？”凯勒柏恳切地问。

“恐怕不能待太久。可是我今天下午可以陪你，而且我很快就会回来，大约一个星期。你想做什么？”

凯勒柏想都不想就回答。“去水坝。”

“为什么想去那里？”

“那里可以看见一切！”

彼得微笑。就是在这样的时刻，彼得会觉得侄子身上有自己的影子，有着终此一生都无法遏制的好奇心。“那就去水坝吧！”

佩格修女走到小男孩背后，眼神似鸟，她无疑是个令人望而生畏的人物，只要被她那双黑眼睛狠狠地瞟上一眼，你就会打骨子里冷起来。彼得那些在孤儿院长大的朋友——都是见识过大风大浪、熬过无数恐怖危机的人——谈起她，也总是带着近乎惊恐的敬畏。**我的天哪，**他们每个人都这么说，**她真的吓得我们屁滚尿流。**

“修女，您好。”

她那张宛如由沟壑与干裂平原组成的脸，一点表情都没有，显然她还没打定最后的主意。她所站的位置比一般正常交谈的距离稍微远一点，这微小但明显的差异，彰显了她发号施令的地位。她的牙齿因为长年抽玉米须而染上褐黄色。把玉米须当烟抽的这个习惯实在很令人费解，但在柯厄维尔很普遍，彼得觉得很不可思议，同时也很讨厌这个习惯。

“乔克森中尉，我没想到你会来。”

“对不起，实在很突然。您介意我今天下午带他去玩吗？”

“要是你事先捎个话过来就好了，这里是有规矩的。”

凯勒柏活力十足地扭着身体。“修女，拜托啦！”

她专横的目光往下盯着男孩，思索着。她瘪着脸颊，嘴角像三角洲呈扇形扩散的皱纹加深了。“我想，在这样的情况下应该是可以的。这是特例，你知道的，注意宵禁的警报声，中尉。我知道你们远征军都认为可以不遵守规则，但我是绝不容许的。”

她话中带刺，彼得也不理会。毕竟她说的是事实。“我会在六点钟以前带他回来。”在她咄咄逼人的凝视下，他说出了下一个问题，并且试着装出随口一问的样子，“艾美在吗？我想在我们离开之前先看看她。”

“她去市场了。你刚好错过。”说完之后，修女夸张地叹了一口气，“我猜你会想要留下来吃晚饭吧。”

“谢谢您，修女。您真好。”

凯勒柏对他们的客套话很不耐烦，扯着他的手。“拜托，彼得叔叔，走了啦。”

在这一瞬间，仅仅维持不到半秒的时间里，修女刚硬的表情似乎软化了，眼中闪现近似母性的温柔，但转瞬即逝，害得彼得怀疑自己是不是老眼昏花了。

“留意时间，中尉。我会盯紧的。”

从很多方面来说，水坝都是这座城市的中心，也是维持城市运转的中心。除了靠石油运转发电机之外，瓜达卢佩河是柯厄维尔能历久不衰的主要原因。瓜达卢佩河不只能提供灌溉所需，而且也构成了柯厄维尔北部与西部的屏障——从来没有人见过病鬼能够游泳渡河，大家都觉得如果病鬼不是有恐水症，就是无法浮在水面上。这条河在早年其实没什么重要性，只是条微不足道的小河，一到夏天只剩涓涓细流。但是疫后二十二年，因为气候的剧变河水暴涨，最后酿成了洪水惨祸，于是大家不得不进行河川整治。不管从哪一个方面来看，那都是一个庞大的计划，必须暂时改变河水流向，运走大量土壤与石灰岩，挖出作为蓄水库用的碗形大凹槽，接着是水坝的主体建筑，工程之浩大，总让彼得觉得这应该是古昔世界才有的工程规模，而并非他现在所认识的这个世界的产物。水库第一次泄洪的那天，被视为共和国历史上的一件大事；而比起柯厄维尔的其他事物，这座水库对大自然力量的掌控程度，更是让他深深佩服，同时他也知道相较之下殖民地有多么脆弱。当年能撑那么久，也算是他们运气好。

围有栏杆的铁梯通到水坝顶端。凯勒柏不顾彼得的大声喝止，蹦蹦跳跳地往上冲。等彼得转过最后一道弯时，凯勒柏的目光已经掠过水面，远眺耸立在地平线的挺拔山峦了。九米之下，水库的水面清澈得令人惊艳。彼得甚至看得见水里的鱼，一条条白色的身影在澄净如镜的水里悠游。

“那里是哪里？”凯勒柏问。

“这个嘛，就是得州其他的地方啊。你看见的山岭，离这里只有几公里远。”

“新墨西哥在哪里？”

彼得指着西方。“那里真的真的很远。搭车要三天，而且还是一路不停哟。”

凯勒柏咬着下唇。“我好想去看。”

“或许有一天你会看到的。”

他们沿着水坝弯曲的坝顶走到泄洪道。每隔一段时间，这一排泄洪口就会把水放到宽阔的水池里，然后再透过重力水泵让水流到农业区。远远地，隔着固定的距离，有一座座标示着“橘区”的塔楼。他们再次驻足，欣赏风景。彼得再一次为眼前这一切的巧妙设计发出赞叹，仿佛只有在这个地方，才能深切地感受到人类历史仍然在不间断地持续发展，并没有被病鬼毁灭世界而造成的时代鸿沟所阻隔。

“你和他很像。”

彼得转头看见凯勒柏盯着他看。“你说谁？”

“西奥。我爸爸。”

他这句话让彼得猝不及防。这孩子怎么可能知道西奥长什么样子？他当然不知道，可是这不是重点。凯勒柏的说法是一种心愿，是让父亲活着的方法。

“大家都这么说。你也很像他，你知道的。”

“你想他吗？”

“每天都想。”一阵哀伤的沉默，然后彼得说，“不过，我要告诉你，只要我们一直记得某个人，他就不会真正离开我们。他们的想法，他们的感觉，他们的回忆，都会成为我们的一部分。就算你以为自己不记得你爸妈，其实还是记得的。他们就在你心里，就像他们在我心里一样。”

“可是我当时还只是个小宝宝。”

“特别是小宝宝。”他心里浮现一个想法，“你记得农庄吗？”

“我出生的那个地方？”

彼得点点头。“没错。那个地方很特别，感觉我们待在那里会很安全，好像有人在看护我们似的。”他想了想，“你知道吗，你爸爸认为是个幽灵一直在照顾我们。”

凯勒柏眼睛睁得大大的。“你也这么想吗？”

“我不知道。这些年来我一直在想，也许是吧，至少是某种像幽灵的东西。说不定那个地方也有自己的回忆。”他一手搭在小男孩肩上，“我知道的是，这世界希望你出生，凯勒柏。”

小男孩沉默了一会儿，然后突然咧嘴露出淘气的微笑，显然是想到什么新点子了。“你知道我接下来想干什么吗？”

“说吧。”

“我想去游泳。”

等来到泄洪道底下，时间已过四点。站在水池边上，他们脱掉衣服，只剩短裤。彼得走到石块上，转头却看见凯勒柏一动也不动地站在池边。

“怎么回事？”

“我不会游。”

彼得没想到这一点。他对男孩伸出手。“过来，我教你。”

水意外的冷，带着特殊的矿物味道。凯勒柏起初很害怕，但是练习踢水三十分钟之后，他开始有信心了。又过十分钟，他已经可以自在地游动了，他在用狗刨式划过水面。

“你看我！你看我！”

彼得从没见凯勒柏这么高兴过。“到我背上来。”彼得说。

凯勒柏爬到他背上，抓紧他的肩膀。“我们要干吗？”

“深吸一口气，闭气。”

他们一起下沉。彼得吐出肺里的气，伸长手臂用力一蹬，滑过石块嶙峋的池底，凯勒柏紧紧抓着他，整个身体像斗篷那样往后扯。水清澈得像玻璃一样。彼得脑海里满是小时候在石穴里踢水的回忆，他以前和爸爸也是这样一起潜水的。

又蹬了三次水，他们开始往上浮，然后回到阳光下。“感觉如何？”彼得问。

“我看见鱼了！”

“我早就说了。”

他们潜了一次又一次水，小男生的兴致丝毫未减。时间已过五点半，影子逐渐拉长，彼得说他们该回去了。两人缓缓地爬上石块，穿好衣服。

“我等不及要告诉佩格修女说我们到水坝底下去玩了。”凯勒柏笑着说。

“我想你最好不说，就当成是我们两个之间的秘密，好吗？”

“秘密？”小男孩快乐得像是做了什么违反规定的事似的。他们两个现在成了密谋的共犯了。

“没错。”

穿过闸门的时候，凯勒柏把湿漉漉的小手伸进彼得的手里。再过几分钟，警报声就要响了。他心中涌起了爱的感觉——**这就是我来这里的原因。**

他在厨房里找到她。她站在摆了好几锅沸腾菜肴的大炉子前面。屋里满是热气和嘈杂声，碗碟的哐哐当当声，修女跑进跑出，还有孩子们集聚在饭厅的阵阵兴奋交谈。艾美背对着他，她的头发，在光线下光泽变幻的黑发，被绑成一条粗辫垂在腰际。他在门口迟疑了一下，就这样看着她。她显然是在很专心地工作，用一根长长的木匙搅拌面前的那锅菜，尝了一口，调整咸淡，然后轻快地走到一座红砖火炉前，拿出摆在长木柄上的六条刚烤好的面包。

“艾美。”

她转身，脸上露出微笑。他们走向对方，在忙乱的厨房中央相会，一瞬犹豫之后，两人相互拥抱。

“佩格修女告诉我，说你来了。”

他后退一步。从她的抚摸里，他已经察觉到了，她有点不一样了。那个穿着一身捡来的衣服，头发像杂草，无法开口讲话、深受创伤的流浪儿早就不见了。她年岁的增长似乎是断断续续发生的，而且重要的不是生理的成长，而是那种泰然自若的态度的强化，仿佛她开始变得更能掌握自己的人生。然而矛盾始终都在：站在他面前的这个人，虽然外表完全像个少女，其实却是这世界上最老的人。彼得离去的这段时间，凯勒柏感觉是一辈子，而对艾美却只是转瞬。

“你可以待多久？”她的目光始终没离开他的脸。

“只有今天晚上。我明天早上搭车离开。”

“艾美，”有个修女在炉子前面喊她，“汤煮好了吗？外面越吵越大声了。”

“再等一下就好。”艾美轻快地转头说，她回头对彼得露出大大的微笑，“我的厨艺还不算太差。帮我留个位子。”她飞快地捏捏他的手。“见到你真的很高兴。”

彼得走进饭厅，所有的孩子都按照年龄分组围坐在长桌旁。屋里好吵，肢体与嗓音间流窜的活力，像一部大型引擎在轰鸣。他紧挨着凯勒柏在长椅上坐下，佩格修女走进来拍了拍手。

这效果像闪电一样，整个房间突然静下来。孩子们手拉手，低下头。彼得也和其他人一起拉手围成一圈，一边是凯勒柏，一边是坐在他对面的褐发女孩。

“天上的父啊，”佩格修女闭上眼睛开始吟诵，“感谢赐我们今日的饮食，让我们齐聚一堂，在你的悲悯之下，蒙受爱与照护的恩宠。感谢赐世间与天堂以富饶，保护我们直到永生来临。最后，我们还要感谢让我们有贵客为伴，一位勇敢的军人，历经漫长的危险旅程，来此与我们共进晚餐。我们祈求您保护他，和他的同伴，让他们一路平安。阿门。”

齐声响起："阿门。"

彼得真心觉得很感动，或许佩格修女并不是这么讨厌他不请自来。菜肴端上来，有大碗大碗的汤，冒着热气的面包被切成厚厚的面包片，还有一罐罐的水和牛奶。每一桌的桌首，都有位修女把汤舀到碗里，分给大家，水和牛奶也沿着桌子往下传。艾美在彼得身边坐下。

"告诉我，你觉得这汤怎么样？"她问。

很好喝——是他这几个月以来所尝过的最美味的东西。面包吃在嘴里热乎乎、软绵绵的，这种感觉几乎要让他忍不住呻吟了。他压抑想开口要第二碗的冲动，因为他觉得这样会很失礼，但是他的碗一空，就有修女端来另一碗，摆在他面前。

"我们不常有客人来。"她解释说，脸因为羞涩而涨红，一说完就急忙离开。

他们聊起孤儿院和艾美的工作——不仅负责厨房，也负责教年纪小的孩子们读书，以及套句她自己的话说，"其他需要做的工作"。他们也谈起彼得所知道的其他人的消息，虽然只是泛泛而谈，要等到孩子们上床睡觉之后，他们才能好好地谈话。在他身边的凯勒柏则兴致勃勃地和其他男生交谈，讲什么骑士、皇后和士兵之类的，彼得只能偶尔听懂他们在讲什么。小伙伴离开餐桌之后，彼得问凯勒柏他们聊的是什么。

"下棋啊。"

"旗子？"

凯勒柏翻了个白眼。"不是，是下棋，是一种游戏。如果你想学，我可以教你。"

彼得瞟了艾美一眼，她笑起来。"你赢不了的。"她说。

吃完饭洗好碗之后，他们三个一起到休息室里，凯勒柏拿出棋盘，说明不同的棋子所代表的角色，以及可以采取的行动。等讲到骑士时，彼得已经晕头转向了。

"你真的全部都记得住？你学了多久才会玩啊？"

他天真地耸耸肩。"没多久啊，这很简单的。"

“看起来一点都不简单。”他转头看艾美。她脸上挂着微笑。

“别看我，”她抗议，“你得靠自己。”

凯勒柏指着棋盘。“你可以先下。”

战斗展开。彼得原本认为可以轻松应付这孩子——毕竟这只是小孩子的游戏，毫无疑问，他一定马上就可以上手——但是他很快就发现，自己实在是严重低估了这位小对手。凯勒柏似乎可以预知他的每一个招数，毫不犹豫地反击，行动敏捷，果断坚决。越来越绝望的彼得决定进攻，用骑士吃掉凯勒柏的主教。

“你确定要这么做？”凯勒柏问。

“嗯，不行吗？”

凯勒柏双手托着下巴，盯着棋盘看。彼得可以感觉到他脑子里的复杂想法：他在思考策略，想象接下来的一系列行动和反制行动。才五岁而已，彼得想，真是不可思议。

凯勒柏把一个城堡向前移动三步，拿下了彼得毫无防备的骑士。“看好啰。”他说。

一连串快速的棋子移动，彼得的国王被困住了。“将死！”凯勒柏宣告。

彼得绝望地看着棋盘。“你怎么这么快就办到了？”

他身边的艾美哈哈大笑——温暖且具有感染力的笑声。“我告诉过你了。”

凯勒柏的嘴咧得有一公里宽。彼得知道这是怎么回事了，先是游泳，再来是下棋。他这个侄子轻易地扭转了胜负，让彼得见识他的能耐。

“你必须先想到下一步，”凯勒柏说，“把这当成一个故事。”

“老实告诉我吧，你到底有多厉害？”

凯勒柏微微耸肩。“以前有几个比较大的孩子会赢我。现在都赢不了了。”

“是这样的啊？好吧，再来一盘，小伙子。我要复仇。”

钟声响起，召唤他回宿舍睡觉时，凯勒柏已经连赢了三盘，而且一盘比一盘更果断无情。时间过得太快了。艾美回到女生宿舍，让彼得陪凯勒柏回房上床。在摆满一张张小床的大房间里，凯勒柏换上睡衣，跪在床边的石板地上，双手合掌祷告，一连串的“上帝保佑”，从“我天上的爸妈”开始，到最后是彼得。

“我每次都把你留到最后。”小男孩说，“要上帝保佑你平安。”

“毛瑟是谁？”

毛瑟是他们的猫。彼得在休息室看见这可怜的小家伙窝在窗台上——狼狈可怜的家伙，老骨头上垂着松软的皮肉，活像挂在晒衣绳上的衣服。彼得帮凯勒柏把被子拉到下巴，弯腰亲他的前额。修女们在一排排小床间走来走去，要其他孩子安静。房间里的灯已经熄了。

“你什么时候会回来，彼得叔叔？”

“我不确定。很快吧，我希望。”

“我们可以再去游泳吗？”

他浑身涌起暖意。“那要你先答应再和我多下几盘棋才行。我想我还没学会，需要你给我一些指点。”

小男孩笑着说：“我答应你。”

艾美在空荡荡的休息室等他，猫在她脚边喵喵叫。他在晚间九点整必须得回营报到，他和艾美只有几分钟的时间可以相聚。

“这可怜的东西，”彼得说，“为什么没有人了断它？这样很残忍。”

艾美伸手抚摸猫咪的背脊。在她的抚触之下，它拱起的背微微颤抖。“只是在拖时间吧，我想。可是孩子们很喜欢它，而且修女也不会接受的。只有上帝才能夺走生命。”

“她们显然没到过新墨西哥。”

是个玩笑，但也不尽然。艾美关切地凝望他。“你看起来很烦恼，彼得。”

“情况不太好。你想知道吗？”

她思索着这个问题。她看起来有点苍白，彼得怀疑她是不是不太舒服。

“也许下次吧。”她的目光打量着他的脸，“凯勒柏很爱你，你知道的。他一天到晚谈起你。”

“你害我很有罪恶感。我八成是罪有应得。”

她把毛瑟抱到腿上。“他了解的。我告诉你，只是要你知道你对他来说有多重要。”

“那么你呢？你在这里还好吗？”

她点点头。“大致上来说，这里很适合我。我喜欢有人陪伴，喜欢这些孩子和修女，当然也是因为有凯勒柏在这里。这也许是我这辈子第一次真正觉得……我不知道，觉得自己有用吧。当一个普通的人，真的很好。”

两人能如此轻松坦白地交谈，让彼得很惊讶。他俩之间的某些屏障撤除了。“其他的修女知道吗？我的意思是，除了佩格修女之外。”

“有几个知道，或者只是怀疑。我已经在这里待了五年，她们一定注意到了我丝毫没有长大。我想对佩格修女来说，我一定是个麻烦，因为我不太符合她在很多事情上的标准。可是她没对我说过什么。”艾美微笑着说，“毕竟，我的大麦汤煮得挺不错的。”

时间过得太快，他们分离的时刻转瞬即至。艾美陪他走到大门口，彼得从口袋里掏出一沓钞票，交给她。

“交给佩格修女，好吗？”

艾美默默点头，把钱塞进衬衫口袋里。她再次拥抱他，这一次非常用力。“我真的很想你。”她的头靠在他胸前，她的声音好温柔，“要保重，好不好？答应我，你要平平安安的。”

她的坚持里有着焦虑和不安，有一种决绝的感觉，像是更沉重的离别。她有什么事情没说出口？而且不只这样，她的身体仿佛在发烧，透过厚重的制服他都感觉得到。

“不必担心我。我不会有事的。”

“我是认真的，彼得。要是出了什么事，我没办法……”她的声音逐渐消逝，仿佛被一阵看不见的风给吹走了，“我就是没办法。”

他这时非常肯定，艾美一定有事情瞒着他。彼得端详她，想找出是怎么回事。她的额头隐隐冒出汗珠。

“你还好吗？”

她拉起他的手，举了起来，掌心贴着他的掌心，让两人十指指尖相触。这个动作似乎既是相聚，又是离别。

“你记得我当年亲你的事吗？”

他们之前从未谈过这件事——在购物中心，病鬼蜂拥而至的时候，她那鸟儿飞啄般的亲吻。后来发生了太多事情，但彼得从没忘记这件事。他怎么忘得了？

“我始终想着这件事。”他坦承。

在黑暗中，他们举起的双手仿佛悬在两人之间。艾美盯着他们的手，仿佛想从自己所做的事情里找出意义来似的。“我一个人孤零零地过了好久，根本没办法形容那种感觉。然后突然之间，你出现了。我简直不敢相信。”这时，她仿佛从恍惚状态中清醒过来似的，突然抽回手，一脸慌乱，“就是这样。你该走了，否则会来不及的。”

他不想走。就像多年前的那个吻一样，他在她的手里感觉到了一股不凡的力量，流连不去，宛如已在他的指尖里扎了根。他想再说几句话，却不知从何说起，这一刻转瞬即逝。

“你确定你没事？”

她脸上浮现一抹微笑。“我好得很。”

她看起来真的像生病了，他想。“好吧，我十天之内就回来了。”

艾美没答话。

“我们到时候再见，好吗？”他纳闷自己为何要这么问。

“当然好，彼得。我还能去哪里？”

彼得离开之后，艾美走回修女宿舍，这里和孩子们睡觉的大房间差不多，只是比较小。其他的修女都睡了，几个年纪大一点的修女还在轻轻地打呼噜。她脱掉身上的长袍，躺到自己的床上。

后来，她突然惊醒，浑身冷汗，浸湿了她的睡袍。那不安的梦境仍然没有消散。

艾美，帮他。

她整个人僵住了。

他一直在等你，艾美。在船上。

“爸爸？”

去找他，去找他，去找他，去找他……

她起身，突然充满了使命感。时候到了。

然而还有一件事要做，在她所钟爱的生活里——虽然是极其短暂的生活——她还有最后一件工作要完成。她穿过静悄悄的走廊，来到休息室。她看见毛瑟还像她离开时那样，窝在沙发上。它眼里透出精疲力竭的神色，四肢瘫软，连头都抬不起来。

拜托，它的眼睛说，**我很痛苦，已经拖得太久了。**

她轻轻地把它抱到胸前。她一手摸着它的背，转身让它面对窗户，看见星空。

“看见这美丽的世界了吗，毛瑟？”她贴在它耳朵边，低声说，“看见那美丽的星星了吗？”

好……美。

它的脖子咔的一声折断，身体软绵绵地瘫在她怀里。艾美就这样抱着它，抱了好几分钟，轻轻抚着它的毛，亲吻它的头和脸，等待它完全离去。**再见，毛瑟。一路好走。孩子们很爱你，你会再和他们相聚的。**然后她抱着它走到院子里的工具间，去找一把铲子。

31

“你猜今天吹的是什么风呀？”

一个浑身油渍的男人带着彼得走进食堂，他看见迈克和十几个工人坐在一起，有男有女，脏兮兮的手里握着叉子，把盘子上的豆子铲进嘴里。迈克从长条椅上跳起来，拍着他的肩。

“彼得·乔克森，和我一样生龙活虎的。”

“见鬼了，迈克，你怎么变得这么强壮！”

他这位朋友的胸膛似乎变得有两倍宽，把工作服绷得紧紧的，手臂上也有一圈圈的肌肉，脸颊一圈粗粗的金色胡茬。

“老实告诉你吧，这里除了煮油和长体重之外，实在也没别的事可做。还有啊，提醒你一下，这里没有人讲‘见鬼’。大家都是说‘该死的这个’或‘该死的那个’。”他指着餐桌，“这是我的队友们。兄弟们，跟彼得打声招呼。”

接着所有人一一介绍。彼得竭尽所能想记住这些人的名字，但他知道自己马上就会忘光光。

“饿吗？”迈克问，“吃的还不错啦，只要你不用鼻子闻就成了。”

“我应该先去找地方卫队队长报到。”

“他可以等啦。既然时间已经过了中午十二点，史塔克八成已经醉了。你真的该见的是卡洛维克，可是他到储油区去了。我帮你拿个盘子吧。”

他们一边吃饭，一边交换消息，然后把托盘拿回厨房，走到外面去。

“这里一向都这么臭吗？”彼得问。

“噢，今天还算好呢。等风向转了，你才会想哭呢。吹得连海峡里的那些垃圾都会飞起来的。来吧，我带你好好逛一逛。”

他们的第一站是宿舍，一幢四四方方的煤渣砖建筑，屋顶盖着锈蚀的锡板。沿着墙边摆放着床铺，床铺间有布帘相隔，房间正中央有张桌子，桌子后面坐了一个长脸的大块头，正在玩着一沓扑克牌。

“这位是胡安·史威汀，我的副手。”迈克说，“大家都叫他头肌。”

他们握手，那人咕哝一声，算是和他打招呼。

“大家为什么叫你头肌啊？”彼得问，“我没听过这个名词。”

那人屈起双臂，两只胳膊的肱二头肌凸了起来，像两个大柚子一样。

“噢，”彼得说，“我懂了。”

“别担心，”迈克说，“他的态度虽然不算最好，看书的时候嘴巴还会念念有词，可是你只要记得喂饱他，他的表现就是最好的了。”

床位里钻出一个女人，身上只有内衣，她掩住嘴巴，打了个哈欠。“天哪，迈克，我还打算睡一会儿呢。”出乎彼得的意料，她竟然搂住迈克的脖子，脸上露出诱惑的微笑，“除非，当然……”

“时间不对，我亲爱的朋友，”迈克轻轻挣脱，“怕你没注意到，我们有位朋友来了。萝儿，这是彼得。彼得，这是萝儿。”

她身材苗条，但很健美，一头被太阳晒得褪了颜色的头发剪得短短的，很有魅力，但不是传统的那一型，略带一点阳刚气，散发着率真，甚至有点狂放的气息。

“你就是那个家伙？”

“没错。”

她笑起来，一副心照不宣的样子。“嗯，祝你好运啊，朋友。”

“萝儿是第四代油工。”迈克说，“她真的是喝油长大的。”

“讨生活罢了。”萝儿说。然后，她转头对彼得说：“所以你们两个是老朋友了，我想。让女生听听你们的秘密吧。他以前是什么样子？”

“他大概是我们那里最聪明的家伙了，大家都叫他‘电路’，差不多算是他的绰号吧。”

“也是很蠢的一个。多谢你啦，彼得。”

“电路。”萝儿念着，仿佛在品味这两个字的滋味，“你知道，我还真有点喜欢这个名字呢。”

胡安坐在桌边，一直没说话，这会儿却捏着嗓子假装女人起哄：“噢，电路，噢，电路，来吧，电路，让我们……”

“闭嘴，你们两个！”迈克脸红得不像样，这和他近期培养出来的男子气概简直格格不入，但是彼得看得出来，受到这样的关注，他还是挺开心的。“你几岁啊，十三吗？算了，彼得，”他拖着彼得往门口走，“别理这些小孩了。”

“待会见，中尉。”萝儿愉快地喊着往门口走的彼得，“我想再听点故事。”

在午后逐渐升温的热气中，迈克带彼得绕了一圈，带他到一座蒸馏塔，说明炼油的程序。

“听起来很危险。”彼得说。

“没错，是会有意外。”

“储油区在哪里？”彼得知道，油是从埋在地下的储油槽里汲出来的。

“大约往北八公里吧，那里是个天然的盐丘，是以前战略石油储备的一部分。因为油会浮于水，所以我们用水泵抽进海水，再排水剩下油。”

彼得发现迈克讲话时已经开始带着得州的口音，他把“油”念成“优”。

“那里还有多少？”

“这个嘛，基本上应该不少。依照我们估算，应该够再提炼五十年吧。”

“一旦用完了呢？”

“我们就再去找了。在休斯敦航道附近还有很多储油槽。那里是一大片有毒的沼泽，而且有很多倒吊鬼，可是那里的油应该可以帮我们撑过一段时间。接下来比较靠近的就是阿瑟港。要进军到那里不太容易，但是只要时间够，应该没有问题。”他听天由命地耸耸肩，“不管怎样啦，我想我活不到该担心的时候。”

迈克说他有个惊喜要给彼得。他们走到军械库，迈克拿出一把猎枪，然后到停车场找到一辆小货卡。迈克把猎枪搁在车厢地板的枪架上，然后叫彼得上车。

“我们去哪里？”

“等着瞧吧。”

他们开出厂区，沿着水边，顺着一条坑坑洼洼的柏油路往南走。带着盐味的风从小货车敞开的窗户吹进来，驱走热气。彼得以前只见过海湾几次，这亘古长存的广袤空间似乎大到让他的心难以承载。而最吸引他的是海浪，那些向岸边冲来的浪涛，宛如一条条带着庞大动能的长管子，卷起又落下时，给水面的边缘镶上一圈褐色的泡沫。他简直无法移开目光。彼得知道自己可以在沙滩坐上好几个小时，仅仅是看着波浪起伏。

有几片海滩已经被清理得干干净净的了，但有些海滩则依旧残留着浩劫发生时的证据——扭曲得无法辨识形状的破铜烂铁，堆得像山一样高；大大小小搁浅的船只，船身褪色，不是坑坑洼洼，就是被拆得只剩骨架，歪歪斜斜地倒在沙滩上，宛如没了皮肉的骸骨；还有一堆堆看起来大同小异的残骸碎片，被浪潮冲到岸上。

“你一定不敢相信，到现在还有这么多东西被不停地冲上岸。”迈克指着窗外说，“很多都是从密西西比那边顺着海岸线漂过来的，重的东西大部分都不见了，但是塑料的似乎都留下来了。”

迈克驾车离开马路，开往水边。彼得望着窗外。“你看过更大一点的东西吗？”

“偶尔。去年有艘还载着货柜的货轮被冲上岸，那东西漂流了一个世纪呢。我们都好兴奋。”

“船上有什么？”

“人的骸骨。”

他们来到一个内湾，然后转向西，沿着平静海湾的边缘前进。前方有幢小小的水泥建筑，盖在海边。迈克停下车来，彼得看见这幢建筑只剩下空壳子，虽然窗户上挂着的招牌还有褪色的字迹：雅特蟹屋。

“好吧，我认输了。”彼得说，“惊喜是什么？”

迈克露出淘气的微笑。“把你那冒烟的家伙留在车上吧。”他指着绑在彼得大腿上的勃朗宁手枪，“你用不到的。”

彼得不知道他这位朋友的心里在打什么主意，但他还是把枪收进了车上的置物箱里，然后跟着迈克走到建筑后面。水泥码头上有个小小的甲板，九米多长，突出在水面上。

“那是什么？”

“是船，很显然。”

一艘小船绑在码头边上，随着浪潮起伏。

“你从哪里弄来的？”

迈克一脸骄傲神情。“其实是从很多地方弄来的。船壳是在内陆的一间车库找到的，其余的都是我们拼拼凑凑，或是自己做的。”

“我们？”

“萝儿和我。”他清清喉咙，表情突然有些慌，“我想很明显……”

“你不必对我解释，迈克。”

“我只是说，事情不是表面看见的那样。好吧，也许是吧，可是我不会说我们真的是一对儿。萝儿只是……嗯，她就只是那样。”

看见好友这么尴尬，彼得发现自己竟然暗暗高兴：“她看起来很不错啊，而且她显然很喜欢你。”

“是啊。”迈克耸耸肩，“可是‘不错’不是我会优先选择的字眼，如果你懂我的意思的话。老实告诉你吧，我很难比得上她。”

迈克踏上船之后，彼得突然发现这船看起来有多么单薄。

“有什么问题吗？”迈克问。

“我们真的要坐这东西出海？”

迈克已经卷起绳子放在船底：“你以为我带你来这里干吗？别担心了，上来吧。”

彼得小心翼翼地踏上船尾。在他脚下，船身晃个不停，随着他的体重左摇右晃。他抓住栏杆，希望能让船平稳下来。“你真的知道该怎么操作这个玩意儿吗？”

他的朋友低声笑起来。“别像个小宝宝似的，快来帮我扬帆。”

迈克迅速地打理好基本装备：船帆、方向舵、舵柄和帆脚索。他抛下绳子，摇摇晃晃地走到船尾的舵柄旁，不知是什么让船帆突然涨满了风，船就启航了，并以令人惊讶的速度滑离码头。

“你觉得怎么样啊？”

彼得紧张地看着越离越远的岸边：“我开始习惯了。”

“或者你可以这样想，”迈克建议，“这是你这辈子第一次，待在病鬼杀不了你的地方。”

“我从没这么想过。”

“接下来几个小时，你，我的朋友，失业了。”

随着船的航行，他们开始进入更远的海域，海水的颜色也从苔绿色变成了深蓝色，阳光在海面上闪烁。在绷紧的船帆下，船感觉起来更牢固了，彼得也开始放轻松，虽然并没有完全放心。迈克似乎很了解自己在干什么，但大海毕竟是大海。

“你驾这船到过多远的地方？”

迈克望着前方，在阳光里眯起眼睛：“很难说。有八公里吧。”

“封锁线呢？”

大家都相信在疫情暴发之初，世界各地对北美大陆实施隔离封锁，沿着海岸线布下水雷，炸毁任何企图离岸而去的船只。

“就算有，我也还没发现。”迈克耸耸肩，“要是你想听实话，我可以告诉你，我有点认为那全是胡说八道。”

彼得用警觉的目光看着他这位朋友：“你没去找水雷吧？”

迈克没回答，他的表情让彼得知道他的问题命中要害了。

“你疯了。”

“你还不是一样？而且，就算有封锁线存在，还能有多少水雷漂在那里？一百年的时间，大海可以吞噬一切。况且，水上的那些残骸可能早就把水雷引爆了。”

“这还是太鲁莽了，你很可能会把自己炸得尸骨无存。”

“也许吧。说不定明天哪座炼油塔就会把我炸到外层空间去。这地方对人员安全的标准很低。”他耸耸肩，“可是这不是重点。我打一开始就不认为那个该死的封锁线存在。整个海岸？要是把墨西哥和加拿大包括进来，差不多有四十万公里呢，不可能的。”

“要是你错了怎么办？”

“那么有一天，就像你说的，我会把自己炸得尸骨无存。”

彼得不再谈这个问题了。很多事情改变了，但是迈克还是迈克，好奇心永远不能被满足的家伙。他们驶出内湾，到了开阔的大海上，微风轻拂，宛如宝石生辉的波浪拍在船头。彼得的胃里有东西往下沉，不只是因为船的颠簸，而是因为有这么多水，到处都是水。

“或许到这里就好，你可以把船开得靠近岸边一点。”

迈克调整船帆，把舵柄扳紧：“告诉你，外面和这里完全不一样，彼得。我没办法解释，就好像所有不好的事情全被抛开了。你真的应该自己亲眼看看。”

“我应该回去了。我们下次再去吧。”

迈克瞥了他一眼，笑起来。“好啊，”他说，“下次吧。”

32

艾莉希亚往北走，来到开阔的乡野。得克萨斯锅柄平原，一望无际的平坦地带，宛如广袤平静的汪洋，风吹草原，秋日澄蓝的天空挂在她头顶上方，无边无际。地平线平缓延伸，偶尔有白杨木、胡桃树或枝叶纤长的柳树立在溪涧旁，她一走过，那些郁郁的枝叶就垂首臣服。天气很暖，但是夜里气温陡降，让草叶沾上沉重的露珠。利用这一路上几个储藏所贮存的补给品，她在四天内就完成了旅程。

她在十一月六日早晨抵达卡尼营区。正如指挥部在补给队迟迟未归时所担心的那样，没有人出来迎接她。这营区简直是座不设防的坟场，垂死军士的哭喊声似乎还飘浮在空中，锁藏在这一片狂风过后的死寂里。艾莉希亚花了两天的时间，把士兵的尸体搬上卡车，载到她所选择的地方。在普拉特河岸边的空地上，她把他们的尸体排成长长一列，让他们可以葬在一起，然后淋上燃料，放火烧掉。

到隔天早上，她才看见那匹马。

那匹马站在营栅外面。那是一匹蓝灰花色的种马，矫健的长脖子垂下来看着营地操场边缘茂密的长草——它的存在简直难以解释，仿佛是龙卷风过后，唯一一匹毫发无伤的马。它离她距离不算太远。艾莉希亚小心翼翼地往前走，手掌朝上。这匹马似乎准备逃走，它鼻翼张开，耳朵后翻，一只大眼睛瞟着她。这个陌生人是谁？它在说，她打算干什么？艾莉希亚又迈近一步，但它还是没动。她可以感觉到它血液里流窜的野性，那蓬勃的生命力。

“好孩子，”她低声说，“看见没？我不是坏人。我们做朋友吧，就我们两个，你说好不好？”

相隔仅仅一臂之遥时，她伸出手，张开手掌放在它鼻下。它嘴唇往后露出一排黄牙，那宛如黑色大理石般的眼睛里，映着她的身影。在拿不定主意的那一瞬间，它非常警觉；但随后它就低下头，让温暖潮湿的鼻息弥漫在她的掌心。

“好吧，我想我找到坐骑了。”马儿用鼻子轻轻擦着她的手。她摸着它的脖子，感受那光滑湿润的皮毛。它的身体宛如雕刻作品，坚硬而纯粹，然而那双眼睛却散发着无穷的力量。“你需要有个名字，”艾莉希亚说，“我该叫你什么呢？”

她给它取名叫“士兵”。从她跃上马背的那一刻起，她俩就融为一体。仿佛是失散多年的老友，久别重逢；她俩是一辈子的同伴，可以互相吐露心中最真实的心事，但也可以选择什么都不说。她在空荡荡的营地多留了三天，收拾装备计划接下来的行程。她把自己的刀磨得很锋利，然后把派遣令收在包里——任命艾莉希亚·唐纳迪欧为远征军上尉，任命人：薇多莉亚·桑契兹，得州共和国总统。

十一月十二日上午，她们出发了。一路向东而行。

横跨密西西比河的桥梁还在。大约在奥马哈北方八十公里处，有一个名叫迪凯特的小镇。她们在第六天来到这里。清晨浓雾弥漫，已嗅得到冬天的气息。一路前行时，艾莉希亚在“士兵”的鼻息里感觉到一丝怀疑：这条河，是真的？她们来到崖边，宽阔的河道里河水汹涌，河面旋涡流转，墨黑如石。往北四百米处，那座桥粗壮的水泥桥墩跨过水面，仿佛一条条巨腿站在河上。没错，艾莉希亚想，是真的。

她走在桥上，不时觉得自己这个决定太草率了。有些地方的水泥表面已经剥落，露出桥下汹涌的河水。她下马，拉着套在“士兵”身上的缰绳。每踏出一步，都冒着桥可能在她们脚下崩塌的风险。她们小心翼翼地过桥。这是谁想出来的蠢主意？“士兵”似乎在问，噢，是你！

一到河的对岸，他们就停了下来。时间刚近傍晚，太阳开始沉落到河崖后面。艾莉希亚的作息时间已经颠倒了。如果是徒步，她会在白天睡觉，晚上赶路，这是她的习惯。但是骑马就不同了。艾莉希亚在河边生起火，在锅里装满水，把水煮沸。她从背包里拿出剩下的食粮：干豆，一罐肉酱，一块硬得像石头的面包。她很想去打猎，但是又不想留下“士兵”。她吃掉晚餐，在河里洗完锅，躺在铺盖上仰头看天空。她发现，只要看的时间够长，就会看见流星。仿佛在回应她的想法似的，一颗明亮的星星划过苍穹，紧接着又有两颗。很多年以前，迈克曾经告诉她，有些流星其实是古昔的人所创造的东西，叫作人造卫星。他想办法解释那些东西的功能——有些和天气有关——可是艾莉希亚不是忘得一干二净，就是当成无所不知的迈克用来炫耀自己比其他人更有学问的又一例证，留在她心中的就只有对这些卫星的抽象概念，它们是光与力的结合：无数目的不明的物体绕着地球运转，就像投石器上的石头一样，因为意志与重力的相互影响而留在轨道上，直到放弃任务，变成一道灿烂光芒，坠落于地。更多星星坠落，艾莉希亚开始数。她看得越久，看见的就越多。十颗、十五颗、二十颗……她数着数着，睡着了。

黎明时分，天气晴朗。艾莉希亚戴上眼镜，伸个懒腰。一夜的休息，让她全身舒畅。在清晨的空气里，河流的声音似乎更响亮了。她留了些硬面包当早餐，自己吃了一半，给“士兵”吃了一半，然后上路。

她们已经在艾奥瓦州境内，旅程已经完成一半了。这里的地貌改变了，丘陵平缓起伏，丘陵之间则是黑土肥沃的平坦谷地。低低的云从西方飘过来，让光线变得柔和。下午的时间过了一半，艾莉希亚才在山脊上发现了动静。风里有动物的气味，“士兵”也察觉到了。艾莉希亚一动也不动，等待这气味的来源自己现身。

来了。一群鹿出现在山顶上，只见剪影，共有二十头，但其中只有一头雄鹿。雄鹿顶着庞大的鹿角，宛如冬天树叶落尽的树木。她必须从下风处接近；它们到现在还没察觉到她的存在，真是奇迹。她把来复枪放在枪套里，拿起十字弓下了马。“士兵”忧心忡忡地看着她。

“喂，别这样看我。女生得吃东西啊。”她拍拍它的脖子，要它安心，“别乱跑，好吗？”

她绕过山脊到南边。鹿群似乎还没发现她的存在。她动作很快，但它们的动作更快，一箭，也许两箭，她顶多只有这样的机会。艾莉希亚耐住性子往上爬，过了好几分钟，她终于到了顶端。鹿群沿着山脊分布成 V 字形。雄鹿离她约十二米。仍旧趴在地上的艾莉希亚，把一支短箭搭在弓上。

也许是因为一阵风吹来，动物敏锐的洞察力察觉到了什么，鹿群突然举步狂奔。等艾莉希亚站起来时，它们已经奔下山脊了。

“可恶！”

艾莉希亚把弓甩在地上，拔出刀，追上去。她的心思牢牢锁定眼前的任务，没有任何事情能拦阻她。下坡一段距离之后，地势陡然下降，艾莉希亚看见自己有机会了。她的脑袋无比精准地掌握了每一个线索。就在那头雄鹿冲下陡崖时，她扬起刀，凌空跃起。

艾莉希亚像只老鹰落在它身上，拿刀的手往前划了个大大的弧形，然后往上一戳，把刀刺进它的喉咙。鲜血喷溅，它前腿瘫软，跪倒在地。艾莉希亚察觉到接下来要发生的事，但已然太迟了。她用刀刺穿它的喉咙时，她的身体也因为重力而往前翻，等她回过神来，整个人已经倒栽葱似的摔在山边。

艾莉希亚靠在山脊下休息。眼镜掉了，她立即转成俯卧姿势，把脸埋在臂弯里。该死，她要被迫趴在这里直到天黑吗？她伸出手臂，拍着周围的地面。什么都没有。

唯一能做的就是睁开眼睛看。艾莉希亚脸埋在臂弯里，缓缓地跪起来，她的心脏狂跳。好吧，她想，豁出去了。

起初她眼前只有白茫茫的一片，仿佛睁眼直视太阳似的，那是宛如针刺进颅骨的感觉。但是接着，情况出乎意料地改变了。她的视野清晰起来，颜色和形状仿佛从雾中浮现。她眼睛睁开一条细缝往外看，接着再睁大一点点，白光逐渐消散，周围的景物开始清晰起来。

经过五年生活在暗影之中的漫长岁月之后，艾莉希亚·唐纳迪欧，远征军上尉，终于能看见阳光下的世界了。

直到此时，她才发现自己在哪里。

她把这里叫作“骸骨平原”。虽然这里并非平原，而且严格来说，这些也不算是骸骨。这里有的是被太阳晒得粉碎的病鬼残骸，许许多多的残骸遍布整个高原，直到天边。她看见了多少个病鬼的残骸呢？十万？百万？更多？艾莉希亚往前走，置身其中，每踩下一步，就扬起一股灰烬。那气味黏附在她的鼻子和喉咙，裹在嘴巴里，宛如一层糨糊。她的眼里涌起泪水。因为哀伤？因为解脱？或只是因为这难以解释的事情而无法置信？他们葬身在此，并不是他们的错，从来就不是他们的错。

她单膝跪下，从弹药带上抽出刀子，碰触她的额头、心脏。她闭上眼睛，低下头专心祷告。**我让你们回家，我的兄弟与姐妹，我让你们从生存的监牢里得到解脱。你们已经离开这个世界，迎向超脱此生的真理。愿你们赐予我力量，让我面对未来的岁月。一路平安。**

“士兵”还留在原地等她。看见她走近，它眼里闪着怒意。我以为我们说好了，它的眼睛在说，你跑到哪里去了？但是等她走到身边，它的眼神因为了解又变得深沉起来。艾莉希亚抚着它的肩，亲吻它那张睿智的长脸。它强健的舌头从她没戴眼镜的眼睛里舔去泪水。你是我的好孩子，她想，我好乖好乖的孩子。

她很想就这样依偎着“士兵”，但是她猎来的奖赏不容等待。她在树木之间摊开防水布摆在地上，包在油布里的是那头雄鹿血淋淋的肝脏。她捧到鼻子前面，深深地闻了一下，吸进这美味、带着血腥的呛鼻的味道。今天晚上不会有烹煮食物的火堆，但这样很好。

有些情况正在发生变化，这世界正在发生变化。艾莉希亚感觉得到，打骨子里感觉得到，很大的变化——地震，季节的变化——仿佛地球整个倒转了。可是这留着以后再担心也还来得及。

现在，在这个晚上，她要这样吃掉肝脏。

33

接下来三天，彼得很少看到迈克。随着启程时限的逼近，所有的工班都要加倍轮班。因为没有钱可以花在牌桌上，所以彼得靠睡觉、在营地不停散步、在食堂打转来消磨时间。他喜欢卡洛维克，但是史塔克又是另一回事了。格瑞尔所预见的种种怨恨，在彼得抵达之后都出现了。那人几乎不和彼得讲话。很好，彼得想，反正这工作又不是我自己想要的。

最能引起他兴趣的是和萝儿在一起。萝儿对殖民地，特别是对迈克的好奇心，就和她身上的其他一切一样充满力量。值班的空闲，她会到食堂找彼得，找张空桌，让别人听不见他们的交谈。不管迈克自己怎么说，外表随便的她对迈克显然是很认真的。她问的问题都带有打探的意味，仿佛迈克是一把她无法打开的锁。迈克以前是什么样子？聪明，没错，大家都知道他很聪明。可是还有呢？彼得可不可以告诉她莎拉的事？还有迈克的爸妈，他们又是怎么回事？至于他们从加州来到此地的经过，萝儿只知道大家都知道的版本——因为殖民地的电力告罄，他们出发去东部寻找其他人，以微乎其微的机会撞进了科罗拉多营区。对于艾美，以及在特柳赖德山区发生的事，她一无所知，彼得是这样觉得的。

交谈中最意外的话题是萝儿对艾莉希亚的兴趣，显然迈克经常谈起她。在萝儿的问题里，彼得察觉到有隐隐约约的竞争，甚至是嫉妒的意味，而且事后想来，她大部分的讨论内容都是兜着这个话题转。彼得甚至还对萝儿保证，她没什么好担心的。“迈克和艾莉希亚就像油和水，”他说，“你这辈子不会见过比他们俩更截然不同的人。”萝儿发出自信的笑声。“你怎么会以为我会担心这个远在天边的疯女人？

相信我，”她说，“别这么想，我最不担心的就是这个。”

彼得最后一天的时间花在和卡洛维克与史塔克的交谈上，他们在讨论这趟行程的细节。十辆装满燃料的油罐车，一半是柴油，一半是高辛烷值汽油，车已经在大门口整装待发了。天亮之前还会有两辆车加入队伍。车队会由六辆地方卫队车护送，包括悍马车和越野车，车上都架有机关枪。距离是四百八十公里，从自由港沿着三十六号公路往北，在奚里上十号高速公路往西，直抵圣安东尼奥市郊，然后转向几条不同的道路绕城而行，最后再走十号州际公路。沿途隔着一定的距离就有防护箱，但他们的计划是一路不停地往前，这样就可以在午夜过后不久抵达柯厄维尔。

彼得最关心的是这一路上会经过的五个重要关卡：锡利西边跨越圣伯纳德河的桥，位于哥伦布的跨越科罗拉多河的桥，卢林的圣马科斯桥，以及跨越瓜达卢佩河的两座桥，第一座在塞金西边，另一座在康福特镇。前面三座桥问题不大——车队可以在白天跨越——但是他们要在天黑之后才能抵达塞金。有人见过病鬼在河流附近出没，而且柴油发动机的声音向来会吸引他们。更惨的是，圣马科斯桥年久失修，一次只容一辆油罐车通过。在周围的区域发射照明弹可以提供一些保护，但是也只能替车队争取到将近一个小时的时间。

尚未破晓的幽暗天色里，所有的人在油罐车旁集合。空气潮湿，寒冷。他们几乎每一个人都对这趟车程司空见惯了，不只熟悉，甚至觉得有点无聊，只要喝几杯菊苣咖啡就打发过去了。身为一级油工，迈克和彼得一起搭乘领队的那辆悍马车。胡安开第一辆油罐车，萝儿开第二辆。彼得原本打算让史塔克带队，当作一种善意的表示，但是让彼得松一口气的是，他拒绝了，选择和其余的地方卫队队员留在炼油厂。

大门在第一丝天光的照射下开启。十二辆大型柴油车开始发动，排气管里喷出阵阵浓烟。迈克从后面往前走，发放对讲机，对每一个驾驶员做最后的叮嘱。他坐进悍马车的驾驶座，用无线电依序呼叫每一个驾驶员。

“一号车。”

“准备好了。”

“二号车。”

“准备好了。”

“三号车……”一辆接着一辆。迈克把无线电交给彼得，给车挂上挡。

“看着吧，”他说，“这整趟路就像打个大哈欠。有一回，我几乎睡了一路。”

他们启程出发，驶进晨曦中。

早晨过了一大半的时候，他们已经穿过罗森伯格隘口，往西开向十号州际公路了。州内公路的路面坑坑洼洼，害得油罐车只能龟速前进，但是只要开上州际公路，他们就可以加快车速。

无线电里传来胡安的声音：“迈克，我这里有点问题。”

彼得在座位里上扭过头往后望，他们后面的车队已经停车了。迈克刹车，把悍马车往后倒。胡安从驾驶座下来，站在保险杆前面，撬开引擎盖。

“怎么回事？”迈克喊他。

胡安拿布擦引擎，擦掉水珠。“我想是冷却系统有问题。我可以花点时间修好，但要几个小时。”

有两个选择：等车子修好，或把这辆油罐车留在这里。棘手的是，道路两边都是无法穿越的茂密树林，最近可以掉头的地方在后面九公里处。他们必须让整个车队一路退回到沃利斯。

“他办得到吗？”彼得问。

“我们有零件，我不觉得会有什么问题。”

彼得要他动手修理。迈克又拿起对讲机。“好吧，各位，熄火吧。”

“你是说真的？”萝儿走过来，“叫胡安把这笨重的家伙移开。”

“没错，我是说真的。熄火吧，各位。”

彼得派地方卫队队员站到车队两侧，枪支瞄准路边成排的树林与灌木。大白天的，不太可能有什么事情发生，但是像这样茂密的树丛，正是病鬼绝佳的藏身之处。胡安和萝儿忙着修车。大部分的驾驶员都从车里爬出来。时间一分一秒过去，他们开始玩起牌来。

等胡安说冷却系统修好的时候，已经过了下午三点。修车花了将近四个小时。离柯厄维尔还有十二个小时的车程——搞不好还要更久，因为他们得在漆黑的夜里赶路，会花掉比白天更多的时间。

“我们趁现在掉头还来得及。”迈克说，“我们可以利用州际公路的哥伦布出口掉头。那里的匝道都还是好的。”

“你的看法呢？”

他们站在悍马车旁边，离其他人有段距离。“要是你问我的意见，我想我们应该继续前进。在夜里多开几个小时，又有什么差别？以前又不是没发生过。这些旧家伙老是出毛病，而且到塞金之前，路都很宽。”迈克耸耸肩，“还是你决定吧。”

彼得想了想。有风险，但是什么事没有风险呢？而且迈克的逻辑听起来也很合理。

他点点头。“我们继续走。”

“这就对了。密切注意，兄弟们！”

公路出口的指示牌坑坑洼洼，生锈腐蚀，像醉鬼似的东倒西歪。这条年代久远、护栏歪倒的高速公路，呼唤他们继续前行。路边散布着餐厅、加油站和汽车旅馆，有些还有招牌在风中伫立，上面有一个个难以理解的名字：麦当劳、埃克森、超级汉堡包、假日酒店等。彼得看着窗外飞逝的风景，那代表了一个美好的时代，但却不长久。黑暗就要来临了。

在弗拉托尼亚，天完全黑了。他们离第三座桥还有一段距离。一整天在各车之间叽叽喳喳传送嬉笑怒骂的无线电安静了下来。接近卢林市区的时候，在悍马车的灯光下，出现了一个标有红色X的指示牌，这里有防护箱。彼得瞟了迈克一眼，想看看他的表情有没有什么变化，但是什么都没有。他们继续前进。

就快接近桥的时候，迈克突然在座位里往前靠，越过方向盘盯着前方看。

“这是搞什么……”

彼得撞上了仪表板，因为迈克突然紧急刹车。车里一片亮光，第二辆悍马车差点从后面追尾，还好刹车及时，车子打滑停住。

迈克望着挡风玻璃外面。“我是看见什么了吗？”

无线电传来萝儿的声音。“怎么回事？我们为什么停车？”

彼得抓起仪表板上的无线电。“三号和四号保安车，到前面来。一号和二号，留在原地。其余的人都留在车上。”

路上有个身影站着。不是病鬼，是人，显然是个女人，低着头，披着像斗篷一样的东西。

“她在这里干吗？”迈克说，“她就站在那里不动。”

“在这里等着。”

彼得从车厢里爬出来，那女人还是动也不动，甚至没意识到他们的存在。两辆巡弋的保安车，都是四轮驱动的越野车，停到悍马车两边。彼得掏出武器，小心翼翼地往前走。

“报上名来！”

那女人站在桥头。桥身拱起的铁梁在暗黑的天空里镂刻出弯曲的线条。彼得举起枪，一步一步接近她。她手里抓着什么东西。“喂，”他说，“我在跟你说话。”

那女人抬起头，车灯照亮了她的脸。彼得不确定自己看见的是什么。妇人？女孩？老太婆？她的面容似乎在他心头晃动，浮现，然后重组再现，宛如映在快速流动的水里的东西。他突然一阵恶心。

“我们知道你在哪里。”她的声音轻纱般缥缈，“只是时间的问题。”

彼得用枪瞄准她的头部：“回答我。”

她的双眼闪耀着强烈的蓝色光芒。和她四目交接时，彼得突然发现自己正看着一个美丽的女子，或许是他此生见过的最美的女子。那丰满柔嫩的双唇，微微上翘的纤巧鼻子，脸部轮廓的完美比例，以及双颊散发光泽的皮肤。一看见她，就会掉入近乎难以抵挡的爱欲旋涡里。他突然口干舌燥起来。

“你累了。”她说。

这句令人全然不解的话，让他从麻痹状态醒了过来。“你说什么？”

“我说，”那女人又说一遍，“你累了。”

“我不知道你在说什么。”

她脸上浮现困惑的神情，彼得显然让她失望了。彼得的目光转到她握在手里的东西上，一个金属盒。她空着的那只手从盒子一侧抽出一根长长的金属杆。

彼得知道那是什么。

他扑向她，但她的手指已经按下了开关。一道亮光，接着一声巨响，仿佛有一扇巨大的门咣地关上了。热浪排山倒海般袭来，把他冲得向后飞了出去。那座桥，彼得想，无论这女人是谁，她都炸掉了那座桥。彼得躺在地上，望着天空猛眨眼。时间霎时脱了轨，有个庞大的东西，宛如火球，缓缓地划过天空，朝他飞来。

燃烧的碎块坠落在地面，离他的头近在咫尺。彼得翻身躲开，感觉到有双手抓住他，猛地把他拉了起来，是迈克在拖着他往悍马车跑。

“后退！”迈克一手揽着彼得的腰，一边拿着对讲机嘶吼，“所有人马上后退！”

光从四面八方朝他们照来。彼得还搞不清楚状况，就有一辆小货车从树丛里冲出来，沾了厚厚一层泥的大轮胎越过水沟。那辆车转了个弯，在他们面前停下，车头侧向一旁。四个人影像幽灵似的从车上冒了出来，动作一致地举起了圆柱形的东西，架在肩上。

“噢，该死！”迈克说。

他们扑倒在地，就在火箭弹从发射筒里射出的那一瞬间，在他们背后，枪声突然之间被保安车爆炸的声音给吞没了。着火的残骸在他们头顶上四处飞散。

“胡安，”迈克拿着对讲机大喊，“快撤！”

卡车上的人停下来重新填充弹药。胡安的油罐车是下一个目标。彼得伸手拿身上的佩枪，但是枪不见了，在第一次爆炸的时候就不见了。从车队后部又传来另一声巨响。油工跳出车子，奔跑、呐喊。首尾夹击，他们被困在中间，前面是河，后面又在被攻击，对方有什么武器他们也不知道，估计是更多载有火箭弹的卡车。他们的油已经被抢了，唯一能做的就是逃命。彼得和迈克朝第一辆油罐车冲去时，胡安从驾驶座跳下来，丢给彼得一把来复枪。彼得接住，转身瞄准那辆卡车，连续射击，逼得那几个人趴下来寻求掩护。他替他们争取到一些时间，但仅止于此。萝儿一跳下车，迈克就拉住她的手腕，拖着她扑倒在地。他大声喊叫，对着车队尾端挥手："离开卡车！"

那几个幽灵再次现身，干净利落地对准第一辆油罐车开了一枪，一切都完了。一辆油罐车有三千加仑的油，总共三万六千加仑。整个车队都会炸开，像爆竹一样连环爆炸。彼得知道那几个幽灵似的人影里，有一个就是那个身披斗篷的女人。他再次举起枪，扣下扳机，却只听到空弹匣的咔嗒声。

那女人举起手，张开双臂。

在车队尾端，出现了一辆全然不同的车子。那辆车高速朝他们开来，引擎轰隆咆哮，车顶上一排排钠蒸气灯，是一辆六轮卡车，车后一个接着一个出现了两个庞大的货柜箱，电镀的金属外壳晶亮反光。在接下来的几个星期里，这个奇怪的景象——两个外表像镜子的大箱子在高速公路上行驶，简直是前所未见——会成为极为重要的问题，是一连串线索之中的一个线索。但在那辆车疾速冲来的这一瞬间，没有人多加注意。有几个奔逃的油工惊慌失措，没注意到袭击后端卫队的那几辆较小型的车子已顺势消失在树丛里，他们心中还燃起一丝获救的希望。他们被攻击了，这攻击，无情且莫名其妙的攻击，不知从何而来。这两个货柜，有着坚固外表与闪亮外壳的货柜，很像组合屋。

它们的确是。虽然里面住的是完全不同的东西。

明白这个道理的是胡安·史威汀。虽然他的态度令人不敢恭维，勇猛的外形也令人生畏，但胡安其实有颗诗人的心。每天结束工作之后，独自在床铺上时，他会偷偷拿起笔，在纸上写下他最深刻的想法，那一行行文字有着非比寻常的敏锐与优美的音韵。尽管人生历经磨炼，但他始终相信世界应该是美丽的，是上帝赐福的地方，值得人类怀抱希望。他写了很多关于海洋的东西，因为他非常珍惜海洋的陪伴。尽管他从没给任何人看过这些诗，但诗已经成为他生活的重心，宛如一段秘密的恋情。

有时候，刮着锅炉的油渣，或从载货架上扛起铁块时，胡安心中会燃起写诗的欲望，他做完手边的工作，就跑回床位上庆祝创作灵感的诞生。

这辆闪闪发亮的卡车的到来，让胡安心生疑虑，就像彼得一样，他怀疑这事情并非表面上看起来这样。的确，这攻击一点道理都没有。为什么会有人用这样的方法掠夺同类？他们不是应该有共同的敌人吗？为什么要摧毁人类生存所需的能源？在他心中逐渐成形的想法是正确的，攻击他们的并不是和他们站在同一战线的人，就在那两个闪亮的货柜之中的第一个打开时，他的疑心获得证实。但是已经来不及了，一切都已经来不及了。

病鬼淹没了车队，好几百个，好几千个。但是在紧接着的瞬间，胡安发现病鬼事实上并没有杀掉每一个人。有些人被无情的残杀，在刹那间鲜血四溅，但是也有些人还完好无缺，他们拳打脚踢、尖声嘶喊，被病鬼拦腰抓起，掳走了。

最悲惨的命运是被掳走。被掳走。

胡安立即下定决心。

那辆卡车停在离车队最后一辆油罐车不远的地方。胡安之前看过油罐车爆炸。车子在瞬间猛然炸开，宛如一个威力十足的火球，但是在那之前的十分之一秒，却有个很有意思的情景。膨胀的燃料会寻找车体最脆弱的部分，从油罐车的侧面水平射出，活像喷飞的瓶塞——基本上，爆炸的油罐车在还没有变成炸弹之前，是一把枪。

胡安朝最后一辆油罐车移动。那辆银光闪闪的车子停在他正后方二十米处，正在射程之中。胡安以他健壮的双臂旋开泄油口的盖子。汽油从管子里涌出来，闪着亮光。他站在流淌的汽油里，让油浸湿他的衣服，同时用油抹抹双手，抹抹头发。这个美得令人销魂的世界，他想。他的感官充满汽油的味道，宛如一罐瓶装的火焰。这苦甜交织、美得令人销魂、令人心痛的世界啊。或许有人会找到他塞在床垫底下的诗，在那一张张纸上读到他隐藏的真实心声。他脑海里浮现出自己所爱的诗句——艾米莉·迪金森[1] 的诗句。他八岁的时候，在柯厄维尔图书馆一间从没有人进去过的房间里，找到一本她的诗集。胡安是一个把书当成人来对待的爱书人，他看见可怜的"她"孤零零地待在书架上，似乎对谁都没用，所以就把书偷偷地塞在外套里带了出来。随后他坐在巷子里的垃圾桶上，找到了早已从这地球消失的声音，那似乎触动他最隐秘自我的声音。而此刻，站在不断涌出的汽油里，他闭上眼睛，让深深铭刻在记忆里的诗句，最后一次回荡心头。

美环绕我，直到我死。
美，请怜悯我。
倘若我今日将逝，
让我再看见你。

他从口袋里掏出打火机，用拇指滑动打火轮。

一百米外，在第三辆油罐车的驾驶室里，彼得拼命想发动车子。按钮的标示早就已经被磨掉了，让他摸不着头绪。不管怎么试，都只换来嘎嘎的声音。

"让开。"

车门打开，萝儿钻了进来，迈克跟在她后面。彼得从座椅上往一旁滑动，挪出一些空地让迈克坐在方向盘前面。

"我们的计划是？"迈克问。

"我们没有计划。"

迈克瞟了一眼车旁的后视镜。他睁大眼睛。"现在有了。"

他握着变速杆，把车轮往左打，踩下油门，猛撞第二辆油罐车。迈克没倒车，反倒再次加速。一阵金属的刮擦声之后，他们突然挣脱了阻力，一个带轮子的十五吨飞弹撞进树丛里。

在他们后面，整个世界爆炸了。

---

① 艾米莉·迪金森（Emily Dickinson），美国现代主义诗歌的先驱之一。

车子宛如火箭像前飞冲。彼得整个人往后倒在座位里。卡车后部腾起，倾斜，然后才又重重落地。驾驶座剧烈震荡，看似就要被四分五裂地解体了。迈克抓着变速器，继续加速。灌木打在挡风玻璃上，他们像蝙蝠般盲目飞行。他再次把方向盘往左打，让车子在树丛里来个大转弯，接着再一转，他们重新开上高速公路，往东疾驰。

他们的飞驰并没有逃过敌人的注意。在后视镜里，彼得看见一排浅绿的光聚在他们车后。

"这东西速度不可能比他们快。"迈克说，"唯一的机会是那个防护箱。"

彼得在来复枪里装进一排子弹。"你身上有什么武器？"他问萝儿，萝儿给他看她的手枪。

"这不是唯一的问题。"迈克说，"我们的刹车连接器不见了。"

"意思是？"

"意思是我不能放慢车速，否则这车可能会断裂。我们得跳车。"

病鬼接近了。彼得猜大约只距离两百米吧，说不定更近。

"你能开下匝道吗？"

"以这个速度，我根本不可能在路桥上面转弯的。那里有个九十度的弯道。"

"防护箱离匝道顶端多远？"

"在正南方一百米。"

他们不可能从匝道底端跳车。一百米的距离或许不算太远，但这得要他们跳车之后没受伤才行。

防护箱的标志在迈克的车头灯里出现了。萝儿爬到椅子上面，在车门边就位。迈克减速，然后往右转弯让车开下匝道。他们打开车门，让风灌进车里。

"走吧！"

车子一开到匝道的顶端，迈克和萝儿就跳下了车，彼得则跟在他们后面。他双脚着地，屈膝来缓冲撞击力，然后在路面上翻滚了几圈。他大口地喘着气，当他的身体停止滚动时，他恰恰看见冲出护栏的油罐车尾灯。在这一瞬间，重达十几吨的这辆车，仿佛就要飞起来一样。但是并没有，他只见车身直直地在往下坠，接着消失在他的视野中。巨大的爆炸声传来，在漆黑的夜里，阵阵翻滚的烟雾中央，只见一团白热炽烈的大火球在燃烧。

在他左边，传来萝儿的声音：“彼得，救我！”

迈克不省人事。他的头发浸在鲜血里，手臂弯曲的角度看似已经骨折。此时，第一批病鬼已经来到匝道底下。油罐车燃烧的火光为他们争取到了一些时间，但仅止于此。彼得把迈克扛在肩上。天哪，他想，他的膝盖因为背负的重量而无法站直，要是在几年前，他应该可以轻松应付。在黑夜里，防护箱的旗帜耸立着，在星空下只见轮廓。

他们开始跑。

34

艾美出现在门口时，卢修斯刚结束他的晚祷。她手里有一串叮叮当当的钥匙。她灰色的长袍和平静的神态完全看不出是个打算劫狱的人，虽然卢修斯也注意到，在这略带寒意的夜里，她的脸却略有汗光。

“少校，很高兴见到你。”

他心里有这种感觉，觉得很多事情就要开始了，万事俱备，命运之旅就要开启，仿佛他早就预想到这一刻会来临。

“有事情发生了，对不对？”

艾美轻轻点头。“我相信是的。”

“我一直在祈祷这一天。祈祷你来。”

艾美点点头。“我们得快一点。”

他们走出牢房，踏过漆黑的走廊。山德斯趴在外间的办公桌上睡觉，脸侧向一旁，搁在整齐交叠的双臂上。另一个警卫库力吉躺在地板上打呼噜。

“他们要再过一会儿才会醒，”艾美解释说，“他们醒来后，不会记得这件事。你就这样不见了。”

卢修斯探手从山德斯的枪套里拔出手枪，抬头看见艾美用警觉的眼神盯着他看。

“要记得，”她警告他，“卡特是我们的人。”

卢修斯给枪上膛，关好保险，塞在腰间。“明白。”

离开监狱之后，他们以谨慎但敏捷的步伐走向人行隧道，尽量躲在阴影里。大门口，三个地方卫队队员懒洋洋地围站在生火的垃圾桶旁边，暖着手。

“晚安，各位。”艾美说。

他们膝盖一软，接着倒下，脸上都挂着微微惊讶的表情。卢修斯和艾美轻轻把他们摆在地上。

“这招太厉害了，”卢修斯说，“你得找时间教教我。”

穿过隧道到城墙外，两匹装有马鞍的马等在那里。卢修斯撑着艾美上马，然后自己也翻上另一匹马的马背，把缰绳松松地握在手里。

“我得先问一个问题，”他说，“为什么是我？”

艾美想了想。“我们每一个人都有需要寻找的另一个人，卢修斯。”

“那么卡特呢？他要找谁？”

她眼里浮现一抹高深莫测的神情，仿佛她已随着心里的意念高飞。“他和其他人不一样。他心里带着他的密友。”

“那个溺水的女人。”

艾美微笑。“你做过功课了，卢修斯。”

“任何事情都有源头。”

“是啊，没错。他爱她更胜于自己的生命，可是他救不了她。她就是他的心。”

“那么呆呆鬼呢？”

“他们是他的众鬼，他的病鬼手下。他们之所以杀人，只因为迫不得已。他们很难下手。他怎么想，他们就怎么想。他梦见什么，他们也就梦见什么。他们梦见了她。”

马蹄扬起尘土。这时午夜刚过，只有无月的夜空目送他们离去。

“就像我和你。”卢修斯·格瑞尔说，“就像你对我的意义。”

他们骑行进入夜色里。

35

兄弟们，兄弟们。

远远地，在黑夜里。胡立欧·马丁内兹，名列那十二个第十个的马丁内兹，他的军团被抛弃，随风而逝。胡立欧·马丁内兹，响应零号的呼唤。

时候到了。重建的时刻到了。你将再次重建世界；你将成为地球真正的主宰者，不只主宰死亡，也主宰生命。你就是四季。你就是转动的地球。你就是圆圈之中的圆圈。你就是时间，我的血亲兄弟。

活着的时候，马丁内兹是个律师，一个以法律为生的人。他曾经站在法官面前，在陪审团面前为被告辩护。他最擅长的是死刑案件，这是他的专业强项。他甚至因此而有了响亮的名声。电话从各地打来：伟大的胡立欧·马丁内兹愿不愿意来协助某某案件？他肯不肯采取行动？那个用台灯砸碎女友脑袋的摇滚明星、双手沾满被害妓女鲜血的参议员、在浴缸里溺死三胞胎新生儿的中产阶级妈妈，马丁内兹接了这些案子。他们可能是精神失常，也可能不是；他们或许会认罪，也或许不会；他们可能会被处死，可能会被关进牢里，也可能无罪释放。结果对胡立欧·马丁内兹大律师来说无关紧要，这只不过是他所演的一出戏而已。知道一个人会死，却还是为这不可逆转的结局而奋斗——这才是引人入胜之处。

小时候，他曾经在他家后面的田野里找到一只掉进陷阱的兔子，那种有弹簧和利齿的陷阱，铁夹夹住了兔子的后腿，穿肉见骨。兔子那双黑色的小眼睛，宛如两颗油珠，充满自知死期将至的神色。生命将以蹒跚的步伐逐渐离去。小马丁内兹就这样观看了好几个小时，就只是看着。直到夜幕低垂，兔子还是没死去，他把兔子带到谷仓里，然后回到家里，吃完晚饭，到摆满玩具与奖杯的房间里上床睡觉，等待早晨来临，他可以再看着兔子一点点死去的过程。

总共花了三天。光辉的三天。

这就是他的人生，与他人生的黑暗面。马丁内兹自有理由。他有他的理念基础。他有他特别的方法——沾有酒精的布、缆线和柔韧无比的防水胶带，阴冷潮湿、伸手不见五指的死亡房间。他选择社会底层的女人，没念过什么书，也没什么文化的那种，不是因为他看不起她们，也不是他偷偷幻想她们，而是因为她们容易受骗上当。她们配不上他漂亮的西装，电影明星似的头发，以及在法庭锻炼出来的口才。她们只是一具具没有姓名、没有来历，也没有个性的肉体。时机决定一切，那精心安排的、协调一致的同步解脱。性与死亡齐声合唱的古老歌谣。

当然是需要一定次数的练习。曾经有过失败。他必须承认，是有过很多次意外的滑稽场面。第一个很顺利地死了，但是太快了。第二个惹来了混乱，最后落得闹剧一场。第三个哭得可怜兮兮的，害他无法专心。但是后来……露意丝。露意丝，一身平凡无奇的女服务员制服，实用的女鞋，以及一点都不性感的服务员弹性长筒袜。她在以多么美丽的姿态告别人生啊！在夺取的那一瞬间，多么精彩、多么狂喜！她就像一扇开向广袤未知领域的门，一座通往虚空无垠黑暗的城门。他彻底被消灭，被粉碎，永恒的风吹过他，涤净他。这满足了他所想要的一切，甚至远远超过了他的预期。

之后，坦白说，他再也无法被满足。

至于那个高速公路的巡逻警察，这世界真是够讽刺的了，给了你，却又夺走。他那辆捷豹车的一个尾灯坏了，而马丁内兹把那女人的尸体摆在后备厢里。那名警察缓缓朝车子走来，手毫不犹豫地放在手枪上，驾驶座的车窗降下，那警员的脸贴近，一脸无聊的正义感，唇间例行公事地蹦出那句话：**先生，能不能请**——话没说完。事后手忙脚乱的马丁内兹想办法把警员的尸体也塞进了后备厢，让他的夜间值勤成为未知之谜，和他的命运永远无关。可是，高速公路边一名警员殉职，一切过程都被仪表板上的摄像机录下来了。到头来，唯一能做的，正如俗话所说的，伟大的胡立欧·马丁内兹，这位永远无法被击败的冠军，为可憎的被告辩护的律师，只能替自己倒一杯三十年的纯麦威士忌，灌进嘴里，等着那代表正义的灯光射进他家窗户，而他很有礼貌地举起双手走出屋外。

不过依照后来的发展来看，事态的转折倒也不能说是不走运。

马丁内兹不能说自己有多在乎他的那些伙伴。满怀期待的卡特，这家伙可怜得让他吃惊——那人甚至搞不清楚自己是谁，或自己干了什么。好多年来，除了偶尔的吱吱叫之外，马丁内兹几乎没听过那人讲过什么话。他们只不过是普通的罪犯，所犯的罪行各有不同，却都平淡无奇：车祸致死，闹出人命的持械抢劫，酒吧打架，打到有具尸体躺在地上。一整个世纪都沉浸在自己的心灵垃圾里，并没让他们有所长进。马丁内兹的日子也不乏恼人的部分，比如从来不可能真正独处，那时时刻刻需要被满足的永恒饥渴。他脑袋里没完没了地讲讲讲，不只是他那些兄弟，还有零号的声音，以及伊格纳西奥——他还真是麻烦。这家伙整天唠唠叨叨，自怜自艾。**我不是有意要这么做的，而是因为我天生就是这个样子。**听这人哼哼唧唧了一百年，马丁内兹一点都不想念他。

不过，巴柏寇克这个狂暴易怒的家伙倒是很有意思。你不得不佩服他的隐喻功力。他用菜刀割了他老妈的喉咙。在另一世，他肯定是个诗人。几十年来，马丁内兹的心灵造访了那间臭气熏天的厨房不下几百万次，是真的。那个女人就是不肯闭嘴。这世界上有一种人就是需要你去教他怎样才能搞清楚状况，而巴柏寇克的老妈就是这种人。

然后有一天，巴柏寇克就这样不见了，他的讯号沉寂无声，仿佛突然没有信号的电视。马丁内兹心里容纳巴柏寇克的那一个角落，不停重复切开他老妈喉头动作的那个角落，空荡荡了。他们每一个人都知道出了什么事，他们以血为盟的集体存在感让他们知道，他们有位兄弟陨灭了。

上帝赐福并眷顾你，吉尔斯·巴柏寇克。愿你在死亡之中找到你生前与亡后所找不到的平静。

于是，十二变成了十一。这是一个损失，是盔甲上的一个缝隙，但是对即将来临的病鬼时期而言，只是个微不足道的事。过去这一百年，整体而言，对马丁内兹来说是个很不错的世纪。他无限爱恋地回想起早期的时光。那满是鲜血与暴行的日子，他的同类如猛虎出柙，千军万马横扫地球的日子。杀人是一回事，荣耀喜悦的事，但掳人又是另一回事。那是一场更为丰盛的宴席，带来更大的满足。他的众鬼不只是他的一部分，不只是他的延伸；他们就是他。就像他，胡立欧·马丁内兹一样，是十二与零号之中的一员，相伴相随，共生共存，彼此紧密结合，也与他们永远栖身的黑暗合而为一。

兄弟们，兄弟们，时候到了。兄弟们，兄弟们，时间逼近了。

但是无可避免地，他们展开了掠夺的竞赛。他们的众鬼，创造来保护他们的众鬼，宛如蝗虫般肆虐大地，所到之处无物幸存。丰饶成为饥荒，富足的夏季成为贫瘠的严冬。他们需要一个家，一个可以提供保护、提供休息的地方，可以做他们的梦，有露意丝的梦。

我的兄弟们，我们的新家在等着我们。他们会在你们面前俯首行礼，你们会过得像国王一样！

马丁内兹喜欢这个念头。

他抛弃他们，没有任何仪式。他的众鬼，他的羊群，他把他们从各个藏身处召唤出来集合，对他们说：**死吧**。破晓的晨光像是从地平线伸出的具有红色手指的手。他们扬起脸，盲目地面对晨光。他们一点迟疑都没有。只要他下令，他们就照做。太阳缓缓升起，宛如利刃划过大地。**躺下吧，我的儿女们。躺在太阳下，去死吧。**

接着他们发出了阵阵惨叫。

夜复一夜，他一路东行，跨越枯竭的大地。他的直觉很精准。这世界处处赏心悦目，以无数的声音和气味抚慰他，那草、那风、那树木最轻微的拂动。他流连忘返，享受一切。他离开太久了。他呼唤自己的伙伴，他们的声音在黑夜里逐渐接近，因为他们一个个从各个角落里，来到他们重生的这个地方。

“我们是莫里森—查维兹—巴菲斯—杜瑞尔—温斯顿—索萨—艾珂—蓝布莱特—马丁内兹—雷恩哈特—卡特。现在我们只有十一个，已经有个兄弟不在了。”

这时零号响应他们：

噢，我的兄弟啊，我的痛苦就像你们的痛苦一样深。但是你们会再变成十二个。因为我又创造了一个，一个在你们休息之地照料管理的人。

“是谁？”他们问，一个接一个开口，接着又众口同声地问，“你创造的那个是谁？”

零号的声音从黑暗中响起——

我们的姐妹。